The Fundamentals of
New Caledonia

The Fundamentals of New Caledonia

DAVID NICOL

Luath Press Limited

EDINBURGH

www.luath.co.uk

First Edition 2003

The paper used in this book is recyclable. It is made from low
chlorine pulps produced in a low energy, low emission manner
from renewable forests.

The publisher acknowledges subsidy from

 Scottish **Arts** Council

towards the publication of the first hardback edition of this book.

Printed and bound by
Creative Print and Design, Ebbw Vale

Typeset in Sabon by
S Fairgrieve, Edinburgh 0131 658 1763

This book is dedicated to Valentina Bold

Acknowledgements

Lines quoted in the preface are from Captain Robert Drummond's letter to Hugh Montgomerie. This letter, and the sailing directions issued at Caledonia Bay, were cited by George Pratt Insh in *Darien Shipping Papers*, (Edinburgh, 1924).

Lines were quoted from *Trade's Release and A Poem Upon the Undertaking...* published in 1697, subsequently in *Various Pieces of Fugitive Scottish Poetry* by David Laing (ed) (Edinburgh, 1853).

Lines from Lammer Wine are quoted with the permission of William Herbert.

Sir William Beeston's Proclamation is cited by Francis Russell Hart in *The Disaster of Darien* (Boston, 1929).

I wish to thank the Scottish Arts Council for providing me with a Writer's Bursary, without which this work would not have been completed, and the Carnegie Trust for giving me a Scholarship without which this journey would not have begun.

I am obliged to staff at the National Library of Scotland, Glasgow University Library, Strathclyde University Library, the Mitchell Library, Aberdeen Central Library and Aberdeen University Library, for their assistance.

I would also like to thank my parents and friends, especially the Lemon Tree Writers, for their support.

Contents

Preface

I AM GRATEFUL TO the publisher for providing me with an opportunity to bring to the public's attention this manuscript, which was apparently discovered during renovations of a certain building in Edinburgh's Royal Mile.

Should you persist in reading this manuscript to its conclusion, you will learn something of the peculiar means by which it arrived in my hands. I have been at pains to determine the circumstances of a certain person's disappearance in the summer of 1992, and would assure you that all the events described in the narrator's prologue were witnessed by various people mentioned therein. Yet as to the exact identity of its narrator I am obliged to reserve total secrecy, for it forms a terrible confession which could leave him open to criminal prosecution were he to return to these shores.

For his interest then, we may consider this unfortunate man to be a perpetual exile. Yet the evidence of his manuscript exists as tangible proof of a remarkable phenomenon that he describes as time-sooming, and others may know as travel through time. The precise mechanics of this as always elude us. But who among us can place a hand on their heart and say they have never heard of such a phenomenon before? It is not my purpose to engage in a scientific discussion. Let it suffice to say the narrator was transported. What concerns us is where he went.

If you are in the habit of reading history books, you may already have learnt of the Company of Scotland Trading to Africa and the Indies, and its wholly audacious attempt to establish a colony at Darien. It seems that our narrator was recruited by these people.

The Company had been formed by an act of the Scottish Parliament in 1695, as a response to monopolist power in overseas trade and the English navigation acts, which combined to hinder

Scotland's economic development in the latter part of the seventeenth century. One of the founding directors was William Paterson. He was a man with a vision; a champion of free trade and civil rights. He believed that the inhospitable country of Darien in the Central American isthmus might provide a 'key to the oceans' – a nexus of trade between the Atlantic and Pacific oceans. If only a colony were settled here, he persuaded the Company, they could build a city that would be the envy of the world.

More specifically, he directed their attention towards a small bay, described by Lionel Wafer who had earlier traversed the Darien mountains as a buccaneer surgeon. This bay lay on the swampy Caribbean coast, not far from Porto Bello, where the Spanish fleet made an annual *rendezvous* with overland convoys that carried merchandise from colonies on the Pacific coast of South America. This extremely tempting concentration of trade is what appealed to Wafer in his pirating career. Today a large part of international trade depends on shipping across the same isthmus through the Panama Canal. The same route attracted the Company of Scotland.

Their first expedition sailed from Leith in July 1698. Twelve hundred planters and seamen were embarked on five ships. The holds were laden with provisions, tools and arms, for they must be prepared to survive and prosper in an alien wilderness. They carried goods such as cloth, periwigs, bibles, and clay pipes, which they would offer for trade in the Caribbean and American colonies. On arrival they began to clear the land and build fortifications, preparing the foundations of their city. They declared their intention to establish a peaceful trading colony, and invited people of all nations to join them in the spirit of liberty and justice.

But their vision proved unattainable. Even before they embarked, the fledgling Company had come under furious opposition from English diplomatic and monopoly interests. Spain sent armed forces by land and sea against the settlers. A Company vessel, despatched to trade in the islands, was captured by the governor of Carthagena, her crew imprisoned on charges of piracy. The planters were reduced by disease and hunger. Relief vessels that had been sent from Leith to support the colony were wrecked at sea. Their leaders were split by factional infighting. Despite this they constituted a democratically accountable form of government for the colony, and elected delegates to a parliament. But by dreadful irony the first issue the parliament would discuss was whether or not to abandon the venture.

The last straw came when an embargo was issued in the name of King William, which forbade any of his subjects from trading with the beleagured colony. They now faced the prospect of starvation. Not a word had reached them from Scotland in the year since they left home and, considering their parent Company was prevented from assisting them, the colonists reluctantly decided to withdraw.

According to a report to the directors of the Company, they left over two hundred dead in Darien. The ship captains were ordered to sail for New York and home. Within a few days the fleet was dispersed and battered by a hurricane. One vessel sank at sea. The flagship was laid up on a beach in Jamaica. Most of her surviving crew and passengers fled to the plantations as bond servants. Of the two ships that reached New York, one was so badly damaged she was abandoned there. The captain of the other ship wrote home:

> ... in our passage from Caledonia hither our Sickness being so universal aboard, and Mortality so great that I have hove overboard 105 corps... I am afraid I shall have a hard pull to gett the Ship home for my people are still Dying, being all weak: and Men is very Scarce heire to be had... at this time I have not ten men in perfect health.

Many of the survivors deserted the Company. Out of the five that set out, only one ship returned to Scotland with the remnant of the first expedition. On board her were 88 seamen and 45 landsmen.

Unknown to them when they quit Darien, a second fleet was already bound for the isthmus to relieve them. This expedition anticipated finding an inhabited colony, but found it deserted. Facing as many difficulties as the first, it lost one ship by fire, and endured a month long siege by the Spanish before finally capitulating in March 1700. All hopes of building a New Caledonia in Darien were given over with their withdrawal.

Although the Company continued to trade, and managed to turn a profit from an African voyage, it was wound up soon afterwards. The investors, who lost considerable sums in the affair, were reimbursed by certain specific terms in the Treaty of Union of 1707. This 'parcel o rogues', as they would come to be known, had decided their wealth would be more secure in future if Scotland's trade was combined with England's.

It is hard to imagine what effect such traumatic events had on the people involved in the expeditions. I think that for those who survived, apart from those with an interest in claiming redress, or in joining a political debate, it would be quite natural to try and forget them. And it seems at times that history has neglected them. Yet there remains an abundance of documentation relating to this episode. And today I am fortunate in being able to present the reader with a further testimony, that it is hoped may help to illuminate this dark corner of our nation's history.

It is not my purpose to engage in an historical debate. As some historians will tell you that the Darien Scheme was doomed to disaster from the outset, so others will tell you it was a brilliant idea that failed only because of a series of misfortunes. Some will imply it was a clever idea but bad; others maintain it was a stupid idea but essentially good. Insofar as the events related here are verifiable or otherwise true, I am content to allow historians to chew them over as a dog chews a bone. That is their privilege.

My purpose is merely to bring the present manuscript to public attention. For are we not more or less agreed that we are talking about a noble venture, designed to increase the wealth and happiness of our people? Yet the narrator would have us believe otherwise.

He appears to have formed an opinion that the Darien Scheme was designed to dispossess native people of their land, offer false promises to those who embarked, and plunge the nation into a privateering war that would profit the Company's greedy shareholders. That in short it was projected as a pirating racket.

Yet I am compelled to answer that the mere fact of these circumstances occuring, or even being outlined in the Company's proposals, does not in itself prove that this was their design. Rather his version of events can be attributed to bad feeling on his part. Did he not suffer an unfortunate accident? Perhaps he has a predisposition to rancour. Did he not try to meddle in affairs that were none of his business? From the beginning he appears to have a problem in dealing with authority. Certainly he disregarded his moral values as easily as his boots. It is as well he remains abroad, for he seems to possess an intolerable character that could only lead him into trouble wherever he might be.

Now let us look at the manner of his writing this manuscript. Here we discover a loose sort of tendency towards obscurity. This is a coarsely knitten thing altogether. It is as though he has picked up a hotch potch of stories and tried to blend them into something coherent. He persistently takes up one yarn after another, only to lose it again, so that the end result is a disagreeable sodden mess. Though it is not so much the account that is most peculiar, but the nature of the yarn itself.

He begins by writing in a modern vernacular, and proceeds to go backward. This is accomplished both incrementally and in a series of fits and starts, and needless to say with particular diversions, until we end up with a language that is neither fish nor fowl. It could be described as Budd-speak. At first he appears to acknowledge no fixed orthography. But gradually he becomes more distinct. Take the use of *frae* to *fra* (from) for example, *cannae* to *canna* (cannot), *could* to *culd* to *couth* (could), and the variations of *whar* and *whair* (where) or *weel* and *weil* (well), or *als* and *alse* with their counterparts *as* and *also*, but also *alse* (else). What are we to make of this? Again he paints things sometimes in *red*, sometimes in *reid*. Likewise *white* or *whit*. On one occasion we find the Commodore represented as *Commandore*; on another he calls him a *Commandoar*. Such inconsistencies are innumerable. To indicate Highland speech he simply replaces bees with pees, so we have *Pilly Pudd* for Billy Budd. There is as well a body of archaic vocabulary and obsolete jargon associated with medicine and shipping that are entirely baffling to the modern reader. What is an *animalcule* for instance? What does he mean by *cuppings*? A *limmer board, wattergate, cattheid* or *howbands*? Are we then to assume he is writing for the modern reader? Or why is he writing at all? In the course of his ramblings he refers to reading material he has acquired along the way. It might be seen that he adopted some of the old ways of writing along with their ideas, particularly as he likes to pretend he is something of a scholar. This would perhaps help him to make sense of the circumstances he found himself in. Yet at times he seems to go beyond any sense whatsoever.

It is not my purpose here to engage in a linguistic debate. If you are interested in language, and especially in the phenomenon of a Scots language, you will be familiar with the concepts of standardisation and bastardisation. That is to say on the one hand that a language can be more or less thoroughly regulated to the point where it is defined as a standard language. On the other hand a language, presumed to be standard at the outset, is somehow altered by a negative process of bastardisation.

It is my opinion that language is a big hairy beast. At certain times and for certain purposes it has been domesticated and shorn. Here you may find it contentedly browsing in government offices and the corporate boardroom, or else grazing the pastures of polite literature. Otherwise you will find this beast in its natural environment, occupying every niche in the human ecosystem. Can you not hear it murmuring quietly on the living room sofa? Chuckling over a pint of beer in the pub? Think where you might stumble across it with long matted hair, and growling; or banished to the wildest places, and howling.

Language is an evolutionary creature, capable of changing its spots and adapting to whatever circumstances face the human psyche.

By chasing after these obscure little feral animals in the under-growth of time, can we perhaps discover a better understanding of the people who employed them when once they were tame? This seems to be the question that our narrator raises. Yet a less liberal view might contend that his ravings are so confused they should not be entertained.

There remains the possibility that this is the work of a mad person. This seems a reasonable conclusion. But hold on. Ought we to infer that a person's madness renders his work inconse-quential? Or can we deduce that the very madness inherent in this account lends credibility to the work as a whole? For if we suggest that the events related were so horrific as to deprive a man of his reason, then it is a reasonable expectation that an account of those things must be beyond reason and appear to the sane person as insane.

However it is not my purpose to indulge in philosophical argu-ments. That is to bring this manuscript to the attention of the reading public. Yet on consideration I find that I cannot rightly say what purpose this might serve. The mere fact that it has been brought to the reader's attention seems ample justification.

David Nicol
March 2003

Prologue

FOLDING THEIR LETTER, I step out the broo at Torphichen Street, intae a smirr o drizzle. Six months at this game, and the bastards are on my back. They want me tae join a jobclub, or some daft training scheme. I cut through Canning Street tae Shandwick Place, where the rain hammers down. By the time I reach the Caledonian hotel my UB40 is damp in the arse pocket o my jeans. I plank it in my shirt, wi the letter.

Tin soldiers in kilts are birling around the Fraser's clock, as shoppers ebb in and out o the great department stores. Early tourists meld intae the dreich facade o Princes Street, while a lone piper brazens the rain. His back lilt bubbles, the drones splutter in the wet. A Japanese chucks siller in his case. Amazing Grace.

St John's kirk is gloomy and grey. At her back a mural depicts the plight o the homeless. I would need tae come up wi some proof that I am actively seeking employment. It's the jobcentre the day. But Princes Street's a scunner. So I cross over past McDonald's, giving the pickets a nod, turn up Castle Street and right along Rose Street, where the guff o a dozen pubs fills my nostrils. Fast walking then, through the pedestrian zone, behind Jenners, cutting along Meuse Lane tae reach St Andrew Street and the jobcentre.

Six months unemployed? says a poster in the window. Then you may be eligible for a stretch o slave labour. A credit on your *curriculum vitae*.

Butlins wants redcoats for Ayr.

A clammy warmth seeps under my skin as I saunter round by the miscellaneous vacancies board. I pick two likely jobs and scribble their numbers on the chit wi their blunt pencil, that I stick behind my ear, and draw a number.

Sit in the comfy seat and wait. Here is the usual kind o crowd. The young mother wi her wean in a pushchair. A plooky boy.

Middle aged woman wi a secretarial air. One bloke wi a face like a spade. And some poor body looks like he's up for the Butlins job.

When a number clangs up on the monitor the redcoat in him laughs.

'One hundred and eigh-ty!' he calls.

Cheerful bastard. You can see him at Ayr right enough.

The bairn starts greeting. As the mother tries tae manoeuvre her push chair round, the next number comes up, throwing her intae a panic. What if I miss my turn, she is thinking. But the secretary comes tae her aid.

She says, 'I'll mind the bairn.'

Plooky boy lopes tae the desk, holding his ticket as though he has won a prize.

I'm thinking, How could it not be me?

You could offer tae mind the bairn. You should be more forthcoming; that way you'd maybe have a job by now. It's the forthcoming ones that get on in this world.

But the thought o me minding her bairn. She would be fast-forwarding ten minutes or so: I only left him a while, officer, till I went up for the job. But as soon as my back was turned, he absconded wi my bairn.

The secretary tickles him indulgently, drawing a smile and a chortle frae the sleepy wee fellow. He wriggles pudgy fingers, clenching them intae tiny fists, and kicks his booteed feet. Everybody seems tae be smiling at him.

Oh God, the right things though! Tae get a job, a house o your own, a family. Maybe a fancy dog. I clench the chit in my paw. And the dampness o the letter in my shirt.

I used tae be a great man for the job applications. Down tae the jobcentre every other day. Looking in the papers. I could apply for any old job. Partly for the job itself. Partly the evidence. One time I went for a trainee scientific officer at the Royal Botanical Gardens. A Civil Service job. So I got the rejection letter and waved it about in the broo.

'Now ye cannae say I'm not ACTIVELY SEEKING EMPLOYMENT ya bastards!'

The mair ye dae that, the mair unreal it becomes. The truth is I quite fancied the job when all is said and done. Plants and things. Compost. A fly smoke in the temperate house when the boss isnae looking. I could have made a bloody good scientific officer.

Unlike thon sales rep. I went for an interview tae sell pharmaceuticals. A drug pusher, ken. But I was really just after the rejection letter.

The bloke said, 'Have you any driving endorsements?'

'Endorsements? I never learnt tae drive yet.'

So he looked at me as if I was off another planet.

He said, 'They should have tellt ye at the jobcentre. Ye need a licence.'

I offered tae learn: on the job training.

'We cannae place you,' he says, and puts up his hands tae close the interview.

'Fine. Can I have that in writing?'

'Piss off,' he says.

And me doing my bit for the broo. I should get a dictaphone, like Tony Benn. You need tae keep a track o what folk say.

Meanwhile spade face is away. There's a heap o new punters coming in, but the secretary and myself – we were in at the start. It's not like we're superior. It's just we have that much in common, through waiting the same time. I could look after that bairn, I'm thinking, and making a face at him. I stick my tongue out. He's laughing at me, quite the clown. Maybe I should go for the redcoat after all.

Then the secretary's number comes up on the monitor and she presents me her ticket.

She nods at me and I think, Right.

But hold on; I've never looked after a bairn before.

I'm away tae sit next tae the push chair when I notice she's not standing up.

'On ye go son,' she says, offering me her ticket.

She has actually led me tae jump the queue now. But as I take my seat facing the lass at the desk, tae be honest I'm a bittie annoyed. The fact that she took me for an absconder.

She smiles pleasantly.

'Fine day,' I smile back.

She is looking over my shoulder; she is not smiling at me, but at the young mother who is being reunited wi her bairn. I give her the ticket and she types on the keyboard. I'm nae sexist but if I was I could see how this might be some kind o conspiracy. Tae keep their menfolk frae enjoying the privileges o childrearing.

She swivels the VDU round so I can see the job profile. Then she reads it straight aff, while I can see it. If I could be bothered I would finish reading it before her. Instead I'm listening tae her voice, which I find quite enchanting. I reckon she's frae the North-East. Arbroath maybe. Or Stonehaven. She has a particular way o speaking. Tae be frank, I find this the most sexy o voices.

Her cheeks are like peaches, wi a soft blush in them. I imagine her as the young Chris Guthrie in *Sunset Song*. And suddenly feel aroused.

'Printing designs on fabric,' she says, wi a question mark in her voice.

'Aha.' I'm watching her lips move.

'Pressing, packaging and promoting...'

I'm miles away, up at Blawaerie watching the peesies.

'There's an application form.' She looks at me queerly. 'Can I assume you are interestit in this job?'

What's it tae dae wi her? I should say it has long been my ambition tae work in a cheap but surprisingly expensive T-shirt shop in the Waverley Centre. I'm a customer service kind o bloke.

'Sure I am.'

But I was thinking o Gibbon's heroines, skinny-dipping in burns while Thirties London goes tae pot.

'Loblolly boy,' she reads.

Now this is the one I had really homed in on.

'Experience and qualifications on application. Salary...'

'On application,' I anticipate her.

'Duties...'

'On application.'

'Interestit?'

'Ay.'

She puts an ear tae the telephone and dials.

'Aha,' she says. 'Aha.' And she covers the mouthpiece wi her hand.

'Are ye free this afternoon?' she says.

'Certainly.'

I check her watch. It is already after noon. A strand o copper hair coils around her earpiece.

'Can ye get tae Milne Square by half four?'

I nod earnestly.

She's actually smiling at me, as she wraps up the phone call, and fills out the card.

'Milne Square. Half four. Ask for Doctor McKenzie.'

For an instant our hands clutch the card simultaneously.

'The Butlins job?' I said. 'I was meaning tae ask about the red-coats.'

'It's upstairs and through the house for the redcoats.'

I'm already half out the seat, and fumbling wi the application form, tae plank it in my shirt wi her card.

'Thank you,' I'm saying. 'That's fine then. Thanks.'

'But I wouldna recommend it.'

It's straight out the door, the blood hot in my face against the rain. On a mad impulse I invest the loose change frae my last giro in a packet o stamps at the newsagent. Self-righteously, I slip them in the envelope wi the application form for the T-shirt shop job, and tuck it under my shirt wi the card, the UB40 and the letter. Wi two hours tae kill, I can afford tae tak a daunder through Princes Street Garden.

Everywhere is being washed. Sir Walter Scott happed in his scaffold cladding. Somebody should plank a case o dynamite under the old Tory's dowp. What they should dae is get rid o that shite frae the schools. Him and his Waverley novels, ye would think history was invented by Wattie. Wi his fancy house, gas lights and dogs. Ken? What they should dae is teach the kids some right literature now. Get the auld boy back on the *curriculum*. But that case o dynamite, man. Ye just flip open your zippo. Blast off! After Scottie the first Scotsman in space.

There's naebody on the putting green or sitting on the rain spattered benches. A few pigeons scart about for sodden bread crumbs. I go in the gallery; intae the ben room, and look at the big waterfall. Next: *An Irish Immigrant Landing at Liverpool*. Poor Reverend Walker doomed tae skate on Duddingston Loch for eternity. The wee room wi Dutchmen playing golf on canals. Sunlight dappled craggy braes. Moon faces. That's enough for me.

It's drizzling again and I'm thinking, What's this crack about the loblolly boy?

I could nip back in the jobcentre. Take a chance at my number coming up wi the Stonehaven quean. What odds would it be? One in five. Blind date *à la* DHSS.

Really, you might as well see it through. But am I presentable? Boots: scuffed. Jeans: cleanish. Shirt: fresh but damp.

Applying the auld finger comb, I discover the pencil behind my lug and put it in my shirt pocket. I should really dry off a bit, so I head for West Princes Street Gardens.

Somebody is kipping in the first shelter. The old-style tramp that dresses in rags. About him the sour stink o urine. Next door, two families engage in cooperative picnicking. The benches are strewn wi Thermos flasks, rolls and cakes in foil, bite-size chocolate bars, digestive biscuits, Asda packs o apples and crisps. Tourists, most likely frae Yorkshire. See the sights but scrimp on dinner.

In the third shelter I run straight intae Chongo and Rab. Rab shuffles about, kicking litter wi the toe o his boot, while Chongo rolls a spliff.

'Ay ay,' says Rab.

'Look what the cat dragged in.'

'Chongo, ye turd. Ay Rab.'

'*Que pasa?*'

'I was just getting out the rain.'

'So were we. But that was three hours ago.'

Christ's sake, though, this is no way tae carry on when you're up for an interview.

I'm still thinking this when Chongo lights the spliff. He chitters as he takes the first deep drag. The room fills wi its sweet sharp reek.

'What brings ye tae this neck o the woods?' says Rab.

'Just the jobcentre, like. I was looking in the jobcentre.'

'You'll nae find naething there.'

I rummage in my shirt, feel the damp UB40 and letter. The card is still dry.

Already, the need tae justify yourself.

I say, 'There's a new lassie in frae Montrose. Rosy cheeks. Auburn hair.'

'Rosy cheeks?' says Chongo.

He's holding the spliff out towards me but I shake my head. He gives it tae Rab. Then he exhales like a pressure cooker letting off steam.

They're both grinning, in a leering, suggestive manner.

'Na. Come on. Her face. She's got green eyes man!'

But they continue tae titter. They can never appreciate the beautiful things in life. A chap couldnae read a book without them looking over his shoulder and scoffing. Always they drag things down tae their level.

Rab offers the spliff. I shake my head again. He pushes it towards me.

'I'm away for a job.'

He gives the spliff tae Chongo.

'A job?' says he. 'Nae chance.'

'Ay well, I think I've got a pretty good chance wi this.'

'It's nane o yer crappy sales reps, is it?'

'Just cause I'm wanting tae get on in life.'

Chongo faces Rab and says, 'He's got the fucking heebie jeebies. The broo's after him for a restart.'

'Have a toke,' says Rab. 'It'll calm ye down.'

'I'm nae fucking tense. I dinnae need tae fucking calm down.'

'Look at the cunt,' says Rab, 'playing wi himsel in his shirt.'

'I am not. I was just checking.'

Now I've got the UB40 out. For some reason, as though it's a passport; as if I need tae prove my identity at a border crossing. And I've got out the letter as well.

'See, it's a fucking restart,' says Rab.

'Na, but look!'

I'm fumbling for the card. I feel it. It's fine. To leave it where it is.

'You're really going for a job?' says Chongo.

'Ay. At half four.'

'Fair enough.'

As if I need your permission, I'm thinking, I can dae what I fucking well like. The spliff is between his fingers, half smoked. Its reek assails my nostrils, the beautiful reek o hashish. Chongo's away tae give it tae Rab when he pauses and waves it in my direction.

I take it.

They have a point but; it might help tae relax a bit. Stop me getting the jitters.

'But I would like tae get this job, ken.'

'What's it about then?' says Rab.

'I'll tell ye after.'

It's the way he's looking at me. I put the letter back in my shirt and fish out the card.

'See. It's up at Milne Court.'

I take a long drag on the spliff. An hour tae go, I'm thinking, Time for a wee toke wi your friends. Surely they wouldna grudge it. When suddenly I notice: three thirty.

'It says 3.30. But she tellt me half four.'

Rab looks at his watch.

'It's that now,' he says. 'You'd better motor.'

'If ye can be arsed,' says Chongo.

'Just tell them ye nipped hame tae get changed.'

That's what I'll dae.

Rab takes the spliff.

'Bugger it,' he hoasts. 'He's smoked it right down tae the roach.'

'Better get rolling.'

I stick the card in my pooch and I'm out o the shelter.

'Greedy bastard!' cries Rab.

I'm running backwards, grinning, and rain dinging the ground like spears. Down past the bandstand and over the bridge. Then I taik up the path under the castle.

Loblolly boy, here I come!

The path gets steeper, up the Mound. At the gate I look over the railway station tae the North British Hotel clock. They keep it three minutes fast tae give travellers a chance o catching their train. I walk on, peching lightly. And that lassie; why did she say half four?

Of course. It's the northern way o speaking. But surely auld-farrant. And another thing; what if you think you're late and give up? I trauchle along Bank Street tae the stair at the side o the Assembly Halls. The close is awash. I'm completely droukit, the water cool and squidging in my boots. The socks must be ringing. Toes like bloated prunes.

As I press on up the vennel, hemmed in by walls, I focus on entering the door.

A smile, but not so cheery that the employer thinks you are taking the piss. Put out your hand. First impressions count. Good afternoon Mr, eh. Sir. Good afternoon Doctor McKenzie. Shake hands firmly but not gripping too tight.

'Good afternoon. Please have a seat.'

'Thank you.' (sitting)

'How did you find us?'

'Nae bother at all.'

'No trouble getting here?'

Now there was a point. The rain teeming down and you're sweating like you've run half a marathon. Claes minging. But where is the place?

You should have taken a daunder up tae the Court while the rain was off.

Instead you hung out wi thon pair o wastrels.

One thing's for sure. You shouldna had that spliff.

At the top o the stair a lone figure is hunched in a dry corner. At first I take him for a wino. Then I see he is wearing a cloak. An historical costume. He is the man frae the Creepy Ghost Tours, that plies his trade on the High Street. Nae tourists about. So he's nipped down the close for a snifter. He'll ken about Milne Court.

'Doctor McKenzie?'

He raises a long drooping finger.

'Company of Scotland. Ye'll find him on the third floor.'

It's not a close I ever noticed before. But the fact that he's up the stair gives me a chance tae drip dry before I chap on his door. If I had the presence o mind, I'd take off the breeks and wring them out. For my clothes are sticking tae me, cold, and I begin tae chitter.

But that would be the worst impression. Tae staund in the scuddie while his secretary opens the door. Nae fear, I'm thinking, as I dreep in the Company office.

Doctor McKenzie introduces me tae his colleague, Doctor Herries. They seem very distinguished, though their sense o fashion is a bittie conservative. I wonder will they examine me? Anything tae get out o these clarty clothes.

'What skills have you as a physician?' says Herries.

'I got my Higher.'

We did biology as well but I only got an O grade, so I culdna say I'm a biologician.

'Can you bleed?'

'Ay.'

'Can you cook parritch?'

'Partridge?'

'Parritch, lad. Loblolly.'

'Gruel.'

'I like it thick, mind. It'll stick tae your ribs, as my ma always says.'

'What's the best cure for an ague?'

That was Herries. But what is their game? Seems like your typical interview patter. The nice and nasty combo. What kind o ache? I say the last bit aloud, that amuses them.

'What kin o ache!' Doctor McKenzie chortles.

'Another thing my ma does, is she puts a clove in the cavity o your tooth, like.'

They're both smiling, and me wi them, when Herries throws in the next question.

'What experience do you have in the art o surgery?'

I suspect they're leading me on. My jaw drops. I look for a hint o mirth among them. Not even a crease o the eye. This is better than I thought. Talk about getting on in life.

'There's my St Andrews first aid,' I said. 'And the B.B badge. It's at hame in the drawer.'

'A badge now?'

'A wee medal, ken. Ye can pin it on your jaicket.'

Doctor McKenzie raises an eyebrow frae his notebook. He whispers tae his colleague, seemingly pleased.

'Well, just the B.B. mind.'

There ye go, justifying yoursel again.

'The Boys' Brigade.'

'I never heard o that,' says McKenzie. 'It's nane o thon papish ploys, is it?'

'Oh no. That's where I learnt the bandaging and so on. Broken limbs. The kiss o life. How tae stop bleeding, like ye say. Pressure points. Some simple anatomy. Wasp stings. Burns and scalds. Nae tae piss in streams. The usual game. Protestants, mind.'

Doctor Herries gives his friend a colluding look, that returns him a decisive one. Now they seem tae present a sort o ledger, wi names scrawled in it.

Hold on, I'm thinking, there's something not right.

For one thing, they shouldnae discriminate on religious grounds. For another, what kind o job is it? They hadnae said what are my duties and responsibilities. What about wages? Holidays? What would be the hours? Will I get tea breaks?

A hundred questions swirl in my brain, yet I canna get my tongue round them.

Damn that Chongo and his spliff, I think, This is just the time you need tae keep your wits about you. Yet at the same time I am beaming at the surgeons.

It's a scarty old pen that's seen better days. But without being fully aware, I sign.

'Walcome on boord,' says Doctor McKenzie. 'Can ye find your way til Leith?'

'Is that where it is?'

'That's where ye'll find your berth.'

'But what about the terms and conditions?'

Blank faces.

'Eh. Tea breaks? Holidays? Wages?'

They are stonewalling me. Nae a peep, now they see that I ken my rights.

'A contract,' I say.

Doctor Herries was patting the big leather-bound notebook.

'This is your bond,' says he.

'We'll forget it?' I say. 'Never mind.'

Better tae quit while you can. I back out the door. My head is buzzing and I feel dark looks on my back as I run down the stair, clattering, two steps at a time.

Outside the rain dings down wi a vengeance. I jouk in the wee tunnel that leads tae the High Street, where I notice the creepy ghost tour man. He is sitting in the shadows, happed in his cloak. He gives me a gesture, but I scurry on, winning out tae the High Street.

There's nae such a crowd that you could lose yourself in it, but there's a few bodies walking about. And it's downhill for me, thinking it's faster.

I stop at the traffic lights, where a warm beer and tobacco fug wafts out o Deacon Brodie's. The National Library squatters above George IV Bridge. The Bank of Scotland is golden wi saltires flying. Ahead, the black crown o St Giles and Parliament Square.

I turn and look back but there's nae sign o the creepy ghost man. All is well.

Except what if the broo finds out I was offered a job and declined it?

They might cut off my giro.

Let them.

Maybe I should go back and explain.

The green man flashes on. I jostle pedestrians, crossing the road. Then I'm away, tae spang forward through the crowd. It's a clear pavement ahead. But as I glisk over my shoulder, the three burly boys wi bulging jackets break out frae the pack.

I redouble my pace.

Just when I need them, my feet turn tae lead. My legs move in slow motion. I'm aware o the three heavy boys, as if I were carrying them. But my legs are just sinking and sinking. Yet still I look straight ahead. I focus my thoughts on the Tron.

It feels like I'm walking through clay, thick and clarty, sucking at my feet, through centuries o glaur. I look down wi a scunner.

The Council should dae something about the state o this street. Talk about potholes! The place is a soss, the seuchs all choked up wi shite. Has a parade been this way?

They should redd up this place.

I shake a fist at the City Chambers, and I'm away tae say, Hear that! City faithers. Ye sit on yer fat dowps aa day. Never a thought for the common man.

By rights they should be assembled there. But in place o the City Chambers, there is a rickle o shabby tenements, horrid dark closes and wynds.

Still, I think, If I find the right close, I can taik down the brae and cut through the station. Up St Andrew Street tae the jobcentre. Ye should go and explain.

Then I run smack intae the creepy ghost man. I knock the poor body over, where he sprawls on the pavement. At his head a horse turd distills yellow liquor. At his feet, in a large black dub, the corpse o a worm points down the way. I take it for an omen and turn.

'I wouldna gang that gait,' says the creepy ghost man.

But I dive right in and run down the wynd. The whole place is a sliddery mess, full o rubbish and rotting vegetables. It must be louping wi rats, I'm thinking. It is sae mirky in here. Only a few flichtering orange lamps lowe in some windows among the steep tenements, forming an eldritch tunnel through darkness. But the walls are dreeping wet and oozing, the cobbles under my feet a runnel o sewage.

The wynd is minging. But I daurna look back.

I must keep on slaistering down, and focus on the image o Waverley Station.

When I look back and up, the three silhouettes blot out a dazzling grey sky.

I turn tae keep hirpling down, when an auld biddy drags me aside, wi a hiss.

She is a stoussie auld crone, wi stribbly hair, and she beckons me in wi her gnarled hands gripping my collar. But what can ye dae? I stoop my shoulders and enter her house. This is nae mair than a recess in the close, lit by dim embers in a hearth. And on them a pot simmering. There's nae enough room tae swing a cat in here.

'Tish tish,' she wheedles. 'Ye look as though ye clam out the Norloch.'

I rub my hands in the soft flame, but my eyes sting wi the reek. Swathes o plants are drying in the rafters. By all the gear about the place I jalouse she's nae canny, and make a cross wi my fingers.

When I turn tae leave, the burly boys darken the doorframe. Their jackets arena bulging nae mair.

I lift up my forearm feebly, as the first cosh bludgeons my shoulder.

The next fellow shoves two stout fingers in my nostrils, palms my jaw shut under the chin, and pushes my head back. A deavening blow tae the back o my napper.

Blood comes thick wi the taste o iron in my mouth, as light melts tae mirk.

PART I

Ane Hazardous Designe

Wise *Paterson* or's Friends could charm but few,
Tho all they said, was potent, just, and true,
They made it evident, that Trade by Sea,
Needs little more Support, than being free,
Freedom's the Polar-star, by which it steers,
Secure its Freedom, and it nothing fears.
No mighty power it needs, no fertile Lands,
No Gold, nor Silver Mines, it all commands.
All that our Nature needs, or can desire,
All that for pride, or pleasure we require,
Free Trade will give, and teach us how to use,
Instruct us what to take, and what refuse:
Trade has a secret Vertue none can see,
Tho ne're so wise, except they Traders be.
It is not ten *per Cent*, nor three times ten,
Makes a Land Rich, but many Trading men.

Anonymous, 1697

CHAPTER 1

INSIDE A PLASTIC CAVE. The onely way out is a tunnel, that I tried, but was rebufft by an invisible shield. I presst it severall times, in various places.

Alwise it would yield slightly, but I culd never win through.

'What kin o place is this?' I yammer.

Twa creatures are standing there, happit in iridescent silver gowns. They have thin bodies and triangular faces; chins pincht, high foreheids. Their voices are neither man nor woman. When they turn away, their bald nappers are cleft like dowps.

I batter the wall.

'The specimen craves freedom,' observes ane. 'A maist primitive instinct.'

I run at the shield wi main force, but rebound again, and sprawl on the flair. The dowpheids regard me wi indifferent smiles. Hunkering, I glower and nurse my wrist.

'He feels pain.'

'Unable to overcome the disabling effects of pain, the creature's scope for intellectual advancement is subordinated to base feelings.'

'Excellent. A most valuable specimen.'

The wee buggers are communicating telepathically!

'Now you shall do as you are told,' the first dowpheid advises me.

'Get tae fuck!' I yell.

'Note how he resorts to crude displays of aggression.'

'Ay an you an aa. Ye can swivel on it!'

I pick up a polystyrene rock, and hurl it at them. It bangs aff, and hits my foot. Pain splits my heid as I stumble til my knees. Just as soon, the pain ceases.

First dowpheid says, 'We will control you.'

The cave shudders as the civil servant appears, dresst in a loose

T-shirt wi a Nessie print. This is all she is wearing, by the round-
ness o her bubbies, the way her nipples mould tempting points on
the warm fabric.

She offers me her hand.

'What's wi the dowpheids?'

'There's naebody here.'

Yet still I feel they are observing.

She smiles at me nicely, tilting her heid, strokes her thigh wi
her hand. Nessie wrinkles cheekily as the hem rides up. By acci-
dent or designe, I get a glisk o her fud.

'Can ye nae feel thaim? They're watching.'

The civil servant comes closs. Afeart o the dowpheids, she
coories in my arms.

'Wee can leave you a while,' says ane. 'But you will carry out
our plan.'

We sit down by the mill dam. Ripe barley sways in a small
breeze. Peesies fill the air wi their plaintive cries and deft aerobatics.

'Come on,' she cries, stripping off.

'It is just their evil plan. We canna forget the Prime Directive.'

'Bide here,' she clutches my heid against her breist. 'Ye needna
gang back.'

'I sal return on board,' I say, 'and you can come wi me.'

A fire sears my belly, as I crumple on the deck.

There came a scuffling sound and three faces appeared.

'Wilkie's the first,' says John Cruden. 'Charters is the second,
and I'm the third. We're Doctor McKenzie's mates.'

'And you,' said Andrew Wilkie, 'are the loblolly boy.'

I stared awhile and collapsed on the bunk wi a groan. Their
image haunted my sleeping. I was not kindly disposed toward any
friend o the doctor. Daylight and muddled thoughts smoored my
waking hours. I lay face down, happit in a coarse woollen blanket.
When I tryed tae sit up, my back creaked. If I turned over, my
shoulders would throb. The clappers o hell were pounding my
brainpan. It felt like I had been fed through a mangle.

Night redness and blurred vision. The old crone sitting over me shadowlike, mouthing words and rubbing pungent balms intae my back. Dousing the fire.

'Poor laddie,' she says. 'An I hadna been there, they wald dang ye tae dede.'

I acknowledged her grudgingly. She seemed airt and pairt. If she hadnae called me in tae yon grotty booth, I would been through Waverley Station afore the burly yobs could catch me. And what is she smearing on my back? Last time I smelt the like was in a hippy shop on Cockburn Street. Though it's worse than patchouli. The old witch.

Still, the pain was easing. I could prop myself up on my elbows. The room was small, wi wooden walls and a stink o tar about it. Or maybe that's just the crone.

At night it fell quiet for a few hours. But mainly there was a constant racket, o footsteps and thumps that seemed tae rock the walls. A plate o mushy peas and a bowl o thin soup lay by my bunk. Odd kists and bits o baggage were stowed around the place. Half a dozen bodies kipped under blankets, snoring and farting.

Hector McKenzie can find some other loblolly boy, I thought. By my reckoning it cannae be mair than three days. First there was the old crone. Then his mates. Twa three nights maybe. Time for the Doctor tae square things up wi the broo. But you're meant tae send them the UB40! Else they think you're signing on, or trying tae pull a swifty.

I had not eaten sae much as a crumb, except some sips o a herbal tea that the crone prepared. So I must force myself tae sit up and try the soup.

A body kipped out closeby. Only his hair poked out o a fold in the coarse blanket.

'Here pal,' I whispered. 'Are ye awake?'

The body stirred. A boyish face, then a pair o nieves rubbing sleepy eyes. His right cheek was red wi lines where it had been pressed against the thick wool. He stared, unfocussing, that made me aware I was in the scud. I pulled the blanket around me.

'You too?' I said. 'Loblolly boy?'

'Trumpeter.'

'Jazz, or what?'

He wore a glaikit expression. I picked up the plate and wired in at the mushy peas. Cold. That's why I couldnae touch the soup. Scum and grease on the top. If there's one thing I cannae thole it's cold soup.

'The soup's bogging,' I said, nodding at his bowl. 'But the peas isnae bad.'

Ye could see the effort it took him just tae keep his eyes open.

'Sair heid?' I said. 'They got you and all?'

I put my hand tae the back o my napper. Then I realised I was waving the spoon in the air. He might think I'm brandishing it, taking the piss. I rested it back on the plate.

'Ye'd think there was a law against it.'

'But still they dae it,' he shrugged. 'Otherwise they wald never get a crew.'

The wee fellow seemed tae take it for granted. He's probably just left school, culdna be arsed wi his exams. They never ken their rights.

'I wasna impressed mind,' he says. 'The Captain took me on board.'

'Me neither. I'm away tae see the heid bummer. What's it ye cried him?'

'Captain Pincarton.'

I put down the plate wi the peas grumbling in my stomach as I stood, skirl naked.

'Your claes!' squeals the trumpeter, hiding his head under the blanket.

'That's what I'm looking for.'

How could I go and see the Captain in the buff? How could I go anywhere? What about my UB40? Was that in the same place as my duds?

I grabbed the blanket and threw it about me like a plaid. Then I breenged out the door, where I found mysel in a narrow corridor.

At one end was a closed door. Next the door I came out o was another door and, forent, two doors facing each other. They were all made o wood, and the pannelled walls nae mair than partitions. A solid door stood ajar at the end, so that a harsh light could enter the gloom at its edge.

A few paces took me tae the main door. I went for the handle and, shoving it open, got my first keek o daylight this side o the stinking close.

In front o me was the deck o an auld farrant sailing ship, crowded wi men in red jackets. They were leaning over the rail, smoking pipes or cracking jokes, and shouting at folk that came under the ship in wee boats. By the outline o Calton Hill, we were lying off Leith. Arthur's Seat was bathed in sunlight. Down in the harbour a band was playing.

A big crowd had gathered on the hill. I couldnae help but wave back at them.

Ha ha! I was thinking, Ye're away on a cruise.

I reckoned it was an Operation Raleigh job. I began tae wonder where we'd be going. The West Indies? Australia maybe. Ya beauty! Just wait till I tell Chongo and Rab. I'll need tae send postcards. First port o call, ye should write your auld friends. The useless bastards.

So where is the bar, like?

Quite a few folk were wiring intae the bevy already. One fellow was scoffing a pie.

I thought I'd away and dig out the trumpeter. See if he fancies a swallae.

He was tootling away on his trumpet when I went ben.

'Marin's trumpet air.'

'Nae heard o him,' I must admit.

'He learnt my uncle the tune whan he was in Leyden. But that was afore he died.'

'Martin?'

'My uncle. He was killed at Flanders.'

'I'm sorry. Was it sudden like?'

'Shot in the heart by a musket ball. He was blawing a retreat at the time.'

'Flanders?' I said. 'That must be a while back.'

Then it just clicked, what I'd seen frae the deck. There was nae folly on Calton Hill, nor the cranes and gas tanks at Granton. Rather, a huddle o biggings about the pier, the sea full o sails, and a reek hanging over the town.

I didna ken what tae dae. I must have slumped down on the bunk for I was there when the mates came in. But I just sat wi the blanket about my shoulders, and I was thinking, Oh God. Where are we now? What year is it?

The trumpeter blew through the mouthpiece now and then, making small shrill notes. He had a dowie look about him. But I was mair confused nor sad. What was going on?

And how did I come tae be on board this ship?

What year is it?

Doctor McKenzie appeared and stood over me, but all I could say was nineteen ninety-two. I couldna begin tae complain.

'*Anno Dominus*. Nineteen hunnerd and ninety-two.'

He made a hospital smile, conferring wi his mates. As he gave them instructions, they began shaking their heads.

'Now Mister Wilkie,' he says, 'what is your prognosis in this case?'

A bad case, they would be saying. A loony. See how he rocks back and forrard on his dowp all day. Whiles muttering and mummeling til himsel.

Nineteen hunnerd and ninety two.

'What year is it now?' I blurted out when they left.

'Why,' says the trumpeter. 'It is saxteen hunnert and ninety-eight.'

'That'll be right,' I said. 'And I'm Billy Budd.'

'Henriet Strof.'

He reached under the blanket and I clasped him; a cool small hand in mine.

'Walcome on boord *Unicorn*,' he said.

At the outset I was sooming in and out o consciousness; whiles waking, whiles sleeping the sleep o the dementit. Gode kens I wald rave like a maniac. Dwams, night sweats and fearful visions. Forbye my jarmummled banes continued tae ache.

By the heaving, pitching, rolling sensatiouns o the ship I guessed we were at sea. When I was aware, I lay on a hard floor amang barrels, and Henriet was at my side.

'Is it true?' he was saying. 'That ye cam fra the future?'

I hadna the heart tae answer, but dribbled a trickle saliva down my chin.

'Dinna lat on,' he sayd. 'They think yow are gyte.'

I dribbled a bit mair in reply.

'Dinna say naething, else there are some folk might hoi ye ower the rail.'

Umwhiles the rain dreeples aff a sodger's neb as he birls around the clock. Forenent the department store a piper soughs his lament. A bairn wriggles his taes. The Montrose quean lures me down her telelphone receiver. Whatna deils lour ower my shouther? Chongo and Rab, wi hailsome reek and a fiery wand point the wey tae my downcome.

Could I soom through the Norloch then?

Can Hector McKenzie soom atour centuries tae?

Or was it me alane daen the time-sooming?

Plank thought in the nethermaist holds o your brainpan.

And the Reverend Robert Walker skates upon the loch at Duddingston. An Irish immigrant sets foot on foreign shore, while skaters play golf aneath a windmill.

I lye under a low ceiling wi light shafting through gunports starboard and barboard.

Whatna wonders sall unfold?

Doom and disaster, or wealth and a braw new warld. What might I tell thaim? Undreamable riches, unfathomable destruction. And puirtith yet, unkent.

Henriet stufft my mouth wi dry biscuit and saut beef.

'We'll mak yow a loblolly boy yet,' says Andrew Wilkie.

Him and his mates. Whan I saw them, in threesome or lanesome, there was aye a darker triumvirate at the back o my een. The burly boys that cam efter me down High Street, wi bulges in their jaickets. Alwise thir daemons hunt in threes.

'Whaur's the auld biddie?'

'Flown tae Fife wi her unguents.'

Though they stank tae hell, I preferred her medicines tae the mates', that cam in a half gill stoup and smoored my senses.

'We'll hae nae besom's cantrips on boord *Unicorn*,' says John Cruden.

I dinna ken how lang I kippt aneath the gun mount. Bodies were sprawled about the deck, wi portals closed and the gun carriages lining the walls. When they move the seamen rowl about wi shouthers hunched as apes. Whan they rest, they hunker down in dice games, or lie on their sides, clutching their wames frae seasickness.

My limbs were stiff and I stoatered about wi the ship's motion.

The surgeon's third mate lours at me.

'Loblolly boy,' I sayd. 'Reporting for duty.'

He presentit me my duds: baggy whit linen shorts and loose sark, that I tie round my waist wi hempen string.

'The cost comes aff your account.'

'Shoes then?'

'Ye shanna need thaim.'

For the first time on boord *Unicorn* I ware claes. I claspt the cuffs atween finger and thumb, tae display the breek's roominess, and gied a birl.

'There's my loblolly boy,' laughs Henriet.

'Out o it Jessie!' says Cruden. 'He's aabody's loblolly boy now.'

It was Henriet's idea, I suld keep a journal. He got me some paper frae the Captain's stewart. Tae fix in my mind what occured. I wald mibbe gone daft an I hadna some kin o sooth tae represent mysel.

Thair is nae particular skill needed for the job. Aa ye dae is mask loblolly. That is porridge as they cry it. Ye just plank it in the tubb for the night, tae seep the aits in watter. Then ye ladle it out in the morn, tae cairry it round the gunn deck.

Maist o the crew bide here. Downstairs is a loyer deck for the passengers. Up the skuttle is the half deck, and the quarterdeck where the heid bummers bide in their cabins. I was put in the chyrurgeon's cabin at first. Since then I've been kipping down here.

The gunn deck is an ell high at the beam. That's how the sailors rowl about like gorillas. The bruises on your spine learn ye tae keep your heid down. It's nae easy tae cairry the loblolly in a big swell, keeping twa quaichs and a horn spuin in tither hand. If a body is seeck, he caas me ower. Then I lade out the loblolly.

But the seamen are sweir tae lat on they are sick. Aften they puke up soon efter they drink it. Sen it's round wi the scrubbing brush. Mask, ladle, sup, puke. That's the life o the loblolly boy. Now I am used wi taking Cruden's orders, the job is a breeze.

Apparently there's some other ships in our little fleet, tho they are lost in the mist. Our Captain is firing guns tae try and find thaim. For several days we have been drifting along in the Pentland Frith, happt in fog and the sea swelling under us. This is the tail o a storm, that split up the ships. Now it is sae mirky ye cannae see the tap o the foremast. When I stepped up on the half deck this afternoon, there wasnae a soul within hailing distance. Tho the doctor wasna fashed.

'Lat thaim come up at Madeira,' he said. 'Wee sall find thaim in the roadstead.'

Some say we suld put in at Orkney. Some say we wald, but we canna land in this haar. Others claim they saw land, that is Orkney when they saw it on the port, Shetland when it was on starboard. Others sware there is naething but rocks and shoals in the fog.

Doctor McKenzie tells me the log shows the Northern Isles are far away on our stern.

'And efter Madeira?'

'The orders are sealed,' he says, 'until Captain Pincarton opens thaim att Madeira.'

Maist Indiamen put in there, whether they're bound for America, the Indies, or the African trade. Otherwise we might pick up the trade wind and cross the Atlantic.

The trumpeter seems tae spend a lot o his time loafing about on the gun deck, for he has little tae dae. We're supposed tae be sharing a mess wi twa seamen, tho we rarely see thaim. A right nabby pair they are. Alwise putting on airs and graces. They think they're superior on account o their trade, but Henriet says they are gentlemen, being trained in seamanship, and resent messing wi us.

The other persone in our mess was the ship cat. It was my duty tae look efter him. And Davie Dow, the gunner's boy, started loafing around wi Henriet. Or we ran intae this fog, he had noght tae dae either. He was mibbe fifteen year auld, the gunner's prentice. Now he had plenty tae dae, latting aff signals in the mirk. But our trumpeter was the first tae show me ony kindness. Mainly we kept oursels til oursels. We would talk at night, when we lay on our blankets, for we never got used wi our hammocks and culd tumble out on the deck.

The *Endeavour* cam up wi us at last. She is a pink, that is smaller than *Unicorn*, for we have about fourty guns. Her crew were leaning on the rail or perching on the yards, and greeting us wi mair than a hint o relief. But they had neither seen nor heard the rest o the fleet for ten days. We lay aff the Butt o Lewis, our stern lanthorns aglow all night. But nae sign o *Saint Andrew*, *Caledonia*, nor *Dolphin*. Culd they been wrackt? It is said by some that God alane guided us through the Frith.

He has sent us a fair wind now. Whan dawn came, and still nae sign, we set sail for Madeira, wi the pink at our starboard, and the Hebrides slipping away on our port.

This evening Henriet cam down frae signalling the watch, and we sat on the gun mount where we keep our kist. Davie was greeting.

The entire crew was hanging out the gun ports. Wherever there was a space next the gunnel, or a hatch or a gun port, somebody peered out. Several leagues on our barboord, Saint Kilda was fading and melding in wi the horizon. Mibbe we suld tare our een frae thon morbid cliffs. But wha waldna luik for as lang as they war able?

Even when she melted intae grayness and wee culd nae langer discern her amang the heaving Atlantic, we stared. We stared at the cloud that markt where Saint Kilda had been. Every shape and crevise in her gloomy cliffs is fixt on my retina like a photograph.

Henriet chappt my elbuck. He drew me away and raised the lid o our kist. Tho the deck was thrang, naebody culd see us. Their een war still searching for hame in the sky.

'The auld biddie left this,' he said, bringing out a parcel wrappt in canvas.

In the bundle I fand: ane pair o jeans, shirt, T-shirt, pants, socks and boots.

My een mist. Aathing wes sooming in my sight. I felt a warm trickle down my neb. Whan I culd see again, saut draps spreid on the canvas. I rubbed my cheeks.

Henriet was luiking til me, whiles glisking ower my shouther. 'There's mair,' he said.

Hidden in my shirt was the envelope. Inside were the UB40, the application form for the shop assistant job, the pencil and postage stamps, the card introducing me tae Doctor McKenzie, and the dessicated remains o the Restart letter. I was away tae put thaim back, whan another paper caught my ee. I tuk it out and read:

The gentleman whilk wes impresst,
Sir;
Forgive me I doena ken your name. This comes by ane freendis hand,
sen I hae nae letters to speak off. I wald help mair but the chyrurgeons
is illsetten agin our honest trade, and will aye be hauden us doun.
I wish ye weel, and pray nae skaith befall yow.
Gode sped ye,
Anne Guidbodie.
P.S. Gin ye wish tae gang back the samyn gait, yow might speir efter
the gudewife att mercat cross. A.G.

Gang back. Gang forrard. What's past is past. Is future. Past. I rowled it aa up in the canvas and buried thaim in the kist.

CHAPTER 2

THE REVEREND THOMAS JAMES made a sermon beneath the mainmast. Captain Pincarton was up on the quarterdeck gallery wi his first mate William Murdoch, Doctor McKenzie, and the Patersons. Captain Fullarton cam on boord frae *Endeavour*. I could recognise several that bide on the gun deck, and some landsmen crept up frae the loyer deck. They are aa peelly wally, for it is dark down there.

The minister started by minding us tae keep the Sabbath holy. That made Captain Pincarton lift up his eyes tae the yards. If the crew tuk him at his word, we might end up wi quite a soss. Soon he was banging away on nautical themes. He read a story about King Solomon's navy. Next he spak about Noah, and Moses leading his folk out o Egypt.

> The Lord on high is mightier than
> the noise of many waters, yea, than
> the mighty waves of the sea.

Afterwards, he slippt away tae his cabin, and the Captain's party followed, tae join him in a pre-prandial brandy. Warm words, I ken, but I feel the *Unicorn* isna such a bad place tae be.

The seamen prefer us tae bide below, for they need aa the room there is on the half deck. When we come about, there may be hawsers running about the place, sails flapping down in the air. A fellow can get his feet caaed frae unner him. Ye might get a dunt on your heid, or be thrown ower the rail when the wind catches ye unaware. It is a dangerous place tae be, especially in rough weather.

But today we had as much sail on as the masts can carry, and the seamen loafing at their posts. We culd lean on the port rail wi the sun on our cheeks. An appetising guff frae the quarterdeck where Mrs Paterson is famous for brewing coffee. Some o the officers and landsmen stood about for a crack wi their friends.

'Is there music and sangs whare ye come fra?' says Henriet.

I gied him a glimmer that said, Haud back.

'Sae lang as thair's music,' he says.

We were three mair weeks at sea till we reached Madeira. Wi the climate hotting up, there was plenty tae dae. I never saw Doctor McKenzie frae tane Sabbath til tither. But his mates were aye on my back. They wald say the loblolly is tae thin, or werse. Ye culd never win. Whan I made it sweeter, they tellt me tae put saut in it. Whan I put mair watter in, they said I was scrimpy, and skelpt my pow.

John Cruden was the warst. Tae be loblolly boy and treated like shite is par for the course; but tae be the thrid mate o three was an awfu frustratioun. Ken?

He had as well a fine conceit o his intelligence, as a daft notion o sea sickness. That there are twa types; tane frae rolling, tither frae pitching. He gart me ask the seamen what made them seeck. This wasna sae bad in fine weather. Some war apt tae describe their symptoms in considerable detail. But whan it grew squally things tuk a turn for the warse.

I had mair patients tae tend, and culdna waste time speiring them. The seamen that stayed hale and herty were rusht aff their feet, covering their comrades' watches. Efter twa three watches in a stretch, they preferred tae kip out than answer my queries. When a seaman felt wabbit, or had drunk up his brandy, he might cry on a friend tae tak his watch. This isna strictly appruived in the quarterdeck. Tho as lang as the watches are filled, nane o the officers are fasht. Yet the seamen grew jalouse att my speiring them sae close.

Yet Cruden insists, 'What way are they seeck? Ye maun gaither facts fra thaim.'

All I got were bruises. When they culdna be ersed beating me, they let on they werena weel. I was then obligated tae sarve them loblolly. And this made them seeck.

The oatmeal and watter are rancid. When ye mask loblolly in this climate, it maks a right hotpot o diseases. I culd only tear out my hair wi vexatioun, tae see a hailthy sailor become a puking bairn by supping at my horn spoon.

Sune I was the maist unpopular man on *Unicorn*. The seamen dang me about whan I cam near thaim. I hear Commodore Pennecuik made *petit* malefactors run the gauntlet as punishment on boord *Saint Andrew*. But it seemed I maun run the damned gauntlet each day. Life was a mear misery for me, acause o John Cruden.

Henriet was my only consolation. At night we culd coorie down neist the gun mount. He wald tell satires against the heid-yins that he maun entertain in the quarterdeck. Whiles he culd hum a tune, and be amazed that I ken it. Else he encouraged me tae sing for him. I rackt my brains, thinking o Dizzy Gillespie and Hugh Masekela. The onely tune I can mind is *In The Mood*. He is fond o it, but I was ashamed for forgetting sae mony. I wish I was able tae sing mair, for I reckon he wald love tae hear the blues. As for mysel, I wald gie a week's rations tae hear the Dexters play at Preservation Hall.

But aathing sal come til an end. And in this journey John Cruden met his downcome.

It is part o my duties tae luik efter Jimmy the cat, for he is employed as mouser. He is a little fellow, wi dark hair and a lively temperament. I must see he is hailthy, and lat naebody molest him. I soon grew tae like him. Yet some people can be very cruell. When the passagers get bored, they are apt tae abuse him. I wald therefore prevent him running down the skuttle. Yet, how else can he reach the hold, where maist o the rats bide?

There is naething he likes better than tae sclim in the rigging, where he might lye in the shrouds, or mak a nest for himsel on the cap. But when Cruden sees him, snooving about the half deck, or lying in a coil o rope in the forecastle, he chases him down again.

Until the other day, he got a grip o Jimmy's tail, and made tae hoi him ower the rail.

'Leave aff him!' I sayd.

Instead, he picks up a marlin spike, and jabs the cat in his foot. But Jimmy wriggles loose, screiving a red gash in his arm, and runs up the ratlines afore he culd catch hauld again. Cruden tryed tae follow, but Jimmy got higher. The cat sat on the tip o the yard. He was grinning away and purring, quite the thing, that made Cruden even mair angry.

He cries up tae the boy on the fore sheet, 'Will ye catch thon brute!'

Jimmy leapt over his hand and ran up the mast, as the lad shimmied alang the yard.

'I canna gang farther,' he says at last. 'I'm a foremast laddie, nae a foretapmastman.'

The crew were laughing tae see him het up, and the cat on the topsail yard.

'Deil tak thon hellicat!' he curses. 'Ise hae satisfaction for what he dune til my airm.'

Then he ran tae fetch his pistol, and began shooting the cat out o the mast.

Poor Jimmy was feart when a shot lodged in the cap at his dowp. He tuk a chance tae run up the main topmast stay, as Cruden reloaded. But he culdna reach the top in time. At the next pistol crack, he lost his balance and fell down in a crumpled ball on the deck.

The puir soul culd been killt. But instead he brak a shin bane.

'That'll learn him some manners,' says Cruden.

Now he thought he wald fix the leg himsel, athout Doctor MacKenzie's advice. He put the leg in a crooked kin o splint, and left him lying on the gunn deck.

At night the walls rang wi the ship cat's yowling, until I culd thole it nae langer. I crept atour the deck, where I fand him leaning against a gun mount, his legs speld out in front. We war forbidden tae keep lights in at this time. But some seamen made an exceptioun, tae light a lamp that I might examine his injury. This was a greenstick fracture o the tibia. The skin was badly torn. Blood soakt the blanket he lay upon. But I daurna gang aloft tae wauken the chyrurgeon. His mates wald never be gotten out their bunks sae late. Yet it culdna wait til the morn. There was naught else tae dae; I suld fix it mysel.

By the guff on his braith, his friends hed gien him brandy for remede. Nanetheless, we fand some mair liquor and offered him ae gill. I unfastened the splint. Three seamen war pinning him down by the remaining limbs. A fourth stufft his mouth wi a hose.

I tuk the injured leg att the knee wi my left hand, grippt his ankle wi my right. The bane made an horrible grating noise. Quick as I culd, I streekit his leg till I heard it click. Aathing seemed in place. I dousit the wound wi brandy, and we tare strips aff a sark for bandages. I happit his legs thegether, and tellt the seamen tae caa canny wi the brandy.

But I culd get nae kip for minding his bluidy leg and that grating sound.

The next day John Cruden cam strunting by while I was at the loblolly. He tuk a keek at Jimmy's leg, and saw the dressing was changed, sen he unhappt the outermaist bandage, gied it a jab, and dresst it again wi the same bit clarty clout.

He never sayd naething. I tried not tae think on it. Tho the seamen treated me mair kindly. They didna skelp me as I was used wi, and whan I speired thaim what way they war seeck, they parried me wi banter, or made satires at the mate's expense. They saw I wald act the same way they culd, staunding in for the mate out o needcessity.

Jimmy seemed tae rally at first. He kippt for maist o the day. But at night he was thrashing about and mummeling aneath his braith.

In the morning John Cruden caaed me away frae the loblolly, and we stood ower the ship cat, gawping at the gorey soss that had been his shin. It was oozing yellow pus; a scunner tae see, and warse tae smell. Then he produced a jar o leeches frae his bag.

'The principles o bleeding are ayont the grasp o a loblolly boy,' he sayd. 'Howsomever I sal demonstrate ane procedure, tae lat yow admire the wonders o medickal science.'

42

Shaving the patient's breast, he applyed half a dozen o the coorse, sucking creatures. Jimmy's een grew wider as each leech champt its maw tae his flesh, til I thoght they wald pop out their sockets, and the puir fellow rowled aside tae throw up on the deck.

John Cruden replaced the tap on his jar, and thrust the scrubbing brush in my haund.

'Poor Jimmy,' I said, after he had gone and I redd up the puke.

He was just coming out o his dwam, and I began stroaking his heid.

'Billy,' he says. 'I ken ye're nae chyrurgoen, but am I tae dee?'

'Not if I can help it.'

'Ye may be wrang,' says he. 'But ye're the first man on boord tae shew me kindness.'

'It's better ye rest,' I said. 'All I culd dae was treat you as a persone.'

'Sen I am dwining,' he says, 'I sal tell ye how I cam tae be employd as ane cat.'

'Very well,' I said. And he began tae recount his tale.

Jimmy's tale

My faimily and friends are fisherfolk on the Lothian coast. As sune as I culd walk upright, I sailed on the herring boats, whair they wald lear me their trade.

Tho severall years syne, thon Jacobites whummelt the garrison on Bass Rock, whair they war hauden in prison, and tuk the fortress for King James. Ye mayst be aweir, that King William layd seige o the Bass ontil they surrendered her. Even att the outset he hade the Governor fit out ane doggar, tae prevent their friends ashoar fra replenishing the rebels.

My uncle and I war retourning hame ane night, whan wee cam up wi Governor Fletcher's crew. I laye in the prow, whair they culdna see me in the mirk.

'Ho thair!' they cryed. 'Whatna business is yours?'

'The herring,' my uncle gies back.

'Are ye gaen out for thaim, or cam back wi thaim?' he speirt.

And our boat laden up til the gunnels wi herring! My uncle tuk this sodger for ane dunderheid, sen he displayd siccan ignorance o the trade.

'We're away tae meet thaim,' he sayd. 'Wi a gey wheen o their friends, for they seem unco drouthy.'

'Ye ken,' says the sodger, 'that nae vessel is allowed in thir watters.'

'Wee sanna lat on wee saw ye.'

Now, the sodger's backfriend maun disregard this humour.

'Wee act upon King William's orders,' he declayms, right sniesty like. 'And be sailing sae closs til thon rebels, yow are in contempt o his lawes. What can ye say?'

My uncle sayd naething. Raither, he gied me a signe, tae shew I maun slip aneath the tarpaulin. For he was aweir than o tempting thaim.

'Pull alangside us,' the saicond sodger persists.

Wee culd onely oblidge thaim. Seiven musquets war bristling the doggar boat's gunnels, and a glint o sabres in the munelight, that I saw throu ane hole in my canvas bield. Whan they hed gotten a keek at our catch, they wald lat us away. But the first man spak up.

'What's that?' he says, 'In the tarpaulin.'

'Heave to now!' his backfriend orders. 'Permitt us on boord, upon pain o treason!'

The dreid challenge gart me shift my fuit, sen I thoght it stuck out fra the tarpaulin.

'Wha's that?' cryes the sodger. 'Ae traitor's fuit!'

'He is nane but the ship cat,' my uncle wes pleading.

'Weel than, wee command him tae sarve us, in King William's name.'

This wey I wes impresst as ane cat. My uncle sailed hame, whair the scenes o lamentatioun and pity can scarce be imagined. I hae never seen my faimily fra that day, and wald speir o ye, Billy, tae lat thaim ken how I fared.

'When ye're weel,' I said, 'ye can tell thaim yoursel.'
For a while he fell in a dwam, but I stayd by his side. Efter he cam round he said, 'What, still heire?'

'Ay Jimmy, I sanna lat ye away or ye finish your tale.'

'Whair wes I?' he says.

'On boord Governor Fletcher's doggar.'

I shippt wi him twa thrie moneths, whair they treated me tolerabley weel. I grew used wi my curious mainner o employment. I wald hunt rotans, and efterwards rowl up in a littil ball whan my watch wes dune. The sodgers fed me pieces o fish, and milk now and nans, that wes hailsome fare, and nae warse than what I hade eaten at hame.

Syne the Governor maun resigne his position. The Privy Council hed grewn short wi him for failing tae winkle out the rebels. Insteid they engaged twa English frigates that lay in Leith roads. The doggar was disbandit, and I wes forced tae sarve on ane frigate.

This *London Merchant* wes a monstrous ship for a cat or ony ither, haen fourty gunns, her decks thrang wi sodgers and marines, aa chairging about wi buits on their feet.

'Oi!' they culd yammer. 'Get that bleedin' cat orff me paliarss!'

The haill warld seemed turnt tapsalteerie. I never culd get a minute alane, and had nae notion o what this antrin place wes about. Til wee laye aff the Bass Rock, and our Captain drappt his kedge anchor. Aathing grew quiet for a spell, soe I fand a little space in a rack, midships in the gun deck, whair I culd rowl up and kip out.

Next time I wes aweir, the entire ship was trummeling wi noyse and the reek o pouder. I hunkerit down, tae rowl closs and keep out o sight, sauf ane burly seaman gott haud o thon rack, that wes ladit wi baas, and slid it atour the deck. Or I jalousit their intent, his friend stufft me in the gunn barrel, and the thrid fellow tampit me down.

Lucky for me, I made a saft landing on ane tussock at the heich o the Rock. My tail wes ableeze, that a kindly Jacobite helpt me extinguish. Twa score rebels spread out on the girse, wi the balls falling about thaim like hail, tho they gied nae account, sen they are weel drillt. Their friends war ablow in the fort, bombarding the frigates. The *London Merchant* laye braidside aneath us, for this is a high fortificatioun, and her gunns made a terrible reek about her, ontil I saw her mainmast splinter. Considering the roch treatment I endured on boord her, I joyned wi the Jacobites in lowsing a cry o delycht.

'Wha's this?' speirs ane.

'Ane enemy o traytors!' I cryed. 'And leal til our King ower the watter.'

Sen I wes enrowlit and, be providing intelligence anent their enemy's dispositioun, playd a pairt in their victory that day. Likewayes I continewed for twa years on the Bass.

Wee made a fair living aff herring boats, and cattel that ane neibour kept in store on the Isle o May. Wee war plenisht be French privateers, tho this is mear history, that is dry stuff for scholars tae chow. I fand life on the Bass very pleasant, and embarkt on severall voyages wi my comrades tae supply us wi victals.

It wes during siccan voyage that wee met our downcome. Our Captain espyed ane barque, flitting Dunbar wi a cargoe o barley, and considering wee are a littil short o yill, despatcht our vessel tae meet her. Wee cam alangside, tae offer her Captain his life an he yields her. Sen he turns her about, and sails back for Dunbar.

Wee gied chase and catcht her, ettling tae command her hame. But as wee traveissit the Forth, ane doggar approacht, that I culd ken severall faces on boord her.

'They are the gaird that impresst me,' I sayd.

'What than?' speirs the Captain o our vessel.

'Wee suld get us on boord the barque,' I proponit.

Despatching her crew on our boat, wee made our escape, for the barque being armed wi eight pounders, the gaird wes aweir o coming tae grips wi us. Wee wald retourn on the Rock wi our prize, sauf ane squale blew up, that cairried us out in the sea. Wee culd never win hame, and put in thrie days later att Dundee, whair wee dispersit.

Our comrades on the Bass war obligated tae treat wi the enemy, and managed tae bargain for indemnity. The feck o thaim, as alse ae wheen o the crew that got captured, war gien leave tae ship for France. Tho some remayn at large, and I considered mysel put til the horn. I daurna gang hame, least my faimily is wyted for my becoming a rebel, and spent twa years making a scant leeving around the harbour at Dundee. Syne I tuk a dander til Leith, and embarkt on board *Unicorn*. For the sooth is, it is a miserable life ashoar, and I wald hazard my skin tae mak a fresh start in the New Warld.

Next day the younker wes feverish. Sax happy leeches slumbered amang the shaven hairs on his chest. Whan I saw John Cruden, I beseecht him tae fetch the surgeon. He was mair feart o his presumptioun being discovered, than latting the lad dee.

'An ye dinna tell him,' I said, 'I sal.'

'Tell him,' he sayd as he administered fresh leeches. 'But mind and say wha changed his dressing the first night. You, that has nae right tae meddle in a chyrurgeon's affairs.'

I daurna gang near the boy aa day. But that night I culdna sleep for worrying.

'Heh Billy,' Henriet whispers. 'Is it wee Jimmy that's fashing ye?'

'Ay. That eedjit will be the daith o him.'

'I ken naught o the chyrurgeon's trade, but I dout that is a wrang way tae treat him.'

'But what use is it?' I cryed, on the poynt o tears. 'What can we dae?'

'The auld biddie that cam aboord in Leith left a wee jar,' he ventured.

'The stuff she rubbed in my back?'

'I plankt it in your buit.'

His een war bright as we opened the kist. We fand my buits in the cloth bundle. I tuckt the jar in my sark, tare a strip aff the canvas, and put my claes back in the kist. Syne we scuffled atour the gun deck, whair the cat lay moaning

'Hsst Jimmy,' I sayd.

'Wha is it?'

'We are come tae cure yow.'

Henriet gied him ane corner o his blanket tae chow, and stroakt his heid. Aneath the clarty dressing, yellow pus oozed atween brakken scabs. I dousit the wound wi brandy, tae clean it as best I culd. I presst out the pus, gied it a dicht and dousit it till it luikt just red and raw. I was away tae smear on the unguent, whan I saw the inside o his leg seething.

'Guid God!' I sayd unner my braith.

In the mirk, the writhing maggots war pale and ghaistly amang his flesh.

'What is it?' speirs Henriet.

All I culd think was tae finish the job and be away. Catching my braith tae force back the bile that rase in my craw, I slappt on a daud o the unguent, smearing it in, and happt the shin wi canvas. I tare up the blanket and wound it round his legs, tying thaim fast. Alwise I wes muving as tho in a dream, onely vaguely aware.

I am fixing a winding sheet, I thoght.

This day being Sabbath, I stood aneath the mainmast in repentant mood. I felt scunnered by my wark wi the ship cat. Captain Pincarton appeared on the quarterdeck gallery, wi the faithful Patersons. Doctor McKenzie was at his right side, seeming as wrathful as an angel on judgement day. As the Reverend James began tae preach, the chyrurgeon's mates cam sidling ontil the deck, tae loiter forenent the starboard rail.

The minister read frae Deutoronomy, but his words rumbled ower me. John Cruden was glowering at me, wi black burning rage in his een.

Ane thing was sure; he had been alow and seen the ship cat.

When the minister was dune, I saw him moving toward me, leant forrard, and brusht the hem o his coat wi my finger as he steppit ben for his coffee.

'A maitter o conscience,' I said.

He's got his haund on my shoulder, tae shepherd me in.

Can ye confess, or what?

Juist then Doctor MacKenzie stude in the bulwark. I pulled away frae the minister.

'Your conscience?' he says.

'This is a temporal maitter.'

I presented the whole case afore the chyrurgeon culd open his mou.

He spang atour the gunn deck in a fuming rage, drawing his mates efter us, mair by will than instructioun. Sen we fand the hapless lad, that appeared at daith's door.

'Wha is responsible?' he demands.

His mates tuk ae luik at the boy and, pointing at me, spak wi ane voice.

'He is!'

The seamen that gathered culd onely nod in agreement.

I cooryed in the wall atween plank and clamp for what seemed an eternity, till he unwound my bandaging. All I culd see was a ghaistly vision o putrefying flesh, and the bane braking out, the wound louping wi maggots. All I culd hear was ae seaman speak, wi alarming expressiouns and gesticulatiouns.

He was saying, 'He fixt it last night. And the first night, efter Jimmy fell aff.'

'Mister Budd,' said McKenzie. 'Fetch up your loblolly pail.'

Whan I returned, the chyrurgeon was engaged in a sombre dissertatioun wi his mates. I was wondering what new humiliatioun he might have in mind for me.

He gied me a sign tae lift up the pail where aabody can see it. Then he picks up the horn spuin and presents it tae Cruden.

'The thrid mate wald latten the lad dee,' says the sailor. 'He has sic a conceit o himsel. Whairas the loblolly boy has cured him.'

Jimmy was smiling. His wound lay clean as a gigot dresst for the oven, the bane straight as a leidline in the unhappit clout. Aabody was smiling except the third mate. He was left holding the spuin. And I passt him the pail for guid measure.

'Weel Mister Budd,' quo Doctor McKenzie. 'Fra now ye sall be my third mate.'

Whan we rowled in the roadstead at Madeira, I ware a bright new suit o claes: a fine jaicket, whit sark, whit linen breek, woollen hose, black brogues, and a whit velvet cap embroidered wi the unicorn in siller threid.

Seamen and landsmen gathered on the spars and the haulf deck. Pennants flew at the tips o the yards, upon mizzen and fore topmasts. The spritsail topmast carried a jack. Our ensign is a red rising sun on gold and blew. Our flag at the main the saltire.

We drappt anchor, wi *Endeavour* at our stern, and luikt upon Funchal's harbour walls. Boats huddert on the beach aneath the fort. A pair o Genoese merchantmen lay in the roads. But thair was naebody alang the shore. Inside the town, a skimmering haze hung ower the red tile roofs. The braes are etched wi terraces, and banana groves mark the river's course westward. Up the hill is a convent wi reeking lums. Closser, the cathedral's mosaic dome glints blew and green in the sunlight.

Captain Pincarton boorded our pinnace. He was dresst up in his Vice Commodore's jaicket, periwig, hat and sabre, and clutching a sheaf o diplomas. We luikt on as she drew up at the jetty and they stappt ashore. Dreeling his oarsmen, he strade alang the front and vanisht in the fort. An hour later, the first mate cried on the gunner tae signal the Governor. Our masts shuk as twelve guns brist the air. Their sulphur reek hadna cleared frae the shrouds whan the fortress made answer wi the same.

The Madeirans are aweir o strange ships, for their town hes been captured by pirates severall times. They hauld back till they hear the fort's salute. Sen they can float their boats tae walcome us ashore. It is party time in Funchal and on boord *Unicorn*.

Whooring and drinking is mainly the order o the day. We sal wire in at fresh fish and meat, quaff wine by the quart, scoff bananas, pineapples, papaya, prickly pears by the bushel. Aathing we can lay our haunds on. For wee are sick wi saut beef and biskit after ae month at sea.

In fower days, the compleat fleet rolled in. First was *Saint Andrew*, wi her gowden prow, red pennant, and Commodore Pennecuik saluting the Governor wi guns bleezing upon her forecastle. Next cam the *Dolphin*, a stubby vessel that is ane snow, about the same length as *Endeavour*. Astern was *Caledonia, Saint Andrew's* sister ship, haen fourty guns, tho lacking the decor that mark her as the Company's flagship. Like sisters, it is sayd thair is some argy bargy atween their masters, tho in time wee mayst plum the trew depth o it.

We laye ten days in the roads, while our heid-yins met in Council on *Saint Andrew*. Mister Paterson has been made a Councillor on account o his skill as a merchant. By the end o the week he sold *Endeavour's* cargo for twenty seiven pipes o wine. A gey wheen o the merchants in Funchal are Englishmen. Thair are some Portuguese *capitanos*, but they are really *petit* aristocrats that winna sully thair hands wi trade.

I gaed ashore wi Doctor McKenzie and his mates, as also Doctor Herries, that I met at the outset in Edinburgh. He is on boord *Caledonia*. We tuk a daunder round the mercat, tae buy victalls. Whan I fand a stall selling lemons, I prevailed upon thaim tae buy some fruit, sen I jalouse they had scurvy in mind.

Whairas Doctor Herries reckons the best remedie is scurvy grass, and sware by it.

'It is used in the King's fleet,' he said. 'There is a scurvy grass ale you can buy at the wharf in London.'

'We'll hae nane o that pish,' cries McKenzie. 'Oil o vitriol is the maist potent specific for scurvy. Alsweel in the southern latitudes this disease hes the form o syphilis.'

He than spak about the motion o the humours, and siclike

science; how vitriols check and soothe their excessive motion. On account o their coarse particules, thir vitriols block up the verra small passages. This way, they check motion. Or, whan the humours are tae fluid and thin, it has been observed they are capable o coagulating the humours, by means o particules that are angular. Their braid surfaces mak thaim unsuitable for movement.

And this is it – I was ettling tae tak tent as he spak, tae lear mysel some physick. Tho Doctor Herries considers we hae a perfectly guid curative in scurvy grass.

'Why meddle wi newfangled theories?' he says. 'We should be content wi the aphorism; that opportunity is fleeting, experiment dangerous, judgement difficult.'

Yet Doctor McKenzie thinks the auld methodes are aften mear superstitioun.

They wald continue this argy bargy til their jaws lockt, except Wilkie piped in.

'I hear some folk recommend carrot marmalade,' he says.

'That's the boys,' I said. 'Marmalade.'

I was thinking; Get thon marmalade on boord. Marie *malade*. Mind? But I wasna sure it wes discoverit yet. It just shows how ye maun pay attention tae history.

'What next?' Walter Herries was saying. '*Sauerkraut*? And be a Dutchman.'

'It may be,' says Doctor McKenzie, 'that ilka nation has ae suitable specific. As divers bodies respond differently wi the same remede, and some will decline while others rally, sae men in ane nation may respond mair readily til ane singular specific.'

This way we continued tae mak what purchases they consider needcessitous. Maist particularly, tae supply their Captains' cabins wi sweetmeats and delicacies.

The surgeon's mates frae *Caledonia* and *Saint Andrew* are much the same as ours. I hae little time for their braggartie ways, for I am lately a loblolly boy. And the warst thing is they sook up tae me, even as they are apt tae hauld down Cruden the same way they oppresst me. I canna be arsed wi thon capers. Whan ours made out I can bide wi thaim in their barth, I declined. I wald suner bide in the hold wi swine, nor bide on the quarterdeck wi hypocrites. I am comfortable enough on the gun deck.

Tae be frank, I might be lanesome bot Henriet.

Some folk wald trade their jaickets for victalls or wine, but the feck o us had nae business in town. Whan we stappt ashore it was tae feel the yird aneath our feet, that the seamen had little liking for. Forbye it encouraged the landsmen tae dwall on hame. The heid-bummers canna thole thaim tae run amok, for they are aweir they might reive the banano groves, or even desert. Sen we stayed on boord maist o the time.

This being the last day or we ship out, Henriet and I sate on the black shore aneath the fort. I had been sooming amang the waves, but he never gaed in ower his knees.

The sun fired the sea wi an orange lowe frae lift til shore. Our fleet lay at anchor, happit in her bleeze. The morn we sal embark on that burning path in the Western seas.

'What's that tune ye're whistling?' sayd Henriet.

'It just cam in my heid.'

I heard it in some other time and place. An echo o Jim Morrison's voice, raising spectres frae the dark pit o an American dream: *Five to one*. That would be our odds.

'Dae ye ken whair we're gaen?' he said.

'God knows.'

'Can ye believe He will guide us?'

'I sanna lat my memory o the future betray me. But I canna be blin.'

'Ye ken what's in store?'

'Nae enough tae say what will happen til us.'

We are five ships and twalve companies o men. The Company of Scotland Trading to Africa and the Indies. We are embarkt, as they say, upon ane hazardous designe.

The place was on aabody's lips, afore Captain Pincarton culd open his sailing orders. Yet we maunna speak it abraid lest there are spyes. Funchal is thick wi the tales we spun. We are bound for

East India tae buy silk. Arabia for coffee. Madagascar for slaves.
China for tea. Jamaica for sugar. Carolina tae mak a plantatioun.

I wald deny it mysel. Yet history at school learnt me otherwise.

We are bound for Darien.

The very name brought a scunner tae my heart.

'What will befall us?'

We sall be wrackt, I thoght. Ane fifth o the company can live.
The sea, the flux and the fever sal tak the lave.

Unless I am come tae whummle God's destiny. Haen soomed
through time; was I here last tyme? Am I here now? Is this the
same black beach in Madeira?

Culd we ship out in a braw new warld? May destiny unfurl a
new banner here, wi me a threid in it? And God's will be thwartit?

What law says aathing rowls forrard the same? I larnt thir
ethics frae Star Trek: tae never herm naebody; never alter the
course o history.

I luikt in Henreit's eager face; his een skinkled wi the sun's
orange lowe. Our fleet lay in a bleezing sea, masts darkening in the
night sky, as we liggit on the black beach. Mair than onything, we
suld gang forrard thegither.

Naething here for deserters but bondage til a *Capitán*. Whatna
chance tae find a passage hame? Or alse ane barth on the
Company fleet. And ane chance in five at leeving.

I hae nae hame bot *Unicorn*.

CHAPTER 3

IT IS ANE WEEK since we weighed out o Funchal. Jimmy's leg is mending. I never lat on about the biddie's unguent, tho I gie him a dicht now and than. He will always be lame.

Doctor McKenzie hes gien me some buiks, that is William Harvey's *Exercitatio Anatomica de Motu Cortis et Sanguinis in Animalibus*, and Friedrich Hoffman's *Fundamenta Medicinae*. As weel thair is ane treatise on wounds caused by gunnpowder. Mister Paterson's clerk hes loaned me a primer tae help wi my Latin. Tho I hae a bit o Spanish, and what French I can mind frae school, it is a sair pech tae pleiter through thaim.

Doctor McKenzie is alwise keen tae demonstrate therapeutics. He says a physician suld ming theory wi practice, that is an idea he shares wi Hoffman.

This afternoon he bade us come down til the loyer deck.

'Heire is ane patient wi the flux,' he said, 'that is perfect for instructioun.'

An ye thought the gunn deck was fyle and crampt, the loyer deck is ten times warse. Here is the stink o ane hunnert and mair unwasht bodies. The timbers are damp, and the room has neither light nor air tae freshen it frae day til day, except what comes in through the hatches. As sune as ye set fuit alow, your neb is whummelt by the guff.

Nanetheless we stude around the patient in a huddle, while Doctor McKenzie dissertated anent symptomes, hygiene and therapeutics.

'Whan thair is doubt,' he said, 'wee alwise treat the patient wi diaphoretics. In this case he didna respond, tho his emissions increasit. Wilkie, describe his symptomes.'

'Bluidy skitters, black puke, and a yellow complexion.'

'Verra weel. Budd, what is it?'

'I dinna ken, sir. The skitters?'

'Ay,' he says patiently. 'That is ane symptome. What is the disease? Charters?'

'The flux.'

'And the remede?'

'Weel, a vaporous substance. Opium is the maist effective.'

'But?'

'He luiks awfu traikit, sir.'

'Precisely.'

Wilkie luikt up frae the planter where he had been examining him.

'Opium is tae strang,' he putt in. 'He seems raither dwaibly sir.'

'What wald ye recommend?'

'Saffron, or camphor. It depends on the patient. What is beneficial for ane persone, may harm anither.'

'Ay,' grees the chyrurgeon, turning tae me.

'Wald ye say it is a malignant case Mister Budd?'

'He seems pretty malignant. What culd ye try wi him, sir?'

'Tak tent, son. I tellt ye I tried diaphoretics. Alse I wald treat him wi opium. Tho sic a remede wald disturb the bluid mass. What way culd we balance it, Charters?'

'Wi an antidote. A sudorific?'

Doctor McKenzie lifts an eebrow.

Minding Hoffman I said, 'Spirituous salts.'

'Guid.'

'Haud on a meenit,' said Andrew Wilkie. 'In a malignant case, surely wee maun treat the patient mair gently during the disease stage?'

John Charters was still smarting frae his slip, and agreed wi his mate.

'Gif onything is tae be tryed,' he says, 'it suld be dune at the onset.'

'And what might our auld friend Hippocrates say?'

This seemed a familiar prompt, for they gied voyce til his aphorism as a chorus.

'Desperate cases need desperate remedes.'

'Excellent!' exclaims the chyrurgeon.

Whairas the patient sat up on his elbuck and gied a big groan.

'My God, sir!' he cryed. 'Am I tae dee?'

'Ye sanna dwine an ye lippen til us,' says Doctor McKenzie, wi best bedside manner.

Tho by the way his mess mates hung about, glowering at us, ye culd trow this is a desperate case indeed. Now the chyrurgeon has a reemage in his bag, and begins tae demonstrate the practice o venesection, by opening a vein in the man's arm wi a scalpel.

As the bluid drained, pretty freely, Andrew Wilkie caught it in a pewter quaich.

'In malignant diseases,' McKenzie continues, 'venesection sometimes brings recovery. Whiles, howsomever, it is fatal.'

Hearing this, the patient champit his teeth til ye culd hear thaim creak, and yankt his airm, sae that the chyrurgeon was oblidged tae hauld it firm wi his knee.

'Whiles it is advantageous,' he says. 'At ither times, in ither cases, it is hermful.'

Whan he was dune, his first mate gied the blade a dicht wi ane clout.

'As for the healing,' he sayd, 'that is in God's hands.'

Syne he clam throu the skuttle, tae gang ben the quarterdeck, whair he is accustomed tae tak a bowl o coffee wi the Patersons at that time o day.

I retourned til the gun deck. But I canna mak nae progress wi my studies. For I am raither disjaskit by his manner o treatment.

The landsman died next day. Tho it may be a blessing, that he dwined sae sune. His friends wald watch ower him that night, but Doctor McKenzie prevailed upon Captain Pincarton tae bury him quick. We happit him in a shroud and slippit him ower the gunnel, his friends foregathert. The minister gart us pray, and read Corinthians:

Behold, I shew you a mystery; We shall not all sleep, but we shall

all be changed. In a moment, in the twinkling of an eye, at the last trump: for the trumpet shall sound, and the dead shall be raised incorruptible, and we shall be changed. For this corruptible must put on incorruptioun, and this mortal must put on immortality. So when this corruptible shall put on incorruption, and this mortal shall have put on immortality, then shall be brought to pass the saying that is written, Death is swallowed up in victory. O death, where is thy sting? O grave, where is thy victory? The sting of death is sin; and the strength of sin is the law. But thanks be to God, which giveth us the victory through our Lord Jesus Christ.

His words seemed werse as loblolly, and as thin nourishment. In the same instant the minister's back was turned on thaim, the landsmen rase a bumper o brandy tae toast their comrade and, loitering about the hatch, muttered certain blasphemies as occurred til thaim in their grief. Sen the saicond mate Mister Paton dispersit thaim. Yet the Reverend James culd thole thaim, bearing the planters' melancholic reflectiouns on his puir shoulders.

Doctor McKenzie remayned in his cabin. Even altho his absence wes illspaken by some, this had mair tae dae wi ane disputatioun that arase wi the Captain, nor his being ashamed tae lose ane patient, as some sharp tongues wald hae it.

Sen wee entered the tropicks, we had been lying in a flat calm for a spell. The weather becoming increasingly hot and humid, severall men on boord *Saint Andrew* war stricken wi fever. And the Commodore tuk this case o the flux as a prompt tae command that Captain Pincarton fumigate his ship.

'Wee suld tak this meisour,' says Captain Pincarton, 'on the Commodore's orders.'

'It's noght but a waste o tyme and smoak,' says the doctor. 'Whan a man's bluid is corrupt, aince the disease is internal, it canna be cured by external means. Tae cure a man wee maun restore the right balance inside his body. Wee canna treat him as ane haddock.'

Yet the Captain persisted, saying it is a lang-establisht practice at sea, that hes been administered sen Noah shippt out.

And in despite o the chyrurgeon pointing out this error, Captain Pincarton cried on a midshipman tae cairry out this fumigation, commanding him tae descend in the holds and loyer deck, whair they suld burn tobbacco leaves, camphor and marjoram.

Aa the ship maisters are obligated tae dae the same. Likewayes wee can scrub the decks aince a week wi vinegar. That is ane astringent in Hoffmann's buk.

The effects are nae sae bad for the seamen. Acause they bide on the gun deck, they can throw open the ports. As sune as the boys come round wi their smouthering marjoram, they sclim throu the skuttles tae hang in the shrouds till it is safe tae retourn. But the planters maun bide in the loyer deck where the reek can choke thaim. As weel as being kept closs as sardines in a can, they are pickelt and smoakt as gherkins and kippers.

Thairfor I tend tae knock about the quarterdeck mair than I wald like. The heid yins hae mair respect for rank than I appruive. That way they can justify the comfort o their accomodatiouns. They canna thole na seamen nor planter tae stap on the quarterdeck. Yet this same snobbery leads thaim tae treat me favourably, as Doctor McKenzie's prentice.

Thomas Fenner is a great help wi the Latin. He lats me read his pamphlets and buks. Sometimes I even tak coffee wi the Patersons on the Sabbath, efter the Reverend James's sermon. The heid yins drap by whan they list, as weel for coffee, as the crack. Mistress Paterson used tae keep a coffee house in London, afore she was married. Her husband is apt tae bang on wi his economic theories. He is a famous teetotaller, tho he might benefit frae a guid bevy now and than. Whan all is bye wi it, he is as big a zealot as the minister. He might be rambling on wi his schemes and projectiouns, till the Reverend James raises ane haund, and pronounces his favorite aphorism.

'What man proposeth, God disposeth.'

This way the conversatioun aften turns tae spirituall maitters. Indeed, the minister's preaching hes taen a stricter hue lately, yet I canna speak back, least I cause offence.

This change o taik was apparent sune efter the flux cam on boord. As weel the minister made sermons on the corruptible, as the chyrurgeon refers tae corruptiouns o the bluid mass. Now, in order tae maintayn an appropriate harmony in the quarterdeck, they tryed tae mak common grund atween physique and religion. Whairby they wroght a strategy tae impruve the men's hailth.

The minister begouth tae bang on about the Israelites' flight frae Egypt. That Gode hes chusen us tae embark upon seeking our destiny.

'Righteousness exalteth a nation,' he says. 'But sin is a reproach to any people.'

Whairas Doctor McKenzie got his mates tae pry in our patients' private affaires.

In particular: had they 'kisst' ony ladies whan we put in at Madeira?

They replyed in the maist braggarty way. It culd appear aa the sins o Gommorrah war indulgd by our sailors and planters in the short time they war ashore. Forbye the maist diabolickal perversiouns imagineable, tae hear their friends speak. An Doctor McKenzie was rady tae hear every detail, his zeal was surpasst onely by the minister's. Next time the flux claimed a victim, the corp was hoied ower the rail bot consolatioun.

'The fear o the Lord prolongeth days,' quo the minister. 'But the years o the wicked shall be shortened.'

And the following Sabbath he preacht afore a dwindling congregatioun.

'Whatna people sall we be, in our new warld?' he speirs us.

As tho we hedna jalousit; we suld be the maist righteous.

Tho tae be frank, thar was a gey bit o sodomy gaen on aboord us. That is naething byordinar. Indeed I wes temptit mysel; aften I culd awaken neist Henriet wi a desperate situation tae haund. But I gied mysel manual relief, and thoght nae mair about it.

Likeways I considerit the prospect o whooring at Funchal, and thoght better o it, haen determined that ye suld never fouter wi fowk's history. Supposing I happen tae be cairrying a twentyeth century disease? What a horrible footnote I might append on history's pages by transmitting it back through time! The upshott wes I got a reputatioun for piety, that wes never entirely til my discredit. Even tho I was mindful o the Prime Directive, nae the God they had in mind.

Whatever might guide us, we made guid progress during this time wi a fair wind, and catching our first sight o the Leeward Isles by the end o September. Captain Alliston cam aboord as pilot att Crab Island. Yet I wes never concerned wi making an account o the voyage, in a right log o knots and latitudes, or whatna winds wee had. That is really a maitter for captains and clerks, whairof yow may speir o thaim for siccan account.

Sen we filled up our casks wi watter in Crab Island; that was a great discomfort, for it wes fyle. Hauf a dozen war tint afore we cutt their rations. And by this time it struck me thair are severall points in Hoffman's method that staund in need o correctioun, or at least, mair clarificatioun than our physick is capable tae deliver.

This forenoon, when wee gaithered in his cabine, Doctor McKenzie wald represent that the best way tae cure intermittent fever is by the sensible use o quinine.

'But our cases arenae intermittent,' I sayd. 'Some can be deid within days o showing the first symptoms.'

'That's right,' he replies. 'The cure depends on proper and prudent adminsitration.'

'An ye permit me,' I sayd. 'Dae ye think maybe quinine isna specific for this fever?'

'That might be the case. Tho unless we find a mair effective treatment, we suld continue wi this. Alsweel wee suld continue dousing the decks wi vinegar. It keeps fever in check, by destroying the cause o disease.'

'Aha,' smiles the minister. 'The littil animalcules.'

For it is sayd animalcules corrupt the bluid. The remede is tae purge it wi vinegar.

'Whatna fever is this?' I askt him. 'Surely it isna malaria?'

'This fever on boord us is reid,' he replyes. 'Malaria is mair yellowish in hue. It is ane quatrain fever that occurs intermittently, wi severall agues aften leading ontil daith.'

'Whairas we can consider ours cured if he comes throu the first ague.'

'Aha.'

'Weel then, culd it be that a different animalcule is responsible for reid fever? That it canna be treated wi quinine, as malaria can.'

'See gentlemen,' says McKenzie. 'Mister Budd has pruiven a fine scholar indeed. Aaready he is larning the fundamentals.'

'He seems tae possess an enquiring mind,' says the minister wi a hint o jalousey.

The minister is alwise poking his neb in chyrurgickal affaires. And aften he dresses his presbyterian barb as a compliment.

Yet something was fashing me. It was sooming around my memory. Something frae school biology buks. I scratcht my heid.

'Tak tent,' cam a voice att the door.

John Cruden stude in the bulwark.

'Wee suld keep ane ee out for pests,' he says.

He wes scarting his heid. Aabody begouth scarting their heid. Even the minister wes daen it, that I saw out the corner o my ee, altho he made out he is abune sic bestial habits.

'This is what I was efter saying,' I sayd. 'It is like thon fumigations, sir. We agree they are unnecessary.'

'That's right,' says the chyrurgeon. 'They hae nae effect upon the hailth o the ship.'

'Weel then. If quinine isna specific, why use it?'

'Verra guid,' says the doctor.

'I'm inclined tae agree,' says the minister. 'Thon quinine is really ane heathenish sort o papish ploy, that was used first by the salvages and Jesuits.'

'But it is known tae cure fevers o an intermitting type,' says Doctor McKenzie.

'Whairas this is a reid fever.'

'It may prevent it a littil. I dout it is mair or less the same. Aa fevers are caused by animalcules acting on particules within the bluid mass.'

I had earlier formed a view that the Gulf o Darien is nae mair than a large swamp, that is hoaching wi malarial mosquitos. But I wasna about tae lat on how I ken.

'We suld keep the quinine,' I sayd, 'least thair is malaria in Darien.'

'Oh,' cries Cruden. 'Dae ye presume tae advise the chyrurgeon now?'

'I dinna presume naething. I was merely offering an opinion, based upon reason.'

'That's mair an we ever heard fra yow,' says the chyrurgeon.

I culd see how his een had taen on that flaming hue; frae the reek o herbs he wes chairged wi administring atween decks. I felt a bit peety for him then. But the minister's zealousness had been stoked and he mayst hae his say.

'It is sair wark indeed,' he says, 'tae lippen til ane backsliding command.'

Maybe he hade been nurturing this jalousey some time. Whairas the chyrurgeon wes unaweir, and gied back ane laugh.

'Next thing,' he says, 'ye'll mak out our Captain's a Catholic for burning tobbacko.'

'I dinna ken whatna doctrine he follows,' says the minister, growing hett. 'But he keeps on the same taik wi Commodore Pennecuik, whilk is ane prelate and backslider for siccar, haen bent his knee att the episcopalian altar.'

'He's at your preaching every week,' I put in.

'And muckle guid it hes dune him!'

'Our Captain is bound tae follow commands.'

'Yet thair is the law o kings and the law o heaven,' says the minister, lowsening his collar. 'We canna be thirlit til a king's law here. For as Moses deliverit his people, we are sailing under the laws o grace.'

'We are really oblidged tae follow the law o the sea,' observed the chyrurgeon, 'sen we are sailing under the Commodore's command.'

'Bravo!' bleats Cruden, clapping his haunds. 'Tak tent Buddy boy, whan ye ettle tae cast aspersiouns on your superiors.'

'Steik it!' says Doctor McKenzie. 'We are greed on a method here. We aa seek efter remede. Tane for corruptiouns o the body, thither for corruptiouns o the spirit.'

Now the minister begouth tae trummle and mummle. 'We'll hae nane o your spirits and *animas* here. Or alse aa that sail wi us are corrupt.'

It luikt like wee were in for a right proper reasounable debate. My harns war fairly sworling wi the buk learning I lately acquired, and I culdna hauld mysel back.

'Surely we hae a fine method,' I sayd, 'efter Hoffman. *Spiritus, menses, anima.* Lat the chyrurgeon luik til his *anima sensitivitas*, lat the Council guide us wi reason and sense. That is the *mens*. And for you sir, the *spiritus*, tae guide us in spiritual maitters.'

The minister seemed tae seethe unner his skin wi a deep reidening rage. Sen he breenged frae his chair, knocking it back wi furious animatioun.

'Can yow believe our Saviour neglects temporall maitters?' he declaims. 'That he can abandon our *animas*, that we alane suld care? Dae ye think he has twined the *anima* frae the *mens* and the *mens* frae the *spiritus*, als your Hoffman proclaims? This littil buk is mear blasphemy and atheist rantings. Als yow are airt and pairt, ane atheist! God alane can care for us, for aathing unner the lift, in aathing aneath our skin. He cares even for the tiniest animalcule. Can He lat ye ken mair o the warkings o flesh than He can ken? No! He leaves naething til us, but commands aathing. Can ye doubt He commands the watters o the sea tae muve? The clouds o the lift tae rain benificiently upon us? And the gale tae blaw us safe intil ane harbour? God, whilk gart the mountains tae rise fra the deeps o the ocean, what are we in comparisoun wi His infinite power? We are als clegs on a cuddy's hide. Wee are als animalcules, that Doctor McKenzie regards in his microscope. Aathing is vain, bot our souls are saved. And how can we dee? the chyrurgeon speirs. Als tho it is for him tae say. In daith and in life we are in God's haunds. He wroght us frae clay, ontil clay we return. Whan we chuse the ways o corruptioun, by abusing our bodies and polluting our flesh, He directs animalcules tae feed upon us. He commands the motions o particules in our bluid mass. We maun lift up our herts, tae submit ontil his will. Annerly in Jesus Christ lyes our salvatioun, na fumigatiouns nor quinine.'

Aiblins the minister wald kept on this course for severall hours. Whan he pulled out the stops and begouth pumping away at his bellows, he was quite capable o beming aa day.

Except on this occasioun, he grew sae lively and het that he fell in a dwam. Doctor McKenzie luikt in on him that night, tae see what remedes he considerit needcessitous. Yet noght culd avail him. The minister dwined til his daith in thrie days, frae the same reid fever. He waldna tak quinine, nor bleedings, but soomed away wi a bit prayer on his lips.

The Reverend Adam Scott rowed ower in *Saint Andrew's* lang boat tae bury him.

'God taks unto Him thaim he loves the maist,' he said.

We were standing severall leagues aff the shoar, under a leiden sky, haen broght the fleet til a deid lift. Now her haulf deck was steaming aneath the sun's warming rays, as *Unicorn* laye engulft in an astringent mist.

I was thinking, What dae Ye think Ye're playing at? Ye war meant tae luik out for Your minister mannie. His animalcules and his particules an aa. And thon other bodies, Ye tuk afore? Can Ye love thaim sae much, thir sinners. Can fumigatiouns be the right answer? Alse a papish trick? And a kick in the dowp for the Kirk's men.

For the Lord God commanded, Thine captains sall kipper thaim and pickle thaim. Thou shalt damn thaim for papes and sodomites. Yet I sall pluck thee frae the quarterdeck.

Gode's will, ya bastard! Ane victory for the animalcules.

What then? Shall we sin,
because we are not under the law,

but under grace?
God forbid.

I had considerit mysel immune. An I gied daith a thought, it was smugly, for being up on the quarterdeck abune the reek. I thoght we war untouchable. Incorrubtible. In wi the heid bummers, that wald putten thaimsels ower the lave. We hade a method! That science and God belang wi us.

I ettled tae hauld back the mirk, by bigging this bield frae nature's sooth. Now it slippt away wi the corp ower the rail.

What culd the Commodore's minister dae but announce a psalm, while an alien sun scorcht the lift, and ane verdant forest laye smouthering aneath the sworling mountains o Darien's *Cordillera*. Atour twa-three billowing leagues o salt cam soughing an eldritch howling o monkeys, as we sang wi gaping mous against encroaching time and doom.

CHAPTER 4

WEE ARE LYING AT ANCHOR in a large bay, near the Gulph o Darien. Our Commodore advises thair is room here for ane thousand sail. The land is covered in forest, and teeming wi game. Them that have been ashore say this is the fruitfullest place on Earth.

Our pilot, Captain Alliston, was a great pirate in his day. He culd name Captain Morgan amang his acquaintances, and traversit thir seas in his company. Now he is rather advanced in years. Mister Paterson knowes him sen he was in the Caribbean trade.

For severall days we maun bubben alang the coast. Maistly the land laye amang haar on the horizon. Tho att tymes wee wald soom sae closs wee thoght wee may streik out ane haund tae pluck fruit frae the trees. In some places are braid beaches o whit sand, tho some say it is meerly waves breaking, for the sea is treacherous and full o hazardous reefs.

Our progress was made difficult, as weel by variable winds as by ane current that sweeps aff the shoar. Wee war obliged tae hoi twa three corps ower the rail each day, on account o fyle watter. What wi the tropickal heat, and our sluggardly progress, the morale o the crew and planters alike began tae plumb the verra depths. Efter several days wee war employd in bubbening, the swell rann yellow aneath our boughs. Aabody presst on the barboord gunwale, tae see what it culd mean. Some tuk it for an evill omen. Some say it betokens gowd; we might find enough tae fill seven hunnerd ships. Yet Captain Alliston sayd this current flows through the Gulph of Urriba and shews wee are approaching the isthmus.

Presently wee drappt anchor in the lee o Golden Island that lyes ae league aff the Darien main. Captain Pennecuik wald claim the coast for King William and the Company. He floated *Saint*

Andrew's pinnace, trimming her aneath lateen sails, and mounting a culverine in her bough. He stude in her stern, wi his perspective glass in haund, a fine gilt sword in the scabbard att his thigh, ane reid pennant fluttering on the foremast, and a saltire on the main. The Company's rising sun flew att her prow. Now the Commodore wes rady tae be first ashoar. But some Indians had seen our fleet lying aff, and foregatherit on the beach. Aweir than o running his pinnace up on the sand, he tuk ae glisk through his glass, and seeing they are aa dresst in warriour array, sent a young seaman's lad sooming.

'He's afeart they might be cannibals,' says Henriet.

We war watching frae the haulf deck on boord *Unicorn*.

'He's feart o getting his feet wet,' says Hirpling Jimmy.

'On ye go!' cries Davie, seeing the lad's heid bob like a cork in the briney foam.

This way our first fuit in the New Warld gott thair by sooming. The Commodore daurna broach the breakers, but gart the helmsman keep tane ee on the wind, tither on the tide, and be siccar his oarsmen can pull away quick, lest the Indians possess canoas.

I fellt for the loun, being a time soomer mysel. A file o muskets at the back o his heid kept him sooming sae weel. Wi daith's visage aawhair about him, whether in front, att his back, or amang the foaming surf, his onely course laye in reaching the beach. Sen the Indians spak wi him and sent him back on boord the pinnace. Haen foreseen our arryveall in a *pow wow,* they sayd they sal tryst wi our Councillors the morn's morn.

Captain Pincarton hes made a splairge wi the brandy, and allowed braziers for roasting seafowls. Wi that and some cabally fish, it luiks like a guid night aathegither.

Twa score gannets war making their creishy reek midships, whan I stappt in the chyrurgeon's cabin. He dippt a ladle in the punch bowl that was setten upon his sideboard, and filled a quaich wi the pleasant smelling liquor.

'Weel Billy Budd,' he smiles. 'Here's hailth til us aa.'

Taking it up, I swallaed a guid draught o the punch.

'*Slainte* yoursel sir,' I sayd.

Neist the doctor, John Charters raised his toast.

'Safe hame at last.'

'And a comfortable barth amang ceevil folk,' says another, familiar voice.

Dimly in the shade that the lantern cast, I discernit John Cruden's unpleasant figure. Maybe I gied a start, for he lat lowse a mocking laugh. He had draped himsel in the doctor's hammock, whair he suppt punch frae a stoup, and grinned braid as a jack-anape.

'Mister Cruden will be joining us again,' said the chyurgeon. 'Wee need aa the hands wee can get, sen the flux hes gotten a grip o us.'

Lately ane officer's wife had been taen by the bluidy skitters. Alsweel Tom Fenner liggit neist door in a fever.

'Tho ye needna return til the loblolly game,' he says.

'Your freend sall hae that privilege,' says Cruden. 'The cruik-shankit fellow.'

Hirpling Jimmy they cried him now. Tho his leg hes mended tolerabley weel, his days o sclimming the rigging war cutt shortt.

'He'll mak a fine loblolly boy,' I sayd.

'Aha,' pipes Cruden, swinging in the hammock. 'He kens a bit o the trade.'

Culd he ken about the biddy's unguent? Siccan things are wan-chancy, and nae tae be dabbled in lightly. Yet it saved Jimmy. We exchanged frosty glowers, till Doctor McKenzie offerit tae recharge our bowls. He wes aweir o the bad bluid atween us.

'I warrant thon geese is ready!' He snifft the air. 'I culd eat a brace o thaim mysel.'

In ae twinkle, Andrew Wilkie was out the door, and John Charters at his back. Cruden rowled out o the hammock, rady tae dine wi his mates. But for me the prospect o sharing his company that night putt a damper on the celebration o our landing.

'I had a mind tae drap by and see the patient,' I sayd.

'Weel than,' says McKenzie, patting his stamack. 'Wee sal keep some for yow.'

Entering the cabine, I fand Thomas Fenner streekit out aneath a gray blanket. A ghaistly palor glimmered through his feverish face. Mistress Paterson was dighting his brow. Her husband sate in the corner, luiking at a pamphlet on economics. The late minister's kist wes stowed att the outside wall. Ane candle dowp cast an orange lowe on the littil table, whairon was placed a pockmantie, severall papers, ane ink pott and quill. On a shelf abune his bunk the lantern clock tickt heavily.

Aathing seemed arranged as tho the clerk had but lately taen a break frae his wark.

'Oh dear,' said Mistress Paterson. 'Dearie me.'

Mister Paterson scarcely remarkt my presence, as a thick silence filled the tiny room.

'Daes he need onything?' I ventured.

'Doctor MacKenzie bled him this afternoon. Doe you think he looks a little better?'

'Ay weel,' I sayd.

I stared in my quaich, sworling a pool o the chyrurgeon's punch around the bottom o the bowl. I wald maybe just mak a comforting remark and stap out til the party. Tipping my heid back, I drank aff the measure.

Mister Paterson put aside his pamphlet. He was weel kent as an enemy o the bottle.

'I just thoght tae drap by,' I said. 'An thar's naething adae, Ise leave.'

'He culd wake any time,' sayd Mistress Paterson, staunding up. 'Doctor McKenzie was asking efter him. But he's busy the now.'

Busy at the gannets, I thoght, but fair play. A bloke deserves a rest now and than. I luikt for dregs in my quaich but fand nane. It maun be a fearfu strain on her, watching ower her husband's clerk, and him satten thair wi his heid stuck in a buk. Puir body.

I sat down at the fuit o the clerk's bunk. He stirred efter ae minute or twa, throwing the blanket aff his breist, that was reid and awash wi sweat. His fingers war clawing and scarting at his tormentit flesh, till Mistress Paterson bent ower tae soothe him.

'Wha's that?' he cryed, champing his teeth.

'It's the chyrurgeon's lad, Billy Budd,' she said.

'*Amo, amas, amat,*' he laught. 'How's your Latin, son?'

'Pretty weel,' I sayd.

Mistress Paterson flappt her hand at me. Thar was a bit tear in my thrapple tae hear him trauchle on. He had alwise been thrang att drilling me in Latine. I tuk his haund, and presst it, that was damp and feeble tae touch.

'I'm sorry,' he said.

'What for?'

'I suld learnt ye mair.'

'Ye sal learn me yet.'

But the clerk sune fell in a dwam, and his limp haund slippt out o mine.

I crept back intil the chair, while the Councillor's een fixt on the minister's kist.

'He never saw his promised land,' I said.

'Na Billy,' quo he. 'Wee sanna dwell on the past. Alwise we maun luik forrard.'

I remarkt a byordinar blankness in his een, whan he spak this. He seemed tae be staring straight aheid, bot seeing noght in the cabine. For some reasoun, this putt me in mind o the seaman's boy sooming atween ship and shoar, wi the surf crashing about him.

'We were just efter haen a wee celebratioun in Doctor McKenzie's cabin.'

'Aha,' he smiled. 'Thair will be a time for rejoicing whan our city is built.'

Is that what he saw now? A great city whair the forest stude; tall masts in this bay whar the Indians pleiter about in canoas? I presst back memories o what history larnt me.

'Some fowk say thair is cannibals here,' I remarkt.

I was thinking about Robinson Crusoe, that I had seen as a bairn on the telly.

'I never heard o thaim in this country,' says Mr Paterson. 'Tho the Caribs are notorious eaters o human flesh. Here they are Cuna. Why, they are aamaist Christians.'

'Dae ye think Daniel Defoe made it up?'

'What?'

'Robinson Crusoe. Ken? The cannibals cam ashoar on this mannie's island.'

'And they eat human flesh?'

'They never ate naething else. Thair was Man Friday. Crusoe learnt him tae eat gaits, and how tae be a right Christian. But afore he cam, they culd onely eat people. Men, women and bairns. For breakfast, dinner and tea.'

He luikt at me incredulously.

'Aiblins they wald keep a bit finger, or a tae, til their supper.'

That was my ain inventioun, but I threw it in for a satire.

'This canna be right,' he said in alarum. 'How can they sustain an oeconomy based on human flesch? It confounds reason.'

'But it isna true,' I said. 'Mister Defoe made it all up in a buk.'

'Why wald he dae that?'

'For fun I suppose.'

'Hae ye seen this buk?'

'Weel, thar might be a copy o it knocking about at hame.'

'Whan was it publisht?'

'I dinna ken, sir. Mibbe it has never been publisht ava.'

'The rascale. He suldna publish a tract that is packt full o lees.'

'I culdna gree mair wi ye sir.'

That is ae prablem wi time sooming: I was aften caught out getting my dates wrang. It is better tae hauld your wheesht, than converse anent siccan maitters.

Henriet hes fand mair musicians aboord, as they will alwise find each other and foregather. Even Davie can play the stock and horn, haen been broght up as a shepherd. Some o these fellowes are Hielanders, and wee hae nae language in common, but music. We are short o instruments, tho they might whittle a bane tae mak chanters, whistles, and mouth harps.

'We suld get a wee band thegither,' I said. 'A band, ken? Cheer aabody up.'

'Dinna speak o bands about here,' says Henriet.

On the haulf deck the braziers war smooring wi ashes. Ane hielandman playd on an instrument wroght frae a coo's horn that he got in Madeira. I sate on a kist neist Henriet.

'Tam's deid,' I whisperit.

The munelight was a blew sheen upon his brow as he reacht down and presentit me ane stoup, filled wi brandy. I tuk a deep draught, as the news passt round the company.

We war satten up aneath the forecastle. Other fowk gathered in huddles, tae lean on the rails, or doze on the deck as they list. John Cruden stappt by, on his way til the beak.

'Loblolly boy,' says he. 'Now ye're in wi the teuchters.'

He gaed til the rail, tae joyn his cronies that were engaged in a contest tae piss the farthest. I was slorping away at the mutchkin, nae thinking about naething in particular. The haill business o being a chyrurgeon's mate was beginning tae get on tap o me.

Our musician was playing some jigs and what not. His neibour began waving at me. I gied him a nod back. He was presenting his mess can, sen I leaned forrard and tuk it. Hunkering back on my dowp, I fand a wheen scraps o roast gannet inside. The skin on them was scorchit and they war grewn tepid, yet I felt a rush o saliva fill my mou.

'Tapadh leat,' I said. 'That gannets is the boys aaright.'

Smacking my lips, I held up ae joint o meat. It was tough as auld buit leather, the flesh barely kittlet by the flame, and strong as salt pork. Tho efter I got used wi it, I scofft greedily, tearing the carcass, and sooking the banes, bot fashing about the creish that dreept down my chin. I tuk back mair brandy, and hoied the banes ower the gunnel. Ane landsman was chaunting, a lang stream o sound rising and falling in the mirk. I culdna mak sense o it, whether it was musick or speech, or something alse ava.

'Billy?' says Henriet.

I was actually greeting; the tears and snotters minging wi gannet juice, slaistered my cheeks. Henriet was pressing a kerchief in my haund. The kindly wee chap. I gied my neb a guid blaw, smooring my face. I culdna help mysel. I kept right on greeting. Henri was sae douce and bonnie. He tuk his kerchief tae pinch my neb atween finger and thoom.

'Blaw,' he says.

'Fuck's sake!' I was saying. 'What's it about, heh?'

'That's right,' he was patting my arm. 'Whiles we need a guid blaw.'

It was just tane thing on tap o tither. The minister, the planter, the lieutenant's wife. And maist lately, Tam Fenner.

'He taught me thon bastarn conjugatiouns. That was his last words for me. *Amo amas amat.* That's what it aa comes til, ay?'

'That's right,' says the trumpeter. 'Love is aye at the hert o it.'

'And musick,' I cryed. 'Gie's a blaw yersel, man.'

He waldna play tho. His trumpet is really meant tae blaw orders and signales, for ceremonial occasiouns as walcoming the Commodore aboord, or tae entertain the nabs.

I tuk back my brandy and rattled the mess can, till it had noght but a bane left in it.

Abune the man's pibroch melds wi a forgotten lament. The sodgers are birling round the clock. As *tempus fugit.* The Montrose quean brushes aside ane coppery hair.

'Redcoats,' I'm saying. 'Nae fear.'

'What about this ane?' she spiers wi telephone voyce. 'Slorkan parritch. Splintan shanks. Swabban decks. And steaman sea fowl.'

'See steamin fou? Nae me.'

Wee staund in the kitchen while rhythm and jit soughs throu the door frae Soweto. Chongo sits at the table, preparing a devilish spliff.

Her green een skinkle, as watter plashes her cool pink nipples in the burn aneath Lang Rab's mill. Her legs refract by ae trick o the light, and a dancing red triangle abune her thighs. We lig upon the grassy bank, sun-warm fingers thrilling goose-bumpt flesh.

Rab says, 'What's the crack wi this loblolly job?'

'Just a notion. I suld better mysel.'

'Fuck's sake,' says Chongo.

'Na. Straight out man. I never had a dacent job in my life.'

'As they say,' says Rab, 'ony auld port in a storm.'

In darkness aneath the gun mount, wee laye as spuins. Henriet cooried in my arms. I fellt an intolerable erectioun pressing him whair he laye, curlit up in a ball. I claspt him closs. The maist urgent thing was my erectioun, throbbing and snod in his dowp cleavage. He gied a snork and wriggelt. I lowsent my arm whar I was pressing his wame.

'Henriet,' I whispert.

'What is it?'

'Are ye asleep?'

'Na. But I was.'

'Ye suld get some kip than.'

Ordinarily I wald kip out straight away, and right through the night. But now I was fired wi brandy, and the gun deck aa snoring and farting about us. I culdna sleep. I was nuzzling my chin in Henriet's shouther, whair my cheek touched his hair. The scent o wuid reek, gannet and sweat wes sharp in my nostrils. I was maybe still fou. Yet I had this byordinar stiffy. Fower moneths at sea and a bloke has certain desires. My mind was still birling round, as I chowed his lug. I was seeing the civil sevant wi tane ee, and Henriet wi tither. And what Rab had said.

'Ony port in a storm. Hah Henriet?'

I canna believe I said it. At the same time I was pressing mysel closser, till he maun feel the solidity o my arousal. I thought I heard him snirk, but ye culdna be sure. I had nae particular idea what tae dae. Tho maybe he is aroused tae. Aften I thoght he is bonnie for a trumpeter; as aften he seemed tae be easy wi me. The way he gart me blaw my nose, or whiles whan he toucht me, he might share my inclinatioun.

I snooved my hand down his wame, slipping my fingers aneath the band o his breek.

At first he seemed tae tremble. Sen he put his haund on mine. He was greeting.

Maybe he wes a virgin as weel. Tho wee needna gang aa the way. We might practice safe sex. I reacht inside, thinking tae find his cock stiff as mine. Insteid I traversit a patch o thick, springy hair. As I withdrew in surprise, Henriet grabbed my haund and thrust it atween her legs, whair my forefinger toucht upon the lips o her moist sex.

I pulled my haund free as tho it wes kisst by a scalder.

'Satisfyed?'

She faced me, wi dark glistening een, baith angry and fearful at aince.

'Oh, Billy!' she cryed. 'Ye winna say naething.'

I wald prefer it never happened as weel. For ae minute I was away tae get my jollies wi the trumpeter lad. Next thing he's a woman. And I gaed limp att the discovery! Even altho I had fancied him as a lad, I didna quite fancy her now as a lass.

'Fine,' I sayd. 'Whatever ye say, Henriet.'

Her face was bright wi a desperate flush, and a sheen o perspiratioun upon her brow. Whatever her reasons for shipping out in this guise, I wald resolve tae staund by her. She was fummeling wi her handkerchief, that I tuk and presst it til her neb.

Whan she had blawn she said, 'Henrietta.'

'Nae bother. I gied a false name tae.'

'Ay. And ye'll bide Billy Budd, as I remayn Henriet.'

She grippt my haund in the mirk, tae press it against her bosom.

'I maun dress as a man tae get me a passage,' she was saying.

'Then thair is nae Henriet.'

'Ay but thair is. Wee are twins!' she declares. 'Even as thir paps are alike, I resemble my brother. Wee war born intil ane musickal faimily att Edenburgh.'

Syne as yow may trow, she begouth tae tell me her tale.

Henrietta's tale

My faither wes employd in various households, whair he offerit instructioun in musick and dance. Maist o his patrons belanged in the Catholick perswasioun. This way wee war broght up tae larn letters and musick. I wes used wi playing the trumpet as sune as I grew teeth. I aften gied a bit tootle, even whan I wes a bairn, att the house o some eminent persone. Alsweel I am a tolerable fiddler, and acquaint wi the harpsichord's keys.

Sune efter King William ascendit the throne, ane calamity befell us. Wee war in our eleventh year, whan our ma died in childbirth. Att the same tyme my faither's prospects war sairly diminisht, for his patrons cutt back their expenses whan their estates war forfeit on account o their faith. Indeed some quit the country entirely, in fear o their lives.

Faither wes oblidged tae provide for us the best way he culd manadge, by procuring an auld cuddy and a cairt. He drave us fra burgh til burgh, stravaiging the fairs and shaws about the countryside, whair he entertainit the publique as weel by his musick as by putting his doghter and son on the stage. This way wee continewed some time as performers. Yet, whairas wee war blithe tae lead a perigrinatious life as younkers, for faither this wes ane persistent humiliatioun. Tho in some degree he is tae wyte for his downcome.

Efter ane year he tuk up wi a lady, whilk presentit hersel as an accomplisht actress. She wes really a whoor. Tho being broght up dacent, wee never jalousit. She seemed, in our innocent een, tae prefer delving in faither's pooch than caring for his bairns. Yet puir faither wes drawn in, for he culd drink a bit mair nor wes menseful, and sune his smaa fortune wes squandered.

Needless tae say, his strumpet desertit us. He wes owercome wi remorse. Gaithering us about him, he made an aith wee sanna be twined in this life. Lamenting his folly, he sware he wald mak amends by selling what littil geir wee hade. Now he wes reducit even farther, tae peddle the mercat wi an auld hurdie gurdie. Whiles wee tuk up wi some quack selling remedes, or alse other players as destitute as oursels, tae present actiones at fairs, whether they war scenes fra the classics or William Shakespeare and sic moderns, that war raither shabby affaires. Siller wes aye shortt, and our wames toom. As weel wi the scant leeving wee made, wee maun contend wi aa mainner o harrassment and resentment, frae rascales that follaed us about as doges begg for scraps, or alse parish and burgh pump despots. Aftimes wee culd arryve att a fair, tae find some lunatick preacher hed setten up his pulpit afore us. Sen, crying Gode's chastisement upon us as sune as wee shewed our faces, he playd til the multitude, and thumping his tubb, gart thaim hett up. Wee had severall musickall instruments destroyd by thir mobs enflammit by zealotry.

Umwhile I slippt my hand in hers, pressing her haund wi my thoom. She happit my thoom in her loof, and rann on, as a burn replenisht by a summer storm can drive on its course, brushing aside sheep, dams and brigs, in its spate.

Wee war reducit til ane hurdie gurdie. Our cuddie wes lang deid. Wee maun cairry our gear on our backs, and seek beild whar wee list. Aftimes wee kippt aneath trees, in the wilderness, or in the lee o a cornrick. Forbye att this tyme, the roads war aa thrang wi beggars and sweintours, being briggandlie sortts or alse sodgers hame fra Flanders, wald cutten your craw for ae bawbee.

Ae night wee war encampit down by Kirkcaldy, whan a band or thir rapscalliouns fell upon us wi cudgels. Finding us as puir as thaimsels, they dirlit my da's hurdie gurdie to pieces, and cowpit our pott in the fire. That wes ae fine hare, as I mind, wee wald tak til our supper. Henriet cryed bluid and ounds on our tormentors as they rann away leuching amang the trees. Syne faither wes alarumed tae witness his rage. He culdna thole his annerly son tae be drawn in by acts o retributioun and violence, or he might end up leading a life as thon briggands lead. On tither haund, he saw Henriet wes grown ower spunkie for our company. Thairfor he maun sell him for a salter in Fife.

Wee twa retournit til Edenburgh. Wi my ain interest upper-maist in his hert, he wald resort til the parish, by beseeching the meenister's charity. Tho what culd thon meenister dae? He caaed down the gaird, that clappit us baith in the tolbooth. My faither, whilk never askt naething for naething, wes wyted wi masterful beggary. In a shortt while, he wes transportit ontil the New Warld.

I wes employd att Paul's Wark, sewing linen. In fower years, I never heard nae peep fra faither nor brither. I ought tae be thank-ful, for the Wark gied me bield whan nane other culd. Yet even tho ane patron lat me hame tae play on his harpsichord now and nans, I fand this life unco tiresome. For the Wark is verra strict. Aften I wes dowie. I dwallt upon my earlier life, that I led as a bairn amang notable families, alse the bright days wee spent in the coun-trie lanes whan first wee sett out in the cairt. Aathing in the Wark seemed dull in comparison, and I resolvit tae win out. Syne Henriet sent me ane letter.

Whairon she reacht inside her sark and produced the letter, that I culd read in the mirk by ane candle dowp.

My dear Henrietta,
The prenticeship is compleat. Fareweil the pans! Am embarquit on ane merchant for the new warld. I sall send word til yow whan I am establisht.
Your devotit brother
Hen.
ps Thrie shillings Scottis enclossit. H
pps Dad wroit me twa year agoe; hes hurdie gurdie. H
ppps Prospecs in New Warld is excellent, thay say. H
pppps Culd yow kep up the musick ava? H
ppppps   Gode bless, my deare twin. Hen.

He wes banging on wi thir pee esses, till it gart me wonder what she wes att.

'Nae mair?' I speirt her, catching her een wi a sarcastick expressioun.

'That's the jist o it,' she continewed.

I needna tell ye this news wes extreamly walcome, for my life in the Wark wes sae tiresome. And presently I begouth tae devise ae stratagem. By speiring o thon patron, whilk I playd his harpsichord, I heard this Company proponit tae establish itsel in the new warld.

'The haill country is embarkt wi it,' he says, 'whether by sending a son on boord, or by sharing an interest in subscriptiouns and trade. Her fleet is lying in Leith roads.'

Next, thair is ane younker cam in the Wark ilka moneth. Doddie, wee cryed him; ane lubberly kin o gomeril. He is the collier's lad that brings the coals fra Pitpanwoodie. Alwise he drives throu the yard in his cairt, and gies a yammer til aabody thair.

'Ho lassies!' he cryes. 'What I waldna gie tae bide here wi youse.'

Some o the young queans wald ambush him in the cellar, whair they gart him shew his member. They are doghters o whoors, coarse creatures that dance round a maypole att springtime, and think it dacent. Likewise they maun taunt thon puir daftie for a jape. Sen he wald lade out his coals and drive aff tae seek his maister fra tane tavern or tither.

This continued til June, and the fleet in Leith roads, I met Doddie alane in the cellar.

'Wald ye really bide here?' I sayd.

Slipping aff my smock, I stude afore him in my semmit. I dout he never saw a girl's leg or than. Whan I made tae lift up the hem, his een stuck out like a partan's.

Sen I sayd, 'It might be a peety for yow, an ye hae the chance tae bide heire.'

'How's that?' he speirs me.

'Why, ye might feel unco lanesome.'

'I waldna,' he says.

'Ane laddie amang sae mony lassies.'

'I waldna feel lanesome ava.'

'Ae laddie in our company. Whair wald ye kip?'

'Ise coorie in somewhair.'

'Weel than,' I sayd. 'An ye swap me your claes and your cairt for that smock.'

His een war fair goggelt in the mirk. He wes aff wi his claes in ae twinkle, and luikt verra weel in my smock. I slippt on his breek and his sark, alsweel keeping ane penknife he cairried in his pooch.

'Haud back twenty minutes,' I sayd. 'My friends sal be rady tae walcome ye.'

Sen I clam up on the cairt, and spang the beast out o the yard, bot saying fareweel. I steered for the east port, stapping aince for his maister, whilk I fand pishing against a dyke down the High Street.

'Ho Doddie!' he cryed. 'Pu the cairt ower, ye bap-heidit numpty.'

I gott him on boord, by hiding my face and speaking in grunts, that it seems he wes used wi hearing as discourse in taverns. Syne it wes out the east port. I skelpit up his naig, tae gang rattling alang the road for Biggar. I ken this road fra my stravaiging days, and culd tak the rein blithe as ony man. Sen nightfaa dois find us ayont Dalkeith, whair I hove the cairt to att the crossroads. Heire I happit the collier up in a sack tae hauld back the chill fra his drucken dwam. Sen I mountit the cuddy and rade on til Moffat or daydaw.

Heire I tuk yill and bannocks til my breakfast. Tho I had bene at this inn as a younker, naebody kent me ava. For the first tyme in my life, I fellt the freedome a breek gies ye. Dresst as a woman, I wald mett wi aa mainner o speirings and banter. As a man, I culd deport mysel freely, and luik the warld square in her ee. By guid chance it wes market day in Moffat. I exchanged the collier's beast wi a dragoon bound hame fra Flanders, for his musquet, a trumpet and sodger's duds. Whairon I streikit my legs down the Yarrow and Tweed Watter be Selkirk and Kelsae. I wes kipping aneath the braid lift and living on hutcheons and hares that the gypsies learnt me tae snare as a lassie. Whan att length I reacht Eyemouth, I shippt for Leith on boord ane barque.

'Bravo!' I said, anxious tae bring her yarn til an end. What havers! I thoght. 'And how could ye come tae be here?'

'Her Captain commendit me til the Company as ane trumpeter retournit fra France. Now I am feart,' she begouth greeting, 'I may never see my dear faither nor twin again.'

CHAPTER 5

WHETHER IT WAS THE effect o the gannet or the brandy I got a dose o the skitters next day. Aften I maun visit the beak that we use for that purpose. Otherwayes I made shift wi the pail. Maistly I laye in my hammock. As weel I was feart lest I succumb til the flux, as I was embarrasst by my misadventure wi Henriet.

I ought tae say Henrietta.

Gin I fand him a man, and eager, culd I been less embarrasst by my indiscretioun? Sen I ken her real sex, might I bag aff wi her and count mysel lucky? Three hunnert men wald been rady tae use her. Yet I grew limp at her discovery.

Aabody on boord seemed tae be traipsing throu the gunn deck, as I laye nursing an horrible dull pain in my stamack. This deck hes become tiresomely familiar; frae the rows o gunns on their mounts, the aiken standarts and beams that hauld the hauf deck aloft, the capstan drum att the centre, as also the heavy door that leads ben the gunner's room and roundhouse astern. Forrard, the thick anchor cables coyl round the bitts, straining and creaking as the ship shifts on her moorings. Aince mair I fell in a dwammy stupor, until I wes aroused by Hirpling Jimmy. The puir soul. What culd the future hauld for him now? He held up the ladle, as I caught the guff o his loblolly.

'It's a crappy auld game, the loblolly,' I sayd. 'Whan ye come across a body that is seeck, he will generally puke up ony loblolly he is drouthy enough tae try. An he can sup it at first, this will mak him sae sick he winna be fit tae scoff naething. My advice is tae visit your patients as ye maun. Aften they want ae lug tae hear thaim. Sae be it. A whinge is as guid a cure as we hae. As for the loblolly, ye may mask it and cairry it atour the deck. But the first chance ye get, ye're as weel tae hoi it out the nearest gunn port.'

Whan he had dune this, he gaed on wi his loblolly run mair lightly.

I fell in a tormenting sleep, tho next time I felt capable, I begoud tae staund up, and tuk a keek throu the port. By the sun, it was late efternoon. We war lying aff Golden Island. I culd see various boats muving amang the blew waves, as weel our langboats and pinnace, as some *peraguas* or canoas, that the Indians use.

Light was beaming in through the skuttles, marking bright patches on the timmer, while a nauseating guff seept throu the hatches frae the loyer deck, filling the place wi the obnoxious stench o vinegar, stale tobacco, fyle sweat, vomit and shite. This dismal scene struck me as sae waeful, I was whummelt by ane sense o being entrappt heire for ever, and felt my gut retch at the thought o biding aboord ony langer. Yet my enfeebelt corp fellt sae oppresst by the heat, I maun sit down again.

Tae think we crosst the Atlantic in this floating midden; ane hunnert men minging wi three dozen gunns on this deck; forbye the puir planters, twice as mony again, cramming in alow, and Gode kens what is stowed in the holds. Far frae thanking Providence for our safe deliverance, as is the custome, wee suld curse Him for ane scunnersome miracle.

I ettelt tae kip out, as weel in my hammock as on the bare plank. Yet I can get nae rest frae the niggling pain in my wame. I feel I suld puke, but I canna. Likeways, I maun shite, but am incapable. Thair is an horrid bloating in my stamack. It is swollen up like a pudding, as tho it might burst, onless I prick mysel wi a preen tae expel the noxious gases that are fermenting within me.

At sunset, the deck was mair bustling. I longed for privacy, for a room whair I might shutt out the warld. Tae suffer in peace, bot persistent disturbance. Yet I fellt lanesome. Sen it cam as a relief tae see Jimmy stap by, cairrying a bunch o bananoes on his back.

'Doctor McKenzie gott thaim fra the Indians,' he says. 'They are better than loblolly.'

Swinging thaim round, he cutt aff ane hand o the fruit.

'Tho they are teuch as leather, and taste werse.'

They are nae mair than fower inches in length, but I sware they are the maist flavoursome bananoes I ever ate.

'I hae a bane tae pick wi yow, Mister Budd,' he says sternly.

'How's that?'

'For gien me intil a row. Mister Cruden clypit me for throwing the loblolly ower. The chyurgeon was bleezing. I sayd ye meant it as a jape, on account o me being the new boy. He skelpt my lug a wee bittie, tho I wot he laught unner his braith. "Mind now and mask the loblolly," he says, "but here's some bananoes. I dout they're mair hailsome."'

'They're fine and sweet,' I greed.

'Dae ye nae want it aa?'

'What dae ye mean?'

I was peeling the banano as he spak, and offerit him a bite.

'Losh Billy,' he says. 'That is sweet. Nae wonder they complain they are teuch.'

Syne I showed him the use o bananoes and he hirpled on his way. Presently the chyurgeon sent me ane draught o laudanum. At midnight, I gaed ontil the beak whar I drappt my breek. Tho efter great effort I culd lowsen nae mair than a reird. I stude back, tae lean on the starboard cattheid, breathing the caller night air. At first the moon was hidden by clouds, but soon she emerged tae discover the billowing shapes o enormous trees on the shoar. *Unicorn* was rocking gently on her bough anchor, the New Warld a mear silhouette in the starny sky. Still and sae tranquil, I forgott for a while the travaills o the day. Whan I retournt til my barth, Henriet wes kipping in his usual place. I cooried in, sen wee are used wi kipping that way.

I feel wee are really alane. Ligging down by the mill race. She kittles my bare flesh, and strips aff her Tshirt. Nessie crumples in the girse, as she runs in the cool burn.

She says, 'Bide here wi me.'

'It is just their evil plan,' I reply. 'Wee canna forgett the Prime Directive.'

She is happing me til her breist.

I pull away.

'What for?' she says. 'Aathing wee need is heire.'

'This is noght but an illusioun.'

At aince a fire is setten in my wame, and the walls trummel. I am back in the cave, writhing aneath the dowpheids' prying een.

'Yow sal never bend me to your will!' I cry.

Whan the pain subsides, the dowpheids begin tae present their telepathic wheenge.

'We did not jalouse you were intelligent as you show soe little signe of intellecual activity,' it says. 'Tho since you have some capacity to reason, you may cooperate.'

'We are an ancient race. Our planet was consumed by war many millenia agoe; we were obliged to live underground in these chambers. In order to avoid needless exertion and increase our chance of survival, by overcoming the base instincts that destroyed our forbears, we evolved to become androgenous. Each one of us is blessed with longevity.'

'Weel, bully for you!'

'Now we are facing extinction,' she wheedles.

Or he. They bang on in turn, so ye canna tell whilk ane is speaking.

'This is why we brought you here.'

'It is time for us to return to the surface of our planet.'

'But it is entirely barren. Only now is the atmosphere free from the pollutants and toxins which destroyed all surface life thousands of years ago.'

'Our ancient ancestors preserved all we need to restore organic life to the surface.'

'The soils and composts with which to establish a new agriculture.'

'Trees to plant forests.'

'Animals of every kind, both domestic and wild.'

'Flowers and butterflies to gladden the sentimental heart.'

'Insects to pollinate the flowers.'

'Alse various fruits, and vegetables, herbs and spices.'

'Fish and fowls with excellent sweet flesh.'

'Why are ye telling me this?' I speir thaim.

'We are extreamly intelligent.'

Are they bragging, or what? They staund thair, wi dismal expressions on their faces.

'Our bodies are not suited for the work required to regenerate life on our planet.'

'In short, our civilization will surely perish.'

'Weel,' I sayd. 'Boo fucking hoo.'

'We need to fill our planet with a vigorous population, adapted to primitive tasks of cultivatioun, extractioun of minerals, manufactures; to build cities wherein we can dwell.'

Now their little game was rumbled. Breenging forrard againe, I dang my neives on the invisible dyke till they war throbbing.

'Ye want me tae sire a race o slaves!' I cryed.

'The human does not approve of this arrangement?'

I threw mysel at the barrier wi full force yet was rebufft for my pains.

The civil servant's green een are caller and smiling, as Henriet hunkers down on the gunn deck tae soothe me wi kind words, brushing the damp hair frae my feverish brow. An intolerable stiffy presses the linen o my breek. Henriet first stroaks my doddles, which raither maks maitters warse. Syne she slipps in her haund and flipps out my yard.

She frotts it vigorously. Whan my stones throb, she bends tae kiss the shaft, licking it around til he reaches the verra tip and draws it in. Her tongue is warm and sliddery. Gently she muves her lips, tae carress the empurpelt dome. I feel I maun burst, and thrust at her. She lowsens her mou, still gripping and pumping the source o my pleisour, sen her een meet mine as the first splairge gushes ower my shouther. The next daud skooshes my left nipple. Now the auld crone is riding me amang wanchancy unguent reek. Lippering, I frush smeddum in her walcoming cunny.

'He is no use to our purpose,' says the dowpheid.

'Arrange for his Captain to beam him up.'

The waas shak, as I find mysel rowling atour the deck wi byordinar violence.

In a blin fever, I culd onely thrash my limbs impotently whair I laye, and dunt thaim on the timmer in mortal dreid. Abune, the semen's cries war smoorit by a terrible rending and creaking that gart the verra strakes o *Unicorn* shudder and groan. Throughout the ship a commotioun wes lowsenit as wild and wanchancy as the mythickal beast that begat her name. She culd list toward starboard, than port. Syne she telyevit forrard and aft, and she finally ploughed straight aheid. At last the violent motions ceased aathegither, and we sate calmly in the watter.

Maist o the sails war dousit. Captain Pincarton stude on the quarterdeck whar he hes a clear view o the lateen and can cry orders down the skuttle for the whipstaff crew in the roundhouse. Slawly, he snooved *Unicorn* in throu the bay. It is a littil less than ane mile in braidth. On our starboord, the forest reaches down on the shoar, whair mangroves dreep their roots in the saut watter. We war sooming past rocky outcrops, and an inlet on the landward side. The bay narrowed, than grew wider tae reveal a sandy beach at its heid, and a low-lying swampy grund that forms a peninsula running forenent the main. Here we drappt our bough anchor.

'Wee struck a sunken rock coming in the seagate,' Henriet sayd.

Sen I fand he was a woman, I begoud tae observe him mair clossly. It was a marvel that naebody remarkt her sex, for I culd descry some aspects that betray her femininity; the way she haulds her airms, or the proportioun o her pelvis. Yet I discoverit her onely by the clossest examinatioun, alse by an accident. It perplext me tae think she had gotten by sae lang; that she hes aa the requisite pairts o her sex, and kept thaim hidden frae a shipful o men. It showed the puir state o my training in physick. Thair is scant surface anatomy in Hoffman's *Fundamentals*, and it is a great peety for him he never tuk tent o siccan things in his physiology. Tae luik at her, she seemed like the trumpeter she wald pass for. She is raither slim in her figure. Mainly she wares a loose sark and the same kin o shorts as I had in my loblolly days, wharas she keeps her jaicket and breek in the kist for formal use.

Wee war staunding on the rail, whair I remarkt a littil dimple in her cheek.

'Henriet,' I sayd. 'Maybe ye suld muve in wi the Patersons.'

'What for?'

'Ye ken what I mean. There is a barth tae spare sen his clerk died.'

It must be obvious. She suldna be down thair; a wee lassie alane on the gunn deck. Yet she wald never lat on she wes feart. I continued tae press her, tho the haulf deck was thrang, as weel wi the seamen reefing canvass or coiling raips, as wi landsmen lading their gear on boord langboats that cam aneath her boughs. Without being explicit, I culdna enter her. Thairfor I grew short wi her.

'It's juist that, we suld bide wi the Patersons, ay?'

'The Patersons indeed!' she says. 'Ye can keep in wi your sneisty mates an ye list. Ise bide on the gunn deck as alwise.'

'They wald mibbe luik efter ye.'

'I can luik til mysel,' she says.

Now she wes whispering atween her teeth, tae prevent our voices being heard.

'And you wi a sweetheart at hame!'

It was my ain wyte. I tellt her about the civil servant att the outset whan he heard me mummel in my sleep. Alsweel I sayd it as an excuse whan aabody wes whooring at Madeira.

'Weel than, ye can lippen on me, sen I am betrothed.'

Even as I spak, the words grew werse in my mou. I had thoght her my friend and buddy. Now she maun be aweir o my dreams, that cam thick and fast efter sae lang at sea. I culd feel how grubby I was. My sark was crusty wi puke and sweit and smeddum. I hedna sae much as changed my breeks sen I wes seeck. Now I resolvit tae gett soap and gie thir claes ane thorough dicht, for I thoght tae saften up the Patersons wi this designe, by telling thaim what a fine cabbin they had.

'And haulf empty as weel!' I sayd.

At first Mister Paterson was kind, sen wee watcht ower his clerk the night he died. He presentit me severall buiks and a set o Napier's banes, that Tom Fenner left. They are in my kist as I screive. He says what his clark learnt me is mearly the foundatioun for a scholar. I maun practice my verbs, acquire the use o Napier's banes, and tak tent o the Gospels for guid measure.

'For thair is ony number o wanchancy currents in the way o a young man at sea,' he sayd. 'Bot the Lord's light guiding your course, ye might steer agley.'

He is aye banging on about the needcessity for universal education. It is his favourite hobby horse; aince he is square in her saddle, he canna leave aff, onless Doctor MacKenzie calls me away on some errand, or his wife offers us coffee. Yet even altho he hes been at pains tae shew me the benefitts o education, he hasna learnt me ane single verb o Latine, nor ane multiplicatioun wi Napier's banes. He culd never dreel me as his clark dreeled me. Indeed his ramblings left me scant time tae pursew my studies, that he is sae keen I persist in. Forbye I maun gang ashoar tae tend the planters. They are employd in clearing the grund by fire and pouder and axes. Whairby they can big hutts, and the numbers ashoar increase proportionately as the plantatioun grows. Or ane week passt by, wee buryed five men; being three gentlemen volunteers, ane sailor and Captain Drummond's trumpeter. Yet I grew restless. I culd never stap upon *terra firma* athout whetting my appetite for exploring this strange new warld. Yet alwise I maun retourn on boord, bot setting fuit ayont the narrow boundaries o the settlement.

It seems I sal be an amphibious creature, warking on land and biding at sea, whairas I am rady tae gang abraid, and see whatna place we are in. For the Council hes proponit, wee suld mak sorties ashoar and embark on cruises tae treat wi the Native pepill, whairby we might discover what the land has tae offer. They hae an expeditioun in mind, tae beat west up the coast, whar ane Indian Captain bides. But wee maun delay it, as weel wi the needcessity tae lade aff planters and gear, as due til ane Englishman that cam in the bay. This Captain Richard Lang rowled in wi his sloop, *Rupert*. She is anchored some distance away by the *Isla des Pinas*, sen he cam in his pinnace, tae stay on boord the Commodore.

Our vessel is lying clossby *Saint Andrew*, that is haulf way up the bay, or ae league frae the seagate. Captain Pincarton is anxious tae careen *Unicorn*, tho wee maun wait till eneugh hutts are prepared tae billet our landsmen and crew. Whan wee drappt anchor, he gart soomers dive aneath her hull, tae inspect her sheathing, and our carpenter stappit the lakes as weel as he culd. Captain Robert Drummond is moored ane mile nearer the seagate. The tenders are lying tane by his ship, tither by ours. Altho this might seem ane menseful arrangement, whairby *Caledonia* can gaird the bay, it marks disruptioun in our Company. For Captain Drummond's brother, Thomas, being a land Captain and an accomplisht engineer, designs tae big a fort at the entrance o the harbour. Wharas the Commodore wald put it farther in the bay.

By common repute Thomas Drummond playd a hand in that dark venture at Glencoe, whairof an entire toun o MacDonalds was slaughtered, that is a source o resentment amang hielandmen. This is how he and his cronies are yclept the Glencoe factioun. Whairas some say Commodore Pennecuik is the maist ill-tempered Captain that ever sailed wi us. As weel he despises the hielandmen, miscrying thaim atheists and Catholicks, as he is aweir o Captain Drummond and his brother. He wald hae strung thaim baith up frae the yards at Madeira, for he culd trow they war plotting mutiny and mining his command.

Tho guid sense prevailed ower this extream and barbarous meisour, they are alwise att loggerheads, and now this fort hes become a maitter for dispute in Council. I hae nae allegiance, yet I sanna say mair, lest ye jalouse I am involved in intrigues and cabals.

At about this tyme, Mistress Paterson traikit wi a fever, and in three days she dwined til her dede. Doctor McKenzie administered her therapeuticks himsel. In life aa she cared for was lively and cheerful conversatioun. She wald see naebody wes drouthy for coffee nor cocoa. And now she was deid. Wee gott William Paterson on boord the lang boat, whair he satt in the bough deep in prayer neist the whit-shroudit corp. Captain Pincarton accompanied him, alsweel his first mate William Murdoch. The oarsmen pulled us ontil the shoar, whair they ran her agrund, dragging her up on the beach. Syne Mister Paterson stappt out, quite careless o the waves lapping his shoon.

Presently the Reverend Adam Scott rowled in frae *Saint Andrew* wi Commodore Pennycuik and Doctor Herries. A gey hantle o planters stude in the burial grund, wi Captain Thomas Drummond owerseeing thaim. They had come away frae their burnings and biggings tae pay their respects. Fower o thaim war resting on the poles o their spades whan wee arryved, haen howkit her grave.

Wee loyered her down, and the minister gied a bit prayer.

Ashes to ashes. Dust unto dust.

Dark Darien yird fell on the linen shroud. Mister Paterson tuk up a spade frae ane planter, and bending his back, he presst the blade in the soyl. Sen the planters stude aff tae scuffle the glaur frae their shoon, or rubb the sweit aff their brows. Black avisit by smoak and dirt, the littil congregation wes silent als ane mournful body.

'Gentlemen,' sayd Mister Paterson. 'Be mindful. Gode taks unto Himsel the pepill he luves maist. We sanna weep, for she is gone til a place whair thair is nae weeping. She hes shippt out for the eternal City of Gold.'

He wes luiking at the planters and seamen foregatherit, the minister, captains and councilors. Sen he swept his gaze atour the new-biggit hutts, frae the smouthering reek abune the heughs o the peninsula til the sea whair our ships laye amangst the sparkling waves. But I culd see his vision was fixt on a farder horizon, and a greater designe.

'My friends and New Caledonians,' he sayd. 'We are come tae found a New Warld. And tae big a new city. That city sall be the key to the Universe. It sal become the wonder o the Warld.'

The minister tuk him by his elbuck, and gart the men bow their heids in prayer again. Efter he was dune, they dispersit away, till I was left wi Captain Pincarton, Mister Herries, the minister, Doctor McKenzie and the first mate.

Still he continued wi heid stoopit, and muttering away til himsel.

'The Lord taks unto Him thaim he luves the maist,' is what he was praying.

'We suld gang on boord now,' sayd Doctor McKenzie. 'It's getting late.'

'I sanna boord nae ship,' he sayd. 'I sanna leave this place till my city is biggit.'

And he was as guid as his word, for he never cam willingly on boord *Unicorn* again.

CHAPTER 6

UMWHILES I MAUN STAP by Hector McKenzie's cabine, for a council o chyrurgeons. Here we culd gaither wi Doctor Herries, Doctor Andrew Livingstone frae *Caledonia*, and divers mates. The feck o our business concernit practickal measures, in dealing wi fluxes and agues, whatna therapeuticks are needcessitous for their remede. Yet I sanna discourse anent this, for whan chyrurgeons meet tae discuss ony case whatsomever, ye can be certain the proceeding is dry and tedious. Wharas I hae scant trust in our physick tae mak remede. Haen nouther belief in science nor god, I wot wee suld faa back on the Hippocratic dictum:

'Our natures are the best physicians of our diseases.'

That is tae say, Leave the puir bodie alane.

Our chyrurgeons can never meet up, bot they mak some argy bargy. Aften it is ower ane trivial detail in therapeuticks. Yet they never argue mair loudly than whan Herries wytes McKenzie for failing tae see wee broght enough medicines aboord. This is a real bane o contentioun, that they constantly chow. Yet it is an intractable situation, that canna be resolvit the now, sauf by requesting mair supplyes be shippt frae Leith.

This evening wee war obligded tae chuse ane chyrurgeon tae accompany the Council's expeditioun amang the natives. Doctor McKenzie ettled tae press Walter Herries for this purpose, by declaring he is the best qualified. That is byordinar strange. Or now he culd alwise berate him for his puir training. It is weel kent Walter Herries cam up throu the English fleet, warking as an officers' pimp, and progresst tae become a physician by treating thaim for French pox. Wharas Livingstone and McKenzie had gotten a right education, this Walter Herries is an intractable rogue and turncoat. In his youth he turnt Papish tae suit King Charles, and

Protestant whan King William ascendit the throne. Tho the warst o his case is that he is a murtherer. Haen killt an officer on boord the King's fleet, it is sayd he joukit the wuddie by ane friend's influence, and riding til Edenburgh in disgrace, fand a barth wi the Company whair his past was onkent.

The twa chyrurgeons war at daggers drawn; and, nae agreement being reacht on this issue, Doctor Livingstone proponit his mate, Robert Bishop, tae accompany the expedition.

This wes mett wi alarum, for it is whispered this mate is mainly responsible for reducing the Company's meagre supply o opium. Tho thaim that are aweir o his singular appetite needna speak up, raither saying by dubious expressiouns that he is onsuitable. For a man wi siccan weakness tae venture upon an hazardous expeditioun is a risque as weel til his ain life as the hailth o his comrades. Howsomever, Doctor Livingstane put him forrard, that at least culd divert aabody frae the main argument, and threw open a new possibility.

The sooth is that aabody was feart tae venture amang savages, as they cry thaim, nor sett fuit uponland whar they might encounter lions and ravenous beasts, as alse poysonous insects and snakes. Yet this idea tae discount the needcessity for a compleat chyrurgeon tae embark, culd bring the maitter til a reasounable conclusioun bot farther stramash.

In shortt, I volunteered for the task. And Doctor MacKenzie being aware o my ambition for exploratiouns, culd readily accept my proposal. The annerly business remaining was tae toast the success o this enterprize wi a bowl o punch.

I embarkt in the langboat wi Captain Pincarton, accompanying Richard Lang as far as *Las Islas des Pinas*, tae find barth on boord him that night. The *Rupert* is a French prize, and her crew a brig-andlie sortt. As my comrades remarkt, the English acquire maist o their vessels this way, by raiding other nations' fleets.

As wee made this voyage, Captain Pincartoun advised us Richard Lang claims it is his business tae seek siller and gowd plate frae wracks on this coast. Wharas the Council jalouse he has a commission tae spye on us. Wee suld be aweir lest wee meet ony on board that might betray his real motivatiouns. Likeways wee war obliged tae represent that wee are come in Peace, tae open a trading Colony, that wee hae nae quarrel wi ony nation, and sal be friends wi aa that joyn us in trade, as weel in the Caribbean as the South Seas. That we act in King William's interest, sen our twa nations are joyned in ane Kingdome.

Coming aboard *Rupert*, our Captain was entertained in the great cabbin, while I stayd on the haulf deck wi the boat crew. The men wee mett war rady tae ply us wi brandy and ship ale frae Jamaica, fresh fish, and meat prepared in the buccaneers' style, that is tastey tho teugh. Nouther culd wee forgett our Captain's entreaties tae mak our designe plain, and pump thaim for informatioun. Yet wee gott nae intelligence frae thaim.

Howsomever, wee bent our elbuck tae the principle task o hospitality, matching thaim stoup for stoup. It was a balmy night, and as the evening ware on, they brought forrard their boatswsain that plays the concertina. They sune gott up some chaunties and bawdy sangs, that was guid entertainment. Whan wee replyed wi the smallpipes, our hosts sayd it sounds like caterwauling. Tho wanting remede for cloath lugs, that might require a guid skelping, we tuk this in jest, considering we war engaged on a diplomatick mission.

Later they showed us a particular use for their top main sail; fastening the heid by its earings on the quarterdeck rail and projecting it out, they secured its clews upon twa standards bent tae the gunnels at the ship's waist. The awning being arranged in this manner, wee kippt aneath it on the haulf deck. It was mair hailsome nor kipping alow, for the vessel stank o distemper, sen she is in a puir state o repair, and lakey.

The next day, *Saint Andrew's* pinnace rowled in wi ane boat frae *Caledonia*. The weather blew rather hard, wi gales and lightning. Sen wee maun rest on boord Lang again. So his *Rupert* wes stowed out. Fower Councillors war present, that is Captain Pincartoun, Commodore Pennycook, Mister Daniel Mackay, and

Major Cunningham. Wee had ane company in strength, bearing various fusees, musquets, pistoles and sabres. Thir fellowes war commandit by Lieutenant Robert Turnbull under Councillor Cunninghame.

Ye might say the Lieutenant and Major represent the landsmen's interest. Wharas our fleet was representit by Captain Pincarton and the Commodore. Daniel Mackay is an amphibious creature, being a scrivener, tho he is really chief wi Captain Pennecuik, haen shippt on boord him frae Leith. Alsweel thair is an Indian chief, Captain Pedro, that bides clossby, and commands twa *peraguas*. He has some French, and was engaged as a guide. I tryed tae converse wi him in that leid, yet I culd mak little progress for my French is puir, haen learnt it at school. Nanetheless, the Lieutenant is an expert linguist, and by using signs, wee culd lear some o his native tongue.

Wee sett out in the forenoon next day, making west as far as *Rio Pinas*, whair wee maun camp on a littil island for the night. The coastline is choakt wi mangroves. Alwise yow can hear birds and animals howling and scraiching in the forest, tho we saw naething byordinar. The watters are quite treacherous, being full o rocks and onchancy currents, as alse thair are variable winds and squales that mak progress baith tiresome and slaw.

Wee made better grund next day, reaching a large bay at about fower leagues. It is girdit by keys and bigg enough tae contain ten thousan sails. We made soundings, and continued twa leagues as far as River Coco. Here wee disembarkt and marcht inland ane league, tae find the village wee aimed att. As wee approacht, the heid man cam out tae greet us, wi twanty warriours at his back.

Captaine Pedro stappit forrard tae salute him.

'*Bidama foquah yayate?*' he says.

He introduced this man as Captaine Ambrosio, saying he is a closs relative, tho it is deeficult tae discern whatna relationship he hes.

Our Councilors presentit him gifts o brandy and a bible.

Their village comprises a large hutt, ane hunnerd feet in length, and severall smaller hutts. Their walls are wroght frae bamboo, the roofs being thatcht wi palmetto or maybe banano leaves, for I confess I didna mak a strict observatioun. Inside the main hutt, they culd ply us wi fruit, and bowls o *mischlew*. This drink is made frae corn and potatoes, and is as thick on the palate as it is potent and tasteful. Sen I wes acting as chyrurgeon's mate, I wes oblidged tae mingle wi the Counciloris, the Lieutenant and our interpreter. He culd address Captain Ambrosio in baith Spanish and French, alsweel Latine, by which they war able tae converse verra weel.

He sayd that Ambrosio's people foresaw our arrival in a magick ritual. They are happy tae walcome us amang thaim as allies and friends, tho they are at Warr wi Spain.

Commodore Pennecuik representit that we haena come tae mak Warr, that we wald be friends wi aabody that offers nae skaith. Wee hae come tae trade freely and are ready tae supply their wants, in retourn for rights in this country.

Ambrosio replyed wee are walcome tae bide in his countrie. His pepill sal radily support us an wee mak Warr on the Spaniards, sen they are notorious for attacking the villagers, killing thaim, ravaging thaim, or cairrying thaim away as slaves in their gowd mines.

Whan the Commodore speirt, Whair are the gold mines? Ambrosio sayd, they are in a different pairt o the countrie; that the Spaniards hae nae dominion ower this isthmus.

Syne he askt again, Wald wee joyn thaim, in driving the Spaniards out?

At this Pennecook grew annoyd, and maun repeat wee are come heire in Peace. Wee are neither buccaneers nor privateers as he supposit, but governit by the laws o Parlyament; that wee hae nae quarrel wi Spain nor ony European nation; tho wee possess the means and inclinatioun tae resist thaim. That we wish tae be friends. Howsomever, in case ony pepill attack us, wee are prepared tae retourn double, and repel thaim whan they try us.

Captaine Ambrosio seemd satisfyed, tho our party disappruivit his presumptioun wee suld mak Warr whan wee cam in Peace. Syne the Commodore wes inclined tae be raither haughty and aloof, that luikt like putting a damper on the evening's entertainment. I sune grew tired o thir sneisty diplomacies, for I was eager tae effect our diplomacy by befriending the villagers. Lieutenant Turnbull had gotten a smattering o their leid, and whan he encouraged me tae mak an informal discourse, we embarkt amangst thaim.

I sayd thairanent whan wee arrived in this village, wee met twanty men, dresst in white robes, fringed about the hem, and cairrying lances. Alsweel some o thaim ware gowden rings in their nebs. Now this garb is really for ceremonial occasiouns. In the ordinar course o events, they are mair or less naked. Wharas the women ware a clout round their loin, the men ware noght but a siller cone, tae cover their yards. Mainly they war blate in our presence, for wee comprisit fowerty men under arms. Altho they conversit amang thaimsels, and our men the same, nouther nation ettled tae engage the other. They spak amang their ain kin, and I was upsett tae hear our men laugh and mak lewd remarks, whiles poynting at the women. I culdna entirely wyte thaim for this wantonness, sen the presence o sae mony women is byordinar in our circumstances; alsweel the young queans are blesst wi extreamly attractive paps. They are shaped like plump aubergines, wi large dark nipples at their tips.

Wee begouth making signs tae thank thaim, and smacking our lips tae shew our approval o the food they profferit, by which we gott the names o some fruits, and the receipt for their mischlew. O the fruits the maist hailsome and delicious wee tryed is the *mametree*. Alse thair is ane *manchineel* they wald recommend, tho it is poysonous for some pepill, and in some cases.

The Lieutenant passt round a bottle o brandy, for aabody's satisfactioun. I culd use my ain meagre Spanish tae converse, for some have had dealings wi Spaniards; tho they are sorry dealings indeed, haen bene captured as slaves and forlopit. By this, by our scant knowledge o their leid, and by signs, wee culd ascertain Ambrosio is Captain o the village; that this is his hutt, he counts forty amang his closs relatives tae bide wi him. Thair are sax generations in this hutt; they can live for ane hunnerd and fifty years.

Likeways, they speir us, are wee ane faimily or severall, and whair are our women?

Wee replyed wee are ane Nation, and divers families; that our women bide at hame. They sal joyn us whan we are establisht; that we mean tae stay here and be their friends. Our countrie lies ower the sea, that is *paquequa nee* or fower moneths away. Whan wee sayd our countrie is cauld, they mistuk us for Englishmen, that wee war quick tae refute.

In this way our relations grew mair amicable. And presently, they broght in a sortt o pipe wroght frae pelican banes, another frae reeds, as also a twanging instrument and a drum, that wee encouraged thaim tae play. Efterwards our man tuk up his smallpipes, that they fairly marvelled at. Wee war making a right party and celebratioun, whan the Commodore gart Major Cunninghame come ower and tell us tae pipe down, as it was getting late. That was a damper again. Yet our hosts offered us the use o hammacks – they say *caopa*, as I mind wi my ability tae cowp out o thaim – and preety sune thar was noght adae but kip.

Whan wee rase in the morning, our hosts had prepared our breakfast, that was roast *plantans*, *potatoes*, whit *yams* and wild pig or *warree*. Even altho wee war quite satisfyed, Pedro and Ambrosio sett out in the forest tae hunt mair. I thought this maist generous and obleiging, sen they proponit a great feast for us. Maist o the men wald bene blithe tae enjoy whatever entertainments might be offered, tho the Council wald press on for hame.

Nane o the Councillors was cheerful. Daniel MacKay and Major Cunninghame war alwise complaining about maist things; as weel the food, as our accomodatiouns; as weel the mear presence o spiders, lizards and other poysonous insects, as what they decryed the barbaric behaviour of our hosts. Whairas Commodore Pennycook was annoyd by the way his embassy wes receivit; I dout he wald slight the Indians by marching aff sae sune. Yet aa this culd mak puir diplomacy.

Captain Pinkerton alane spak in favour o Ambrosio's hospitality. By observing divers customs and things about the village, he shewed his appreciation for their means o living.

'What havers!' says Commodore Pennycook, seeking tae list my support in his biased opinion. 'Heire is an onhailsome place tae bide in. Mister Budd, as ane scholar o physick, yow sal agree. Our men may catch diseases, as weel by contact wi the villagers' unclean habbits, as by breathing impurities in the air, and being bitten tae pieces by insects.'

I made answer that nae skaith can be gotten frae breathing, tho the air be ever sae smelly; that the Indians are fond o bathing, by sooming in rivers, and employ aa the right methodes o hygiene they need tae remain haill in this countrie. Likeways wee war assured in our conversatiouns that nane o the insects is poysonous. Farthermair the warst danger lyes in transmission o disease by ani-malcules, that wee broght wi us in abundance.

Commodore Pennecuik dismisst this advice as radily as he sought it. I fand in him an exceedingly hard man tae cross, unwilling tae tak counsel, but as sweir a fool as ever I mett. He shortly bandied me about, saying I am nae mair nor an upstart loblolly boy.

'Wee suld thank God for latting us suffer na skaith nor disease on this voyage,' he says. 'Sen yow are incompetent tae cure thaim.'

During this time Captaine Pedro cam in wi some fowls, that is a native partridge. It hes a delicious flesh, baith sweet and tender, being sarved wi potatoes and plantans that they cook in a pot happit ower wi *banano* leaves. Alsweel wee got *papayas*, bananoes, pineapples and *mametrees*. It being early afternoon, Captaine Pedro wald entreat us tae bide heire till Ambrosio retourns wi the *waree* he promisst.

The Commadoar sayd wee hae noght mair adae wi him, and gart us assemble for the mairch hame. Councillor Mackay was at pains tae explayn wee maun use the daylight for wee hae a lang journey in front o us; that we meant nae offence til our host; alsweel he was walcome tae visit our settlement whansomever he list. Thairby our scrivener wald saften the Commodore's slight. As for the lave; Major Cunninghame was anxious tae be away, com-plaining the heat upon land is intholerable; Captain Pinkertoun wald bene blithe tae remain, tho he daurna present this, being acquaint wi his Commandore's ill tongue.

Wee war dreeled than, and the feck o the men marcht aff, whan Lieutenant Turnbull drew me aside till the company culd proceed a little way athout us. Whan some Indians cam near tae spier our purpose, he begouth tae converse wi thaim again, as weel tae reinforce our friendship, as tae discover what they had tae trade.

By his shrewdness wee war able tae purchase a dozen bunches bananoes and at least twa pounds o tobbacko, for which Robert Turnbull offered a knife in exchange, and I culd pairt wi a wheen buttons frae my jaicket. Syne they shewed us our way throu a *plantan* grove, on the bank o *Rio Coco*. This path is impossibe tae find bot a guide, the entire place being covered in trees and busses, whairby their village is convenient yet hidden frae ony man that may venture tae come by sea.

As wee war lading our baggage on boord, our new friends clam up the cocoanut trees that staund by the watter. Sune they war tossing down cocoanuts, that wee tuk as a pairting gift, lading ane hunnert aboord us. Syne Ambrosio gied the Lieutenant and mysel an arrow, for a token o friendship, that we consider a great privilege. It is in my kist as I screive.

This tyme wee thankt thaim on behalf o the Commodore, for he was rowing aheid.

That night wee drew up our boat on a littil key. I sat on a tree trunk, apairt frae the crew that war lying on the sand, for I felt restless and culdna sleep. At about thrie a clock in the morning, the watch wes away til his kip, and Captain Pincartoun stappit ower, tae speir efter me. Wee continued tae luik at the starn, till he spak.

'It's a queer business, thir landsmen's affairs.'

'It is that,' I replyed.

'Maybe it's nae for seamen ava. Yet I canna help wonder what wee hae come til.'

The dark shade o the main laye across ane tripplan sea. Somewhair amang the forest, Ambrosio hes his village, as his kin biggit their hutts sen langsyne. Wha can say how lang? Thair was pepil heire afore the Spaniard cam. Maya? Aztec? Alsweel the Inca in Peru. I read in some papers by the notorious buccaneer chyrurgeon Lionel Wafer, that whairas the pepill on this coast are known as Cuna thair are some others, the Choco, whilk bide in the mountains. That Wafer bade wi thaim for sax moneth in the *Cordillera*.

Thar was aince ane powerful king that thirlit aa the Darien pepil til him. He forced thaim tae wark as slaves, offering thair bluid in terrible sacrifices. Syne they rase up and dang him down. Now they never permit a king tae rule thaim again. They chuse tae bide in villages, as weel by the coast as high in the mountains. Nor can they thole siccan monstrous deities as that emperor sought tae appease wi their bluid. Tho whether this is an unaccountable legend or fact, naebody can rightly say.

'Is that in the papers Mister Fenner shewed yow?' he askt me.

'Ay.'

'Weel than,' he says. 'Did ye read this at aa? It is nae common genius can perswade, a nation born in warr tae think o trade.'

'Councillor Paterson, ay?'

'That is in ane ballad I saw for sale in a coffee shop. Billy, the warst thing for us is tae brak down in factions. Als our Company motto says, *Vis unita fortior*. It isna the best course tae get on the wrang side o the Commadoar.'

I bitt my tongue, tae hear his meaning.

'Ye seem tae be getting chief wi the Lieutenant ashoar,' he says.

'He hes gotten the Cuna leid.'

But I was thinking, is this some factiounal business he's upon? He struck me as leal, even acting on disagreeable commands, as in thon fumigatiouns. Now he mair or less tells me tae avoyd Robert Turnbull, that is reputit ane follower o the Glencoe factioun. Yet he implyed he is disatisfyed wi the Commodore's command.

Whair culd it leave me? Perplext and bumbazit is aa. I gott nae sleep for thinking on it. My mind was a mire o confusion. I hed sought tae expand my horizons, tae win outside *Unicorn*'s narrow walls, and aiblins, by seeing a new land, nurture hope for our venture. Insteid my maist dismal thoughts war stirred up, as werse damnified aits in a loblolly pott. I was aweir we maun fail in our designe, by what history I read at school. Yet I thoght tae mak some kin o mark; tae reduce the skaith in some degree.

Whatever ye dae, I was thinking, ye sanna embroyl yoursel in factiouns. Captain Pincarton is right. And in my ain heart I trow this is the maist honourable course. Alwise, I resolvit upon the verge o day daw, and our camp waukening frae sleep, Ye maun lippen tae the Prime Directive.

CHAPTER 7

MY BARTH NEIST THE gunn mount wes a solace efter the travaills of our voyage. The rains haen setten in hard for severall days, wee account oursels fortunate wee had nae recourse tae bide ashoar langer. A gey wheen o planters remain on boord, waiting tae disembarque. Scant progress hes been made in bigging our city. Lately, a band o planters grew impatient at the delay and brak open a magazine in our hold. Helping thaimsels tae gunns, pouder and ball, they slippt away in a boat, meaning tae desert us.

This treacherous act hes been a considerable damper for aabody on boord, sen wee culd anticipate celebrating the feast o Saint Andrew, as a day for rejoicing our deliverance in this new land. Whairas thir rascales sett out for Carthagena tae bide wi the Spaniards. Captain Pincarton flared up in a bleezing mude and despatcht a file o musquets in his boat, that broght thaim back. I dout they belang in nae factioun, despite that some say they hae papish leanings. They are mearly a rogh sort o brigandlie crew.

Now our Captain wald mak an example o thaim, that we tuk tae mean floggings. Howsomever, Doctor MacKenzie perswadit him tae desist frae this meisure. He culdna quite criticise him outright, but drave his poynt hame by making observatiouns anent wounds by the lash. This wes really a dissertation on the dangers o infectioun; the various convolutiouns, heatings and imbalances o the bluid mass that may occur to poysonous effect as a result o siccan harsh treatment. Tae beat thaim, he says, might threaten their weelbeing to the disadvantage o the Company. Instead, he ought tae happ thaim in chains for a spell, whairby they can come til a reasounable understaunding o their misdemeanor.

Being a tholerable man, and considerate o advice, Captain Pincartoun agreed. The forlopers war clappit on the main mast in irons and fed naught but biskit and watter for ane fortnight. This was a veritable torment, considering they war droukit aneath the torrential rains, by which their herts grew extreamly remorseful. Whairas the crew and planters alike, seeing thaim dealt this way, culd appreciate the errour o brakking magazines and deserting; that is an instructioun as weel in ship's law, as in the enlightenment o justice.

Yet even as they laye under the mast, Commadoar Pennecuik stappt ower tae browbate our Captain on this account. He reproacht him for his leniancy, saying he suld gart thaim dance on the mainyard. Wharupon Captain Pincarton turns on him whair he stude in his cabbin.

'Lat ilka Captain luik til his ain ship,' he declaymit, 'and nae meddle in others.'

I warrant that is sensible seaman's advice, and sarved tae raise Captain Pincarton in my estimatiouns. The Commadoar tuk his remark as a signe o seditious intent, as he is apt tae tar aabody wi the same brush. It was heartening tae see our Captain mak a plea for justice, in despite o the Commadoar's despotick manner. Yet I was fasht tae think whatna divisions may arise at Council. Tae consider Captain Pincartoun may address Captain Pennycuik as equal in Council, yet be thirlit by his command as an officer; this struck me as an extreamly contradictory situatioun, tho I hae nae business tae remark upon thir affairs.

While wee embarkt on our voyage upon land, the Reverend Mister Adam Scott dyed o the flux, and ane midshipman was taen by the fever. The climate being mair rainy and hotter than wee war led tae believe by Lionel Wafer's advice, thair dyed severall mair men this moneth, as weel aneath the fever and flux, as by drownings. Doctor Herrie's mate, Robert Bishop, tuk an excessive draught o laudanum, whairof he dyed peacefully in his sleep.

I continue my chyrurgeon's duties, as I am obleidged tae treat the planters wha traik sae readily, as weel aneath the steaming tropickal rains as wi their travaills. For the heat fairly drains yow. A fellowe can scant tak a bit dander, bot he suffers the effects o warm walking. Yet Thomas Drummond drives thaim als tho wee are biding in caller climes.

John Cruden hes flitt on boord *Saint Andrew* tae replace Robert Bishop, and I canna help being pleased, nae maitter how tragick the circumstances that brought it about. This marks a considerable upturn in my prospects. Likeways my friendship wi Henriet seems tae be setten upon a mair even keel. Wee are as closs friends as wee war.

As wee approacht the hinder end o the year, and twa moneths att New Caledonia, I wes att payns tae avoyd neglecting my journal. Sometimes it is difficult tae keep ane account o things at the moment they transpire. Thairfor whan I retournit on boord, I sett down our voyage amang Captain Ambrosio's pepil, and wald now turn my attentioun, as a littil tyme culd permitt me, to divers affaires in the Colony.

Council has made a treaty wi our neighbour on the westward side o the main. The first governs the coast betwixt *Isla des Pinas* and Gowden Isle, as far as Ambrosio. This Andreas had dealings wi the Spaniards or wee cam here. They even made him a *Capitán*, and now they tell him wee are come as privateers and pyrates; that wee sal reive Darien and be away in ae moneth. He representit this to Council. Whairon wee made him Captain in our interest, tae command the native people in and about his lands; alsweel offering him our government's protectioun; thairby obligating him tae defend us the same, as wee suld defend him. Whan he departit *Saint Andrew* wi this commission, he ware a new hat, braidit wi gowd, a baskethilt sword and brace o pistoles, whairby he was weel satisfyed.

Likeways by treaties and diplomatick endeavours, our Council continews tae nurture amicable relatiouns wi the native inhabitants, sae that the coast for ane hunnert leagues contains nane but are freendly neebours. Paussigo bides on the south east, att Caret Bay. Ayont him, as far as the Gulph o Uruba, thair bides Diego Tucuapantos y Estrada.

I tuk it upon mysel tae practice this name, it being sae braw. And thair is something remarkable in how the Cuna treat names. They are sweir tae reveal their compleat names, as they believe they contain magick that a white man, hearing it, may gain pouer ower thaim. Whan they deal wi Europeans, they adopt a Christian name for their use, as weel tae pretend they accept the Christian or Catholic faith, as tae preserve thaimsels frae skaith.

But that is by the bye. On the west, the first land is governit by Andreas and Pedro. Neist thaim, Captain Ambrosio hes the countrie atween *Isla de Pinas* and *Rio Coco*. Mair distant still, Captaine Corbet and Nicola hauld dominion. They are aamaist on the border wi Spain, and claim tae be at perpetuall Warr.

This entire nothren side o Darien is gairdit by a precipitous mountain range, as they cry it, *La Cordillera*. The isthmus is onely thirty or fowerty miles braid att this poynt. Yet the mountains are sae treacherous, being choakt wi thick forest, that they form a radily defensible natural fortress, being practickally unnavigable frae the South. The country has never been settled by an European nation. Wee are mair than twanty leagues frae Spain's nearest outpost; virtually separate frae their towns in the South; in a bay that hes excellent moorings for ten thousand sail, as alse beaches for careening, and aboundant fresh watter. In shortt, this is a perfect haven frae attack whether by land or by sea.

Captain Thomas Drummond hes encouradged the planters tae wark sae weel that wee had ane battery compleat by December. This is built upon ane crag att the seagate. Forenent this, on the main, he hes establisht a lookout att Pink Poynt. Together, they can command the entire bay. Now he projects tae big a fortress at the site o the first battery, and divers defences at the neck whair our peninsula joyns the main. As yow may discern, wee are in a fine, defensible locatioun. For in time, according tae Mister Paterson's designe, we sal open a route through the mountains, tae bring aa manner o produce frae the South Seas; thairby making our city, and our nation, the richest on Earth.

Sune efter wee arryved various vessels rowled by. Mainly they are Caribbean sloops. The maist notable is *Zantoigne*, a French merchant wi thirty gunns, and a Dutchman keeping her company. They drappt anchor at Gowden Isle, and sent an emissary on boord *Saint Andrew*. Their Captaine Monsieur Vite Thomas hes a commission frae the French king. The Dutchman accompanied her, lest they are harried by the Spaniards. Their ships being ladit wi valuable cargoes, they are aweir o meeting the *Barliavento* fleet that lyes in Carthagena. Thairfor they sought our protectioun, that Commadoar Pennycook agreed. The Dutchman cam in the bay, and Captaine Thomas was on boord him that night, whair the Council culd pump thaim for news o the countrie.

Captaine Vite Thomas discoverit that the President o Panama has gien an account o our settlement tae the Governours o Carthagena and Porto Bello. This hes putten Spain in a state o utter alarum. They are fitting fower friggots tae sail against us, tho they are hard presst tae crew thaim, sen thair is an epidemick o smallpox in their colonies. Next, it is thoght their king is lying on his daith bed in Madrid. Mexico is in compleat confusioun; their Governour wald brak away frae Spain whan the opportunity arises. Carthagena is aamaist embroylit in civil warr, and Porto Bello quite whummelt by a rebellion o slaves.

Efter he made this account, our Council gied the Captaine leave tae moor *Zantoigne* in our harbour. Altho the Commodore is jalouse, Council considers wee are embarkt on an enterprize whair trade sal be open and free for aa natiouns. Howsomever by granting the Frenchman our protectioun, wee may be joynit in opposing ane common enemy.

The next day Captain Lang's sloop passt by. He has been cruising down the coast, whair they saw severall sail, as alse an aboundance o *barco langos*, brimful wi Spanish troops. They lye aff at the Burus, ready tae fall upon us sune or syne. Alsweel thair is ane regiment preparing tae mairch against us frae Port Bello. Captain Lang sent this by his boat crew, that he abandoned, and stude aff for Jamaica, being afeart o *Barliavento*.

Less than a week later, Captain Diego broght twa seamen on

boord his *perigua*, tae begg our protectioun. These war frae *Rupert*; they war putten ashoar in Caret Bay afore Richard Lang sent that news by his boat. They say their Captain has bene misrepresenting us amang the Cuna, telling thaim wee are nae mair than pyrates, cutthrapples, desperadoes, and disbandit souldiers nouther owned nor protectit by King William.

Warse than that, Captain Lang orderit his men tae attaque ane *barco lango* at Caret Bay. They fell upon her crew and passengers alike, killing seeven Spaniards. Now wee may be wytit for this cowardly actioun. That confirms our Council's fear: Captain Lang intends they suld be provokt tae avenge us, thinking wee are pyrates and criminals.

What for? Wee jalouse his designe is tae claim this countrie for England.

Ambrosio cam in about next day, tae mak an account o the landward invasion. Yet wee are sensible o Lang's misrepresentatiouns. As it transpired, the alarum raised by this prospect o an immediate invasioun, as weel by *Barliavento* as ane regiment o foot, was his inventioun. It was designed tae fright us out or wee are properly establisht. By which wee can shew Richard Lang in his trew light; a great mischief-maker and enemy o the Company. He has bene acting in the interest o English Monopolists, that wald scupper our chances o settling here suner than see us prosper.

Umwhile our fleet is drawn up in line o *bataille*. The entire Colony is rady for Don's visit, aa the men walcoming this oportunity as it may present itsel, for thair is booty tae be gotten whan they come. Whairas wee consider oursels firmly establisht, by right as also by might. Wi the grace o Gode and our allies' assistance, wee staund ready as weel tae engage in honest trade, as tae defend oursels in Warr.

Now, as wee steer windward by a series o taiks, this history sal be mair compleat an I represent some other maitters that wroght a less immediate impact on the settlement. Tho I am aweir ye may consider me presumptious tae discourse upon publique affaires, or wonder how I cam by thir insights. Weel, ye may trow I hade grewn tolerably expert in the treatment o tropickal fevers, the flux and divers ailments afflicting men baith at sea and ashoar in thir climes. As I advanced in my capabilities, I gained in reputatioun and status aboord *Unicorn*, till I was nae langer the maist lowly and humble figure that shippt out, but quite risen up in peoples' estimatiouns. I needna squatter alow nae mair, but fand mysel walcome in ony pairt o the ship whatsomever. I can muve freely; as weel amang officers as ordinary seamen; as weel amang Paterson and his cronies ashoar, as the landsmen, be they volunteers, overseers or planters alike. Thairfor I culd see as compleat a picture of our circumstances at Darien as ony amang us.

In our domestick affairs, the dispute ower a site for the fortress was resolvit by haste. In our preparatiouns tae meet the Spanish threat, Council wes presst into a decision by the weight o Captain Drummond's expertise in engineering. Whairas the Commodore wald plump for another site, our engineering Captain wes mair inclined tae push things forrard in a practickall way, than be dounhaulden by negotiatiouns at Council.

An Commodore Pennycook had taen a bit luik about the place he wald seen what was plain til aabody ashoar; that his site is noght but a morass, as wee fand whan the heavy rains startit. Yet he maun fight his case tae the last ditch, alwise seeking tae draw the Councillors in wi his view, and thairby making onnecessary disruptioun.

Our Captain Pinkertoun wald leave siccan issue for the landsmen's judgement, that was menseful in this case. For the affair broght Councillor Jolly, Captain Montgomerie, Major Cunningham, and Mister Paterson into outright opposition against the Commadoar.

Now Major Cunninghame is a bluff sortt o cantankerous creature, that wes employd for his souldiering skills. And Captain Montgomerie, lately an officer in the Scots Guards, had gotten his position by faimily influence. They wald baith lean toward the Drummonds' Glencoe factioun, for they share a common career, tho they sarved in different regiments.

Mister Paterson formed his view mair upon reasounable than factiounal grounds.

Whairas the scrivener Daniel MacKay culd alwise support the Commadoar, for they war closs friends, haen shippt out on the flagship thegether.

This left ane Councillor for Captain Pennycook tae wark on. Mister Jolly, umwhiles endaged in the Orkney trade, wes considerit knowledgeable as a merchant. By appealing to his vanity and interest as a former sea Captain, the Commodore prevailit upon him tae support his case. He accomplisht this sae tenaciously, and by offering him assurances o preferment, that the hapless Councillor's life was made a compleat purgatory. For he maun bide on boord *Caledonia* at that time, whair his oppositioun to Captain Drummond's case made him the butt o her Captain's crueltie.

In pairt Robert Jolly brought this upon himsel, for he was a vainglorious fellow, as weel ineffectual as obstreporous. Insteid o plying a diplomatick course, he sought tae lord it ower *Caledonia*'s Captain, by exercising his Councillor's pouers tae countermand him in *petit* maitters aboord. In shortt, thinking he hed the Commodore as ane backfriend, and never blate tae cutt a swagger, Mister Jolly presumed tae mak sic a great nuisance o himsel on boord *Caledonia* that he grew extreamly intolerable til her real Captain.

Whan the question o whair tae site the fortress wes answerit by Thomas Drummond's decision tae big it wharsomever he list, and the Commodore whummelt in this respect, Captain Robert Drummond saw his factioun triumphant, and tuk the opportunity tae brak down Mister Jolly's quarters, as a prelude tae throwing him aff his ship. The upshott was that Jolly cam tae bide on boord us. Captain Pinkerton tuk it in guid heart, even pandering to the bumptious auld Councillor by offering him the Patersons' cabbin. Yet his arryval was a real damper on our prospects, for some had markt this barth for their ain use; as weel I had my een on it for Henrietta, as the chyrurgeon's mates and others o middling rank wald clraym it. Altho the displaced Councillor ettled tae assert his authority on *Unicorn*'s quarterdeck, Captain Pinkartoun culd never thole interference in his command. Being the maist capable Captain amang us, he fairly kept Mister Jolly in his place as lang as he was on boord, that can add to his merit and the guid o his ship. Tho as sune as he depairtit us, Mister Jolly gott quite out o hand, as I sal relate.

Lat it suffice now tae repeat the auld saw: 'He that is shippt wi the devil maun sail wi the devil.'

For that creishy Councillor broght noght but trouble on boord *Unicorn*.

Howsomever, in this singular history, wee are treveissing, raither than running wi the wind. It is time tae get our taiks on again, and consider the particular hardships wee faced.

Our provisions war quite reduced during our voyage, and what remains is liable tae be damnified in this tropickal climate. As a consequence, our Colony is running shortt o victalls, tho our situation was relieved a littil by ane Jamaican sloop. Her maister is Captain Moon, being a friend o Councillor Paterson, from his time in the Caribbean trade. He carryed sault beef and flour, consigned to the pilot Captain Alliston. That was walcome, as weel tae replenish our meagre stocks as tae betoken guid prospects for trade.

The Counciloris are drawing up dispatches. Ane delegate will tak thaim til Leith for the Company Directors; as weel tae acquaint thaim wi our progress, as tae mak thaim awier of our wants. He may sail on boord *Zantoigne* for Jamaica, and find a passage hame.

The Commodore wald employ Daniel MacKay as emissary, sen he is thrang in his ain interest and might gie the Directors as guid an account o his command as he can hope. Whairas the opposit factioun wald send Major Cunningham tae undermine him. They war baith rady for the venture, haen nae liking for this place, and culd clamour, in the case o the Major, or wheedle, in the case o the scrivener, tae sail. The Council was drawn up att log-

gerheids ower this, and in the end they culd onely mak ane com-
promise wi Alexander Hamilton, that is Accountant-general o the
Colony. Even altho he is acquaint wi our stock and what is maist
needcessitous for our provisiouning, Mister Paterson opposit his
sailing on the same gund; *viz*, naebody knowes our stock sae weel,
that maks him crucial in our undertaking. Yet, being acceptable
for baith factiouns, he was chusen by majority vote and sal embar-
que presently.

Alsweel Walter Herris flit aboord *Zantoigne*, and ettles tae
sail. As I sayd thairanent, he wes alwise in dispute wi Doctor
Mackenzie. Altho their argying never cam til sic a heid as tae pre-
cipitate his depairture for ony particular reasoun, he wald raither
desert us the first chance he gott. This is a relief, for as weel he has
pruiven a maist camsteerie, intractable and critickal fellow, as he
culd never desist frae grummeling sen wee arrived.

Att about Christmass tyme, *Zantoigne* was waiting on our dis-
patches, haen warpt some way out o the bay. But Captaine
Thomas had her sails clewed up, als tho he meant tae gett her
under way. Seeing this, Captain Pennecuik gaes on boord her in
his pinnace, tae speir o Captaine Thomas; whether he ettles tae lye
at Gowden Island, or stand aff for Jamaica bot our dispatches. But
the wind blawing hard fra the north, and a heavy swell driving
Zantoigne back in the bay, our Commodore was obligatit tae tow
her some way wi his pinnace, by which means they gained about
twanty fathoms.

Her Captaine drappt anchor in a narrow bay. It wes blawing sae
hard now, that Commandore Pennycook sent his pinnace tae fetch
up a boat fra *Saint Andrew*, wi spare anchors and cables, that they
might weather the gale. While thir lang boats war being gotten up,
the Frenchman rade the sea for haulf an hour, whan her best
bough cable brak. Sen her saicond anchor cam away. And being
pickt up like a tinderbox by the waves, she was dasht on the rocks
aff the shoar. In less than ane hour, she was brakken til pieces.

Our boat crews culdna win near, lat alane save her. Captain

Pennycook maun rescue her master's life, by lashing him on a spar while the waves brak ower thaim, and dragging him ashoar. Or the storm culd abate, they accomptit twenty twa sailors deid, as weel by drowning as being dasht on the rocks. Whan Captaine Thomas wes broght upon land, his crew wyted him as weel for the loass o their comrades, as for emperilling their lives; thir survivors wald been blithe tae flay his droukit pelf wi their cutlasses, an the Commodore hadna bene thair tae stap thaim.

Thair is noght but a wheen brakken timbers o *Zantoigne* tae be gott at, tho it is sayd she wes cairrying saxty thousan pieces o eight in her roundhouse, and various cargoes. Aa that is tint. Captaine Vite Thomas fand barth on boord the Commodore. The crew hes been dispersit amangst our ain ships. Doctor Herries was saved by sooming ashoar.

Notwithstanding this tragical occurence, our arryveal wes markt by ane ceremony at the end o the year. For this purpose the Council proponit ane Declaration, that the secretary, Mister Hugh Ross, read aloud whan wee foregathered in our settlement. This is a generall statement of our enterprize; whairby our neighbours, be they allies or enemies, suld be brought til a plain unnerstaunding o what wee ettle here. It was efterwards copyed by our printer, and publisht abraid, tho I never layd haunds on a copy mysel.

The first pairt setts out the legitimacy of our settlement, shewing the Company hes support of our Parliament; it is screivit in an Act, that shews King William's appruival. Syne it descreivis the territories wee claim, pruiving as weel that Spain has nae right here, as that wee are establisht in amicability and consent wi the Native Inhabitants. It names this countrie as **Caledonia**; our city as **New Edinburgh**; oursels as **Caledonians**. Thair followes ane account o the oeconomick principles by which **Caledonia** is governit; that wee suld retourn a certain percentage o profitts fra the Colony ontil the Directors and Shareholders; that wee are entitelt tae own the land, as weel abune as alow the grund, as alse the seas, and ony cities, plantatiouns, manufactures, towns, forts, or ports that wee may big, for the benefitt o the sayd Colony under

Council's discretioun. Tae defend the samyn with arms whan necessary, and likeways fitt out and equip ships for purpose o Warr, tae seek reprizals and reparatiouns for skaith causit by ony natioun whatsomever. That wee are come in Peace, tae trade freely wi ony persone that cares tae joyn us in trade. Alsweel the same liberties and equalities o faith, government, justice and conscience sal be offerit til aa that chuse tae bide wi us, in accordance wi the same obligatiouns as wee proclaim for oursels in this Declaratioun, and wi Gode's blessing upon our enterprize that wee might fulfill His warks and adhere til His doctrines in aa that wee venture tae dae.

This wes heard and appruivit by the entire company whan wee assembilt, whairupon it hes bene dispatcht in Mister Alexander Hamilton's haund, on boord Captain Moon's sloop, thegether wi various letters and instructiouns for hame. Doctor Herries flit tae, that was a guid riddance. Alsweel Major Cunninghame, whilk never stappt greeting the hail time. Tho the Council made plain, Mister Hamilton is our trew Ambassador; the latter twa are nae mair an deserters and scoundrels.

It wes my intentioun tae bring my journal up to date, and despatch it on boord Captain Moon. Sen I thoght better o it; as weel I hae nae particular persone tae address it til, as I am aweir our despatches might be examined during the voyage, least they contain representatiouns detrimental to the Company's interest. Thairfor I gied ower this designe, tho I continew tae screive in it, for whatna propose I canna right say. Wee hae been twa moneths in our enterprize now, and I culd onely feel kittled tae hear Mister Ross read our Founding Declaratioun. For it propones a right and originall systeme o government. In front o us lye the brightest prospects imagineable, whairas aa mainner o dangerous perills and unfortunate incidents are consigned to the past in our wake. Tho our circumstances are aiblins best representit by the unhappy fate o *Zantoigne*, whairof her wrackage, washing ashoar dayly, maks ane constant reminder that wee are placed heire atween the fastness o ane beneficient harbour, and the hazards that aabody faces whan dealing wi sea trade.

PART II

The Darien Band

My love he built anither ship and sent her tae the main.
He had but twenty mariners in aa tae bring her hame.
The raging sea did rowl again, the stormy waves did rout.
And my love and his bonnie ship turned widdershins
about.

Traditional

CHAPTER I

ATOUR ANE HANTLE O frenchmen cam on boord fra *Zantoigne*, wee hed ane man fra Captain Lang's sloop. This Mister Craige wes her boatswain, that playd the concertina whan wee war on boord *Rupert*. He is a Quaker, and cam amang us wi his friends, sen they culd nae langer thole their Captain, whilk is an intemperate drunkard, baith cruell and incompetent in his command. Als weel he confirmit the story that some o his countrymen fell upon the Spanish canoe in the Gulph, as he now discovered that Lang warkt the same mischief at a trading post by Porto Bello. Again he harried thaim, killing severall wi the misguidit help o some Indians, and putt it abraid that wee are responsible.

This episode, as alse his Captain's generall brutishness and stupidity, wes a great scunner for Mister Craige. Altho Captain Lang wald present himsel as ane Quaker, his actions shew him tae be a mear villain and murthering rogue. And his boatswain, declaring this til his face, that he wald hae nae mair adae wi him for he broght shame on his pretended faith, sought leave tae depairt his company and bide amang ceevil men.

'I shall joyn with the Caledonians,' he sayd, 'whether Presbyterian or Quaker.'

For he considerit wee are certain tae prosper in our aspiratiouns, being foundit upon Scripture as wes proclaimit.

I wes maistly warking ashoar, tho I cam on boord *Unicorn* at night. Whiles wee satt up on the haulf deck, wi starn for our roof, or a canapy whan it rained. Henrietta culd sing or play us a tune. Davie aften playd on his stock and horn. Likeways Mister Craige culd bend his elbuck tae fill the tropick air wi the merry strains o ane hornpipe or jig. Aften wee wald talk, that Mister Craige did earnestly, discoursing upon the principles o his religioun and upon divers theologickal topicks, that are his favourite conversatioun.

But whan wee grew weary o serious discourse, wee perswadit him tae tell tales fra his life, that are far better entertainment nor dry theology. Indeed, his tales might fill severall journals by thaimsels, for wee can account him tae be at least seiventy years auld.

He hade been born til a soutar in Bristol, which trade his faither prenticed him in as a lad. But his faither becam an ardent follower o Mister Fox, and culd find himsel in raither hot watter during Oliver Cromwell's revolution. His faimily wes oblidged tae ship out for a Quaker colony in New England. Here he stayd, ontil his parents' daith. By this time he wes grewn up and, plying his trade as a soutar, gott wed, his wife bearing him twa sons.

Later the colony wes swampit, their principles o faith and government dounhauden by men that war hostile to their creed. Thairfor he flitt til Connecticut, whair people culd enjoy liberties o conscience and religion. Being foundit upon principles o democratick representatioun, this place wes aamaist outwith jurisdictioun o the British monarchy.

For a while he culd prosper, als weel in the soutaring, as in merchandising. He boght hides fra the boucaniers that plyed their trade thataway. He grew tae like this trade sae weel, that by the time his wife passt away during an epidemick o smallpox, he wes maister o twa handsome sloops cruising atween the New England main and Caribbean Islands.

Altho the feck o his trade wes in hides and saut beef, he begouth dealing in sugar, tobbacko and cocoa, wharsomever opportunities arase. By this meisour, he increasit his wealth substantially, yet maintainit his scruples sae firm that he refusit tae traffick in slaves, nor tae embark in privateering, that might hae increasit his proffits even mair.

Howsomever, at the time o William Dampier's expedition in the South Seas, wharon he reived the Spanish fleet and sackt their cities, things grew sae hott for Mister Craige, als for his friends in the Caribbean trade, that he maun gang bide in Hartford, establishing his enterprize on a mair legitimate footing, that wes to his credit, and shows his guid sense.

By than he wes advanced in years, als he thoght, and wald blithely retire ashoar tae enjoy his wealth. Yet, whairas his elder son continued in the faimily tradition o sobriety and diligence, the saicond wes a wastrel loun, guid for naething but drinking the faimily's purse. Tane wald invest his talents in the New York trade, and married a lady thair: tither culd dae noght but squander his siller on whoors and liquor; and whan his stoup wes toom, he embarkt upon drukken pyrating raids down the coast.

Tae stay this son's waywardliness, Mister Craige entered him in an undertaking wi a friend that wes concernit in the Jamaican trade. In ony event, this wes a troublesome time tae bide in Connecticut, for King James, upon ascending the British throne, rescindit the colony's charter. He wes at pains tae bring it under control o the Crown by imposing a new Governor, that the people resisted by hiding their Charter in an aik tree.

In shortt, he thoght tae remuve himsel fra Connecticut, als weel tae gaird his wealth and liberty, as tae fitt out his misguidit son wi a mair weatherly rigg. Syne the auld soutar turns aa his gear into gowd, and seeks a passage for Jamaica. His son fand a brigantine, and engaged wi her Captain tae cairry thaim thither.

At this poynt in his narratioun, Mister Craige brak down in tears. And the reasoun for this wes a great mystery, till he broght himsel tae confide in us ane night. Wee war sitting aneath the canapy for thair hed lately bene a shower o rain. But the night drawing on, we grew weary wi singing and jesting, and the feck o the crewmen withdrew til their hammocks. Thair wes mysel, Davie and Henrietta tae hear the end o his tale.

Mister Craig's tale

Wee were making good ground on a fresh north-westerly gale, until our lookout espyed a sail on the horizon. When we discerned it is a Spanish fregat, I prevailed upon our Captain to give her plenty sea room that wee might not come under her command.

'What?' quoth our Captain. 'And leave such a tempting prize?'

'Dost thou mean to try thine hand at pyracy?' I askt in alarm.
'Ay. And to win it as well.'

This way he spake, winking saucily at my lad, who replyed with a knowing look.

'Didst thou think thou couldst bring me into thine way of trading?' he sayd. 'When I have brought thee into mine.'

Att this they both laught, and began to clear the vessel, putting on so much sail that wee were soon almost up with the fregat. I rann after my son in vain, trying to counsel him out of this folly.

'Think what thou doest,' I sayd, 'if onely for the sake of the others aboard us. An thou hast no concern for thine soul, nor shame for the crime thou wouldst commit, thou mayst consider the risque of this venture. Wee are a dozen guns against sixty. An thou seest not that thine Maker shall cast thee down, thou must see that the Spaniard shall.'

'Thou blabbest,' he says. 'My doted, old pacifick father. When thou art shippt with the devil, thou maun sail with the devil.'

'Oh!' cryed Mister Craig in anguish. 'The puir misguided lad! To think I brought him into the world. I gave him all he could want. Yet he was sunken so low. To turn his own father to thieving. Such folly! What ingratitude for all I brought him up to be!'

I than presst his haund in a comforting way, that encouraged him.

Now wee stood off on her larboard tack, till wee lay a league windward. Yet I could neither make him see reason, nor perswade him to give over the designe. When I looked up to heaven for succour, I witnesst the most dread thing a merchant can see. At her main top mast he was flying a blood red flag, and its fluttering was as the blood flowing out from my heart. At first signe of that terrible flag, there was a frightful commotion upon the fregat's deck, and no going back on our desperate designe.

Wee drove on behind her and, coming astern, swam near where wee raked her aft with culverine and four pounders. This put her in disarray, as she was unprepared for such an audacious assault, and her sails being ruffled and torn, as well by our shott as by our stealing her wind, she losst her way. Wee came round about before she could fire on us, and our second volley brought her main top mast down by the board.

Davie's een fairly skinkelt tae hear sic a tale o real pyracy and fechting at sea. He culdna contain his delight, and cryed out.

'Weel dune, Mister Craige! A kick in the erse for the papes!'

The auld soutar luikt til him wi waeful expression.

'Dost thou trow this is boy's games or sport, to make light of it?' he upbraidit him. 'Pray God thou shalt not see the like. 'Tis a bloody business, the pyrating trade, and all the seas awash with gore at the end. A hangman's noose for them as deal with it. And that, my lad, is onely thine earthly fate an thou truckle with pyrates.'

This put the wee fellow in his place, and a guid lessoun Ise warrant. He blusht cramasy and hauden his wheesht efter that. The auld boatswain's een seemed distant, as tho fixt in perpetuity upon that fateful escapade. Sen I replenisht his bowl and, sipping his brandy, he recommencit his tale.

We were running before the wind, and I prayed at least wee might lose her. I could see throu my perspective glass, that the fregat's carpenter was cutting away the mast wee destroyd. Their Capitano trimmed her to stand in for the main. But she was clumsy to get under way, and she swam heavily on account of the loss of her top mast. In the meantime our Captain gott our tacks on board, to come round about, gaining a league on her and passing by beyond range of her guns.

I represented to the Captain, that wee had losst the advantage of surprize and should wee give over, wee may count ourselves fortunate to escape with our lives. Whereas, if wee continue to pursue her she would blow us right out of the watter, or lead us so closs to the Main we'd be hard presst to stand off again when her countrymen come to her rescue. Att this, he pusht me away, and swore he would throw me in chains down the skuttle.

'What madness dost thou intend?' I demanded, more enraged than chastened by his threat.

He looked at me in a braggarty way, tho I could see how his brow mesht in anguish, and ripples were forming on its surface, as when the river of reason runs at flow tide into a tempestuous sea. Whereas over the seething ocean, two dozen gunn ports were flung wide open to greet us, and the Spaniard's deck bristled with spearpoynts.

'An old pyrating trick,' says he. 'Wee shall open a gate in her forecastle.'

And that desperado gave command to bring our larboard tacks on board. Wee proceeded towards our target, by steering within a poynt of the wind. The fregat let off a volley of ball from her gunn deck, following up with the *cacafuegos* on her forecastle. But the ball fell shortt and the shott mearly clipped our stern. Wee swam right under her boughs, raking here foredeck and beak with grapeshott from our bough chasers.

This wrackt her spritsail topmast, rippt her spritsail, and severed her jib from the foremast. I saw that if wee continued to run under her boughs, she would soon be able to fire us a broadside astern. But instead of running on, or steering away from the wind to bring us clear, our Captain let go the foresheet, set in the weather brace of the foreyard, and hauled down our topsail, bringing the brigantine to a dead lift. Wee had scarce enough time to gett in a broadside, that pounded her boughs with ball, ripped through her shrouds, and tore severall crewmen to pieces, before she bore right down on us, ramming our larboard side, smashing that gunnel, and pummeling our waste with her beak, till her boughsprit became fast in our stays. Rather than attempting to break free, our Captain had some of his men rush forward and lash her boltsprit to our main mast, while the rest of his cutthroats stood on the poop, pouring musket fire across the Spaniard's decks, and our gunners fired ball at her breast.

By the time the smoke from this volley had cleared, half a score Spaniards stretched lifeless on the remains of her foredeck. Others lay sprawling amongst their own gore and begging for mercy. I could onely turn my face in dismay from this ghastly sight.

'Let her loose,' I begged him, 'or the same fate shall be thine.'

'Surrender my prize?' he snaps. 'Out of it, white-pow. I've heard enough preaching.'

He commanded his mate to lock me in the cabin till his exployts are compleat. As I was led away our pyrating crew gather'd midships, to swarm across the beak of their prize, as he called it. Some put the wounded to the sword. Others, not taking the trouble, cast them alive over the rail. There was my son leading the boarding party, with a smoaking pistole in one hand, a bloodied cutlass in tother. As soon as he reacht the first hatch on the half deck, he lobbed down a grenadoe. His men followed this cruell example; they were piling down stink bombs, that made frightful explosions below, and the waist smother'd in smoak. I was bundled into the cabbin and heard the key grate in the lock. So I ran to the port and lookt out.

Here I could see what my son, nor his brothers in crime, never could, as they advanced on the Spaniard's quarterdeck. Thinking themselves on the verge of a great victory, they failed to remark a file of Spaniards putt their heads over the quarterdeck rail, and open fire almost at once with muskets and culverine, pouring both shott and ball across the waste. Half the company fell at their first volley. Then the Spaniards threw down their muskets and leapt onto the half deck, brandishing sabres and pikes, while a second file rose up at their backs on the quarterdeck, spraying our men with fire over the heads of their countrymen, before ours had a notion of their plight.

In shortt, all that went aboard were killed, as well by shott as blade. And there was not a man remaining of our crew thereon, for the Spaniards, running about and slipping on the blood that washed over the deck, extinguisht the last breath of life from the wounded, by piercing sabres through their hearts. I never saw my son living again.

Mister Craige's een war brimful. The stern lantern cast a dim, reid lowe on our faces, that war bright wi the brandy. I warrant he never culd seen us the while he recountit his tale. His thoughts war far away, on that fatefu deck. Wharas wee war aa lockt in thon lanely cabin aboord the pyrating brigantine. But a seabird, flying ower, culd alight upon the awning abune, and begoud tae craw, that brought us back til oursels.

'Losh sir!' exclaimed Davie at last. 'That Spaniards are dorty brutes, right enough, as I aften heard my maister Tammas Roddry descreive thaim.'

Mister Craige shuk his grey heid.

'They acted no worse than my son. God looks at all that follow a brutish path in like measure. Tho there is something of Him in every human soul.'

'Then your son!' Davie cryed. 'Ye never saw him leeving. Culd ye seen him ava?'

'Ay lad. The following day.'

Att this he tuke a deep gulp o braith, and stared in his toom quaich. Syne he offered the wee fellow a solemn frown, tae reach out and ruffle his tousie hair.

The Capitano took us prisoners, and wee stayed in those waters till his carpenters made repairs on the vessels. The corpses were thrown over, bot prayer nor shroud. Sharks followed us for seven days after. But the very next day, I lookt out the port on the fregat where I was clappt in chains. A bloated corpse floated past. Altho I was wearied with such gruesome sight, I could not help looking for some mark. Then a shark, swimming by, nibbled its heels. As it turned over, I recognised my son. His face was blew and slasht with shott. But he wore the same foolish grin, as well arrogant as defiant, that he wore on the brigantine. He lay there all morning, the sharks circling about, till one of them grappled his swollen belly, dragging him down. His head bobbed up once; then a second time, I saw it was severed from the body. The last time I saw him, he bobbed up again, and I saw him smile the way he smiled when he satt on my knee as a toddling child. There was a rippling and a churning in the water, and his head disappeared in the shark's hungry maw. That was the last of him now.

I thoght I suld rechairge his bowl, syne I thoght na. I thoght tae console him, but words war as ash in my mou. I rackit my harns, tae say something, onything that might brak the silence that fell ower us, tae hear Mister Craige speak bot grieving.

'What a dreidful tale,' says Henrietta. 'But wee canna leave ye tae bide in yon cabbin. Tell us how ye gott out. Else ye waldna be here.'

Ay. I was prisoner in that cabbin during the battle. For all I knew, I was the last Christian soul aboard, the last Englishman living. But the Capitano, boarding us, found my Captain with half a dozen more that cowered below. He led these poor crewmen onto the deck; they had neither desire to fight, nor had they been aware of their Captain's wicked design as a pyrate. These men came forward to plea with the Capitano, beseeching him for mercy. And our Captain was foremost among them, deceiving our captors into believing he had no part in the venture, that their real Captain was lockt in the great cabin.

The Capitano bandied me about, beating me over the head and thrashing my arse with the flat of his sabre, despite that I pled my innocence. Wee had no language in common, except a bitt of Latin, that I spake poorly and the Don not at all, so no sense could be gotten, however hard they beat us.

These beatings and shoutings continued for an hour or so, until they brought up a priest that was travelling with them. He had a good command of the Latin, as also some English. So after facing a most fearful inquisition at their hands, I perswaded him the truth of the matter, most particularly, who was the real engineer of our misfortune.

Next they brought us aboard the fregat at the poynt of their swords, clapping us in chains below, while their carpenters gott busy repairing the ship. Also they stopped some leaks on the brigantine, to carry her off as a prize. After the vessels were cleared, the sails trimmed with patch't canvas and what rigging they could salvage, wee gott under way, making west by south west for the Spanish Main.

During this time, as well fitting out the vessels as on the voyage, I had opportunity to make representations to the priest, and through his interpretations, to speak with the Capitano. In this way, by having proper recourse to reasoun, wee agreed the six captured crewmen should serve on board him, on condition they convert to the Catholick faith. They demurred at this, but when I entered them they would hang otherwise, they consented, and were given watches on board the brigantine where they proved useful, having a thorough acquaintance with how she sailed.

As to our pyrating Captain, he was hanged at Porto Bello. He never repented, nor shewd any sign of remorse. For he spatt in my face when I would instruct him in his time of doom, and went cursing to his grave. Yet what little honesty was preserved in his soul led him to testify that I had no part in his crime.

I could not bring myself to recant my own faith, and stood ready to make me a martyr, or to win freedom by reason and counsel. I labour'd at this during our voyage, engaging in very particular debates upon theologickal and doctrinal poynts with the priest, whom I found quite amenable to this kind of discourse. However, I had one other thing in my favour; that was the gold I carried, whairby I could ransom my life. Rather than suffering the same fate as our crew, I was brought into Carthagena as a slave, and setten to work for the publick good, by carrying water about the town on my back like an ass, which labours I was employd in for severall years.

Even altho I was sorely beaten and cufft in this chore, I took it upon me as repentance for my son's sins. I even thankt God, in my prayers, that He hath shewn me His presence amang this benighted people; in the priest who was instrumental in saving my corpse from the gallows. Furthermore, His spirit is eternally present; as was demonstrated in various small acts of kindness during my time of bondage, by them offering me bread, or a shirt for my back that I might neither starve nor be reduced entirely to rags.

I grew so accustomed to this position that I considered I would end my days among strangers as a water carrier. But a few years agoe, a ship rolled into Carthagena, flying the English flag in her jack. They had on board some Spaniards, taken prisoner before Peace was declared between the two nations. And, to my surprize, I was released in exchange for these prisoners. This brought me to Jamaica, where I found myself at liberty, tho I came as a vagrant and beggar, rather than the merchant I intended severall long years before.

When I made enquiries after my friend, upon whose behalf I shippt with my son, I could get no intelligence of him. Those I spake with sayd he was gone away, or they never had business with him. Nor could I find anyboby to recommend myself to. All my former acquaintances are removed from that island, else they had passt away without heirs. So I was obliged to make what living I could by working at sea, with a resolve in the long run, to make for New York where I might seek my elder son. And in this manner, by various employments as sailmaker, soutar and seaman, I was enlisted by Captain Richard Lang, aboard his *Rupert*, of which thou hast heard.

Thair war alwise tales tae be tellt aneath our awning. Ilka night spent thair wes proffitable indeed. Ye culd hear tales fra aa that foregathered, tho nane are sae remarkable as his, that wes a perfectly moral example, shewing how the human spirit may thole siccan diabolick and lamentable circumstances. Yet he is the maist kindly man. He wald entertain us wi his concertina, als aften as he lat us benefit fra his philosophy.

Whiles I conceived the notioun o forming a band. For, als I sayd tharanent, wee hae players o mouth harps, fyffes, pipes, fiddles, and drums. Yet my suggestion, tae mak a band, mett wi sower luiks and reticence, that I wondered att, but I never thoght it amiss ontil Henrietta culd whisper to me whan wee liggit neist our gunn mount.

'Ye maunna speak o bands about here,' she says. 'It can anely lead tae skaith, als ye ken, fra what becam o the forlopers.'

'What hes that tae dae wi musick?' I sayd.

'Ken, thon briggandly fellowes that ettled tae abscond for the Gulph?'

'Ay. I ken wha ye mean. But what hes ane hantle deserters tae dae wi musick?'

By which confusioun, I culd see wee war talking at cross-purposes. For I meant tae mak a band o musicians, wharas they tuk me tae mean a band als Robin Hood hed; that is ane cabal, *juncto*, politickal factioun, *etc*. I thairfor gied ower the notioun o forming a band, als I wes aweir it might staund me in line for a thrashing or warse, suld the Council discover my intentiouns and jalouse I hed notiouns o upsetting the Colony.

Nanetheless, I needna gie ower my musickal aspiratiouns. For in my former life, I fancyed playing the *bodhran*, haen heard Kevin Tait using this drum at the Candlemakers Arms. I even hade a bittie batter on this instrument at parties. Sen I described the right shape and dimensiouns tae Mister Craig. And in January, the auld boy presentit me a *bodhran* wroght fra cedar and deerskin, saying it is naething ava for a soutar tae mak.

It is in my kist als I screive. I sune gott the meisour o it, whairby I can accompany jigs, hornpipes and reels, that my hauf deck cronies fairly marvel at. Forbye, I can sing als I ettled tae sing in Madiera. Tho als far as I am aweir, thir sangs war never heard afore. That wes a novelty for aabody on boord, and ane amusement for me, sen it kittlet me tae think I might sing a sang that has never been sang ava.

This is a minor transgressioun o the Prime Directive, alse it represents ane mystery o time-sooming. And I wes mischievous enough tae think I might originate sangs this way, suld others repeat thaim.

CHAPTER 2

IT IS ANE REMARKABLE aspect o human nature that, in casting our minds back upon past events, wee may be maist mindful o happy occasiouns. Yet they represent a littil pairt in our existence, the lave being mear drudgery and miserie as wee pass throu this vale o tears. Indeed, I mind thon pleasand nights I spent wi my hauld deck cronies aneath our canapy. They are aye at the front o my imaginatioun whan I reflect on our enterprize at Darien.

Howsomever, as befitts the author o ane soothful narratioun, it is my purpose tae present als weel the onhappy things wee maun thole, as the blithe moments wee enjoyed. I say than, that merry-making, musick, and tales tellt ower a brandy bowl, are faint glisks o light amang the mirk that mayst whummel us in life's travaills. Bot solace amang friends, I wald gaen gyte wi the torments and sufferings I witnesst ashoar. Yet tae retourn tae my journal is tae luik on a different persone fra the persone I am become, sen first wee shippt out for that terrible spott on Gode's warld that wee chuse tae yclep New Calydona.

Even tho life aboord *Unicorn* is meagre, for thaim upon *terra firma* it has grewn sae harsh I wonder how they survive. At least wee may retire aneath hempen canapy or aiken decks. The planters hae noght but palmetto thack tae protect thaim fra the warst effects o this climate. It is especially horrid att this season. The sun is unbearably hott, the air blustery and damp. The lift is rarely cloudless, but perpetually full o thunder and lightning. Heiven seems tae gush like a watterfall ilka day, making a mire o the grund aneath our feet. This torrent never lats up, sauf in the forenight. Whairupon the air becomes sae fetid and humid, and thick wi insects and poysonous vapours, that nae relief can be gotten ava. The planters are droukit and flee blawn als beasts in a field. It seems they maun bide in purgatory, als far fra the paradise they war led tae expect in this wretched land, as they are twined fra their ain countrie. Atour sic rigorous climate, the planters wark fra dawn til dusk, up til their shanks in glaur, and oppresst by the lash. Be their endeavours, they hae biggit a fortress, that the Councillors call Fort Saint Andrew. It is wroght fra timmer palisadoes, and layd out in five poynts als a starn, sufficient in size tae mount twenty-four cannons.

Captain Drummond is reputit ane skillful engineer, tho some consider him a tyrant. Now he bides at the fortress wi his cronies, mair als a feudal laird than a servant o the Company. Als for the planters, he culd never gie a fig for their wellfare. Att the outsett he employd thaim in making a road atween the landing jetty and the site o the fortress. This is paved wi chuckie stanes, that they may trauchle alang it, for thaim that are pyntours, or porters, drag his gunns up by main strength, alse cairry gear on their backs als tho they are pissmires. They hae nouther time nor strength tae impruive their dwallings. Aawhile they are presst by their overseers, tae cut trees and plant a *chevaux de frise*, being a sortt o fortificatioun. At the landward end o the peninsula they are howking a canal, soe that sloops may quit the bay when the wind blaws northerly.

The planters canna rest fra dawn til night. Their only consolatioun lyes in time's natural order; for on the equator a day is never mair than twalve hours. Att the end o their darg, aa they can dae is boyl a pott o peas, or speld on the yird tae rest their weary banes. Their claes are als wrackt and worn as their bodies. Sen they gang about wi noght but a torn sark, bot shoon for their feet. Whan they gett blisters and cutts fra their labours, thir wounds become septick and breed parasitickal worms, that enter their flesh by ilka cavity, als weel burrowing in throu laceratiouns as mining the crackt soles o their feet, till they can soom around in their liver or wame, or their bluid mass. Forbye the visible animals that persecute thaim dayly, that are various insects, leeches and *gussanos*, they are assaultit by tiny invisible animalcules. Be this pestilence they dwine fra various fevers; als weel malaria as reid spottit fever; bluidy fluxes; calentures; and tropickal agues onkent by our medicine.

Yet man's inhumanity maks maitters warse. The Company projected this entire venture bot regard to the planters' plight nor respect for their rights. The officers culd treat thaim wi utter contempt for their weelbeing, as might befitt the harshest slave-driver or the cruellest despot imagineable. They maun thole the maist meeserable conditiouns, their ratiouns being reducit even als their wark increasit. They war dealt wi als clegs on a turd. The officers war als wild beasts, that brush thaim aside. I say, pigs hae better quarters. A corbie hes fresher meat. A pullet on a midden fand mair meal. And the maist ill-usit, flea-bitten cuddie hed a kindlier maister nor thaim.

Amang aa this soss, Mister Paterson dwalt in his hutt; als weel suffering the same torments o nature, as representing thaim til Council, whair he culd plea for impruvements. His prime motivatioun wes tae wark for the common weel, wharas tither Councillors anely ettle tae advance their personal interest in profit or pouer. Sauf my ain Captain Pincarton, aa the Councillors encouraged intrigues and *petit* corruptiouns, that they might rise tae the tap o the midden, bot a care for thaim that war crusht aneath it.

In ane particular case, Councillor Jolly wes in dispute wi Captain Robert Drummond, efter he gott thrown aff *Caledonia*. The Captain accusit him o stealing brandy fra the ship store. Jolly wald wyte Drummond for the loss. The real sooth wesna proven. Tho I never saw him the haill time he wes aboord us, bot a bumper in his haund, and that bumper wes aye brimful. Likewayes he is a great glutton, als Mister Oswald advises. This volunteer broght a sow that deliverit severall pigletts, for he meant tae establish himsel in husbandry. But Jolly grew peckish and procured thaim, ane at a tyme. He gart his servant prepare thaim, and scofft thir sucking pigs himsel, tho neglecting tae pay for thaim. Oswald never got ae groat til this day, and his prospects in the pig rearing trade war dasht at the outsett.

Howsomever, it isna my place tae speak ill o fowk. I repeat thir *petit* corruptiouns mearly tae shew how Counciloris can grow fatt at aabody's expense. Even als parables in the Gospels illuminate bigger designes, lat this instance mark greater intrigues.

Alwise our Councillors war fomenting disputatiouns wi merchants. Mind Captain Moon drappt by last year, tae sell us provisions? Weel, next his partners rowl in: Captains Pilkington and Wilmott. Insteid o bartering their new cargoes, they demand extra payment for the guids wee boght last tyme. They sayd they war left shortt, and wee maun pay fourty per cent mair than wee payd. This is aa verra weel, tho it wes a bit steep, for the guids wee gied thaim, being woollen hose, periwigs, cloath, bibles and siclike, hedna fetcht what they hoped in Jamaica. Councillor Paterson made a bargain for thrity per cent. But whan they offered tae sell us mair provisions, the Commodore breenged in, sending Wilmott away wi a flea in his lug. And in shortt, wee gott naething for naething. Our holds war full o damnifiying guids, that wee wald dae weel tae swap at ane fractioun o their worth for victalls. Mister Paterson wes att the end o his tether. Yet wi Captain Pincarton alane att his back, his view culdna prevail. And men maun starve or the Councillors pairt wi a bit mowdie stocking for ae bawbee less nor its pretendit value.

Als I maun stap ashoar, I witnesst the warst effects o thir misguidit dealings. Whairas Doctor McKenzie equippt ane marching hospitall. That, again, in my journal:

It is really noght mair than a hutt, yet the planters come here for diagnoses and remeid. In the morning they hunker att the door. Syne an officer staps down fra the fort, tae speir whilk planters are fitt, and wha isna. They are aa verra dwaibly, yet Dr MacKenzie is obleidged tae select ane hantle and send thaim away als malingerers. Wee luik til the lave, send thaim on til the canal or back til their hutt for a kip, als their conditioun determines.

I am acquaint wi the principle procedures now, sae that patients consider me aamaist a compleat chyrurgeon. The commonest remeids are cuppings and bleedings. Thair are boyls tae lance, poultices and dressings tae apply, and apozems tae administer. Tho our supplyes being meagre, certain compounds are hauden back for the maist needcessitous cases. Likeways, some procedures lye outwith the duties of our professioun.

Haen discoursit upon bleeding thairanent, I dout this meisour is nouther menseful nor beneficiall. I performe it whan duty commands, tho I am less zealous nor my mates. They draw bluid by the mutchkin, in an act o bravadoe. For lancings a job wi the scalpel remuves poysonous emissiouns, tho infectioun is apt tae sett in. I never fash wi cuppings, that are an onnecessary palaver. The poultices and dressings are beneficiall in certain cases, tho their effectiveness is diminisht by lack o thorough hygiene. Combined wi the shortage o apothecary's supplyes, our treatments are mair or less ineffective. Whiles a remeid is mair hermful nor the afflictioun. Some diseases are sae antrin, wee ken nouther their cause nor their cures, sen they are native to this climate.

I thairfor prevailit upon Doctor McKenzie tae approach the Indians, that wee might discover their manners o treatment. At first he waldna hear my proposal, for he considers the Indians are salvages and ignorant o medicine. Howsomever, I wheedled sae hard that he sal lat me accompany Lieutenant Turnbull on a journey to Captain Pedro's village.

Mister Turnbull is an expert in the Cuna language. Aften he travels abraid, sen he commands an outpost on the mainland. He is a friend in the Cuna interest, and Captaine Pedro bade us herty walcome to his village. They treat the Lieutenant als ane brother, and he treats thaim the same. For I warrant he loves Darien and her pepill, even als he loves his ain countrie and faimily. Wee war thrie days in the village. By night they entertainit us immeasurably weel. In the daytime I wes shewn the use o some herbs. I forgett what they are caaed, and I culdna mak notes acause my paper gott soakt. They are applyed in a partickular way, by speaking certain charms, that is dune by *kantules*. The words are secret, and their herbs hard tae find for they grew high up in the mountains. Nanetheless, I promisst tae visit thaim again. Whairon their chief physician presentit me a necklace wroght fra divers teeth, banes and seeds. In their leid, it is yclept *poni*. Att the outsett I ware it about my neck, till I wes made aweir it might possess magickal properties, and plankt it away in my kist.

I retournit on boord *Unicorn*, bristling wi enthusiasm, and representing that here is an aboundance o therapeuticks, gin wee can att least discover thaim.

The chyrurgeon's response, tho it wesna entirely a damper, I wald say it wes caller.

Aften I considerit methodes tae impruive the planters' hailth, tho my schemes war never tryed. On ane occassioun, I proponit a systeme tae mak watter potable. My reasouning wes thus: that animalcules cause flux; in future, they sal be destroyd by chemickals, *viz.* chlorine and flourine; thir elements belang in the group o halogens in the periodick table; that squids dischairge iodine (ane halogen) whan they are afeart.

I dwallt on this maitter for three nights, als ane doge chows a bane. Sen I reacht my conclusioun; wee suld obtain ae squid or ane octopuss. Haen putten him in a tub o watter, wee gie him a fricht. This way he lats lowse his iodine.

Hey Presto! The animalcules vanquisht.

Att the next assembly o chyrurgeons' mates, I sayd, 'Sirs I hae a remede for the flux.'

'Oho,' snorkis John Cruden. 'Thon salvages hes learnt him some magick.'

Att this they laught unashamedly, till I assured thaim it is based upon science.

'Wee sal be blithe tae consider it,' sayd Doctor MacKenzie.

'Wee suld catch us a squid,' I proponit. 'Or an octopuss may suffice. He empurples the watter. Halogens. Eh. The poynt is tae whummle the animalcules.'

He regardit me wi quizzical brow.

Haen presentit my conclusioun at the beginning, I grew disjaskit at the prospect o unravelling my errour. I fell in a befuddelt confusioun. Whether tae retourn to the start? Can I putt the fundamentals o my treatise in the form o an *appendix*? Shortly the vessel, that I wald equip tae deliver us fra hazard, rann agrund on a shoal o mear ignorace. Her keel wes rebuffit by impatient expressions, her strakes lowsent by indulgent amusement, her rigging entaigelt by disbelieving sneers. Nanetheless, Doctor McKenzie gart the mates wheesht.

'Tak tent now,' quo he. 'Lat yow examine the causes, sett out the symptomes, and propone your remede att the end, als is proper in scientifick discourse.'

'It's perfeckly plain!' leught Cruden. 'Wee hoi a squid in the tubb: his dye maks the animalcules invisible: what wee canna see canna herm us. But, loblolly boy, how can ye putt the skitters up your benign *cephalopod*? By jobbing him wi ane stick?'

I fellt a warm flush atour my cheeks, my brow, pricking my oxters, for aabody laught at this singular example o the thrid mate's wit. Amang this desperate perspiratioun, I culd feel my haunds trummle, tho I claspt thaim firm ahint my dowp.

I wes thinking, The coarse loun has threwn up a steep dyke o folly agin my attempt.

Yet, raither than engage him wi a braidside o scientifick justificatioun, I fand mysel cowering in the darkness o insiccarity and doubt. How tae begin? Wi the nature o animalcules? Never discoverit. The periodick table? Onkent at this time. Or octopusses indeed? How can they splairge purple ink? The compositioun thairof. Whan aa is bye wi it, is it iodine they skoosh sae lustily? The nature o flux?

A skittery, bluid-druiken soss is what I wes cam til. Thir thoghts breenged forrard, tae soom round my harn pan at aince. Sen I culdna advance my position, I beat a retreat.

'Doctor,' I sayd. 'Alwise the maist progressive designes are mett wi ridicule at the outsett. An ye permitt me tae consider the principles and mechanicks o this innovatioun mair clossly, I sal advise yow whan I am ready.'

In this, als in divers attempts tae impruive our physick, I fand mysel casten down in the depths o despondency. I gied ower keeping my journal. Whiles I culd lament my lack o discipline at school. Had I lippenit to my buks, they wald stude me in stead tae illumine my countrymen's skill in chyrurgery. Whairas I hed forgotten what littil science I kent.

Aften I wald wyte my teachers, for learing me useless facts and leaving the maist needful things wanting. Even now I mind my Chemistry teacher, satten upon his bench, wi the bunsen burners lowing orange about him, and rocking on his dowp like a mad goblin. How culd he instruct us tae burn magnesium, or mak nylon in test tubes, whan halogens are mair pertinent? Alse in Physics we foutered about wi Geiger counters and Van de Graaf generators. Wharas mair practickall meisours, say the principles o refrigeratioun, might impruive our conditiouns by preserving victalls fra damnificatioun.

Likewayes in Mathematicks; wee maun calculate the right velocity tae project ane weightless object ower a particular trajectory. What for? Sen the teacher mayst boggle our minds wi imaginary numbers! What is the use in that ava?

Nouther wes Henrietta a solace nae mair. She seemed tae be suffering ane generally melancholick depressioun o her spirits. She hed gien ower eating and grawn verra thin. Aften I broght her meat. Whether a *cabaly* fish fra some seaman, or papingoes fra the landsmen, I prepared this meat on the brazier, tae tempt her wi some juicey titbit.

'Losh Henri!' I wald say. 'Pelicans are sae fine. Will ye nae try some?'

Whiles she tuk a nibble. Mair aften she waldna. I grew perplext att her loass o appetite. Whan Council cutt our rations I presst her again, sen she skelpt me about the lugs.

My temper grew extreamly volatile. I threw mysel into my

wark, passiounately, believing at least thair is some purpose in chyrurgery. Next instant, I wes casten down in the humdudgeons. Aathing about me appeared black, futile and poyntless.

Ane morning I wes redding the hospitall, tae visit the mair seeckly planters in their hutts, whan Doctor McKenzie gied ower packing his cupping equipment, and cast me ane gley.

'Ye seem gey dowie,' says he. 'What's fashing ye, son?'

I wes shuffling my feet in the stour. Aathing's tae fash about, I thoght. We sal be deid men or wee win out o this place!

'Is it yon octopuss now?' he says.

That hett my cheek cramasie.

'An thair is reason in it,' he sayd sternly. 'Wee need aa the remedes wee can find.'

'I suld never broght it up,' I mummelt. 'It is noght but havers.'

'Ise gie ye havers, my lad!' he hisses. 'Ye sanna haud wheesht whan men traik wi the flux. An ye fand a remede, I maun hear it. Or lat it rest on your conscience.'

I culdna luik til him, I wes that black affrontit, sauf I caught his een skinkle in the lowering light.

'Out wi it, Budd!' he cryes. 'Dinna haud back, or thair's bluid on your haunds.'

I wes thinking o particules and animalcules. In my mind's een atoms o iodine dauncit wi bacteria. Hippocrates, Hoffmann, Fleming. The humble wee squid might save us. Tho I reemaged the back o my harnpan, naething culd empouer me tae explain.

'An yow hae remede, and ye can save men fra the flux, I sal account ye a chyrurgeon. Gin ye hae, and ye winna, I warrant ye're nae mair nor a murtherer.'

'Ye misunnerstaund me!' I splairged.

His een speirit me.

Embarkit than, I stude aff and prepared tae pilot by deid reckoning.

'A fable,' I begoud. 'Als the squid alters the colour o watter by empurplement, wee may alter the shade o men's imaginatiouns. Tho wee suld enlighten thaim wi wisdome.'

He shott me a queer luik.

'As chyrurgeons wee ken the fundamentals o hygiene,' I proponit. 'Yet men dee fra mear ignorance. Lat us reduce the rate o infectioun. As the flux is passt on by animalcules, wee can gie planters the pouer tae destroy it, by vanquishing thir animalcules.'

'Aha,' the Doctor spak jalousely. 'Now what is your proposal?' It cam in a flash.

'Tae form a band, sir! Tae perform ane satire anent principalls o hygiene. It will be an entertainment, as alse an educatioun for the men. I wald gaither ane troupe o players.'

Outside a great peal o thunder rent the air. Hott, heavy draps fra the tropickal sky begouth tae dirl the palmetto thack til it trummelt. The guid chyrurgeon keekt out the door, and gied a bit chitter. I apprisit his visage dark and lieden als *chac* in the lift. For ane horrible instant, his een bleezed as lightning brist the air like a catt o nyne tails. I luikt atween him and New Edenburgh. Watter rann fyle down seuchs amang hutts whar the seeck men ligg. I thoght, He hes mair important ploys tae attend nor a semple loblolly boy spin yarns o squids. Sen he put his forefinger til his bag. Snapping shutt the clasp, he stappt ower the bulwark. I cooried in at his back, as he gaed out.

'Weel Billy Budd. I dout thar's mair animalcules than wee culd destroy.'

'Ay sir. A sillie notioun, that's aa.'

Syne he spang out o the marching hospitall, and glaur splashing the knees o his lang buits, as I ettelt tae keep pace wi his skelping stride. Droukit in ane instant, he glowers back unner his periwig.

'Dinna fash now,' he says solemnly. 'I sal trauchle alang bot a mate.'

Rain splatterit his cape als grapeshott, as I stude in the dub wi my mou hinging open. I luikt efter him, wondering, Is it the loblolly game for me again?

'Shew me your satire the morn's night!' he cryes back ower his sodden shouther.

Thairfor I wald turn my auld pencil to mair pertinent screivings.

CHAPTER 3

UP ON THE POOP, Rab poynts att the horizon, presenting me his perspective glass. Bonnie and trig, she is dauncing on the wave.

'The *Maid o Stonehive*.'

By the trimm o her sail, she wald staund out tae sea.

'Suld wee come up wi her?'

Chongo gies me a saucy wink.

'She is tired wi our company.'

'Whan she cam near, wee gott a guid glisk at her lines.'

'Ay?'

'See the shape o her breist?'

'Her lovely throatt.'

'See how the strakes curve alang her tummelhame.'

'Down her slender throatt til her waist.'

'Her waist til her stern.'

'What culd ye dae ava?'

'Wee soomed verra closs, till wee cam aneath her boughs.'

'Wee lufft up als sune as wee liggit braidside.'

'Wee kittelt her waist wi grape, raking her fore and aft.'

'On her foredeck, she lowsens her demi culverine.'

'As he shows her his saker.'

'Wee dousit our loyer boltsprit.'

'Making signs, she suld shew us her stern.'

'That wes our signal. Wee wald readily engage.'

'She clewed up her jib.'

'Her ports being open, she gied us a glisk at her knees.'

'The saucy saut kimmer.'

'Wee brought up our bough chaser.'

'And begouth stuffing her mou wi pouder.'

'Bot reefing up, wee drave intil her aft, cleaving her cleats fra the hailyards.'

'She shuddert and trummelt at our braidside.'

'Wee gied nae account, our yard being jammed in her waste.'

'Our fuk sheet hade stolen her wind.'

'She dousit her canvas.'

'She dischargit her littil minnion and brought our foretapmast down by the boord.'

'He gied back his twalve pounder.'

'Next fell her tap royal.'

'Wee unsprung her champs.'

'The next load unfastent her stays.'

'It wes time tae heave ower. Baith vessels war awash wi froad.'

'Wee poued up our taiks, pumpt out the bilge, gott oursels clear, than prepared her tae come right about.'

'This time wee mett her port side, blasting her skuttles, breaching her gunnels and setting tae wark verra hertily.'

'Braidshott and baas. Tane stroakit her breist, tither aft.'

'Wee boordit her.'

'Than commenced the real sport.'

'Wee baith trimmed her bottom spanker.'

'He rase her tap gallant.'

'Her wattergaits rann wi whit foam.'

'Beak til stern, wee rade her upon trippan tides, and aft til beak, beak til throatt, syne boughsprit til beak, and boughsprit til breist.'

'Syne beak til beak.'

'And boughsprit upon dok twice ower.'

'Whan wee war spent, wee stude aff for mair room.'

'Tho she fell alangside us sune efter.'

'Wee kept her company that night, supping our hailth in a punch bowl.'

They represent aa this proudly. But whan they graw quiet, a great scunner smoors my hert. I contemn thaim for spoyling siccan fine sooming prize.

'Na, na!' leughs Chongo. 'Ye canna be blate.'

'Stap down wi us now til our roundhouse.'

I cannna tak my een aff the *Maid o Stonehive*. Her breist, whit als snaw, cleaves the spindrift that plashes her boughs, washing her foredeck. She fronts the waves boldly, a disdainful luik on her smiling mou. Her reid gowden hair flows als pennants in the gale.

'Come away Billy. See how wee haundle our whipstaff.'

'Wee use a block and tackle,' Chongo confides, 'else it loups right out o your grip.'

I fand mysel clutching Henrietta verra closs. Aften I strave tae touch her als I toucht her afore, for anatomickal exploratiouns are needcessitous in my designe tae become a compleat chyrurgeon. By this, I discover she is raither hairy, als weel wi pubick hair as wi small hairs on her limbs and fine hairs on her wame. Forbye she has aa the pairts o a young woman. Tho I hade never reacht sae far in my endeavours.

She wes suffering the effects o an eating disorder, haen tint her appetite. I culd justify my investigatioun this way: bot proper ministrations she may dee; onless I can study her anatomy I am unable tae provide for her weelfare. Yet tae consult Doctor McKenzie might risk betraying her sex, that is indiscreet in regard to the Hippocratic aith. Thairfor I suld learn by experiment. I may come at a chance tae preserve her life. Wharas, an I gie ower my designe, and she famisht til daith, I can account mysel nae mair an a murtherer.

Her body wes extreamly thin. I fand her hips mair baney than fleshy, her paps littil mair than their nipples. Howsomever, I ventured sae radily this night, that I sware I wes haulf asleep whan I commenced it. Aiblins she slept alsweel, sen she never sayd naething tae shew otherwise.

Haen stude aff a while on her thigh, I discoverit this place quite warm and moist, and pleasant indeed. Sen I entered my thoom in her secret haven, tae tak soundings as it war. Efter twa thrie minutes, she gied a whimper and presst her leggs firmly thegether, raither clenching than shunning, tho I fand it harder tae mak progress that way, and tuk the natural course her reaction implyed. I soomed alangshoar, pairting the silken growth on ilka side o her channel thairabouts, till my finger fand mooring upon her maist sensitive poynt. This provokit in her the usual response: a jirging and writhing and moaning, tho never repelling me ava. Whan she reacht her climax by thir ministratiouns, I considered that pleisour markt consent and I may be walcome again in this harbour. Satisfying mysel wi this, I rowled ower and slept, tho I trow she cooried in a bitt closser than afore.

Efter I left Doctor McKenzie at New Embro, I retournit on boord, by sooming. This is the best exercise a fellowe can tak, whether at sea or ashoar. Als weel it refreshes the body, keeping the muscles trimm and washing it clean, as it refreshes the spirit and redds the mind o disjaskit reflectiouns. Thairfor I can soom whan it is convenient for me. I keep my chyrurgeon's claes clean by waring thaim in the sea, and putt on my loblolly shortts, that I ware in the evening for comfort. Syne I hang out my breeks, hose and sark on a ratline tae dry for the morn. I wash my jaicket separately, applying whit soap and starch, alse bleaching it whan it is fyle, sen it is apt tae get stained in the course o my duties. I encourage my friends tae dae likewise, recommending it als an hailsome meisure. Tho they war surprized at first, they sune saw the benefit. I culd even confide in Henrietta, that sooming sal become a fashionable sport, for she wes feart at the outsett.

'Pepill sal gaither fra aa natiouns tae compeat in races,' I sayd.

She fairly marvellt at this, and sune enjoyd sooming quite weel. First I learnt her the breiststroak. Next the crawl. Alsweel thair is ane methode my faither learnt me; tae float on your back and kick like ane puddock. It is verra restful, tho it has nae name.

Onyways, this is bye the bye. Lately I begouth wryting my satire. Mister Paterson gied me paper, for he hes reams o it plankt in his cabine, tho my pencil is waring quite short. By the first evening I hed a notion o what I wes att. I gaed round the ship, recruiting my band. Syne wee gaitherit tae wark out some sangs, and start our rehearsals. Yestereen wee war ready tae present it to

Doctor McKenzie. Tho he made some remarks anent hygiene, he seems satisfyed it might promote proper practices amang our landsmen. Haen ladit the boat wi our props and costumes, wee sal put on our first performance the night.

These comprise; ane tub; a mess can; ane piglett; a bible and minister's raiments; musickal instruments; and a special costume that Mister Craig wroght for us. This is the guise o an animalcule, a trewly hideous creature. He hes sewn it fra twa ells o sailcloath, that he efterwards stiffenit wi tarr, and dabbit wi reid spotts. It has severall legs and arms, great tentackles abune the heid and an horrible mou. He stitcht up the piglett alsweel fra warree hide, and stuffing it wi sawdust wee gott fra Mister Dorrel, the carpenter's mate.

I aamaist forgott tae mentioun the pouder, that wee gott fra the gunner.

'Mister Roddry,' I sayd. 'Can ye advise how tae mak a flash in the pan?'

'That's verra simple,' he says. 'I sal loan ye my prentice.'

Sen Davie shewd us how tae mak a flash in the pan. By various experiments, he sune hed the perfect device, minging chemickals wi pouder tae mak it gang aff wi ane colourful reek. Yet it is hermless. Indeed his tryals surpasst our expectatiouns. He wes sae impresst by our satire, that he insists on playing the animalcule.

The pairts sal be performit by the cast:

Chyrurgeon:	Billy Budd
Animalcule:	Davie Dow
Planter:	Henriet Strof
Loblolly boy:	Hirpling Jimmy
Minister:	Mister Craig

Alsweel divers musicians, for reels and accompaniment.

Wee sett up our tub in the biggest hutt, neist the hearth whair wee litt a small fire, and lanthorns tae illuminate our performance. Wee hed putten a bench at ane side, tae retire efter wee spak each pairt, as also the musicians culd sit on this bench. The room, being dark, wes redd for our audience tae staund in. As they war assembling, Henriet advertized our performance by playing *In the Mood*, that she wes prevailit upon tae repeat three times. Syne wee aa sang ane ballad, that I hed gotten fra Mister Fenner's pamphlets, accompanied by Mister Craig's concertina. And this is it, that cam tae be knowen as the quack shaw.

The quack shaw

PROLOGUE

Come, rouse up your heads, Come rouse up anon!
Think of the Wisdom of old Solomon,
And heartily joyn with our own Paterson,
        To fetch Home INDIAN Treasures:
Solomon sent afar for Gold,
Let us do now as he did of old,
Wait but three Years for a Hundred-fold
        Of Riches and all Pleasures.

Since by Nature and Law we are equally free,
Wherever true Merit is found, let it be
Rewarded most nobly in every degree,
        Without regard to compactions.
Let Vice and Oppression be cloathed with shame,
Let brave undertakings our breasts all inflame,
Let *Liberty*, *Property*, *Religion*, and *Fame*,
        Be mainly the scope of our actions.

Davie loups in front o the tub, wi the mess can in his haund.

ANIMALCULE: I am the animalcule,
                invisible tae see.
                I sal heat up your bluid mass
                altho I am wee.
                I mayst gie ye the skitters

afore ye can sneeze.
Ise infect ye wi nitts
tae spread my disease.

Enter the loblolly boy, wi bucket and brush.

LOBLOLLY BOY: Awa! Get awa!
And dinna come near.
I'm the loblolly boy,
wi naething tae fear.
As lang as my heart beats
strang in my breist,
I defy ye tae try me,
Ye dirty wee beast!

ANIMALCULE: Ah! What hae wee here?
Come closs, dinna fear,
till wee drink us a toast.
My fat, muveable feast!

He offers Jimmy the mess can.

CHYRURGEON: Watch out, Hirpling Jim!
(aff)   He wald sune heat ye up,
gin ye lat him come in
throu your drinking cup.

ANIMALCULE: Syne swallow me please,
in this watter sae sweet.
Alse eat me wi pease
and in uncuikit meat.
By making a hame
for my freends and mysel,
on the deil's aith I sal
despatch ye tae Hell!

LOBLOLLY BOY: Weel now ye hae spaken
        like auld Nick himsel.
        But ye're quite mistaken
        an ye mean tae dae ill.
        I mayst heat up this watter,
        on this fiery hairth.
        By warming my mess can,
        I sall boyl ye til daith.

He places the can on the fire.

ANIMALCULE: Oh! Loblolly boy.
        Please leave me alane.
        Or alse I will dee
        on this horrible flame.

LOBLOLLY BOY: Soe gett hott and dee,
        Mister Animalcule.
        Tho ye meant tae kill me,
        Yow maun dee by my rule.

Davie daunces a macabre reel and falls ahint the tub, as Mister Craig staps forrard.

MINISTER: Weel dune, Hirpling Jimmy.
        Ye saved us, I wot.
        Now the beastie is vanquisht,
        lat us give thanks to God.
        He has guidit us on,
        als His people afore,
        betwixt a braid ocean
        and a wilderness shoar.
        Sae freends, gaither round,
        and hear Moses' words.
        Lat's redd up this toun

o pestilence and turds.
And by his advice,
tae be hailsome and clean,
we sall banish the lice
and enemies unseen.
For wee sanna be lost,
als the Israelite host,
wharof Moses records
the words o our Lord.

The minister reads the bible. Henriet enters unseen by him, scarting his heid. He taks the can fra the fire, and pretends tae crapp in it. Sen he puts it on the tub, and exit.

MINISTER *(reading)*: And thou shalt have a paddle upon thy weapon; and it shall be, when thou wilt ease thyself abroad, thou shalt dig therewith, and shalt turn back and cover that which cometh from thee: For the LORD thy God walketh in the midst of thy camp, to deliver thee, and to give up thine enemies before thee: therefore shall thy camp be holy: that He see no unclean thing in thee, and turn away from thee.

The minister turns tae the tub and taks a swallae fra the mess can. Wharupon Davie threws pouder upon the flame and, in the flash, loups out fra the back o the tub.

ANIMALCULE: I am the animalcule!
I bide in the shite.
Gin ye arena aweir,
I sall gie you a bite.

He clamps his mou on the minister's shouther till he faas down deid.

ANIMALCULE: Ha ha!
                    Thon hirpling Jim
                    anely hett up my brither.
                    Now I come tae avenge him
                    by killing anither.

LOBLOLLY BOY: O horribill cruell,
                    vile animalcule!
                    Dinna gang farther
                    or Ise try ye for murther.

Jimmy taks up his brush, presenting it als tho it is ane halberd.

LOBLOLLY BOY: Yow will pay for this skaith
                    and maunna be freed.
                    Upon solemn aith,
                    now, how can ye plead?

ANIMALCULE: Haud aff me, ye loun.
                    It wesna my wyte.
                    But the planter cam round
                    and hed him a shite.
                    Than I enterit his wame
                    thro the minister's dram.
                    The planter's tae blame
                    for fyling the can.

*Enter the chyrurgeon, clasping the planter by his collar. He push-
es him forrard.*
The planter haulden the pig under his arm.

LOBLOLLY BOY: Here comes the doctor
                    and a witness I wot,
                    wi a pig in his oxter.
                    Tell me, whilk is at faut?

CHYRURGEON: Ye request me the now
               tae discourse on this plight.
               Sae, kindlie allow
               me tae put this case right.
               Thar's nae doubt, as I see;
               the planter culd err.
               But tae wyte him entirely
               juist waldna be fair.
               I wald say he is guilty
               o ignorance and folly.
               His crime, being filthy,
               wes misplacing his tolly.
               Now he's sorry, I'm sure.
               Yett his crime wes sae big
               that in lieu o a cure,
               I sall fine him his pig.

PLANTER: O sir, please be kind.
               Dinna twine us ava.
               He's my annerly friend.
               Dinna tak him awa.

CHYRURGEON: But as for the criminall
               that killt him stane deid;
               weel, this littil animall
               maun pay for that deed.

LOBLOLLY BOY: I dout ye speak sense
               on account o your skill.
               But, for this offence,
               tell me, what is your will?

CHYRURGEON: Ye maun douse him wi vinegar,
               and rubb him weel down.
               Syne wark up a lather

and dicht the place round.
Thar's ae thousan and mair
like this horrid brute.
Tho by scrubban the flair,
wee sall redd thaim all out.

LOBLOLLY BOY: Verra weel, my physician.
But I'm still in a fash.
It wald tak a magician
tae gie Embro a wash.

Whilst they discourse this way, the animalcule pretends tae whisper in the planter's lug.

CHYRURGEON: That's the sooth, hirpling lad.
But wee maun aye persist,
wi the help of our comrades,
whase assistance wee list.

The planter swaggers forrard in a brulzie mainner, tae address the audience.

PLANTER: Pah! Dinna heed this.
Ye can tak it fra me.
Their talk is aa pish,
as I'm sure yese agree.
It is noght but a plot
tae put pork on their plate
and fill their ain pott
wi a fine gammon steak.
Sen they mak up this lee
tae say we maun dee.
As tho thar wes ony
herm in a flea?

CHYRURGEON: In this he is wrang.
　　　　　　　 Tak tent and mak siccar;
　　　　　　　 tho a flea isna strang,
　　　　　　　 he can sune mak ye seecker.

PLANTER: Tho Ise freely admit
　　　　　　 thar is ane thing I'd miss
　　　　　　 in paying my piglett,
　　　　　　 and that is a kiss.
　　　　　　 For she likes me tae cuddle
　　　　　　 and gie her a swack.
　　　　　　 Ye might think that I meddle
　　　　　　 but thar's nae herm in that.
　　　　　　 I sure ye they're wrang
　　　　　　 tae pairt her fra me.
　　　　　　 For it is gien her a bang
　　　　　　 that keeps me sae hailthy
　　　　　　 and happy and strang.

Now the audience wes rowling wi laughter, for Henri is an
extreamly accomplisht performer. She wes running aheid o this
gale, whan a voice spak fra the back o the hutt.

'Gae on wi ye, Mister Jolly!' he cries. 'Gie your pig laldy.'

I sure ye wee never ettled tae represent the creishy Councillor
this way, als ane luver o pigs. Yet somebody hed taen it that way.
Indeed this wes Mister Oswald, that Jolly hed stolen his sow fra
him. He made ane connectioun that wesna our meaning ava.

Yet Henriet wes carried away by this favourable wind. Placing
the cloath pig on her lap, she made a bawdy gesture, and spak the
last stanza fra the tap o her heid.

PLANTER: Weel, staund up my porkie
　　　　　　 for a final wee birl.
　　　　　　 And gie me a snorkie
　　　　　　 as I gar ye tae dirl.

Davie hois anither daud o pouder on the flame.

ANIMALCULE: Aha! Here I am,
               my dorty wee tyke.
               For swacking your ham
               Ye sairly maun traik.

*He dings the planter wi his tentackle. She faas dede. The animal-
cule loups away, tae sclimm out the windae.*

LOBLOLLY BOY: Alas and alack.
                 Ochone and ochone.
                 Thon animalcule's swackit
                 the misguidit loun.

CHYRURGEON: See how he brak lowse,
               this dedeliest fae.
               Tak tent and jalouse;
               he culd kill ye tae.

CHYRURGEON: Tae vanquish this beast
& LOBLOLLY BOY: wee suld aye be thrang.
                  But wese end an ye list,
                  wi musick and sang.

*The players retourn on the stage, and Mister Craig accompanies
the epilogue sang, that wee repeat till the audience learns it by
hert.*

EPILOGUE

Hear, gentlemen, planters, and bold volunteers!
There's a lesson for yow, as wee sal mak plain;
that tae shite in your mess can will just end in tears,
but a soom or some soap will mak ye feel clean,

and a dousing wi vinegar may banish aa fears.
Sae in future, be tidy, and use the latrine.

For the breeding o lice, and unhailsome habbits
might gett yow an ague, or the flux, or distemper.
Ye saw this puir fellow, by animalcule jabbit.
Of his horribill fate, wee hope yow remember
tae boyl up your watter, or become dedelie wabbit.
Lastly keep a hail yard, and ne'er fyle your member.

CHAPTER 4

EFTER THRIE SHOWS WEE gied ower this theatrickal venture on account o some onhappy circumstances that occurred in the Colony. Att this poynt I wald say our designe wes partly accomplisht. Some wald adopt thir meisours o hygiene, an their friends warna sae rady tae scoff att thaim. Others tuk thaim up, ontil blacksliding sett in. Yet I am obleidged tae confess maistly our play provoakt mear confusion and misunderstaunding.

I wes approacht by severall members o the audience, praising or remarking upon it. They war unanimous in saying Davie's animalcule is the maist astonishing part, and Henri's piglett is the maist comick. Tho some culd jalouse this is ane satyre on Mister Jolly, that wee war quick tae refute. Alse they thoght the animalcule represents ane religious zealott; whether Cameronian, Catholick or daemon, according tae their prejudice.

Wee war obligatit tae ammend it, tae blott out thir misrepresentatiouns. This draft is really the originall, that I kept for ane memento: it is in my kist as I screive. Howsomever, our bannock o enlightenment wes destined tae remain haulf-risen – mibbe I ought tae say our mess can wes fyled – by some disturbing news that wes broght intil our camp.

Captain Pedro rowled in wi ane hantle o warriours at his back. Gaen on boord *Saint Andrew*, he representit that ane Spanish regiment has crosst the mountains fra Panama City by the *Golfo de Santa Miguel*. Maist o thaim remain in the *Cordillera*, tho ane company has reived his village, tae steal or brak their gear and burn doun the hutts. Thankfully his pepill hed gotten word fra a hunting pairty, and flitt the village in guid time. Yet they maun hide in the forest, wi what meagre bield they can find.

In shortt, he concludis, an entire regiment is lying littil mair than a day's mairch fra heire. Their countrymen might come by sea ony tyme tae plenish thaim. Thairfor wee suld come tae grips wi thaim at aince. He has saxty men under arms, haen putten the word out til Ambrosio and Diego, that sal staund by their treatie als he can lippen til us.

This news hes putten aabody in a state o alarum. The pacifick pursuits o learning and entertainment, even planting crops, are putten aside in view o the needcessity tae prepare for Warr. Now the planters are howking ane moat round the fortress, and planting ane *chevaux de frise*, sae that our positioun will sune be even mair formidable.

Captain Thomas Drummond hes alwise been in the habit o dreelling his company. Att the outsett he culd represent this tae Council for ane precautioun least the Spaniard attack, as also a means tae suppress disorderly behaviour amangst our planters. Thairfor he hes ane company at his disposal, that is als great a comfort to the Councillors, as it is a source o resentment for the Commandore, being jalouse o landsmen and ane rival o Drummond.

Aabody is band in ae singular object, tae repel an assault. Our land officers even relish the prospect. Likeways the generall mood is wee sal be blithe tae meet thaim: als weel for the opportunity tae impress upon Spain the rightness of our claim in this countrie, as for a glisk at their siller, sen thair is booty tae be hed when they come. The hail toun is in uproar, and the thack o the hutts bursting aff the rooftrees wi aiths when our planters gie voyce till their valour. Abune aa this braggarty clamour, Thomas Drummond lats aff a twalve punder ilka hour, als weel tae put birr in our men as tae lat Spain ken we are rady.

Even altho thir preparatiouns hed a dampening effect on our satyre's prospect, the saicond setback cam fra a different airt aathegether. Sen it is time tae pull on our taiks and luik att what way our trade winds war blawing in this moneth o Januar.

Some Jamaicans rowed in. They are Captain Wilmott's partners and friends o Paterson; brothers in trade, as he cryes thaim. Atour a wheen sloops drappit in on the sly. They wald stick in their neb at the *Zantoigne*, for the speak hes gotten abraid she wes ladit wi gowd whan she sank. The Council sent thaim away, preferring tae negotiate wi Captain Thomas for recovering her cargo. Wee fared littil better wi the honest traders. Commandore Pennycuik is apt tae browbate thaim, saying their prices are tae steep. Naetheless, Paterson perswadit Council tae commission twa Jamaicans; Captain Pilkington tae catch turtles, Captain Sand tae ship for Bluefields and trade some of our gear for ane sloop.

Alsweel they despatcht *Endeavour* tae cruise up the coast, gien her maister orders tae trade whar he list. Tho this last enterprize wes thwartit; the pink sprang lakes in her hull and retournit or a week gaed by. Now the men ashoar are growing seeck for want o proper nourishment, despite that wee ettle tae supply siccan fruits als bananoes, mamatrees, pineapples and cocoanuts, siccan meat als *warree* and monkeys, as alse fishes and fowl. Even altho the Jamaican hes catcht severall turtles, our planters continew tae traik wi boyls and scurvy or syphilis, for wee hae nae remede tae offer thaim bot victalls.

Our Council maun reduce ratiouns again, that gart the men grummel and brak out in fechts. Yet, the Councillors, nor the officers, warna fasht by their countrymen's plight, sae lang as their ain mess wes replete wi sea fowl and fish. Onely Mister Paterson representit what a lamentable condition wee are in. Sen Council resolvit tae equip *Dolphin* for a cruise. Lading her wi merchandise, they commandit her maister, Captain Malloch, tae sail for Jamaica als sune as the wind is favourable.

But this new enterprize gart mair disruptioun, for Councillor Paterson opposit sending the snow. He sayd she wes heavy whan sailing windward and wee wald better wait till Captain Sands fetches the sloop. In the meantyme wee might trade wi Captain Wilmott for provisiouns. This annoyd Commodore Pennecuik. He sett rumours afloat, that Paterson is in cahoots wi Wilmott tae mak profitts by back-haunders. Yet ye culdna find a mair honest trader in the Caribbean. He never hed ought tae dae wi corruptiouns. Raither, I dout the Commador wald wark things til his ain advantage.

Atour he culd say that sic an important undertaking, tae be cairrying half the Company's merchandise, mayst demand als weel the skills o ane merchant and seaman, as the tact o ane diplomat. He thairfor insists Captain Pincartoun sail on boord *Dolphin*, whether als Captain or supercargo. Whairas Mister Paterson sayd that onless they elect mair members, the Council will be reducit til five by his sailing.

Alwise the Commodore wes jalouse o Captain Pincartoun, for he is a tholerant man. He regardit him at best as Paterson's crony; at warst, as leal to the Glencoe factioun. Thairfor he wes keen tae gett shott o his Vice-Commodore for a spell. He enveigled Daniel MacKay's support, saying Pincartoun deserves siccan privilege as undertaking this venture. Next he entered Robert Jolly, that wi *Unicorn*'s master away on a cruise, he may exercise his proper authority als Councillor on boord her. He sayd this ower a punch bowl, that Jolly lappt up, als a doge sooks a bane. Trimming his canvass this way, Captain Pennecuik argued that ane Councillor on *Dolphin* might increase the prospect o trade. By flattering Captain Pincartoun – while perswading Captain Montgomerie o the difficulty he, a mear landsman, hade in reaching a decision concerning sea trade – he broght aabody round to his view.

The upshott wes that Council prepared orders for Captain Pincartoun tae ship for Jamaica and New England. *Unicorn* wes thrang wi banter and chaunties as the seamen raised up bales, crates and barrels fra the holds, lifting theim aa by pulley and capstan thro the skuttles, tae swing thaim out ower the gunnels by the yards and loyer thaim down in the snow. This continued till *Dolphin* wes ladit wi wine, cloath, periwigs and bibles tae trade. Sen she snooved away haulf ae cable, being ready tae sail.

I soomit on boord *Unicorn* fra my day's darg, tae meet wi my haulf deck cronies.

Wee gaitherit in the chyrurgeon's cabbin on the pretext o rehearsing the satyre. But a chyrurgeon's mate, bosun, trumpeter, and gunner's lad war alwise mair useful tae the Company than a wheen players. Thair wes about us an air o resignatioun, as wee sate grimly aneath the dim lowe o ane candle dowp. It seemed wee war enmesht in a designe whairin wee culd exercise nae control, nouther upon its prosecutioun nor its outcome.

Even Davie's cheerful bravadoe, nor his radiness tae test his skill, culdna lift our speerits. He sate on a kist, whittling ane comb fra tortoise bane wi his knife.

Mister Craig laye in the hammock, happit in his maist disjaskit reflectiouns. Whiles he wald open his mou, and shut it againe, als tho tae discourse ony mair on the needcessity for reasoun or guid counsel wes mear empty gesture. Now his visage wes a ghaistly contortioun, as he furrowed his brows in a mask o befuddelt futility.

Hirpling Jimmy hudderit in a corner, fraying an auld hawser.

Henrietta wes cleaning her trumpet. Blawing the mouthpiece, she made a shrill note. A tendon stude out aneath the nap o her neck. Now whether she wes feart o discovery or besetten by ane malady that maks fuid abhorrent, she culd nae langer eat naething but air. The roundness o her wame put me in mind o malnourisht bairns; images fra a distant land, and the shame o the warld I cam fra. She seemed sae frail, als tho she may snap. Whan I streikit my haund, tae stroak her sunken cheek and brush the hair aff her brow, the corner o her mou wroght a crease whair aince her cheek dimpelt.

Fareweel our thrid chyrurgeon. Andrew Livingston is shipping on boord Captain Pincarton. He stappit on boord us, tae share a pairting bowl. Doctor MacKenzie wes ben the house. Councillor Jolly nae doubt, sticking his neb in the trough. Alsweel William Murdoch and the gunner Tam Roddry. Cracking about this and that, and a *Bon Voyage* sir! Ken? I canna be daen wi yon capers. The heid chyrurgeon can earn aamaist als much as the Commadoar. Seiven times what I am due. Not that wee hae seen ae single groat sen wee quitt Leith.

Whan will they pay us?
Whan their accounts is redd up.
That is, whan all is bye wi it.
Sune or syne.
Whan the boat comes in.

Thair sal be a day o reckoning. But I sanna advise thaim whatna payment wee're due.

I hae been in the Captain's cabbin, and verra nice it is tae. Wi aa furniture and frills. He has the room strewn wi silk cushions, embroiderit wi unicorns in siller. It is litt by whit candles in copper staunds, and a littil painting by Van de Cappell upon the wall. A bed in it, for Christ's sake! Wi a mattress. Nane o your hammocks for our captains.

But fair play til him. A decent fellow the Captain. Alsweel Doctor McKenzie and Doctor Livingstone. It's the erselickers tae luk out for. They trample ye under their buit an thair is oght they can gain by it. I never culd play thon dorty game: Shafting thy Neebour. That's how I got tae be a useless bastard: hanging about wi Chongo and Rab, while our freends gott on in life! Mind, whan I culd mak an effort, see whar it gott me?

I might be in wi the Captain, rubbing shouthers wi men o substance. In wi the nabs. Whairas it is typicall o me tae wind up wi a band o losers and nae-hopers. Ane crippelt loblolly boy, ane pacifick septagenerian, gunner's loun, and anorexick trumpeter.

Mysel?

Time soomer and disbeliever in aathing.

Nae wonder Gode wrocht me an atheist. He gied me nae confidence, nouther in science nor Himsel. I satt thair, hauden down by thir thochts, in the samyn way I wes apt tae brood upon the mysteries o time-sooming. The Prime Directive? I culd abuse that right eneugh. Aince I wald raise it up for a standart. As sune I betrayd it. By singing wrang sangs. The squid-baiting ploy a daft satyre, that I dreelit my freends tae perform. I hade thoght I might whummle ignorance, by shewing the planters some hygiene.

Naebody understude it ava.

What sal I ettle heire? Tae set mysel up, als scourge o the animal-cule. Ane saviour? Acause I ken what way Providence wald steer us.

Maun I hurl mysel upon Fate?

Suld wee even presume tae alter it?

I grew a right guid conceit o mysel. Thinking tae whummle history, I playd out my haund and fand Fate haulden the aces. I culd nae langer thole tae bide in the cabbin, als weel drifting in orange mirk as smoorit by dark gloomy visages. I stappit outside on the gallery, whair the first mate wes relieving himsel att the rail.

'Captain Murdoch.'

'Ay ay.'

He smiled warmly. A seaman communing wi his element. Saut and sautwatter mate, joynit by ane gowden arc in munelicht.

'The rain's biding aff I see.'

He wes fastening his breek, a bit laughter soughing fra the Captain's open window.

'They're in guid speerits,' he sayd.

'Or the speerit's in thaim.'

'Come ben and joyn us.'

'Maybe later.'

'How's the satire by the way?'

'Runn aground,' I answert him. 'We might float her again whan the tide turns.'

'Councillor Paterson commendit it,' he says.

I wesna aweir he hed seen it. Aiblins he sneakt in att the back o the hutt, tae sit amang the planters. That wes his way, right eneugh. Alwise in wi the planters. Now thair is ae persone that gies noght ane fouter for putting on airs.

The first mate stude att the portal. Att his back, the murmur o brandy-fired conversatioun. A smaa breeze rase aff the sea. A gen-tle swell under the keel lappit the waas. Wee heard the plash o oars and a langboat soomed aneath the stern.

'That's Captain Pincarton's gear now,' he sayd.

'He's aa sett for the morn's sailing?'

'He sal be away wi the tide or wee wauken.'

'Weel, drink him a bumper for me. *Que se viaje bien.*'

'Ye winna joyn us ava?'

'Another time.'

'Whan ye list,' he threw back, tipping his hat as he joukit unner the beam.

He wes a bluidy guid man, William Murdoch. I thoght at the time, He deserves tae stap up in the warld. He hed nae time for cabals. He gott on wi his job. First mate the day, commander o *Unicorn* the morn. As Paterson says; lat merit hauld sway.

I hed onfastent my breek or he gaed ben, als tho I maun shew what I wes att on the gallery. Now I culd haul out my yard. *Al fresco* pissing is especially satisfying. Ae night during a party at Rab's, I slippt down the closs tae piss in the back green. Supping Special fra a can and aa the while thinking, What perfect symmetry.

Ane smaa voice spak neist me, and Henriet stude att my elbuck. I culd feel my member stiffen. Sen I cutt aff the stream mid-flow, fummelling tae clew up my spanker.

'It's gey hott ben the house,' I sayd, nodding at the cabbin waa.

'It's mair caller outside.'

'Aha.'

She leant on the rail. Her arm wes sae closs I culd touch it. The fine hairs war bleacht whit on broun skin. I considerit the outline o the ulna. Whan I encircelt her wrist atween my forefinger and thoom, she never wrastelt it lowse. Wee stude on the gallery, wi laughter ahint us and waves lapping aneath, tae luik att the starn and the sea.

'Billy,' she sayd. 'Ye dinna seem tae be in love.'

I withdrew my haund and smiled, but fand her face dowie and speiring.

'What is it?'

'I wes thinking o a servant lass.'

Aamaist she wes a figment o my imaginatioun. Alwise she cam tae me in dreams. I wot I culd love her in a way. A dream lover, haunting but nice. Tho whan I cam tae think on it, she hed latten me down lately, sen she wes boordit.

She wes far away now; als weel in miles as in time; als weel in reality as ingyne. And Henrietta stude neist me on the gallery. Clossby *Saint Andrew* laye wi her masts als naked trees whar nae winter ever passt. Her stern lanthorns cast alien circles upon restless watters. Ayont her the sea schimmering wi munelicht, lifting sweir waves tae wash the shoar. Att the sea gate, the black brooding fortress darkening starn fra the lift.

What culd Paterson see whan he luikt on this countrie? Nouther saut watter swamp grund sprouting mangroves, nor thick taigelt busses. Na dark cypress grove on the heigh o a craiggy peninsula, nor weet land wi sprotts choaking the braidth o its neck. Nae fyle harbour for insects and reptiles. His wes a new Funchal. The aboundance o nature employd by man. Ane thousan sails in the bay. Guids and provisiouns tae trade, broght als weel fra Jamaica and New England by ship, as traversing the *Cordillera* by mule pack and cairt. The soyl yielding potaoes, tobbaco, sugar, spices and fruits. An *emporium* for the South Seas, whair oppressiouns and cares sal be putten aside and forgotten. And fowk come fra Hamburg, France, alsweel Holland, England and Denmark. Caledonia, the warld ower. Tae big a New Warld, whase foundatiouns are justice, freedome and merit.

'Can ye mind whan wee sat on the shoar att Madeira?'

'A lang time sen wee flitt Funchal,' she sayd.

'A warld away.'

'Wald ye gang back, Billy?'

'Forrard?'

'But wald ye?'

I nouther spak it nor daur I think it. I canna gang back. I gied ower wondering lang syne, bot reaching ane methode. Time sooming by chance, nae by designe.

'Tho ye still love her?'

Her voyce wes clear als ane bell in the damp air. I wes thinking o Chongo and Rab. The Stonehaven quine in a dowpheids' bubble, skirl sooming aneath Blawaerie mill.

I sayd, 'Wee dae things a bit different whair I cam fra.'

'What way is it different?' she presst me.

I made nae reply. Never haen loved naebody here.

Umwhiles the langboat crew sang atour the watter. I culd see the boat whair they ladit the *Dolphin*, a silhouette in wattery mirk. The morn she wald ply fra ship til shoar. Amphibious creature sooming betwixt sea and land. How culd I feel onything? I canna belang naewhair. Nouther tane warld nor tither. Na recollectioun nor vision. Imagining nor sensatioun. I never fellt sae lanesome.

'I sal learn ye tae love,' she proponit.

'I can gett by without it.'

'Na na,' she insists. 'Wee maun alwise be ready.'

'How?'

'My uncle learnt me tae ken whan a man is in love. But ye hae nane o his marks.'

'Whatna marks?'

'A lean cheek for ane thing.'

'I hae that.'

'A blew and sunken ee.'

'My een are blew.'

'Nae sunken enou. Next, an unquestiounable speerit.'

'I dinna ken what ye mean.'

'Than ye hae nane. An onkempt beard.'

I stroakt my smooth chin. Alsweel I culd shave aabody, for it is pairt o my chyrurgickal duties. It is considerit ane hailsome meisour tae gaird us fra lice.

'I canna pass wi thir marks,' I sayd. 'They are symptoms o hunger and slovenliness.'

'They betoken hunger o a different kind, and a dowie nature als whan a man is in love. Some symptomes are the same for slovenliness. Yet the disease is quite different.'

'Continue wi your dissertatioun, Maister Stroff.'

'Now your hose sal be ungartered. Your bunnet unbandit. Your shoon unbuckelt. Your sleeve onfastent.'

'And ye tell me I'm nae in love.'

I spreid my arms tae shew my loblolly guise, comprising the baggy auld sark and shortts, bot bunnet nor shoon. I never ware hose, it being sae hott.

'Your claes match,' she greed.

'Thairfor I am in love?'

'Maybe att night. By daytime, ye're als trig as *Unicorn* wes whan wee sett sail. Gaen about the soss o New Embro als tho ye stappt out on the High Street, wi starcht jaicket and shoon gleaming.'

'I'm a scruffy auld bastard the now. Can that count for naething?'

'Wald ye really be in love?'

'I'm juist efter getting the symptomes correct. This way we can diagnose the patient. Later we suld mak a prognosis.'

'I say ye're hauf way in love.'

'By night?'

'In the daytime, wee canna love ava.'

Her een gliskt, dark and deep als the ocean. I wald putt my arm about her, tae see her sae wonderful and frail. Sen ower the bay ane cannon brist the air wi thunderous report. A shadow seemed tae flichter atour her face as she blinkt. The fortress wes happit wi smoak.

'Ye never tellt me her name,' she whispert.

I ken naething about her, dream speerit as she becam. I ettled tae conjure an image. Green een. Plump breist. Ferlie complexioun. Her smile. Hair sheen als copper.

The reek fra the midnight gunn rowled atour the bay, pricking our nostrils. Still nae dream cam.

'The remede?'

'Lat lowse, Billy Budd.'

I culdna lat lowse, being feart. Att daydaw the space neist me wes toom. Whan I speirt efter her abune, I fand she hes shippt on boord *Dolphin*. It feels als tho the verra deck is caaed fra unner my feet.

Doctor McKenzie advised us that Councillor Montgomerie sal

lead an expeditioun uponland against the Spanish that marcht fra Porto Bello. Sen Doctor Andrew Livingstone sailed wi *Dolphin*, ane mate maun attend this landwart company, lest they sustain injuries.

I can anely feel an emptiness in my hert. Altho I ettle tae fill my mind wi thoghts o friends at hame, alse conjure up dreams, naething comes. Bot exceptioun, I am the maist lanesome and meeserable body that ever shippt wi the Company o Scotland. I maun bide atween night and day, atwixt tane warld and tither. I belang nouther in past nor in future. Nor yet in the present. It is als tho I am nae amphibian ava, but ane creature devoyd o habitatioun, nor even real substance; nouther sooming nor walking, watter nor land-biding. I dout I maun faa, tho I gie noght a jackanape's reird whair I land.

I sayd I sal gang ashoar.

CHAPTER 5

'THAIR IS A GEY WHEEN O misconceptions anent cauterization,' says Doctor McKenzie. 'Thair is even ane tale o yon notorious buccaneer, Lionel Wafer. Whan he wes traversing the isthmus, haen tweakt the Spaniards' beard att Santa Maria, he maun lye up in the hills efter injuring his leg. Now it is aften repeatit he wes obliged tae cauterize this ound wi ane chairge o gunpouder. That is really a perfect contradictioun o what occured, alsweel it is opposit til right chyrurgickal practice. In poynt o fact, his ound wes caused by an accident wi some pouder he wes drying in a pan, and his remede wes fand later, as ye will aiblins appruive, amang the Indians, whilk dresst him wi herbs for ane moneth.'

He wes preparing my pack tae equip me for Captain Montgomerie's expeditioun.

'Wee prefer tae treat limb wounds in the field as wee dae heire,' he sayd. 'An the bane is brakken, apply a splint. An the flesh is splitten, as alse wi gunnshott, dight it wi vinegar and brimstane. Brandy will sarve att a pinch, als weel tae prevent pain as infectioun. Luik til him next day. The first sign o gangrene; amputate at aince. Whan the limb is champit or smasht, cutt it aff at the knee for the loyer leg, abune the fracture for his femur. Likeways the elbuck or shouther.'

Luiking til the instruments in my haversack, I culd feel some relief tae recognise the lang curving blades and the sturdy hacksaw, as alse ane scunner tae mind whatna use wee might mak wi thaim. He hade shewn us the principles and mechanics o amputatiouns or than, in the mairching hospitall, whan a planter cam in wi a gangrenous thoom. Thairby I wes acquaint wi the symptomes o that horrible infectioun.

He entered this planter tae place his thoom on a block. By providing me wi ane chisel and mallet, he learnt me tae remuive the member att the upper joynt, wi ae smart knock. Sen wee applyed ligatures and dresst it wi a balm that is made wi egg yolk, rose oyl and turpentine. Whairon he commendit my performance, quoting a famous French chyrurgeon that sayd, 'I dresst and Gode healed.'

In the morning wee luikt til this patient againe, tae find his gangrenous conditioun is resolvit, tho he appeared tae suffer a mild fever, for which wee applyed a blister pack. The planter shewed his appreciatioun by smiling in a benificient mainner. Tho he efterwards traikit wi a chittering fever, and wes gien ower til copious perspiratiouns, that wee hoped might expel the febrile material fra his bluid mass. He continewed ane week wi thir spasms, and aa the while grinning, grewing increasingly stiff in his back till he culdna sitt up in his hammock, and dyed, gien a coarse rattle att the end, as his messmates advise us.

Howsomever, in order that farther lessouns might be larnt fra this case, Doctor MacKenzie hed the patient broght in the hospitall att nighttime. Heire he culd demonstrate the methode o amputating a leg, first att the knee, than abune the knee; whairby in daith als weel in life, this patient hes pruiven instructive in the art o chyrurgery, that wes great value til aa the mates being assemblit and assisting, als weel in cutting gristle and bane, as making ligatures wi thir littil crescent needles and gutt.

'Alwise perform this procedure in the field att the outsett,' he sayd. 'The patient is apt tae insist. An ye lat him linger, he can anely dwall on it. Forbye infectioun may sett in. It is maist humane tae compleat the task att the moment o acutest payn and shock. Ye may cry on the carpenter for this. He is quicker wi the blade, and mair skilly. Speed is the key. Tho thair is ane modern methode, o fixing a rod ower the main artery, abune the site o incisioun, that arrests the bluid and grants time tae mak ligatures.'

'As ye shewed wi the cadaver?' I sayd.

'Precisely. Tho quicker. Now. Ounds in the heid. Dress thaim wi brimstane or turpentine. An the harn pan is brakken, account him a deid man. Luk til thaim ye can save. Lat corbies and ministers tak tent o the deid. The breist and the wame is the same. Gaird

THE FUNDAMENTALS OF NEW CALEDONIA

fra infectioun. An the organs are destroyd, eh... See what ye can dae.'

He drew a haund aff his brow, for it is opressively hott in thon cabbin. Syne he tuk up a length o catt gut fra the pockmantie, and threw it in the haversack.

'Clean out the shott,' he gaed on. 'An ye can howk out the bullet, or whatna clart hes gotten in, redd it out. Whair it is penetrating, tho athout tearing the viscera, ye mayst apply ligatures and dress it wi styptick pouder.'

Now he pickt up ane jar, that contains ungent prepared wi alum, lime and arsenic.

'Mak a paste wi vinegar, and apply it wi tow.'

'What about infectioun?' I speirt him.

'Eh. In the event that an injury penetrates the viscera, or alse thair is bleeding inside the lights, put in a tent, and turn him ower on his side tae assist drainage.'

I wes thinking, I suld never putten mysel forrard. I hade thoght tae get aff the ship for a while. That's aa! Nae tae be pairt o siccan shambles.

'Queries?' he sayd.

'No.'

'Treat him for fever. Injuries aye heat up the bluid mass. Whiles it taks a day tae heat up. Whiles it getts hott in ane hour. It may even subside just as fast. The patient's constitutioun is aften his best physician. Our best remede is bleeding, or alse blistering packs. Whair thair is the least signe o gangrene or distemper, als I sayd...'

His een war resting on the bag o blades.

'Aha,' I greed, bot wanting tae hear.

'Alwise treat him for fever. The infectioun may runn its course.'

I maun gien him an enquiring glisk, for he changed taik on a sudden. He spak easily at the outsett. But as he gaed forrard his voyce tuk on a desperate edge.

'Whiles the dirk is maist humane. I grant it is nae remede. Tho ye'll find when ye're outbye: whatna maitters are pressing;

umwhiles a prisoner's fate can be intholerable, the need tae muve fast, a gey wheen o casualties. Some men are feart that cats may chow thaim. Aiblins he hes a partickular friend. Billy, ken what I mean? Mak siccar it's keen, and quick atour his thrapple.'

Wee war assembilt in the fort whan the watch at Pink Poynt made the signal. Twa musket shotts atour the bay, and a lanthorn's lowe swang in the dreich mirk. Captain Montgomerie gied his drummer a start. The mune splairged siller on reid jaickets as our company strade thro the settlement ahint drum tap. Steel skinkelt in the flichter o candles. Ane hunnert spang out, rady wi braggartie cry. Ane thousan een glimmerit amang the planters' hutts, their voyces answering the troopers' banter.

Wee traversit the neck o the peninsula. Ayont the hutts, the grund is wet and choakt wi sprotts. I wes thinking on the city William Paterson wald big. Sheuchs in the soyl aneath my feet sal drain it for pasture that kyne may graze. A plantation o sugar cane, Indian corn, bananoes. Darien planters; sooming the ocean fra auld Scotia til New Caledonia, roch landing here; wee are amphibians yet, slorking throu wattery grund.

I wes in the van as wee passt the canal on our left haund, bashing atour the beach at the heid o the bay. I kept closs til ane Ensign, Sawney Swinton, happt in his ain thochts als I wes in mine. Whan our Company reacht the landwart side o the beach, wee brak our orderly progressioun, for thair is nae discernable path in this teuch place. Sune wee war trauchling throu forest, that wee fand verra tiresome, for wee maun hew us a path in the busses and thick vegetatioun.

Wee continued this way, grewing hott and weary wi our travails. Att the fortress, twa hours war markt by the gunn, or wee stude on the main forenent our settlement. A third hour passt till wee reacht an inlett that is used for wattering our ships. Here twa burns enter the sea, and wee beat ane league farther landward whair wee culd ford thaim. Sen wee threw aff our packs and cast oursels down on the flair.

Captain Montgomerie dispatchit scouts, the while urging us tae rest. Yet wee fand scant comfort in this place. Als sune as wee satt down, on a root or a rock, aa manner o insects crappit out o the busses. Amang thaim wee culd account als weel pismires, beetles, clipshears and spiders, als puddocks, gyant millipedes, *gusanos*, and snakes. Our men war thoroughly bitten and stung, aftimes wi poysonous effect. Even altho some wald light pipes o tobbacko tae dissuade thaim, and wee culd descry the bigger sort weel eneuch tae squash thaim wi our heels, wee maun thole the miniscule creatures bot remede. Farthermair wee heard fearsome growlings and rustlings, alse the fluttering o bats amang the trees, that can mak your hair staund on end. In shortt wee gott na respite fra this tormenting plague, nor repose fra our labours. Tae tryst wi a wheen Spanish troopers wald bene a relief, als weel tae gie vent til our tempers, as distract us fra the visitations o thir pests.

Nanetheless, wee hed cam throu the warst, for thair is a path atween this river bank and Pink Poynt, that is usit by seamen whan they come here for fresh watter, as alse by the landsmen, haen biggit a battery on the poynt, wi sax eight-pounders mountit.

Some o the company tuk the strum, saying our task wald been easier an wee rowed ower the bay. It wes the nearness o their hutts that gart thaim wheenge, sen the bay is nae mair nor a mile braid whair wee laye. Yet our Captain wes obleidged tae mairch us throu the forest this way, least wee signal our advance til the Spaniards. For wee jalousit they hed a clear view o the harbour fra their emplacements up in the hills.

The next pairt o our journey is mair familiar, for I traversit it wi Lieutenant Turnbull whan wee visited Captaine Pedro's village. Maistly wee walkt in single file. Even in the deid o night, the sweat rann aff our brows, soaking our claes. Aften wee stummelt ower the ruits o trees in our blindness. This way wee maun stoater on, perpetually threwing up curses agin Providence for shewing us sic an ill path. Tho wee passt Pink Poynt sune efter quitting the wattering bay, wee presst alang warily, following the coastline ontil *Rios Acla*.

Here wee mett severall Indians, that cam up wi us by surprize, for they are extreamly accomplisht at muving invisible in this forest. Their heid man spak in French, as alse by signes, representing a company o Spaniards is encampit near Pedro's village.

Captain Montgomerie commandit the company tae fix bayonets, and check our pouder wes dry. Sen, keeping three Cuna tae guide us, he despatchit the lave forrard as scouts, tae discover the enemy's positioun. Wee stude still and quiet aneath the dreeping trees. Yet altho the hour wes markt againe by Fort Saint Andrew, wee heard nae a peep fra the scouts. Thairfor Captain Montgomerie orderit us tae advance, dreeling us in lines for an attaque on the village, lest circumstances dictate this meisour.

Wee stappit speedily onward than, brandishing bayonets and muskets cockt, aweir o coming up wi the enemy ony time. I kept in the rear, according til my statioun, wi the dirk att my side, als I sayd, and a pistole, that the Captain assumes I ken how tae use.

As wee approacht the village, the trees grew mair sparse, and wee war capable tae muve faster. Aften wee fand trails, tae tine thaim again in the busses. Altho the sky wesna bright, wi the boughs thinning abune and the buss shadows waning, I begoud tae see mair clearly. Ensign Swinton joukit amang the forest wi tremendous agility, whiles brakking cover, whiles tint in leaf shade, or slipping atween the roots o a gigantick tree. I culd steer by his motioun, for he seemed expert in finding his way, tho aiblins he follaed anither. Our company advanced hertily, als tho by deid reckoning. Their sabre blades gleamed as they rase thaim ower their heids tae swack the undergrowth. Ye culd see their bunnets flitting amang busses, their backs glooming reid wi the mune. Warking on this way, I wes raither lulled in a complacent trudge, than entirely mindful o our progress. Presently wee stude att the edge o Pedro's village. Yet here wes nae Spanish troopers. The place wes toom sauf an huddle o Cuna women.

'A Dios!' declaymit our guide. 'Que diablos han visitado nuestro pueblo?'

What a lamentable sight affrontit our een! Aawhair the

women war greeting. They threw up their arms in disconsolate gestures, as they cryed on their gods what hed befaen thaim. By guid fortune nae skaith hed bene dune til their person; they war aweir the Spaniards may attaque and hid in the forest. Yet it wes impossible tae recognise the village I lately fand welcome in. What wes left o their meagre possessiouns wes either spoylt or threwn up in heaps, shewing the sodgers hed pillaged what they list. The hutts war brakken down and burnt til the grund. In some places the embers smoakit damply.

Our guides discoverit that this Spanish company laye clossby in a plantan grove, that the men wee sent on tae scout wald raise up their friends. Sen they sured us Captain Pedro and Diego sal come til our assistance als sune as word reaches thaim.

Captain Montgomery wes strunting about, gien orders and posting sentinels. The feck o us laye down on the bare yird in our weariness. I threw aff my haversack and satt, leaning ane elbuck on my pack, that I may streek out my legs. My feet war throbbing sae sair, being happit in sodden hose during our mairch, that it seemed they must boyl. An I rubbit thaim, I wes aweir I might screive the skin clean aff thaim. Yet I daurna tak aff my shoon. Likewise my jaicket fellt coarse and scarty, being dampent wi sweit and the smirring mist. I culd annerly yearn tae be on boord *Unicorn*, bare-fuit wi fresh shortts and loose sark.

It wes ane hour efter midnight afore wee won til the village. That is sax hours sen wee gaed out fra the fort, the hail time wee spent in extreamly tortuous mairching. Noght wes spakken atween us during this time. It tuk aa the strength wee culd summon tae lift a flask til our lip, or fummel in our pooch for a biskit tae chow. Sen we continewed in ane stupor, our claes drying upon our backs, whan I heard some of our company engaging in low, earnest conversatiouns. Amang thaim I discernit ane sentiment o disappoyntment and frustratioun, als weel in their words as their tone o voyce.

'Wee cam here tae fecht Spaniards and win spulzie,' says tane, 'whairas wee gott a rickle o smoudering hutts and the enemy vanisht.'

I jalousit what fauchelt us maist on entering the village; that our senses luikt for a fecht tae find nane; that birr rann hott yet wes dissipatit; our verra muscles culd wind tight als a clock spring, bot turning our haunds til the task wee ettelt. As expectatiouns war threwn ower, tae turn werse, our frustratiouns fand nae outlett sauf in fause windings o thir springs, till Captain Pedro strade in wi saxty men at his back, alsweel Captain Diego. The warriours war equippt wi bows, lances, and matchets. Their faces war peyntit reid. Their shouther, body and breist war decorit wi large spotts or animall shapes in blew and yellow. Some even ware sabres or rusty auld fire-locks and pistoles. Now they sayd wee maun mak guid our treaty, and mairch on the Spaniards that are campit in their grove.

Their arrival and demeanour provoakt violent agitatioun amang our men. In a moment, they war upstaunding, shouthering muskets, brandishing sabres, and raring tae come ontil grips wi our fae. This mude increasit the hail time I liggit upon my pack, while Captain Montgomery, Ensign Swinton, and various officers engaged in a council o warr. And, far fra taking ease in this tem-porary respite, they cam til ane unanimous conclusioun; tae faa on the Spaniards at dawn.

Captain Montgomery stappit ower the packs that laye round about, tae congratulate me on my endeavours. He remarkt how eas-ily wee tuk possessioun o the village. This surprized me, for I hedna dune naething as a chyrurgeon. Nouther wes I aweir wee suld pos-sess Captaine Pedro's village. Indeed, the real owner stude thair, neist a reeking hutt. Yet I never lat on, for I wesna quite used wi the ways o Warr. Raither I commendit his excellent manner o com-mand, and shewed mysel grateful for his praising my chyrurgery.

'I sal detach fowerty men here tae gaird the village,' he sayd. 'Saxty is ample for the plantan grove, whair wee might mak an end o this littil enterprize at last.'

Assuming he meant me tae bide in the village, I greed.

Syne he knappit his haunds radily; 'In ane hour wee sal mairch.'

Realizing my errour, I threw mysel down on my pack in ane effort tae kip a while. Howsomever my imaginatioun wes quite hett, als weel wi the clossness o Warr as onseen hazards in the forest. Tho I wald sleep fra mear weariness, my dreams war swampit wi horrours and gloomy trepidatiouns. Whan the order cam tae mairch, it wes even a relief, providing an outlett for the birr that culd otherwayes turn upon me wi fretting and fashing.

Whan wee war faen in and dreelit, I stude aff again att the rear, whair I culd stoater alang, haulf wauking, haulf sleeping. Whairas our company made heavy wark o it, Captain Pedro's warriours war muving fleet als shades throu the trees, whiles running in front, whiles jogging alang our flank. Captaine Diego's lancers broght up the rear. I dinna ken how mony they hade, tho they enlarged our force even til the extent o doubling it.

The day daw rase gray and heavy wi colourless vapours amang the trees. Att the edge o the plantan grove, Councillor Montgomerie broght us up, and dreelling us in lines, saw that our bayonets war fixt, our muskets cockt, our pouder wes dry. Sen he despatcht the Cuna troops on our flanks, streiking our lines down the braidth o the grove, tae engulf it.

This grove is twa thrie acres o loam. The grund is a litter o leaves and rotten banano trees. Enclossit by steep forest, it gies way til a stream on our left haund. I wesna sure whair tae staund. Nanetheless I culd fummel wi my pouder horn, als tho tae shew I kent what I wes about. Sen a young planter stude by me and applyed the pouder til my pistole.

'Doctor Budd,' he says. 'Ise luik til ye now. An ye luik til me.'

The entire company wes mummeling prayers throu their clampit teeth. Some crosst their breist for guid meisour, commending their soul til Saint Barbara. Others kisst charms in their loof, syne presst thaim in their pooch, or plankt thaim away in their sark neist their hert. The lave wald luik forrard, or stare at the grund wi bent heid, als tho reading their fate in the leaf mould. Als ilka man made peace wi his Maker, a deep silence descendit upon us, that seemed it maun plumb eternity. At our backs the lift grew siller. Afore us wes mirk. Aneath our dismal canopy o foliage, dew gatherit in draplets, tae dreep aff nameless leaves, marking spotts on our reid jaickets, whiles stunning your heid or plashing your cheek wi a memory o caller climes.

'An I dee,' whispers the younker, 'be siccar and bury me deep.'

I hed nouther chance tae reply, nor words tae form. Insteid thair uprase ane horribill howling fra the trees round about. At aince wee saw Pedro's warriours breenge forrard.

Captain Montgomerie span on his heel. Seeing the Indians chairge, he commandis the drummer beat an advance.

This time alane, I wes fleeing. I fellt na tree ruit nor sprott tussock unner my fuit. Nouther creeper nor stane culd hinder me. I flew rapidly ower the grund, als tho my heels war mountit on wings. Hert pounding als forceful as ane forehammer, the bluid flusht my harn, deaving aa sound. I soomed throu a tunnel o flashing banano trees. Aheid a mauve mist smoored the yird, lifting in glancing gray beams amang the verdant boughs.

In ane instant wee won til their encampment.

'Oho!' cryed our troopers in delight. 'The sonsie cowards hae flewn!'

'Lat's see what they hed til their breakfast.'

The ashes war still warm in their fires, tho the Spaniards hade vanisht, leaving their baggage and provisiouns, that wee fell upon hungrily. As weel wi the plantans haulf-cuikt in their potts, we fand biskit, dryed figs and coffee in their packs.

Even as they wired in at this fuid, Captaine Pedro's right flank rann out the far end o the grove. On a sudden onseen muskets brist fra the trees, and our troopers luikt up fra their spulzie tae joyn the chase.

Ayont the banano grove, the Spaniards discoverit thaimsels als blew yellow mackaws, fleeting amang leaves and disappearing in the deeper shades that grew wi the rising dawn. Sawney Swinton wes clammering up the brae, wi a dozen mair att his back. The Cuna rann aawhair. A volley o shott echoed about the hills, and ane orange lowe fra the musket maws mingelt their white smoak wi the purple swamp vapours.

I saw the Ensign faa. Ae wheen mair in the van made tryst wi the yird round about him. Some rann for cover amang roots and ravines; some rann straggling atour the brae, hurling their voyces amangst the eldritch yellochs abune. The sun gliskt bayonet poynt and launce as they made reeking answer til the bleeze o Spanish muskets. The faen culd anely lowsen their screams. The leeving cursit, crying aiths for bluid, daith and ounds.

Umwhiles I stude in the grove whair Captain Montgomerie caaed on the drummer boy tae beat aince again. Swacking the dampnifyed air wi his sabre, he orderit him tae batter a new rhythm. And whan he saw the wee fellow hed faen, he dischairged his pistole in the green mirk o the *cordillera*.

'Come away now!' he cryed. 'This is an ambuscade.'

The while he rann hirpling on, clasping his thigh wi the palm o ane haund, and the purpling stain spreid throu his grey breek.

I slippt aff my haversack, threw down my pistole and bent tae tend the drummer lad.

Fower Councilors sate aneath the canaby upon their littil deck; Commandoar Pennycook, William Paterson, Robert Jolly, Daniel Mackay. Councillor Montgomerie stude forenent the podium, his company facing across the parade grund aneath the fort. On his right ane company o seamen, raised by Captain Robert Drummond; and obversit stude Thomas Drummond's company o landsmen. The lave o the planters made seeven companies in aa, formed be various compactiouns and depletiouns fra the original twalve. Nouther by musket baa nor sabre nor culverine shott war wee reducit sae, but by innumerable attaques fra animalcules, the wearying effects o heat, as alse hunger and scant ratiouns. Umwhile a hott drizzeling rain culd smirr the planters' bare pows and seep throu their lousey duds.

'Gentlemen!' crys the Commandoar. 'Officers and planters. Today wee can celebrate ane victory. Our enemy is lying in the hills, whar they squatter als wild animals and doges, thinking tae devour us. Yet they are presst back on their mountain wilderness, by Councillor Montgomerie's valorous actiouns.'

Upon this, an explosion o hurrahs, gott up by the Drummonds tae provoak their ain interest, gart Captain Montgomerie puff up his chest wi right modesty, als befitts a man o heroick stature.

'Wharas they skulk in the forest!' says the Commadoar. 'Their generalls and Dons – thon cowardly agents o Papish tyranny – plott tae wage Warr on us. Yet wee are come in Peace by Parlyament's law, by King William's might, and by Gode's right wee sall prevaill.'

Now some spattering o cheers shew a littil aprruival for the Commandore.

'I grant wee sufferit ane lamentable loss,' he says. 'During this campaign in the banano grove, our enemy hes pluckt twa herty men, als flouers fra the tree o Zion. That is ane Ensign, Mister Swinton, and ane Private souldier. Thir injuries and loasses, tho they be terrible offences for singular men, are als preenpricks on the body o New Caledonia. Wharas the intelligence wee gott fra ane captive Spanyard shews wee drave back the cur tae cower in his lair, tae squatter amang wild places, and lick his wounds like ane doge.'

He made a pause here, whether for effect or in anticipatioun o applause.

What theatricks! I wes thinking. What ballocks! An Henrietta wes here tae see it. Sen I resolvit tae mak an account o his blathers whan I soomit on boord.

'By our Council's honest endeavours,' he wes banging away, 'haen despatcht letters ontil the enemy camp, wee represent our righteousness in possessing this countrie. Wee cam here in Peace, as wee apprisit thaim. Yet they mak Warr. As weel they mairch fra Panama by way o Toubacanti, as they fitt out their *Barliavento* fleet at Carthagena. Sae profound and bitter is their jalousey whan they consider our noble scheme. Sae great the animosity and corruptioun, nurtured in their herts by the Papish tyrant. That is his agent, whilk lurks als ane hellicat, designing tae disrupt our endeavours. Whairas wee say: an they refuse tae accept offers o Peace, nor our rights als proponit by letter and declaratioun, wee staund ready tae defend thaim by arms. Syne lippen til Parlyament's law. Alsweel the might o King William. Tak tent o the honour o auld Scotland and New Caledonia. Alwise shew faith in the Almighty, that stude by our forebears and our Haly Covenant, als weel in the times o persecutioun, as in our victories. Whether by land or by sea, we sal prevaill.'

Spiritus. Mens. Animus. Umwhiles what passes as honourable endeavour, whan distillit, in essence discovers itsel as onfoundit on reasoun, quite brutish, insane. Onely the form o insanity differs fra tane man til tither. Tane pepill til tither. Whan they fand this new warld, the Spaniards' mind culdna compass a new pepill, and sae maun destroy thaim. By bluid lust and gowd lust, happing their avarice in a virgin's shroud, and raising their cross whar they list, als Jesuit priestis mak plantations by mouldering indigenous flesh.

Captain Montgomerie happit his littil folly in ae representatioun til Council.

Ensign Swinton laye deid wi a baa in his hert. I fand Private Jaffrey cooryed in a tree root, neive clenchit, jirging and sputtering, aneath the ministratiouns o his mate, that wes faffing about and ettelt tae sit him up. I strippit the sark fra his empurpelt breist. Whan I tournit fra reemaging my pack, his heid lay dousit in his friend's lap. I putt in the tent, turning him on his side. A reid froth plasht the leaf mould. He gied a bit bubbling sough. His neive flew open and drappit ane littil rood, wroght fra rowan wood happit wi reid threid. I luikt til the face o his friend, that wes the same loun I stude neist or the onding.

'Wee sal bury him weel,' I sayd.

He wes haulden the littil cross than, pressing it in my loof, that I plankt in my pooch. Now it is in my kist as I screive. Sen I continewed. Fra saxty men that gaed intil the grove, twa cam hame als corps. Ae dozen mair wi ounds, that I maun dress according tae Doctor MacKenzie's advice.

Captain Montgomery blamed the Cuna for our loass. He sayd

their howls spoylt our advantage o surprize, gied the enemy a
chance tae runn for the trees. He caaed thaim disorderly salvages
and cowards. This way he dischairgit responsibility for the failure
o his attaque. He never spak o the injuries our allies sustainit, nor
sayd that they rann aheid, whan our ain turnit aside til tempta-
tioun o pott and spulzie. Nor how he led us straight intil an amus-
cade. I wot the Spaniards hed seen us, fell away up the brae, and
stertit the howling. The sound wes pairt animall, pairt human, als
banshees skirl throu the din o an engine. Some sware they war
speerits o the forest. Tho I trow they are mearly monkeys.

I culd muve amang our camp, fearing the prospect o amputa-
tiouns. Whiles I claspit the rood in my pooch, whiles I slippit ae
thoom aneath my sark tae touch a bugle on the poni necklace I
ware. Tho nae persone wes sair eneugh tae call for the carpenter's
skill. Whan wee reacht Captaine Pedro's village again, our braw
company wes reducit til ane stoatering rabble. Severall war
oxtered, or cairryed on shouthers and stretchers.

Heire wee fand our men detacht thair als oncoylit springs.
Altho wee left thaim quite hearty, they grew radge in our absence
and indulged thaimsels wi the Cuna women, by force or fearful
complyance. Als weel our company possesst Pedro's village, as it
wes deemit just tae possess whatna fuid culd be fand, what mis-
chlew, what meagre spulzie, what women, war due for supporting
his Warr wi Spain.

In his report, Captain Montgomerie representit wee drave aff
a company o Spaniards and possesst the village. I am a littil hurt
in the thigh, he screivit, despatching this via Pink Poynt. The
Council's reply cam by the same messenger or dusk, by which they
orderit us tae retourn til New Edinburgh.

Aa they designed now wes tae strengthen our fortificatiouns
by laying *cheveaux des frises*, and facilitate the passage o vessels
by digging the canal. Ony notioun o clearing the grund for plan-
tatiouns, or impruving habitatiouns, wes quite gien ower.

Syne wi Commodore Pennycook's braw words, Ensign
Swinton and Private Jaffrey war listit wi the company o seeven

score countrymen in the tropickal yird. And even als Captain Montgomery discoverit ane littil spunk o madness in his banano grove, tae hap it in glory, the Commodore aiblins discernit ane dismal prospect for his travails, whan he luikt down on the assembly aneath the podium and culd nae langer tell thaim apairt fra his enemy.

CHAPTER 6

MISTER PATERSON WES SUFFERING the effects o ane fever that wee hae nae partickular account o. Nor is thair remede. This is a reid-spottit fever, whairby the skin may brak out in blotches for thrie or fower days at a time. He wes especially afflictit at the extremities. During thir intermittent crises, he culd alwise be vomitting. He hed paynes in his heid and een, als also a generall weariness in the joynts and banes.

For his *nausea*, I maun administer ane hott watter purgative, that gart him puke up an horrid yellowish, cholerick vomitt. This gied some relief, altho he wes generally puggelt and dwaiblie. Whiles he becam sae weak he wesna capable tae staund. Tho aften he wald demand I bleed him, that Doctor Mckenzie greed isna appropriate in his case.

Nanetheless, Mister Paterson never tint his zeal for Council business, nor for dealing wi his friends whan they rowed by. It wes aa we culd dae tae mak him bide in his hutt, lat alane rest. He wes an entirely troublesome patient. I maun aye fash about him, restraining his determinatioun tae engage in business, lest it destroy his enfeebelt corp aathegither.

Maist o the time he spak in a rambling way, whether a body culd hear him or no. Even whan I perswadit him tae lye on his bunk, he continued in a proselytising mainner, als tho he addresst an important audience. Att first I tuk nae tent o thir blathers, attributing thaim til an incoherent process o thoght inducit by the action o febrile particules disturbing his harns. I later jalousit thair is a remnant o reasoun in his banter. Sen I begoud tae hear him, and tae screive what he spak in my journal.

After he embarques upon dissertatiouns against injustice and tyranny, the waste and crueltie wrocht on our common weel by men wi despotick temperaments. Diagnosing thir maladies, he offers his prognosis: that all progress in human affaires may be layd in ruines an despots hauld sway. Sen he setts forth remedes, that he delivers als tho blustering an assault upon the verra bastions o intolerance and repressioun.

It is a rare treat tae hear him lat lowse, like ane *cacafuego*. He first contemns the iniquities o repressive taxatioun, and proposes originall systems for liberating trade. Next he demands universall educatioun and charitabill warks. Now he might praise a seaman for impruiving his meagre conditiouns by knitting a stocking or carving a comb fra turtle shell. Whiles he presents the needcessity tae establish manufactories and plantatiouns. He is als rady tae wield the standard o liberty in conscience and religione, als ane *bandero* for equal and universal representatioun in parlyaments. Be applicatioun o reasoun, he proclayms, the maist humble may enjoy the same rights als the loftyest; that the warld may rowl forrard ontil a new age, whairin democracy and liberty flourish.

'By wark wee gain property,' he says. 'By the labours of our body, wee increase oursel. Whairfrom wee establish the fundamental rights o property. Lat nae tyrant disrupt man fra the product o his labours. They are his property, als ane arm or a legg. Syne wee are dune wi taxatiouns, monopolies and embargoes. They are an hindrance til trade, an affront til our endeavours, an assault on our persone!'

This way his temple o wisdome is biggit, nouther on ignorance, that is the shoogley foundatioun o fools, nor on buik-learning, that is a mear castle in the air. It rests on experience, that he demonstrates by citing instances in his ain life, whan his ventures war thwartit by the haund o the oppressor. Alse the Jamaican traders, his brothers o the sea, shew by their misfortunate failures and sinkings, their remarkable successes and proffits; that freedome in property and trade is the maist noble and just cause a man can sett his hert on.

Att this, I might cast him ae gley while I apply a blister pack or poultice, and speir him anent his philosophy, that he sanna run away aathegither.

'This is aa very weel,' I say. 'But what about thae Cuna? This is their countrie. They increase their property by hunting and hairst. They are due property rights. Whairas our Company claims their land. Tae gain property als fruit o your labour maks for justice. Tae gain a haill countrie taks maitters a bitt farther.'

'Indeed,' he appruives. 'For this purpose wee made treaties wi the Captaines Ambrosio, Pedro, Diego, Paussigo and Andreas.'

'Whairby wee allow thaim tae inhabit Darien, that wes their countrie or wee cam.'

'Darien, als it is vulgarly knowen, is the Company's property by declaratioun.'

'How generous! Tae permitt thaim tae bide whair they hed bene in the first place.'

'In retourn for trade,' he ventures. 'And our support against their oppressour. It is mair nor Spain allows thaim. As Councillor Montgomerie shewed in the banano grove.'

'That is their property, by the way. Als an arm or a legg?'

'The samyn rights suld apply,' he concedes.

'Yet whan wee shippt out, the Company promisst our planters fifty acres.'

'And wee sal discharge thaim.'

'But whair is this land? That is ane thousan times fifty acres. It is their property?'

'They are aamaist salvages. They are pagans, or Catholicks at best. They hae nouther law nor property als wee unnerstaund it.'

'But they hae property als you define it. That is the land heirabouts in Darien.'

'They gree til our law whan they sign treaties. Their rights are siccar.'

'And their banano groves? Their villages?'

'This is establisht in our Declaratioun; that wee bide peaceably alangside thaim.'

I grew shortt wi his complacency than.

'Whan the planters are freed fra the Company band,' I declaymit, 'they sal want tae plant their fifty acres! By what right can they obtain that grund?'

'By the Company's band. Wee are New Calydonia; the land and the rivers, aathing abune and alow the yird and the watter. This is our claim, proponit in Parlyament.'

'And whair war the Cuna pepil than?'

Att this he shott ae glisk til the blister pack, and retournit til his fundamentals.

'It seems wee hae reacht a littil misunnerstanding,' says he. 'Can ye mind yestreen, how I discoursit on the Fundamental Charter o Connecticut? Lat this sarve als an example in applying lawe tae impruive men's affairs. Ane originall system o government! How it wes hidden in an aik tree whan the tyrant papish king wald repeal it. It provides a great beacon in the mirk, for aa men that hauld liberty dear. Tak tent o thon Charter, and lippen til this. Wee sall big a new land. Wee sall flourish by free trade and God's will, als yon ancient tree braidcast its seed o aboundance and freedome aawhair.'

Sen he might bang on, in like meisour, for severall days or his fever abates. An it wes tiresome for the patient, als weel disturbing his bluid mass as sapping his *spiritus animus*, it wes a sair pech til mysel, and a compleat befuddlement o my *spiritus menses*. Nanetheless I dischargit my duties tolerably weel. And with the beneficent guidance o Providence, our feverish Councilor wes restored again, that wes an enormous relief for aabody concernit in his weelbeing.

In the moneth o Februar: the fever and flux increase bot respite. Whiles, we may bury ae dozen or mair in ane day. Amang the diseases are als weel reid, green and black flux, as malaria, reid fever and the sortt wi spotts als I descreivit thairanent. Aftimes I fear wee may endure a plague o Biblical proportiouns. Yet Doctor Mackenzie says this is naething byordinar. He has heard o warse in Hungary, that fairly puts ours in perspective, tho it is nae consolatioun tae discover it.

Alsweel I made certain remarks anent Henriet, whan he shippt on boord *Dolphin*. Weel, I say, Lat it be. He wes never nae mair than ae mess mate. As til our band, we can find anither player.

Forbye, he is hardly the greatest friend a man culd hope tae meet, haen been a constant confusioun sen he discoverit his littil secret. Alwise he wald treat me wi contempt, by skelping my lugs whan I ettle tae come closs. Nouther culd he permit me tae assist whan he chuse tae famish himsel. Wharas I dischairgit my chyrurgickal duties quite admirably. Als weel I encouradged him tae eat, as I conductit anatomical studies and exploratiouns in the patient's interest. Naetheless, this patient culd anely respond in a carnaptious and churlish manner; haen rebuffit my attempts tae assist, be displaying ane sweir and wanton ingratitude. Farthermair, hes casten aspersions on my capacity tae feel and display certain emotions, that is an abuse o the confidence I shewed be confiding the maist honest feelings I hauld for the lass I am twined fra at hame. In shortt, what need has a man o sic an irksome, weasel-blawn besom? Especially a man in my station, whilk has aspiratiouns o chyrurgery. Thair are far mair important cases than an upstart trumpeter and imposter. Whairas ane musician can mearly mak a bit tootle and dird now and nans, an aspirant chyrurgeon hes weightier things on his mind. Alsweel I culd sarve wi Captain Montgomerie's company and embarque on his gallant expeditioun, whair I might test my skills in the field, and shew I possess speerit and birr.

I continued for three weeks tae fill my thoghts, as alse my Journal, wi siccan havers. Yet a littil voyce in the back o my heid, wald whisper at me in quiet moments.

How culd she leave ye alane? Bot saying fareweel.

An my hauf deck cronies remarkt ony difference in me, I wes never aweir. For it wes nighttime or I retournit aboord *Unicorn*. What time I wes blithe tae spend in their company afore, I gied ower tae staund on the quarterdeck gallery, whar I luikt atour the sea, als tho asking mysel that singular question. Whairas it never cam til my lips, I fand it happit away in the nethermaist holds o my harn pan. Bot saying fareweel?

I wald luik til the seagate's angry maw for an answer. But nane cam.

Syne *Maidstone* rowed in, wi the Jamaican Captain Pilkington pacing her deck. His rage and impatience war aamaist tangible throu ane perspective glass. Tho wee needna bide lang tae hear, for it spreid through New Embro als fire flees fra flint.

The *Dolphin* hes been captured by Spain. Captain Pilkington espyed her lying in the bay att Carthagena. Sen the maister o ane *barco longo* tellt him, her crew is clappit in the toun dungeon by Don Diego de los Rios Quesadas. They say Captain Pincarton, and aabody on boord her, sal answer chairges o piracy, in revenge for our whummeling thon cowardlie Spanyards in the banano grove; they might hang fra their necks in the *plaza*.
    My dear Henri!

I fell at aince in a dwam. They say Mister Craig gart his lang boat crew cairry me on boord. I awaukent tae find Doctor McKenzie staunding ower me. Neist him, Hirpling Jimmy attendit wi bucket and spuin. Sen Doctor McKenzie gied his diagnosis.
    'He's fauchelt. Whiles a bodie sooms on, als ane ship can soom for a spell whan her mast is broght down by the boord. Yet she maun come til a deid lift or aa's bye and dune.'
    He gliskt til me than, and I shutt my een as he presentit his prognosis and remede.
    'He has steered a hard course, and a squaley ane. Tae drive him farther risques wracking his entire constitutioun. Thairfor wee maun lat him rest.'
    Haen properly scofft and vommittit the right meisour o loblolly, I tuk back ane draught o laudanum. They happit me in ane blanket and left me tae swelter on the chyrurgeon's bunk, whair for severall days I wambled away.

Entering ane hold by the skuttle, wee come intil a concrete bunker. Dim light, and eerie. The haill pepill hes gane gyte. A plague? Or invasioun. Our missioun: tae determine the cause o skaith. Wee discover the place toom, and seeming devoyd o life.

'Haud back,' says the Captain throu clencht teeth.

Ower late. Ane sentinel, breenging in, suddently faas on the flair, whair he writhes in agony. Ye culd see he wes up for it att the outsett. Fower pistoles mark my back whan I spang forrard.

'Banes?'

'He's deid, Rab.'

Att the back o the sentinel's pow, I peel aff a large animalcule.

'Fascinating,' says Chongo.

About the largeness o a soup platter, this creature resembles naething mair than ane scalder or slater, athout tentackles nor leggs, being a vile puce in hue. Atour the bunker, severall o his kin flop down aff the ruif. Wee pistole thaim hertily, till Chongo gets ane stuck on his napper. It grips his flesh like a limpet, and winna lat lowse.

Rab flips open his communicator, cool als ane cucumber.

'Beam us up,' he commandis.

Doctor McKenzie says, 'Wee maun lat the fever run its course.'

Umwhiles Jimmy the cat mops my brow wi vinegar clout, presents me a banano, that I hae na strength nor desire tae scoff. He shaks his heid, lifts the horn spuin to my lip. The light mings wi mirk, and a stabbing payn in my wame. I can nouther eat nor shite, my muscles crampit and passages blockt. Aneath my skin, throu arteries and veins, the muvement o my bluid mass is seething and hott; it seems tae ebb and flow als ane tide.

The ceevil servant beckons me throu sooming mirage. Whan I draw closs, I find the auld crone, chaunting *kantules*. Henrietta breists speendrift.

'Banes?'

'Aften the maist byordinar designes pruive effective in tyme. I hade opportunity tae embark on exploratiouns in this creature, that is a littil bit o ane plant animalcule in nature, being equippt wi nouther hert nor reid bluid. Like ane snail. He is raither a compleat hert in himsel, aftimes existing in the mainner o a plant. He is a variety o squid or octopuss.'

'Your prognosis an ye list.'

'I fand he is extreamly sensitive in ane respect. He detests ane singular cosmick ray.'

'And the remede?'

'Tae annihilate the animalcule by cosmick rays. I sal explayn my methode whan I wark out the mechanicks o transmissioun.'

'What!' Cruden seethes. 'Tae jab him wi light beams, als tho wi ane stick?'

'Mair or less. The methode is mair elaborate than your feeble ingyne can compass.'

Att this aabody leughs in a mocking mainner, reducing the mate to impotent envy.

'Ay than,' he greets. 'What about your Prime Directive? By what right can ye meddle in that animalcule's affairs?'

Doctor McKenzie fixes him wi a glower.

'Damn yow John Cruden! Fause-hertit protector o animalcules. His is the right o lawe, that may account him a murtherer an he refuses tae dischairge his chyrurgickal duty.'

I continewed extreamly constipatit for severall days, als weel dream fasht as wame bloatit. Doctor MacKenzie prescreivit me laudanum, that Hirpling Jimmy broght me att sunset. Whan I culd thole this nae langer, I tuk up the phial and threw it atour the cabine. Raither I scofft ane plaiter o saut beef that he fetcht, on account o my appetite returning.

That night wee stude aff on the main wi the *Maid o Stonehive*; Chongo sailing on boord us als supercargo. Captain Rab passt me his perspective gless.

'Twa leagues on the starboord bough,' he says.

The *Dolphin* sooms heavy in the watter; whiles plashing her beak throu the briney foam, whiles pleuching the wave as she trauchles windward. Als Councillor Patersone sayd; she is hard tae sail in a contrary breeze.

Chongo luikt up fra the haulf deck, whair he wes idly toying wi his sextant.

'Sal wee come tae grips wi her?' he proponit.

In the perspective gless, Captain Pincartoun wes pacing her deck. He cryed orders to the yards, sen keekit his heid doun the skuttle tae direct his helmsman in her round house.

'Fine now,' he sayd. 'Wee sal steer her away fra the wind by ane poynt.'

'See how she sooms,' Rab is leuching, 'als a slug in a pisspott.'

Upon her poop Henriet's trumpet bemes Captain Pincartoun's orders in soulful notes.

'She isna worth the brulzie,' I beseecht thaim. 'A wheen bales o hauden gray, alse periwiggs by the barrel, and wha kens? Severall gross o bibles.'

'Rum, na? Nor brandy?'

'Nae a drap. The Captain hes commands tae trade for spirituous liquor.'

'Bugger that!' he cryes. 'I sal pull leaves fra thon bibles tae cram in his craw, an she isna stufft til her gunnels wi gear.'

On boord the snow, Captain Pincarton engages in intimate banter wi his trumpeter. Att my back, aneath leiden lift, Chongo and Rab plott intrigues.

'Leal til the Company, or his *Steenie Quine*?' Chongo challenges.

'Leal til his auld friends, ay Billy?'

I soar als an albatross, wearily atour oceans bot touching land.

'Something on your mind?' speirs Rab.

'I hae dune a mind meld already,' says Chongo, 'wi *Dolphin*'s maister.'

'Culd ye find whatna cargoe they cairry?'

'Better nor mowdie auld buiks. Thair is a woman on boord her.'

Att this I gied a bit swallae, luiking til Rab wi perplexit expressioun.

'He hes setten his cap att her.'

'Is that right?'

An horribill swithering sensatioun fills the pitt o my wame as bluid warms my face.

'Ill luck tae ship wi a woman on boord,' I remarkt.

'Mair luck for us', says Rab in dreid voyce.

Syne he raises his voyce to the yards, and yells down the skuttle.

'Haul up, bonnie lads! Trimm the mainsail. Mak shift wi the spritsail topsail, and trigg up the crojack. Ane poynt on our starboord, als closs til the wind as yow daur!'

Haulf a league and the *Dolphin* pleiters her way, atween *Maid* and the shoar.

'Hallo!' Captain Pincarton hails. 'What is your name? Whatna business is yours?'

'A Scots vessel!' I reply. 'The *Maid o Stonehive*. Wee wald parley.'

'Gode grant!' cryes her midshipman.

'Verra guid,' Chongo hisses, the iron o his pistole warm in my back.

Aneath our feet, twanty sabres are pricking the planks, ane score pistoles are cockt.

My bluid is hett, flowing and ebbing in my veins.

'Staund by,' says Captain Pincartoun. 'Wee sal loyer ane boat.'

On the quarterdeck gallery, I catch Henriet's een. Tho they skinkle, her broo is bent in a furrow. I wald warn her by invisible signe, tho she canna discern me.

'Easy now,' Rab spak down the skuttle. 'Fine till wee come alangside.'

Hearing a dreid silence ablow, I luik abune til the main top gallant, whair the flag is a bluid reid splairge in my ee, declayming their vicious intent.

Att aince the *Dolphin*'s gunn ports are threwn open.

Henri's lip trummels, wyting me, as acid bile seethes in my thrapple.

'Fire the bough chaser!' Chongo yells, his beard smoudering wi tapers.

Als tho by ane signal, the deck is awash wi pyratickal rascales, thrang amang pouder reek. I faa in the rail, doubling up att my wame. Black visions smoor my een. Febrile material sworls in my bluid mass, expulsit in chittering sweit.

'Lat lowse Billy Budd!'

Chongo and Rab are sooming throu the tiniest veins, blocking the round channels wi antrin form and shape, as hazardous particules heat my bluid mass.

'Lat lowse, now or never!'

I open up than, spreiding vommit als grapeshott, fra my mou, bristing:

$$TCH - O - O - NNGG - O - O - O$$

Baring my dowp, I force my erse ower the rail, tae lat lowse als ane *cacafuego*:

$$R\text{-}R\text{-}R\text{-}R \quad A—A—A—A \quad B\text{-}B\text{-}B\text{-}B\text{-}B$$

Hirpling Jimmy staunds neist me, wi the reek o vinegar. Forrard lyes *Unicorn*'s haulf deck aneath canaby and mast; aft her peyntit stern, and the lanthorn's lowe. Hame.

'A banano?' he proffers.

I shuk my heid. 'But thon beef is a scunner.'

'I trow it is ane bad tubb. Are ye weel now?'

I luikt at the bluid skitterie soss and the dreebling dubs o puke on the rail.

'Nae sae bad,' I sayd. 'Aa boorders repulsit.'

CHAPTER 7

ANE FORTNIGHT PASST AFORE I wes haill. During this time severall circumstances occurred, that I suld relate. For, as wee fand, *Dolphin* the snow rann agrund on some rocks during a squale sune efter she sett sail. Her maister wes obligatit tae seek help fra some Spaniards, that tuk thaim til Carthagena. Heire the Governor, Don Diego de los Rios Quesadas, happit our Captain in a dungeon, and imprisonit the crew, or used thaim for slaves, according to their rank.

Even altho I speirt efter Henriet, I maun endure the torment o uncertainty, raither than be sure o her treatment, that wes an intholerable burden for me, fearing the warst.

The Council hade despatcht an embassy tae treat wi their Governour. He couth sail on board *Maidstone*; Captain Pilkington being an Englishman commandit her. Our ambassador wes ane Captain Maghie, commendit by Councillor MacKay for his tact and sensible demeanour. It is whisperit his real motive, in recommending him, laye in a family connexioun. Whether that is truthful or not, I hae nae intelligence tae discover. Yet I trow his heid is ower hott for diplomacy. For it seems he made our case warse, by brandishing our Declaratioun, and our Parlyament's lawe, unner the Governor's mustaches.

Don Diego de los Rios Quesadas brusht him aside, als tho he war an irritable gnat.

'A pox on New Edenbourg!' he sayd. 'Ane fig for your Company, your lawe and King William! Captain Pincartoun wes interloping on our Main; engaging in dishonest trade. Thairfor wee sal treat him als ane pyrate, and hang him by his neck in the *plaza*.'

'*Thalla a bhalgair*,' murmers Captain Maghie. 'Sen this is Warr.'

'*Qué sera sera*. Wee sal crush yow als *gusanos*.'

'*In ardua petit*,' declares our diplomat. 'An ye come luiking for *gusanos*, ye sal aiplins find jasps in a pyke. Wee sall pe harrying your fleet, sirrah. For py lawe wee hae rights off reprisals. As wee proponit in our Declaratioun.'

Syne the Don made bauld tae tare up thon papers, scattering thaim atour the flair in a blin fury. He wald happit Captain Maghie in his gaol alsweel, except ane *caballero* stappit in tae suggest he might sarve better tae bear his reply; that *Barliavento* sal smoak out the Scots fra thon crabbit hole.

Whan Captain Maghie retournit wi this news, our Council offerit Captain Pilkington a commission tae sail on the Main and mak reprisals wharsomever he list.

I dout the Commandore's ill temper swayed thaim. As weel he begouth tae display his despotick temperament att this tyme, as he wes suffering the effects o ane fever, that he dousit liberally wi brandy. This treatment wroght in him an humour mair carnaptious and vicious than ever. Whan the Jamaican cam back, bearing nae spulzie, he culd wyte him for our loass, and cryed him a doge, an Englishman, and traitor against our interest.

Whan he grew tired o bandying him about, he luikt in the bay tae vent his spleen. His een fell upon Richard Moon, maister o a sloop engaged thair by Paterson's friend, Captain Wilmott. Moon's offence wes tae gie barth til a prentice lad fra *Saint Andrew*, that hade earlier flitt on boord him tae be shott o the Commandore. Now his new Captain wes browbaten and harried out the bay, the boy detaynit by main force. Whairby he wes acquaint wi the terrour o Commandore Pennycook's haund in guiding his crew.

Next, thair wes ane New England sloop, *Three Sisters*, cairrying a cargoe o saut fish consignit to Councillor Paterson. Alse ane sloop, *Neptune*, owned by Captain Wilmott, and commandit by Captain Maltman whilk mett the Commandoar's wrath.

In cahoots wi Daniel MacKay, Pennycook fand falt wi Mister Maltman for harbouring spyes. He gart Captain Robert

Drummond boord *Neptune* and search her for evidence o an hostile designe. Whairon he finds twa Spanish merchants coorying in the hold, and arrests thaim baith, tae detayn on boord *Saint Andrew*. Alsweel he remuivit ane hunnerd punds sterling for his reprisal, that Council used tae pay the *Three Sisters*.

How culd an honest Council collude in thir pyratickall ventures, yow may wonder. I sure ye nae man daur oppose him. For Council wes band by the misguidit principle, that ilka member cairries the wyte for decisiouns o Council als ane body. Every member is responsible for ony actione contrivit in its name, whairas nane are accomptible for ony partickular actione. They maun share the falt, whether they gree wi him or not. Indeed it seems Concillor MacKay relisht the opportunity tae apply his scrivener's wit in justifying attaques on our trading allyes. Concillor Jolly switherit; he wes afeart o the Drummonds, and wald lippen til the Commandore tae defend him. Captain Montgomery hed had some argle bargle wi the Glencoe cronies, whilk raither mockt than praised his venture in the banano grove. Yet he wes aweir o embarking wi Captain Pennycook in his blustering mude, and flitt on boord *Three Sisters*, whairby he ettled tae ship for New England. Nor culd Concillor Patersone oppose the Commandore's vicious designes, for he maun thole a relapse in fever. It tuk aa the strength he couth summon, tae trauchle up the brae til the fortress and hear what passt for debate, lat alane defend commoun sense and reasoun.

In this degree wes our Council reducit. Far fra being the instrument o guid counsel and justice envisadged, it continewed tae fester like a boyl under despotick infectioun. Farthermair, the Commandore shewing what way the Company can mak proffit, cast back William Patersone's honest rebukes in his face, saying wee never earned ane groat by trade. Whairas wee war ane hunnerd pounds richer by employing his methode.

Umwhiles he ladit watter and balast on boord his ship. Sen wee jalousit he is sae hott for reprisals, he sal embroyl the hail settlement in Spanish fire or his temper abates.

On boord us, Concillor Jolly browbate Captain Murdoch, als tho he considerit himsel ane *petit* Commandore. Altho he never expresst a particular designe tae be maister o *Unicorn*, he shewed a secret ambitioun tae govern her, by presenting himsel als supercargo. He culd venture ashoar annerly whan duty required him, for he lived in terrour o coming up wi the Glencoe factioun. Alsweel he maun scurry on boord us again whan his business wes dune, least he suffer jibes fra the planters that fand falt wi him for stealing Mister Oswald's sow.

Life upon *terra firma* wes a compleat purgatory for Mister Jolly. The landsmen war apt tae harangue him wi bestiall hints and lewd remarks, for mear sportt. He might be walking ane league away, yet ye culd discern him by the voluble chorus o snorks and grunts that follaed him about aawhair. He broght this on himsel in large meisour, by his pompous demeanour and incompassiounate mainner. Gin he ever sufferit on account o it, naebody fasht ower him. The planters maun haud thair ain interests uppermaist, that they representit til Patersone whansomever they list; it wes himsel alane that heard thaim. I hed recourse tae meet wi the warst afflictit planters, and alwise they tellt me how he alane hed their interests att hert. Whairas maist Conciloris strunt als cockrels on a midden heap, he wes the man they couth lippen tae coup thon midden ower.

I am treating Councillor Paterson's intermitting fever again. Maistly he is down hauden by a lethargick dispositioun, tho whiles he can rally, and delivers a rigorous contemnatioun o divers affairs, als tho he is his ain self.

Whansomever he is capable, he sitts up in his bunk tae counsel aa the pepill that drap by. Aften I maun luik til him as he hears a complaynt anent distributioun o rations, alse ae body is feart least the Captain obleidges him tae wark ontil daith, or some other planter may claym he wes swindelt att cards by an officer. In this mainner, they bang on, till Mister Paterson finally nods his heid, and I discern he hes faen asleep. Sen I can show the puir planter the door, and attend this singular patient, whilk is forfochten, sae zealous is he in exercising his principle o fair and equitable representatioun.

Yet his listening quite sooks him dry, sae that he maun attend Council aamaist in a dwam; bot *animus spiritus* as wee say. Lately he begouth tae demand I bleed him again.

'He hesna the strength,' Doctor McKenzie sayd. 'Tae bleed him now wald remuive the nourishing effects o his bluid, that he especially needs att this time. His bluid mass is sae thin and hett up, it might be the daith o him tae performe this procedure.'

Nanetheless, he wes extreamly insistent. I gaed til his bed wi scalpel and bandage. Heire I wald wait on him tae turn his heid, and gied him a nick wi the blade. Att the same time, I cutt a littil vein in my arm, that I might bleed. Draining twa gills in the can, I happt up his arm, and mine ain, and hiding it ahint my back, displayed him the outcome.

'Thair,' I say, remarking how the hailth o his bluid seems impruiving. 'Feeling better?'

'I really feel fine now,' he says.

I continewed this treatment for severall days, till I culd accompt for ane pint o bluid, by using the Napier's banes. Now I maun consider my ain positioun tae be hazardous. I culd prognosticate anaemia, or infectioun, and resolvit tae devise another methode o treatment.

Syne I chanced tae pass by the flescher Tam Grant butchering a turtle, and approacht him wi the mutchkin.

'Can ye fill it wi turtle bluid?' I sayd.

I hae continewed my remede this way, making a substitute wi turtle bluid, that hes a similar colour and thickness. Alsweel, efterwards yow can boyl it in a pudding wi meal. Thairby I am able tae administer a *placebo*, athout risking my hailth.

They are a seeckly sortt o planters whilk come intil Mister Paterson's hutt, sen the lave maun howk the canal. That accords wi my duties, for I am able tae administer remedes and offer thaim broth. I mak this wi turtle banes and dryed peas, whiles threwing in some plantans, tomatoes or potatoes, whan wee can get thaim fra Pedro and Ambrosio's pepill. Jimmy assists me tae keep this broth simmering in severall big potts that Mister Paterson permitts us tae use. In this way, wee tend als weel the planters' physickall hailth, as their demands for representatiouns. Sen Doctor McKenzie's marching hospitall is aye thrang wi the warst cases, he appruivit my ingenuity by citing Aristotle's axiom:

Lat fuid be thine medicine: lat medicine be thine fuid.

Alsweel on boord *Unicorn*, wee adopt this for our motto. The chyrurgeon convinced Captain Murdoch o the needcessity for an hailsome dyat, and he begouth tae embarque on turtling expeditiouns. By putting a boat and crew att the disposal o this designe, he hes become famous for sarving the landsmen's appetite for meat.

Als weel they bring in a wheen turtles ilka day, as they catch cavally, swordfish and sharks, that are hailsome and extreamly guid sport in catching thaim. Thair is ane fleshy animal like a seal, that I wot is ane mammal, haen reid bluid, bides up the coast in shallow lagoons. She is a slaw, cumbersome creature, tho gentle and browsing by nature, whairfor she is yclept a watter cow, or alse *mannatee* by the Cuna. Murdoch advises this creature is the originall o tales anent mermaids, for she suckles her young, by all accounts o thaim that haif seen her. She hes excellent sweet meat, and eneugh tae feed ane hunnert men.

Forbye his turtling exployts, he ettles tae careen *Unicorn*. Captain Pincartoun wald dune this, in order tae repair her hull. And now that his first mate is in command, he sal execute this designe, for the ship is fyle wi distemper. The stink o it wafts up fra the holds, sen wee sprang sae mony lakes entering the sea gate.

Captain Murdoch proponit tae careen *Unicorn*. Sen he maun lade aff the gear that laye in her holds. This wes maistly provisiouns, for our trade guids war embarkt wi the *Dolphin*. The feck o the provisions war rancid, that I culd ken als weel fra personal experience, as by dealing wi the planters' maladies. Tho ye may wonder how they continewed tae dwine, whan wee hed an aboundance o fresh meat for the hunting and fish for the catching. Lat me be plain than, sen aa is bye wi it: that whairas wee chuse tae bide in a land o plenty, the designes o wicked men can mak aathing scarce.

Att this time I wes waiting on the boat tae tak me on boord *Unicorn*. Nae mair couth I consider it hailsome tae soom. Now the bay wes fillt wi terrour for me, sen the beach wes used als an enormous privvy. The ships dischairgit their rubbish, als weel ordure as entire dampnified beef tubbs, ower their beak. Thairfor the sea wes hoaching wi animalcules. Yet some culd persist in sooming als an hailsome pursuit. Even altho I wald perswade thaim tae come out the watter, I culdna explayn why I changed my mind.

Whairby the folly o an innocent designe is revealit, its purpose whummelt in tyme. Be aweir the hazards o meddling als ane time soomer, as this tragick tale sal discover. Sen I confess, I am att fault for causing severall daiths by diseases gotten fra sooming.

Now I wes perswading thir planters tae come out the watter, bot effecting nae change in their behaviour, whan I remarkt ane hantle o barrels on the jetty. Thrie landsmen satt att their leisour, smoking or chowing a banano as they list. Thir men, that I ken tae be in Captain Thomas Drummond's company, war employd as pyntours tae shift barrels fra the shoar, whair the crew lade thaim aff, til the fort, whair the meat is disbursit.

Yet now they war idle, haen drawn up their barras, and fell into a dispute.

'Na na,' tane fellow wes saying. 'It's O'Grady's for the Captain. Alsweel the turtles. Kirkmichael is meant for the toun.'

'I dout ye are wrang,' ane younker replyed. 'Captain Drummond tellt me he wants the Kirkmichael tubb.'

'Havers,' says the auld pyntour. 'He sayd O'Grady's.'

'Ballocks!' putts in the thrid, mair coarselike, and spitting a quid o tobacko on the deck. 'Tam Drummond wald hae nocht adae wi Erse beef.'

'Nouther Kirkmichael than,' rejoynit the first, 'being Erse on that account. Wee suld tak him the tubb fra Hawick, and be dune wi it. Plank the lave in the store for the toun.'

'The Hawick beef is fine,' greed the young fellow. 'Forbye he hes sea meat.'

'Erse til the Erse,' says the coarse fellowe. 'Erse beef til Erse men.'

This way they continewed, and their discourse seeming byordinar, I maun bend my lug til their voyces, tho I couthna mak sense o it. Presently the younker apprisit me, and chappit his auld friend in the rib tae win his attentioun.

'Haw Mister Budd!' he hails me.

'Ay ay.'

'Will ye be daen ony mair preachings ava?'

Upon this they leught, making it plain they wald mock our theatricks. The coarse fellow gied a snork, that they joynit him in chorus.

'Ye'll be missing your wee trumpeter lad,' he sayd. 'The originall piggie!'

'Friend o the sooking pig trumpeter!' they aa snorkit.

Att this poynt, Mister Craige drew up the boat alangside the jetty, and I quickly stappit on boord. She wes crewed by sax hielandmen, trig in their *Unicorn* bunnets.

'By the way,' the auld porter cryed as wee pulled away. 'Whatna meat is on boord *Unicorn*?'

'Turtle and plantan,' says Mister Craige.

'Pig fodder!'

'The chyrurgeon's lad likes a bit pork til his supper.'

'Tak nae tent o thaim,' I sayd. 'Pig flesh or nane, they're aa Campbell's ilk for sure.'

Wee war sooming fower fathoms fra the jetty, tho being aweir o tarrying, Mister Craige gart us bend our backs til the oars. He gied a signe for the crew tae ignore siccan banter, that they war hard presst tae oblidge him for their dander wes up.

'Na sir!' goads the younker. 'Whatna peef wald ye pe eating on poord?'

That he meant as ane intolleribile jibe. Now the last o the oars-men tuk up the *warree* skull that wee use tae bail out the boat. Syne, swallying an aith aneath his braith, he hurls it wi siccan force and aim, that it hitt the young porter square on his neb.

Aa the pyntours couth dae wes luik til their strucken comrade; and the bluid soaking the front o his sark, whan our crewman spak up.

'Nae pother Pilly Pudd,' he sayd. 'An yow are plate, she isna. Wee sal gett you on poord in a meenit.'

Att the outsett I putt the landsmen's remarks down to the prej-udice o their Captain. Later, whan I culd reflect on what I heard, I jalousit they wald claym the best beef for their ain company, and suffer the lave tae eat spoylt meat. This playd on my conscience whan I retournit on boord. Sen I thoght tae mak a discreet inspec-tioun o provisiouns that night.

Unicorn's hauf deck wes stowed wi barrels, tubbs, hoggshei-ds and firkins, broght up fra the holds for lading ashoar. It wes easy tae daunder about, browzing amang thaim, and discover what wes adae. I culd see by the light o a lantern that swang on the main mast, thir barrels are markt wi the names o divers mer-chants that supplyed thaim.

Heire wes beef fra O'Grady in Dublin, and John Dirlan in Newton; als weel Blair as Kirkmichael, and various places. Thair war firkins o ship ale fra Leith, a wheen pipes o Madeira remayn-ing, and fourty oyled hides fra a Tanner in Leslie. Yet nae sense culd be gotten fra glisking at thir labells. I maun discover what beef wes considerit safe tae eat, and what meat wes damnifyed. I wes aweir wee hed eaten some wrang meat, by suffering its effect. Now I maun discern what tubs are safe; gif this is the stuff Captain Drummond claymis for his company. Yet I wes at a loass ower how tae persew my investigatiouns, whan I noticed an appetising guff on the still air. Jalousing it cam fra the quarterdeck, I keekit in, whair I fand Davie Dow bent ower a pott o stew.

'That smells weel,' I exclaymit.

'Indeed,' he reponit. 'Annerly the best for Councillor Jolly.'

He heapit a great daud o beef stew on a mass plaiter, and gaed ben the cabin. This wes nae surprize, for Mister Jolly is a glutton by repute. Yet I never hed ony interest in what barrell he used. Nor wes I aweir Davie is engadged by him.

Howsomever, whan he cam out again, he mearly gied me a wink, nodding att the pott als tho inviting me tae scoop out the dregs, and sayd the Councillor hes an arrangement wi the Captain tae procure his especiall supper.

'Yet how cam ye tae be employd be him?'

'Ye arena aweir?' quo he. 'His servant wes taen be the flux last week. Tam Roddry commendit me til him, sen things are a bit slack in the gunner's room.'

I speirit him anent the beef for severall minutes. Tho he culdna ken, and left me sune efter, whan the Councillor cryed on him tae redd up his cabine.

While I remaynit in the quarterdeck, I discoverit twa tubbs forenent Jolly's door. I wes away tae glisk att their labels, whan I heard the plash o an oar astern, and presently the sound o voyces att the port side, als tho they might enter ony minute and discover my presence. Even altho I am allowed on the quarterdeck in the course o my duties, tae be fand heire att the deid o nicht, wi my neb in a beef tubb, might seem onaccountable. Syne, hearing the scrape o tortoise irons on the deck, I jalousit the Captain wes retourning wi his turtling party. All I culd dae wes find a toom tubb and dive ower the brim.

Boording the biggest ane, I wes nae suner immersit in the stinking dregs, than the port flew open and Captain Murdoch entered. I sate amang the briny gristle till he bade his friends guid night. Likeways I heard Davie being dismisst. Their ablutiouns compleat efter visiting the gallery, I considered mysel alane in the passageway. Yet by peeking throu a littil gap aneath the lid o the tubb, I wes horriefyed tae see the young Captain stap throu the narrow passage, and chap on Mister Jolly's door.

Gode, I wes thinking. Lat the auld bugger be asleep.

Howsomever, he wes persistent in hammering the door till the timmers shuk, sae the Councillor maun bid him come ben for a nightcap. By this tyme I wes suffering ane cramp in my legg. I culd get nae respite, tho I shuffelt about on my dowp. Their voyces war murmurs. Yet the night wes that still, I culd hear thaim quite plainly. I payd nae attentioun att first, considering their ramblings a mear inconvenience til mysel. Whan suddently, my senses war alertit by ane word that banisht aa discomfort fra my mind.

'Mutiny?'

'Ay sir, but wheesht.'

'Dae ye mean tae advise me thair is a mutiny plott?' the Councillor speirs.

'In a mainner o speaking,' Captain Murdoch gaes on. 'I gott this fra John Anderson, whan I stappt by *Endeavour* on the way back fra turtling.'

'Captain Anderson now?'

'Na na. He hes nae pairt in it. He mearly gied me this account.'

I culd aamaist see the auld glutton; pacing the flair wi his pompous waddle, and supping brandy aneath his pufft up expressioun. Sen I heard him rechairge his bumper.

'Hemm,' he sayd. 'Thair hes alwise bene mummelings o mutiny. Just als sune as wee shippt fra Leith. John Anderson now? Wald ye say he's a reliable man?'

Our Captain sured him he wald hae nocht adae wi the schemers.

'Culd he mention ony names?'

'Thair's the rubb sir. He thinks it mayna come til naething.'

A deep gulph than, als tho somebody drank aff a guid draught.

'Nanetheless, I thoght I suld tell yow. It ought tae be dealt wi by Council.'

'Indeed,' blusters the auld merchant. 'The Council is the place tae discuss maitters o siccan importance. I am surprized at yow, for nae bringing it to my attentioun. Wee are really obleidged tae inform Council immediately.'

I than heard a large snork, as the Concillor applyed some snuff in his neb, and a pause till he straightened his periwig.

'Weel,' says he. 'Meisours can be putten in place. Wee suld smoak out thir villains!'

'Ye mayst be aweir,' says the bauld turtler. 'An John Anderson is right, wee maunna tell Council ava. Att least wee canna advise the entire Council.'

A scuffling sound, and ane chink o the decanter.

'Wee trow Captain Pennycuik hes a haund in it,' says Murdoch. 'He means tae runn away wi *Saint Andrew*, and seek reprisals fra Spain on his ain account.'

Thair is a bigg glugging sound, as the Concillor taks back his bandy, and pours him another. Being careless o my safety, I flippt open the lid and streikit my neck out the tubb. Whan next he spak, I discernit an inkling o satisfactioun in his voyce; als tho the Concilor walcomed this dastardly news for ane opportunity tae puff himsel up even farther.

'Dearie me,' he says. 'Whatna fankle yow hae gotten yoursel in. I sal be verra discreet. Ise hae a bit wordie wi Captain Montgomerie and Mister Paterson the morn.'

'Wee can lippen til thaim onyway,' says our man radily.

'An Commandore Pennycuik is airt and pairt o this scheme, it may be his downcome. A mutiny wald mean naething less than bluidy disgrace, and throw the hail government o this Colony into disruptioun. Sen wee canna lat this catt out the bag tae sune. Wee suld haud back till the Commandore gies himsel eneugh raip for us tae hang him.'

'Sir! Yow are jumping the gunn a bit.'

'In a mainner o speaking,' says Jolly. 'That is tae say, wee sal haud aff till their is sufficient evidence tae mak a legeetimate enquiry.'

'Verra weel.'

'In the mean tyme, I maun request yow tae watch *Saint Andrew*.'

'Wha?' cryes Captain Murdoch. 'Spye on the Commandore?'

'Wee canna weel lippen til thon rapscallions on board *Caledonia*. Thair is naebody else wee can depend on.'

I dout he sayd this acause he hed a bitt argle bargle wi Captain Drummond.

'Surely the landsmen can gaird him fra the fort,' says Murdoch.

'Tch tch,' says the Councillor. 'This is a seaman's affair. I wot ye hae a bittie tae larn. A Captain indeed! Tho *Unicorn* maun dae.'

'But thair's my turtles. And Captain Pincartoun aye meant tae careen her.'

'Your duty now lyes in keeping her afloat,' says the Councillor, 'whair wee can keep a closs watch on the Commandore.'

'Tae comply wi his wishes is my duty. She is barely sea worthy.'

'Nanetheless, can ye gree whair your duty lyes?'

'Ay sir, tho Captain Pincartoun wisht it.'

'Na na. I sanna hear nae mair o your Captain Pincartoun.'

'Mair than that!' Murdoch protests. 'My duty lies in saving my ship.'

'Your ship or the Company! As Councillor I command it.'

He spak wi a surprizing firmness in his voyce, that being unacquaint wi his mainner o browbating our new Captain, I wes taen aback. Tho I jalouse this harshness arase in result o his fear he might lose his barth on *Unicorn* an she is careenit. Als his blustering encreasit, William Murdoch's resolve wavered. I leant out sae far I aamaist cowpit the tubb ower, but for the weight o the soss that slaistered about in the bottom o it.

Captain Murdoch continewed tae protest the while.

'Ye sayd it yoursel. It's a seaman's maitter, wha governs *Unicorn*.'

'A seaman's maitter!' splairges the Councillor. 'I wes trading att sea whan yow war still sooking your mammie's pap. Now I sure ye, my laddie, that ye're in command o the *Unicorn*. And sae lang as ye're in command, yow maun dae what I tell ye.'

'I grant ye hae mair experience,' says the turtling Captain insipidly.

'This ship canna be beacht,' the Councillor declayms, 'als lang as the threat o mutiny hangs ower us. What maitters mair? The guid o ane ship. Or New Caledonia? I maun chairge yow tae keep a closs watch on *Saint Andrew*. An Commandore Pennecuik ettles tae clear the bay, I authorise ye tae act on your ain suspiciouns. Dinna hauld back for farther command. Open fire an she runns, wi *Unicorn*'s gunns.'

Thir last threatening words struck siccan horrour in my breist, I culd hear nae mair. All wes dark mummeling and muttering atween the Councillor and Captain efter that, for I slippt mysel back in the tubb least either o thaim discover I heard this ghaistly intrigue.

Tae think our Council hed cam til this: plotts o mutiny, pyracy even; factiounal cabal wroght atween blustering Councillor and chastened First Mate. Pouer usurpit by the verra man chairged wi the fleet's command. Our commoun weel destroyd by the greed o wicked men, whilk wald poyson honest planters and empouer thair ain factioun. Authority disruptit atween the Glencoe cronies and Pennycuik's presumptious designe. While the anely Councillor o incorruptible mettle laye in his hutt; his keen mind befuddlit by fever; his will tae resist injustice aamaist brakken, als ane towering wave upon a hidden shoal.

A desperate *melancholia* rase up tae smoor me. I confess I grat, tae see our noble designe reach sic a low ebb. I culd anely squatter in my lanesome tubb, happit in mirk and reeking o damnificatioun. This is the way Caledonia sal end, I considered.

Ontil ane scuffling sound aroused me fra my drumly trepidatiouns.

I keekt out, and discernit ane shade, peering in the neist tubb.

Culd this be ane spye? I thoght.

I hade scant tyme tae consider or he turnit toward me. I kent his face even in mirk.

'Davie!' I exclaymit.

'I hade a notioun ye war heire,' he says. 'Come away now. The coast is clear.'

Droukit in brine, I clam fra my grisly lair, tae follae him down the scuttle and ben the gunner's room. The gunner lay snoring as Davie passt me a snifter o brandy.

'How's it wi yow, up on the quarterdeck?' he speirs.

'I wes pursewing my chyrurgickal duties. And yoursel? In wi the Councillor?'

'The auld pellock can pickle himsel for all I care. He is really a bit porky for me.'

'Ye never heard what the Captain sayd?'

'A wee bit. I wes waiting on him tae finish, and see ye war safe.'

'What can ye mak o it?'

'Aabody blathers about mutiny.'

I than representit the Commandoar's treacherous intentiouns, tho he payd littil heed. Raither he seemed mair intent on guzzling the brandy, that Councillor Jolly hade gien him. And I considerit he ware ane melancholick expression.

'What's adae Davie?' I sayd presently.

'Ach ye waldna ken.'

'Ay. Tae right I waldna ken, an ye dinna tell me.'

Syne he begouth tae tell me his tale.

Davie's tale

I wes born in the county o Angus, in a Covenanting faimily. My faither is a shepherd, tho his first son obleidged him be joyning in that stramash att Killiecrankie, and efterwards he shippt for France. My saicond brother fand a fee near Dundee. The thrid hes gaen til Edenbourg als ane scrivener's clerk. Whairas faither tuk it upon himsel tae rear me for ane minister, that wald be the tap and hem o his life achievement.

I wes alwise blithe tae herd yowes in the meadow, whair I culd sit alane and read a buk now and nans, or alse play my horn. For I wes inclined toward poesie, and culd read *Zion's Flowers* or I wes nyne years auld, that my faither encouradged me in.

Syne Jenny, that is the laird's doghter fra the neist estate, shewed me mair *Flowres of Sion*. Hers are by William Drummond o Hauthornden. Whairas mine are Zaccharie Boyd's. Tho I wesna aweir yow suld discern, and liked the new anes als weel. Ilka day wee satt down in a birken bower, tae read siccan marvels.

Howsomever my faither chanced tae discover us. He contemnit me hertily, for he regards poems tae be sinful and profligate. Syne he gart me tend hoggs in the hirsel outbye. That wes far eneugh, he thoght, tae keep me awa fra thon corrupting girle. Needless tae sae this culd anely enflame our innocent desires. Wee greed tae tryst in a littil copse on tap o the hill, tho alwise neglecting our flocks. Jenny read me her favorite poems, als weel praising nature as declayming luve and siccan passiouns that wee war tae young tae enjoy. In retourn I tuk up my stock and horn. Ontil my faither remarkt severall hoggs hade been killt by ane tod.

'Ho Davie,' he says. 'Whatna herd are yow, tae lat Reynard amang his sheep?'

'I dinna ken,' I reponit. 'I never saw naething undeemis.'

Sen he gaed til his neibour, tae speir o him, 'Hes thair bene mony tods hereabouts?'

'Nae really,' says our neibour. 'Tho ye suld be aweir o latting ane tup mind the hoggs, whan thair's a bonnie yowe on tap o the hill.'

Umwhiles wee engaged in mair playful sport, and she wald chase me amangst the trees, or wee might tak our ease by dipping our taes in the burn.

Syne she speirt me, 'What culd your neibour mean?'

'I hae nae notioun,' I sayd.

She replyd, wald I touch her on her thigh?

Now the skin is caller and smooth aneath her skirt, and whit as milk. She smiles and kisses my cheek.

Att this verra instant, my faither appears ahint an auld aik, and voyces his radge.

'Oot o it, harlot! Yow Jezebel!' he dois thunder. 'Nane o my ilk sal meddle wi this, like beasts in the field. Na poesie nor futile pleisours.'

He swings his cudgel att my horn that lay on the girse, grabs my airm, and drags me hame, whair he forbad us tae tryst againe.

For severall weeks I ettelt tae win out til the copse, that grew tae resemble noght less than paradise, and mysel the puir sinner casten out. Sen ane gardener o the estate tellt me faither hade spakken wi Jenny's parents, and greed wee suld alwise be twined.

'Is it acause she is the laird's doghter, and mysel the sone o ane humble shepherd?'

'Na,' he reponit. 'It is mearly that the twa houses hauld different views anent kirk and government, that they consider incompatible.'

This brak my hert, tho warse follaed. At Martinmass, faither arranged for me tae gang bide wi my mother's cousin, the Reverend Brodswack, at his parish in Galloway.

'It is fitting a young man suld larn his trade,' he sayd. 'Als weel ane herd o sheep, as ane herd o men. He sal instruct yow, for he hes nouther wife nor son o his ain.'

Thairafter I maun bide thrie years in his manse. This wes a constant tryall for me. I hade littil liking for theology, that he dreelit me in by rote. Alsweel the local louns wald browbate me, on account o my statioun. They jalousit I am Mister Brodswack's naturall sone, and I sune becam the butt o their japes. An I complaynit they treat me unco sair, the minister culd deliver me ane discourse anent the divers persecutions that our brothers in Christ maun thole during the tyme o their hairschip.

He clayms he wes at the hert o the *mêlée* whan Monmouth fell on the Covenanters at Bothwell Brig; that he stude up til his oxters in bluid, haen slain severall be his ain sword. Tho by commoun repute he wes in Glasgow at the tyme, purchasing a periwigg. Likeways he wald depict biblickal stories wi the maist bluidy language; alse he spak o thon stushie att Drumclog, whair he playd a leading haund, an ye trow the auld gait. Yet he never gied ane fig for my weelfare, and shutt me out o his private room, whair he pursewed his solitary studies. Nor culd I grew usit wi playing the pairt o ane pawky wee gnaff, that is the custome for ministers' sons. The anely buks he allowed me war the Bible and some sermons by the Reverend Alexander Shields.

This wroght ane blemish on my childhood. Tae be famisht o poesie wes aamaist als considerable a loass as being twined fra my Jenny. I knew noght about luve, nor affaires o the hert. Raither I maun console mysel on a winter's night, wi minding the touch o her thigh and how she kisst my cheek on that fateful day. Aftimes it culd smart als whan Jesus Christ wes betrayd by ane kiss. Sauf in my case, that innocent kindness deliverit me ontil my faither's wrath. Yet att the samyn tyme as I luikt til thir thoghts in my harns, I grew aweir o how bairnlike wee war.

Gif anely I kent what a kissie meant than, I thoght. O Jenny my hert! Sal I never laye my dowie een upon your gowden lockes againe?

Weel, efter thrie years o this misery, the housekeeper drappt ane letter whan she gaed ben Uncle Brodswack's study. I wes away tae tak it in til him, whan I saw it wes addresst in my name. Thairfor I ran til my chaumer, and brak open the seal att aince.

'As a maitter o fact,' he sayd, 'it is in my kist as I speak.'

And he shewed me the letter, that wes screivit by Jenny in Paris.

> My dearest Davie
> Be the tyme yow receive this, I sal be a maid nae langer. Even altho I haif wrytten ower the yeares, I see noght ane word fra your pen. Am I the maist neglectit creature, or alse the mear victime o misunderstaunding?
> Least ye culdna receive my letters or now, this is the last I sal wryte. Ae littil bitt o my hert sal alwise be happit in your plaid, my darling herd, als I mind thon pleasand dayes wee spent in the copse. O wae is me, an thon wiley tod hedna appear'd like ane wild animall, tae destroy our innocent pleisours!
> Sune efter ye depairtit, my faimily suffer'd an horrible injustice, that I lippen ye may feel a bit peety for us, even altho ye are aamaist a meenister now. In short, my faither's estate wes forfeit,

and wee war obleidged tae ship for France. Wee are biding in
Paris, whair an unlikely coincidence befell me.

I can scant contain it nae langer! Davie, can ye mind how your
brother gaed abraid wi King James? Weel, he is heire neist me as
I screive. Can ye trow it ava? Wee are tae be mairried nixt week.
I hope yow are weel. Your brother sends his fond regards.

Lykeways myselfe,

Jenny

Efter I read this, I threw mysel down on the bed, and grat for twae
days. Whan our housekeeper fand me, she wald caa the physician,
but I stappt her, and tellt her my tale.

'O dear,' quo she att length. 'It's a peety for yow ye fand out.
Thair is ane parcel o thon letters, that the minister keeps in his
study.'

Next Sabbath, whan he wes preaching, and mysel lying in bed
wi a vinegar pack for guid meisour, the housekeeper broght me the
key, that I may slip in the study and reemage his pockmantie.
Heire I discoverit aa the letters my Jenny hade sent me ower the
years. How the teares flew down my cheek, tae read her kind
words. I becam sae smitten wi sadness, that I never heard the
sneck, and the minister stude in the door or I wes aweir.

'Yow dirty, dirty loun!' he cryed. 'How daur ye luik in my
pockmantie?'

'And how daur ye open my letters?' I speirit the auld gait.

'It is weel I kept thaim,' he retourns, 'least siccan depravity
corrupts thine ee.'

'My Jenny wes pure als the snaw!' I grat. 'Ye never loed nae-
body mair nor your meeserable self. Yow are warse than a pack-
man that sells bibles att fairs. Yow even culd steal a young laddie's
hert.'

Upon this, I begouth whummeling his breist wi my neives. He
wald grapple wi me, but I slippt aneath his arm, and clutching the
papers, rann til my room, whair I happit some claes in a bundle
and flitt the manse.

'Weel than,' I speirit him. 'Hae ye seen Jenny againe?'

'Wi me a forloping minister's son? And her in Paris. Chance wald be a fine thing! Billy, I hae nae hame in Scotland. I canna thole tae bide thair. Sen I prenticed mysel tae the gunner. An Gode or Fate ordains wee are twined, the farther the better.'

CHAPTER 8

THE CREW STUDE IDLE aneath the hott dripping sky, or alse loaft in the shrouds, bot shewing the slightest inclinatioun tae float *Unicorn* up on the beach. *Sanct Andrew* wes lading ballast and watter on boord. Captain Robert Drummond wes daen likewise on *Caledonia*.

Ashoar the planters sett rumours in motioun, that the ship maisters hed formit ane pact tae abandon thaim. Even *Unicorn*, they sayd, sen her real Captain is tint, sal joyn wi the Commandore's designe, tae strike out for the Main and win proffits by reiving the Spainish fleet. Some men expresst their delight, considering this a just retributioun for our enemy's wrangs. Others sayd siccan ploys may bring the wrath o King Carlos and King William down on our heids.

Reports and contradixiouns, rumours and contrary rumours, washt about the hutts o New Edenbourg. Ilka morning ane thousan grim een peered out att the ships whar they laye. Seeing the masts in place, wi sails dousit, the planters gied a groan att the Captains' cowardice, or alse sighed in relief. In daytime, the slightest plash o an oar made ripples uponland. By night time, each antrin sound wes an object for scrutiny in shadowy hutts whair men hunkerit aneath the mean light o shell lamps and shark oyl lowe.

Hes the Comandore slippt his bough cable in the night?

Suppose wee awauken tae find New Caledonia left for wirsels? How will wee fare?

As planters upon a foraign shoar, bot victalls that laye in the holds?

'Verra weel, and guid riddance!' sayd some.

'Wee will famish,' sayd ithers.

'A swack in the teeth for Don Diego de los Rios Quesadas!' cryed some.

Can wee square up tae *Barliavento*? A mear hantle o gunns, and us wi toom wames.

Wee foregathert upon the haulf deck aneath the canaby. Davie sate on the capstan drum, whittling an auld block. Hirpling Jimmy lay on the pump dale making cradles wi a length o twine. Mister Craig performit ane jigg, a hornpipe, and an air. Syne he crumpelt his concertina, that made a grunt, and gied ower playing. He slumpit on a coyl o hawser, als tho the braith gaed out o him.

Henrietta wes an absence amang us. Whatna comfort hade she in fyle dungeon?

The candle dowp gied a black reek and spluttering orange lowe, that fell on my page intermittently. I hade gotten this habit o reading, whether mear poetry, or physick and mathematick, whan I wes convalescent. Even altho I wes used wi straining my een in the mirk, I culd scant read ane syllable, for thinking on the fate o Captain Pincartoun. Alsweel Henrietta. Mutinies. Factiouns. Pyracy. And Henrietta. Muckle warse.

What dilemna culd Captain Murdoch face now?

Tae be leal til his Commadoar; whilk he is obligatit tae obey.

Or Mister Jolly; whilk represents Council?

He might wonder, Whatna course wald Captain Pincarton steer?

Likewise, what machinatiouns war sworling round Concillor Jolly's creishy harn pan, as he wired in att his supper? Sal he satiate his appetite by governing *Unicorn*? Mak himsel ane hero by thwarting the Commandoar's wayward designe? The smoak o twanty gunns, and Captain Jolly upon the poop, as *Saint Andrew's* main mast slipps unner the briney wave. Lat the Company Directors heap praise on Commandore Jolly's braw pow. Or is his designe mearly tae keep his barth afloat? Feart tae gang uponland. Feart tae bide on boord *Caledonia*. Aiblins it is best tae remayn whair ye are.

Whatna intrigue is thair on boord the flagship? The Commandoar fasht wi Council's lack o smeddum? Impatient tae win reward for the Company. In the mirk o thir Darien nights, what thoghts birl round wi dregs in your bumper whan punch canna chase back the prospect o lowsening command ower this chairge, nor inflate the memory o commanding a bomb ketch att the back o King William's line? What is mair glorious than tae emulate Sir Francis Drake, and win a fortune for your King by reiving the main? Haen provoakt thaim, haen establisht just cause, lat nae merchant banker steal wind fra sic noble designes.

Culd Captain Drummond plott wi his brother tae usurp the Commandore's pouer? Tane tae fall in wi his designe, and gain a privateer's spulzie. Tither tae luik til the bigging o cities. The fleet haen sailed, the doors o New Edenbourg may be open for him.

Whatna pairt might the lave play in thir cantrips? Daniel MacKay: rady tae whetten his scrivener's wit in defence o his ain interest. Councillor Montgomerie: blate tae shew face sen his dubious adventures abraid; mair jabbit by the taunts o his cronies, than pufft up wi vainglory att reiving a palmetto village and wasting twa men in a plantan grove.

Alsweel Captain John Anderson o *Endeavour*. Nae future in commanding a fireship whan the Spaniard comes. Better tae throw in your lot wi the Commandore. For *Unicorn* may come adrift, being moored on a shoogley anchor.

Sliddery amphibians. Mythical animal bubbening atween flagship and shoar. Saut watter and sand. Neptune and Mars.

I gaed ashoar. Ower late for a chyrurgeon's mate. Ane corp streikit out on the brod. His messmates gatherit about. Mister Oswald wes coorying abune a pott in the hearth, scraping maggots aff the scum o boyling peas.

'Ah Mister Budd,' he says. 'What news fra Councillor Jolly ava?'

'Nae a peep. Tho I sal mentioun it whan I see him on boord.'

It is a familiar discourse atween us now, mair like remarking the weather, than anticipating ony progress in the maitter o compensatioun for his pigletts.

I luikt fra the corp, round the room, whair my een fell on the spade that leans on the door frame. Neist the spade sate their kist, displaying the deid man's possessiouns.

Alwise this is the maist disconsolate circumstance. Haen grewn used wi the face o daith, it can hauld nae great scunner for me. Maistly it wares the same mask: sunken een, black gumms, rotten teeth, and a yellow complexioun. Daith maks ane commoun visage. Whairas possessiouns provoak peety, being ane sortt o remembrance.

In life he soght tae mak his fortune and win fame. Daith fand him in puirtith. He aspired til ane house and fifty acres. This is what he wes cam til:

Ane pistole, wi brakken lock.

Ane penknife.

Ane jaicket, badly worn.

Twa items, hose, need darning.

Ane bunnet.

Ane horn spuin.

Ane timmer boul.

A communioun token, that shews his hame parish.

Severall boddles.

Fower bawbees.

He ware the lave, tho his shoon will be strippt, as alse his siller ring. I fellt aneath his sark, ane lockett on a chain. His messmates war threwing dice. They wald hae the locket an they seen it. Inside, a charm screivit on a bitt paper. I slippt it aff the chain, and plankt it atween his teeth. The stench o decay wes inside him as I steikit his mou.

Thair fell a patter o dice atour the kist.

Next item: his ratioun o brandy.

The dice birl.

Mister Oswald's een war speiring me. He threw a gley til the spade, whair his question tuk on a new form, als smirr floats thro the palmetto ruif, thickening the air.

Whan my tyme comes, he is thinking, Pray God thair is ane left tae tak up the spade.

Placing the communion token upon the deid man's brow, I slippt the ring fra his finger ontil the edge o the kist.

'He keeps the token,' I sayd. 'Bury him quick. Nae wake. The ring for thaim that digg.'

Outbye a thick reek hung in the air. I crosst my breist, touching the *poni* aneath my sark. Sen I taikit up the brae, skeetering throu glaur amang the hutts, oppresst als weel by the hott seep o rain, as by gloomy forebodings.

A smaa breeze wes sifting the stultefyed air, lifting damp thack fra ruif beam. In the bay gannets plummet ontil the sea; vultures soar high in the lift. A mongrel doge lapps vomit. Outside Mister Patersone's hutt, a gammy-shankit planter stuffs tobbacko in his pipe fra a pellican bill pouch. Att his feet a column o pismires cair-ries a shred o banano leaf in the seuch, running wi yestreen's moudie broth, alse hoaching wi animalcules. Ben the hutt, gyant spiders staund on the waas, and a lizard stirs sluggardly amang the rafters, tae mak slaw progress on a beetle. Aawhair, this grimm recycling.

Mister Patersone lyes on his bunk. The rickle o potts clutter his smouthering hearth. Ane planter is addressing him, in sweir animatioun, anent conditiouns att the canal. He is shewing him ounds gotten fra leeches; displaying his back, his legg, his arm, while his complaynt spews fra blackent lips, a voluble obscenity.

Whan he apprises me, a shade passes atour his face. A dim comprehensioun glowers fra his uncomprehending een. Att aince he is scunnersome and scunnerit. As weel fearsome as feart. He luiks fra the mirk als ane man whilk hes luikt til the mirk.

'Wee suld leave him alane,' I sayd.

Att my back, the landsmen murmur. The Councillor muves ane feeble haund. Sen a dreid silence descends, the thick air jobbit by chirrupings. For ane instant the aroma o coffee fills the room. His een are deep and dull.

'I wald mak ane representatioun,' I proponit.

'Verra weel Mister Budd,' he gies a bitt shudder fra the ague.

I slork my brogue in the stour o the flair. His face is als ane masque. The guff o coffee pricks my neb, als I mind hastey spade screivings upon a whit linen shroud.

'Mister Patersone,' I sayd. 'Wee maunna luik til the yird juist yet. Wee staund att this tyme on the bulwark o momentous discoveries. Aheid lyes a great age o inventioun, als weel in science as medicine; als weel in oeconomic as politicall endeavours. Dinna be casten down. Raither, luik til the future. We needna squatter in this horrid morass, nouther at sea nor on land. The warld will see wonderfu things. Cities sal be biggit, ayont ingyne. Thair sall be shippings and trade, as alse fisheries, mines and plantatiouns. Canals mayst be howkit atween oceans. Riches sal be discoverit: metalls and alloys alchemy canna predict. Animalls creep fra husbandry's loins. Refrigerators. New methodes o transport. Wee sal embark on navigatiouns and manufactures. Thair sal be trains. Computers, televisiouns, and radios. Motor cars and Tarmacadam tae drive thaim upon. Electricity. Thair sal be Telephones, art, letters and musick, sportt and games atween natiouns. They sal play tennis wi racquets wroght wi oyl fra aneath the sea. Aeroplanes, helicopters and satellites sworling abune our heids. Pouer fra sun, wind and atomick particules. An aboundance o resources will spring fra the yird for human delight; by developments and impruvemets in the naturall sciences, in the study o rocks and soyl and mineralls. While att hame, pepill eat mangoes, bananoes and pineapples, fresh and sweit als tho it wes pluckt aff a Jeddart pear tree. In the Americas, wee sal big a new warld, ayont comprehensioun. An yow can rise fra this bunk tae embrace what this future presents, for the common weill. Lat us create siccan nation, whair meritt and justice, alsweel tollerance and liberty, may prevail. The tyme hes come tae ding down the despot, that squanders aathing in his insatiable lust for pouer and riches. By joyning ilka man heire, wee may stap forrard in guid hert, ontil your gowden city, als proclaymit upon our landing in New Caledonia.'

I continewed tae bluster for fowerty minutes or mair, till the planters outside thoght this disease o ranting, lately endured as a singular phenomenon by Mister Patersone, hed becam infectious. Yet I wes engaged in this rambling discourse, the Councillor seemed in a dwam fra mear befuddlement, whan suddenly he putt up his haund, and tryed tae sitt up.

'Now son,' he says. 'I dout wee hae cam til the neb o it.'

'How's that sir?' I cryed in surprize.

It wes aamaist als tho a deid man spak.

'The lawes,' quo he. 'And principles o guid government.'

'That's what I sayd. Our circumstances are intollerabill, cruell and unjust.'

'Intollerabill,' he says. 'Yet wee continue tae thole it nanetheless.'

I wald mak a rejoynder, but wes taen aback by a glimmer in the Councillor's ee.

'Crueltie,' he sayd, 'whair this flows fra contempt o other fowks' weel being. But as for injustice I sure ye thair's nane.'

'Nae injustice?' I cryed in dismay. 'Captain Pennecuik reives your friends' sloops!'

'Naething in Warr is unjust. Fra this proceeds the need for reprizals.'

'The planters!' I switherit. 'Seiven score corps canna mak an injustice?'

'They suffer nae injurie.'

I luikt til him than, and wes fillt wi ane dark despaire.

'Their daith,' he continewed, 'alsweel their ill hailth, is throu poysonous vapours, fyle watter or the vicissitude o animalcules. In shortt, they are taen by the flux or an ague.'

'Ay sir.'

'Sen they suffer nae injury. Naebody can falt the Company for maladies. They are acts o Gode, or alse they proceed fra naturall causes.'

I luikt til the Councillor's pallid features, and thoght o ane that passt away lang syne; the Reverend James, haen concludit that animalcules cairry out Gode's wark.

'Your auld friend said wee culd sail heire under the lawes o Grace.'

'Heire wee are governit by lawes o men,' he says. 'They are inseperable, being foundit upon Scripture.'

'Thairfor, thair can be nae remede. Nouther in Gode nor in

man. Your Council hes made a right botch o this affaire. Your city is foundit on false promisses and lyes, it sal be biggit wi banes. Your dream for a new warld is aa dune away att the outsett.'

I culd nae langer luik on his face. Without the hutt a leiden lift hung ower the toun, that stank amang the soss o its ain making. Ane hantle o planters war shuffling about, yet failing tae luik in my een. They war aa dwining fra the flux, or alse hurt by the haunds o their friends in *petit* quarrels. For a knife, or a spade, comes quick til the haund, whan a persone is guidit by hett harn and scant value is placed upon life.

Lat lowse! a smaa voyce wes saying, fra dungeon or galley. Be dune wi it. Ye hae nae business tae meddle in siccan affaires.

'Wee are come til ane conditioun o nature. Sal it be perpetuall Warr, bot reasoun nor guid counsell? How can wee remayn this way?'

Mister Patersone's flichtering glower gart me shift toward the door. I wes aweir o the bleeze that maun consume him.

'Whan sal wee lowsen this band?' I sayd.

I trippt ower the bulwark, for I wald taik doun til the beach.

The shade o an ague crumpelt his face, whair he laye chittering in his bunk.

'Come ben and bleed me,' he splutters. 'Thair is wark tae attend in Council.'

Whiles I can wyte mysel. Alwise in the nethermaist holds o my harn pan, I find lurking the notioun o the Prime Directive. By bleeding the guid Councillor, as alse speaking out o tyme, what skaith culd I dae? Aiblins I flatter mysel tae suppose I wroght ony influence ava. Tae dwall on thir maitters is tae pleiter in a morass. Yet thair remayns the great mystery o time sooming; the possibility that I culd alter the course o history that day.

Our designes in New Caledonia war farther advanced than ever I larnt. Here wes mair than dry buks portray. Als weel in bigging the fortress, howking canals and venturing on cruises, as in the particular circumstances o our travails. Nor hes the perspective o ane singular persone been sae accomplice. Tho it seems twa contradictory poynts o view may arryve att ane commoun perspective. Whairas I cam in this wardle by time sooming, Councillor Paterson engaged in a similar projectioun: he ettelt tae rowl forrard this Colony, our Natioun, alsweel Europe, even the Warld; he wald project us ontil a future conditioun, whair his vision o government and commerce is establisht. I hade a peculiar insight in his endeavours; als weel I hae some prescience o how aathing warks out, as I am embarkt on an adventure in disrupting tyme, that is the maist lanesome existence ony man can thole.

Yet it isna my purpose tae dwall on imponderables, that are als banes for philosophers tae chow. Raither, my account concerns observable facts, whether commonplace or antrin, and events as I witnesst, playd a haund in, or heard reports o thaim att this tyme.

That morning I bled him. Even as the planters peered throu the walls, they begouth tae mak new speculatiouns. This chyrurgickal procedure becam the originall o ane legend anent Councillor Paterson. For he cam tae be associated wi the pelican, whilk feeds her young by latting thaim peck her breist and drink her bluid. Altho some say the allusioun is mear metaphor; that he acquired this emblem on account o his byordinar concern wi landsmen's affairs. In ony event, the bird is a fitting emblem, for she shews the impulse that gart Mister Paterson bide amang planters, suffering the same torments wi thaim.

That wes sae onlike the lave. Less than thrie hours efter I bled him, I wes procuring turtle banes for a broth fra Tam Grant, the flesher, whan wee saw Mister Jolly runn down the brae wi a swarm o planters bumming att his back.

Mister Craig, haen command o a boat lying att the jetty, wes away tae row ontil *Unicorn*, whan Mister Jolly cryed on him atour the beach.

'Haud back wi yon boat, son!'

Councillor Jolly wes dishevellit for want o his periwig, and trailing his jaicket in the dirt. He stoaterit alang als a bairn in a tantrum. He wes peching and girning under his braith, for his muckle feet trippit in the sand.

'What's wi the Councillor?' speirs Tam.

The planters lat up a chorus:

'They drave him fra Council.'

'Commandore Pennycook hes houndit him aff.'

'That isna quite right. He quitt on his ain account.'

'The Glencoe factioun is att the bottom o it.'

'A bluidy day by the luik o it,' says Tam Grant. 'Tho ane hantle o fowk may be blithe tae see the back o that mannie. I mind aince I haggit a sow for the fellowe; all I gott for my payns war twa trotters. Council is weel redd o the dorty slummoch.'

'What dae ye say lads?' he cryed. 'A bluidy guid day!'

'A guid day aaright,' says ane planter.

'A pluidy day wald pe right,' says another mair grimly. 'She'll pe luiking tae see how they dish out the peef, wi thon murthering swine running the toun.'

Even as wee spak, Councillor Jolly arryved on the jetty.

Ae dozen planters breenged forrard, their neives clenching various missiles they fand on the beach. In the midst o thaim, Mister Oswald wes venting his radge.

'Whan will ye pay for my sow?' he demands. 'Some pepill fare warse in this country.'

My hert gied a scud, tae see the misfortunate Councillor att bay, for he wes presst against the end o the jetty, and it seemed the puir gowk wes in for a drouking, or pelting, or warse. Sauf Mister Craige rowlit under the jetty in his lang boat. His crew loupit fra the boat in ae body, and stude att the Councillor's back wi fish gigg and turtle iron shimmering in their haund. He wes gotten on boord, and as they bent their back til the oars, the boat crew culdna suffer nae warse than a volley o shells and turds that war hoied in their wake.

Howsomever, he shewd nae gratitude for the boatmen's trouble. Nor couth he say naething ava, as they soomit away, even altho they pumpt him anent quitting the Council.

It wes night time afore wee larnt o the ongaens att Council, and we heard it fra Davie the gunner, whilk Councillor Jolly employd as his servant.

Davie's account o Councillor Jolly

Alwise ane hantle o planters foregaither at the Council hutt tae press hame their complaynts. This way the Cooncillors' ruminatiouns may become the subject o scrutiny, that in Mister Jolly's opinion isna quite pleasant. They prefer tae keep aloof fra the pepill they are designit tae govern. Things hae cam til sic a pass that the Commodore canna stap ashoar, bot keeping a gaird o his officers around him. Likewise Mister MacKay scurries in his tail like a pyet under an eagle's wing. Altho they pretend this gaird is a signe o prestige, aa the officers and nabs stick closs, als sheep luik til a doge whan the wolf begins tae howl. Sen I wes employd as Mister Jolly's servant, wee assemblit in the hutt: Councillor MacKay, Commodore Pennycuik, the secretary Mister Hugh Ross, their divers officers, stewarts and servants waiting on thaim att the bulwark; whan Mister Paterson arryved, like ane *hurricano* amang thaim, and the multitude o planters att his back.

'Guid day,' says the secretary, poising his quill ower the minute buk.

Mister Paterson tuk thaim in wi ane glisk. The scrivener presidit. Captain Pennycuik stude att the hatch, luiking down his neb att the toun als tho he soukit a soor ploom.

'Captain Montgomerie?' he speirt.

'He is indisposit,' says Mister Jolly, in a raither sweir tone, for he wes slumpt in his chair whether fra the effects o the heat or mear sluggardliness.

'He is on poord the *Three Sisters*,' says the scrivener radily.

Now Pennecuik shrugs aff his jaicket, tae threw it on his chair, alsweel his perriwig.

'Councillor Montgomery is on boord the Jamaican sloop,' says Mister Rois. 'He is waiting on Council's instructioun, lest wee request that he sail wi dispataches.'

Councillor Paterson taks his seat. The Commodore drags back his chair, straightens the perriwig, smoothes a crease in his jaicket, and sitts down.

'Lat us begin,' he says, rocking back on ane legg. 'The secretary may screive in his minutes, that Captain Montgomerie sends his apologies.'

Syne Mister Paterson fixes the scrivener's ee, determining tae ignore Commodore Pennycuik's bluster, and addresses him directly.

'Sen wee are quorate, Mister Preses,' he says, 'I urge yow tae open the meeting.'

'Whatna pusiness sall she pe pringing pefore us?' he says in reply. 'Suld wee pegin wi the maitters arising?'

'A fine president!' leughs the Commodore. 'Come away Mister MacKaw. A firm haund att the tiller.'

'Och sir,' he replyes. 'She wes mearly preparing the agenda.'

'Thair is some urgent business,' Mister Paterson putts in.

'She wald pe thinking, Mister Paterson is efter proponing a motioun.'

This way the meeting wes proceeding in the usual mainner. Ilka Councillor maun tak his turn in the chair tae be browbate by the Commandoar. As weel it is a maitter o routine that Mister Paterson seeks tae amend Council procedeure, or some poynt in its constitutioun. Thairfor naebody payd him nae heed whan he spak.

'The motion tae encrease Council,' he proponit. 'This hes been a bane o contention for some tyme. I sanna impress on yow the importance o adequate numbers in facilitating the right warking o government. Lat it be sayd, this is mair pressing than ever. First wee maun send Mister Cunningham hame wi news of our arryveall. Next, the loass o Captain Pincartoun deplepit us again. The Directors appoyntit seiven. And I prefer mair. Yet wee hae five.'

'Fower!' cryes Mister Jolly. 'Captain Montgomerie isna heire.'

'Wee sent for him and he says he's nae weel,' says the Preses, 'Tho he is still ane Councillor py right.'

'Thair!' rejoyns Mister Paterson. 'Our wark suffers by ill hailth alsweel. Sune wee sal chuse another member tae ship wi dispatches. These are considerable reasouns tae elect mair. Some haif sayd this Council is an amphibious creature, componit o seamen and landsmen. This wes verra weel att sea. Tho I say wee ought tae become mair o a land animal now. That Council suld mak a right government ashoar; als weel by electing mair landsmen, as by granting the planters their freedome tae establish ane Parlyament.'

Siccan proposals tae encrease the Council culd provoak noght but a snork. The Councillors hade heard thaim afore. Whairas the mear mentioun o ane Parlyament made thaim uneasy. By the Company's bond, the planters war obleidged tae sarve for three years. Tae grant thaim freedome now may be considerit extravagant, for they maun get their full use o thaim. Forbye they war aweir o introducing democratic government, that might enfeeble the Colony att this perillous tyme.

Now Councillor Jolly reacht in his pooch for his snuff box. Mister MacKay gliskt att Captain Pennycuik, tae discover what way tae preside. Whairas the Commadoar leant forrard, placing ane elbuck on the table, and stroakt his chin atween thoom and forefinger. He wrinkelt his brow, tae shew he is mair rady tae listen than speak.

'Wald ony pody pe wanting tae saicond the motioun?' the scrivener says. 'It hes pene proponit wee lat landsmen luik til affaires o the land. Lat seamen luik til the sea.'

'What?' says Jolly att last. 'This canna be right. Na?'

Syne the Commadoar brushes him aside lyke ane troublesome gnaff.

'I saicond it,' he declaymis.

Mister Jolly glisks fra tane face til tither, like a bairn trickt att piggy in the middle.

'Wee maunna breenge in,' he greets. 'Can wee pass sic a motioun whan Captain Montgomerie's nae present? Are wee quorate ava?'

'Wee can, and wee suld be dune wi it,' says the Commadoar. 'Or else wee are stuck in this infernall hutt aa day.'

'I wald juist speak my piece,' wheenged Mister Jolly.

'Weel, mak it quick. Wee sal pe wanting tae elect new Councillors now.'

'Aha, that's what I'm getting at.'

'What he means,' scoffs the Commadoar, 'is that Council staunds tae be cowpit.'

'Ay sir,' gasps Jolly.

'And yow maun cairry your share o the wyte. Wee wald never gotten in this fankle, an ye lat us redd out the Drummonds att Madeira.'

'Yow wald pe steering us away fra the maitter in haund,' the Preses interponit sen things grew het. 'An ye permitt him tae speak, wee sal pe dune a lott suner.'

'Thank yow chairman,' says Jolly. 'I can lead twae objectiouns agin this proposal. On tane haund thair is the principle o government. The planters war shippt heire tae sarve for three years, nae tae form parlyaments. Next, in Council fewer members mak mair menseful decisiouns, or alse thair is mear argle bargle. Forbye, it saves expenses tae employ less.'

'Is that it?' speirs the scrivener.

'That is tane. Tither is that wee canna decide whan Captain Montgomery isna heire!'

But Paterson submits that the questioun hes bene putten aff lang eneuch and Daniel MacKay raises his voice.

'*Faire! Faire!* Wee can decide the day?'

'Wryte this,' says the Commodore. 'The motioun tae encrease Council is passt.'

Mister Rois wes away tae put it in the minutes whan Jolly rase, upsetting his chair.

'Mister MacKay!' he blusters. 'Surely ye canna support this ploy!'

'The Commodore hes gien his opinion,' says he.

'Weel, thon's a gey turnabout.'

Sen the Preses rebukes him for staunding.

'Ay, come alang wi us,' says Councillor Paterson. 'It's greed now by Council.'

'It may be greed by the Council,' he says. 'But never by me. Putt that in your minute, Mister Ross. I sanna sup fra the same stoup as a Drummond. Na sirs! Alse Council is cowpit by the Glencoe cronies, and I canna thole that, sae lang as I sitt on it.'

'Will ye pe sitting ava?' says the Preses. 'This isna the place tae pe plustering heire.'

'Na na,' he cryes. 'Pick your land animals. Ye winna find nae landsman that isna thirlt to Tam Drummond. Chuse thaim an ye list. I canna be airt nor pairt.'

Syne the scrivener spak in his ain leid, '*Tha an truaight ortsa* Maister Jolly.'

That is his way whan he taks the strum. Our auld Councillor wes stooping tae pick up his jaicket whair it hed gotten taigelt in his chair whan he caaed it ower. He wroght it lowse but fand his periwigg stuck fast aneath the legg o my chair. Whan I ettelt tae assist him, he mearly skelpt me about the lug.

'It is within the pouers of our constitutioun,' Mister Paterson assures him.

'Constitutiouns be damnit,' he says.

Whairon he spang out the hutt, and rann down the brae als fast as his creishy limbs culd cairry him. Outside the planters brak out in upheaval. Some war for cheering him on his way. Some follaed tae jeer and fling aiths on his bare depairting pow. The lave wald bide tae hear what way Council proceedis.

Likewise I remaynit, for I wes aweir o being seen in my maister's company efter that stushie. Tho tae gie him his due Mister Jolly wesna wrang. The Councillors chose their new members, being Captain Thomas Drummond and his friends, Samuel Vetch, Colin Campell and Charles Forbes. Syne our Council wes cowpit the day, right or wrang. The hail jingbang are in wi the Glencoe factioun.

Wee discoursit upon this whan wee sate on the haulf deck yestreen. Mister Jolly kept company wi ane bottle o brandy in his cabine. This morning Council dispatcht orders tae careen *Unicorn*. And finding naewhair tae bide, nouther on boord her, nor on shoar whair he is walcome als ane slug in a kailyard, Mister Jolly flitt on boord *Three Sisters*, whair he ettles tae ship out wi Captain Montgomery for Jamaica.

Some are rady tae declare in favour o the cowp. They trow it is an impruivement in our affaires: that Thomas Drummond might shak up the settlement; sune wee might chuse our ain Parlyament. Others jalouse noght can change: that freedome means littil for men wi toom wames, a Parlyament nae mair than a polite way for nabs tae puff thaimsels up; that it is mearly for owsen tae change ane yoke for another. Whether New Edenbourg sal fare better or warse wi the new Council, I canna right say. The Commodore seems tae be floatting on an ebb tide, and the sea gate is open.

Lat landsmen luik til the land, is the common refrain, Lat seamen luik til the sea.

What fasht me maist, as I leant on our starboord rail that night, wes the byordinar plott tae runn aff wi the flagship. For the Commandoar's behaviour in Council seemed tae confirm his pyratickal designe. Naething culd be better componit tae provoak disruptioun atween his command o the fleet and Council's government o the Colony.

On tane haund, Council may salve the cleavage atween sea and land, by presenting the Drummond brothers wi ane considerable locus o pouer tae unite seamen wi landsmen. On tither, this risks banishing Captain Pennecuik ayont the pale. An he wald sett out on his ain account, tae robb him o influence wes a disastrous and ignorant folly. It wes plain tae me than, that Jolly hed never dune naething tae mak Council aweir o his ignoble designe, and that Councillor Paterson made his proposal in compleat innocence o this danger.

Thairfor wee are scupperit, and Councillor Jolly maun quit us on boord *Three Sisters* or his errour is discovert; als a rattan depairts a sinking ship.

Thir thoghts war aa sooming around in my harn pan. Nouther wes Mister Craige able tae mak sense o it. Even altho I confidit my fears in him, aa wee culd see wes mirk and confusioun. I thoght on the disaster o time-sooming, whatna mistakes I made sen I landit in this horribill place. Aathing seemed for naething: whether squid-baiting, or quack shaws; als weel bleeding as refusing tae bleed. My hail life wes noght but ane preposterous presumptioun. Yet aince I culd enter mysel, I might whummel the course o history.

What braw conceit! The Prime Directive. An I culd hauld sic pouer in my haunds, wald I be twined fra the anerly persone whilk means mair than the warld asides?

I luikt on this dismal warld fra the rail; our stern lanthorn a mear distortioun in the blink o an ee. The starn abune grew haloes, tae skinkle in shadowy light, alse play in dark ripples on the watter. Aathing wes obfuscat by bleak vision. A swelling uprase in my thrapple, a sough in the air gart me rubb my cheek tae taste the saut savour o teares.

Atour the bay, cam the plash o ane paddle, and a *peragua* soomit aneath our boughs. I jalousit they war Cuna, trading in plantans or bush meat. Tho their musick wes a smirr o sound on the still air. Ane memory, immediate as alse distant, fra tyme and space. The *peragua* passt alangside att fower fathoms. Sax warriours war paddling wi lang sleekit stroaks. A seiventh man sate in the prow, playing upon a bamboo flute. This way they progesst, reaching the stern.

What war they about att siccan hour? What gart thaim row sae closs?

Aawhair wes calm. Yet the thin flute never diminisht entirely. It continewed, and grewing againe in volume. They war turning widdershins about, tae soom alangside us again. This time, as they approacht, the flute wes joynit by ane saicond instrument. Harsh, and uncertainly the twa Indians begouth tae play.

The tune they played wes *In the Mood.*

'*Hombres!*' I cryed. '*Bidama foquah?*'

'God damn you!' the flute player reponit.

For a jape the troopers att Pink Poynt are wont tae larn thaim this blasphemous greeting, and sure thaim it is the maist polite way tae address Christians.

'Gode damn yow als weel,' I threw back.

They broght their vessel to a deid lift att twa fathomes, and gied ower the musick.

'*Quién es?*' I speirt thaim.

'*De Capitán Ambrosio.*'

'*Qué quieren?*'

'*Buscamos el médico.*'

'*El chico del médico. Señor Willy?*'

'*Eso soy,*' I reponit. '*Qué pasa?*'

'*Se pasa bien.*'

'*Entonces, quién ha los mostrada esta música?*'

'*Poona!*' cryes the saicond musician.

He leant ower the side o their *peragua*, tae hoi his answer on boord. It flew up in an arc, and cam in my haund als tho attacht by ane threid.

The messengers hed flitt or I saw their *peragua* again. Rubbing the smooth shape atwixt finger and thoom, I turnit it about in my haund. Sen I rase it up to my mou, whar I culd nuzzle it, warking my tongue in the wee bowl. My een war befuddelt by what laye in my loof; heavy and warm, the mouthpiece o Henri's trumpet.

PART III

Wherever Freedom Lives

Thi sea's whaur narratives gae blind
and sangs are jugged and stories brined,
whaur saga-wurms stert tae unwind:
the sea's the place
whaur gin ye tint track o yir mind
ye'll find yir face.

W N Herbert, 1996

CHAPTER I

I FAND THE CHYRURGEON grinding salt petre in his mortar. About him war arrayed the bottles and phials, containing various oyls and compounds. Ane candle spreid its orange lowe atour the brod, peynting the side o his face.

'Doctor McKenzie,' I sayd. 'I hae a notioun tae visit the Indians againe.'

Turning, he presentit me his pestle.

'I wald sail wi the turtling boat,' I proponit. 'I might be away twa nights, and meet thaim whan they retourn. I can bend my back til the oars. I needna be a burthen ava.'

'Wald ye be seeking remedes fra the salvages?'

'Ay sir. I wald be seeking remede.'

'What ails ye son?' he speirt, raither abruptly.

'Naething! Why, naething ava.'

'Sit down, Mister Budd.'

I cast a gley til the bunk, whair he wald urge me tae sitt.

'Just a notioun,' I sayd.

'Aften wee neglect the emotiouns,' he declayms. 'Whairas our bodily hailth is affectit by externall factors, that are the non-naturals, alsweel certain disturbances affect our animal spirits. Dae ye ken what I mean?'

'Ay sir. The *spiritus animus*. Ye're alluding tae Doctor Hoffman's *Fundamentae*.'

'How are your studies progressing?'

'Nae bad.'

Aneath his glower, I maun contemplate the dry tomes he gart me digest, and compare thaim wi the stuff I fand mair appetising; the buks Tam Fenner left me, that are poetry and the classics, alse modern treaties on philosophy and politickal oeconomy. Yet I wes aweir he may jalouse thir dabblings are onsuitable for a chyrurgeon's mate. Sen I culdna represent aa my studies, I gied him a shrug tae shew the learing wes a trauchle for me.

'Sometimes,' he continewed, 'wee are sae thrang in performing our clysters, dressings or plaisterings; that wee are less mindful o discovering the cause o disease.'

'What like?'

'Weel, als I sayd: emotiounal disturbances; sleeping and rest. Dreams.'

'Dreams?' I gied back.

'Or deliriums, that men are apt tae endure. They are ane symptome o fever.'

'Na na! Naething wrang in that department.'

Replacing his pestle in the mortar, he made a bitt grating sound. Wax spatt abune the pewter candlestick, while outside the lift grew pale wi the rising dawn. Throu the narrow pane, a gannet wheelit and tummelt. He wes pouring the pouder throu a paper cone into a bottel, sen he scrowed aff the lid o a stane jar, tae tip mair salt petre in the mortar.

'Mind and lat me ken, eh?'

'Ken what?'

He gied me a smile, that wes als weel encouradging as condescending.

'Dreams and siclike. Are ye sleeping a lott? Mair than usual?'

'But,' I exclaymit, 'can I gang uponland?'

At this he grew annoyd, brandishing his pestle, and spak wi a quiet jalousey.

'I dinna ken whatna cantrips this is, consorting wi Cuna. I gied ye leave aince, sen ye're a lad o enquiring mettle. But aince is eneuch, tae putt ye on the right course. Thair is noght tae be gotten fra thon airt. Retourn to your buks an ye seek remedes.'

'Sir,' I replyed. 'As ye tellt me yoursel, tae dae naething can be aamaist murther.'

'What is the best course?' he sayd. 'Tae keep ye heire, whair ye might be some use? Or lat ye away, and be shortt o ane mate?'

'Verra weel. I sal speir o the Captain, and sail as a turtler.'

'Captain Murdoch is in nae position tae help ye.'

'He seems in a bitt better positioun than yoursel.'

'I needna mind ye o your band.'

'Na sir,' I sayd. 'Siccan bands can be brakken.'

'Are ye onhappy wi your wark son?' he says doucely. 'I grant it can be a scunner. But at least ye can get out and about. Ye're nae coopit up aa day, like the seamen.'

'Ay, an ye lat me. An ye dinna, Ise speir Captain Murdoch.'

'Wha kens whar wee gang?' he cryed on a sudden, slamming the pestle in his loof.

'Gode knowes sir,' I greed.

'I canna permitt it.'

Als weel fra his seething mainner o speaking, as the veins staunding out on his neck, I wald say he wes affectit by a non-natural disturbance, that is an emotional upheavall.

'Thair sal be nae mair turtling. Nor biding on boord for a spell. Council hes orderit the ship beacht, that Captain Murdoch canna thole for some reasoun. He hes resignit his command. Syne wee hae nouther Captain nor turtling crew.'

'What than?' I askt him. 'Yow ken I maun gang ashoar.'

'The Council canna thole aabody tae gang traipsing about the place whan the threat o Warr hangs ower our heids,' he says. 'Tho thair is ane hantle o troopers that bide att Pink Poynt. They are patrolling the forest under Lieutenant Turnbull's command. His is the maist gadabout company wee hae, and weel acquaint wi the kintra.'

'Are they haill?'

'It is hard leeving outbye. They ship back ane corp now and nans.'

'This is intollerible!' I proponit. 'That naebody luiks til their hailth.'

'Indeed it is,' he replyed, thumping the salt petre maist hertily.

I shippt out for Pink Poynt or the noon gunn brist the air. The boat wes piled high wi firkins and watter tubbs, alsweel ane barrel o pouder and tow.

While I wes treating his troopers for boyls, bites and

toothache, Lieutenant Turnbull discoursit upon conditiouns on the landward side o the bay.

'Wee are the best fed in New Caledonia,' he says. 'Indeed this is paradise on earth. Gode provides us als weel wi peccary, papingo and jackanapes for meat; as potatoes, bonanoes and cocoanuts for breid. I can say wee are the maist hailsome company ashoar.'

Sen he speirt me anent ongaens att Council, that I culd dae my best tae satisfy him.

'Excellent!' he proclaymit. 'Things can rowl on apace, now wee are in chairge o affaires. The auld Council wald alwise luik til the sea, and neglect aa the riches ashoar. Yet thair is wealth in heire for the howking, an we mak inroads wi our allies.'

'And how is Captain Ambrosio?' I sayd. 'Haif ye sene him at aa?'

'Nae for ane moneth or mair. I hed a mind tae drap by him or lang.'

'Perfect!' I culdna help but exclaym. 'I hed the same notioun.'

'For medicinal herbs?' he jalouses. 'Your friend Captain Pedro hesna been seen for a spell. I dout that stramash in the banano walk turnit him blate.'

'Couth he juist vanish like?'

'Ye waldna trow. Thir fellows can vanish aneath your neb, in ae twinkle. His entire village is gane, als a puff o tobbacko smoak in a *pow wow*.'

'Thair's nae Spaniards heireabout tho?'

'Thair's nae a blew jaicket this side o the *Cordillera*.'

'Nae hazard in the forest?'

'Except insects and animals, that wee are used wi. The Cuna may be aawhair, and us never glisk thaim. But our patrols wald find Spaniards. Else our allies inform us.'

I wald speir him anent sorties, tho the prospect o a strenuous mairch made me blate. It wes dark or the lang boat wes ladit wi watter for the ship. Now her helmsman cryed on me tae boord her. Yet wee still hedna reacht ony conclusioun. I wald even threwn ower my notioun o stravaiging ashoar, whan the Lieutenant drew me back att the bank o the river. Sen, pushing aside some busses that grew thair, he discoverit ane *peragua*.

'Captain Andreas sold it me,' he chappit his neb. 'For linen. Nae a word mind.'

This canoa is wroght from ane tree trunk be hatchet, fire and matchet, and als suitable for inshoar transport as ony Company lang boat.

'Trade!' he gaed on. 'That is the key, als Mister Paterson is ayewise sae thrang in saying. Tho aften the Company can putt a damper on things.'

'I wald never be the man tae condone interloping,' I sayd. 'Nor tae contemn ony trade whatsomever. Tho I am inclined tae hae a wee shott o thon boatie.'

'That is an admirable display o your devotioun tae duty,' he sayd. 'My men might lye seeck in the forest for days att a tyme, and us never ken.'

Syne wee sent word til my chyrurgeon by the watter boat, and shippt out afore dawn. I culdna tell the Lieutenant, nor his thrie troopers that shippt wi us, my real designe. Least they becam airt and pairt, I lat thaim trow I hae leave tae seek remedes.

Wee made guid progress the first day. Snooving away down the inlett, wee stude aff in the bay till wee cleared the sea gate, whair the calm watter belyed *Zantoigne's* wrack that laye aneath our passage. The weather began still and smirry. In the forenoon a stiff breeze blew up, pushing us on the shoar, whair wee war att payns tae avoyd running amang the thick mangroves. Aawhair is a great profusioun o monstrous trees, bearing leaves upward o ane ell in length. Their ruits anchor thaim in the verra sea. They grew sae impenetrable that nae mooring can be fand als far as Gowden Island.

In the lee o this archipelago the wind blew on our backs as the coastline drew us round. Wee made excellent time, reaching *Islas des Pinas* in the early afternoon. Coming about than, wee pulled the *peragua* ashoar and threw oursels down on the beach. The

Lieutenant brak out a caskette o Madeira, and venison prepared in the boucanier mainner, that wee ate wi some biskit and *mamatrees*. I wes blithe tae kipp out in the shade o a palm tree, while Mister Turnbull gaed hunting pineapples. This made a refreshing end for our repast. They are the maist delicious fruit in the Indies, haen a taste somewhat atween an orange and a peach, or alse ane thousan flavoursome fruits. Wee kept severall for the voyage, that wee scofft or wee arryved att *Rios Bononos*.

Heire wee encampit the night on a key, feasting on seafare that ae trooper catcht by feeling thaim in the shallowes wi his taes. This *conch* is really a sea snail, yow can bake in their shell on the fire. Thair is a slimey stuff ye scrub aff wi sand, and wash it. Ilka *conch* yields ane pund o delicious meat. I kept ane shell for curiosity; it is in my pack as I wryte.

Captain Ambrosio governs this entire country. Thair is alsweel ane Captain Brandy, tho whether he really bides here is dubious, als are the circumstances o Captain Pedro and Andreas. Whairas wee culd treat wi thaim when wee arryved, the Lieftenant hesna seen sight nor sound o thaim in ower a moneth. Some say Captain Ambrosio drave thaim out, for they war never the best o friends. Alsweel thair war some Spanish monks, biding on an island closs-by, that Ambrosio hade killt. Whan I heard this, I jalousit it wes mear mischief making. Some pepill mayst wyte Captain Lang. Tho whilk persone wrocht this misdeed, by attaquing the monks, alse gart his warriours attaque thaim, is a littil mirky tae tell.

Farther alang the coast, it is sayd that some years syne Capitán Corbet wes cairryed aff for ane slave by *boucaniers*, and imprisonit in Jamaica. He forloupit wi a French privateer, whilk broght him hame til his country, abune *Rio Concepcion*. Now he is in the Spanish interest. Lieutenant Turnbull culd recount siccan tales whan wee laye aneath the starn att the key, being satisfyed wi wine and guid victalls, that kept us haill throu our laborious journey. He wald even repeat ane tale o King Panco Rosa, the notorious Indian tyrant, that wee heard or now. Tho I canna say whether this is history or mear legends, the Lieutenant hes a maist thorough intelligence o this country, haen acquired the Cuna leid. Tae hear him prattle away, ye might think him a native.

Next day wee tuk biskit and venison til our breakfast, and gott under way. In an hour wee reacht the same bay that wee soundit whan wee cam by wi Commandore Pennecuik. Now the Lieutenant, and his troopers, wald indicate places o interest as wee progresst.

'Att the heid o this bay lyes *Rio Bononos*,' he remarkt. 'Neist up the coast is *Rio Mango*, *Limons* Kay, Isle o *Tupile*, Monkey River, and some places I canna mind.'

Ae trooper says Captain Pedro is mairriet on his ain doghter; that his pepill think naething o this, yet they mak amends by remuiving bairns gotten this way, and bury thaim alive in the sand. This is ane horribill custome, tho the Lieutenant sures me thair is nae sooth in sic ill speak. Efter this, they passt the tyme wi tales anent Doctor Wafer and Captain Dampier. They shewd divers landmarks, saying this is whair the buccanier chyrurgeon careenit his ship. Alse, in that littil bay, ye may see marks on a rock whair the pyrates sharpenit their sabres afore they traversit the *Cordillera* tae sack Santa Maria.

Alsweel they wald represent how the countrey might be used.

'Turtles laye eggs in that bay,' says ane fellowe.

'See yonder craig,' says another. 'Abune ye may find ane howe whair the soyl is sax feet o loam, sufficient for severall planters tae raise cocoas.'

Or in another place: Heire is a banano grove clossby.

Again; This river is navigable for fifteen leagues. Wee might use it tae ship timmer, or gowd fra the hills. Uponland a burn flows yellow whan it rains on the heuchs.

Next this sentinel culd mak baggarty accounts o sorties he made.

'This is whair Captain Andreas's women come down tae bathe,' he sayd.

Syne he gied me a saucey wink, implying he kisst thaim, alse shewing by signes how he culd kittle their paps, that are the same shape as mangoes, and sweet as honey.

'Ken what I mean?' he sayd. 'Wee fouterit thaim aa day.'

Whairon the Lieutenant fellt obeidged tae bandy him about.

'Noght o the kind occurit,' he sayd. 'Wee are aa decent Christians in my Company.'

I later grew tired wi their banter, and it wes a relief whan wee reacht *Rios Cocos* in the forenoon. My airms seemed hinging aff my shouthers fra paddling, my dowp an agony fra sitting sae lang in the *peragua*. It wes a walcome change tae walk upon *terra firma*. Wee left our gear on the bank, cairrying anely what wes needcessitous for safety. Tho I needna descreive the way, for wee cam ower this grund wi the Commandore's diplomatic venture. It is eneugh tae say that wee maircht in guid order; and my spirits war raised, als weel by our quitting the *peragua*, as the prospect o finding me remede.

Whan att last wee approacht near the village, twanty warriours discoverit thaimsels amang the trees round about us. Ane fellow stude forrard in the path, presenting his lance. He ware a blew bunnet; att his side a handsome dirk. He tuk aff this bunnet, sweeping it down wi a flourish, tae stap back on ane fuit. Sen he proncouncit his greeting, wi considerable aplomb.

'Yow can crap in your hat and wear it backward.'

Bot blinking ane ee, the Lieutenant reponit, 'Gode damn us aa an wee canna.'

He efterwards discoursit in his ain leid, and despatcht his friends tae fetch our gear fra the inlett. In the meantime, wee maun bide thair till Ambrosio cam up. He ware his whit robe, ane pistole att his side, wi a gaird bearing lances decorit in saltires.

'*Señor Turnbull*,' he sayd, shaking the Lieutenant warmly by the haund. '*Bidama foqua. Bienvenida.* Walcome. *También sus amigos.* Friends. *Andan con nosotros.*'

As wee follaed him intil the village, he sured us a feast wes being prepared, that he foresaw our arryveall in a *pow wow*. Nanetheless, aa wee hed til our dinner wes plantan. The Lieutenant accompanied him tae luik ower some gear they wald trade, that is the cloath his friends broght up fra the *peragua*, and the casket o pouder.

Umwhiles he sayd I cam heire for herbs, and I wes presentit to thair physician, wha tuk me in a hutt tae demonstrate various concoctiouns. These are a sortt o Jesuit's bark, that is useful for fever. Alsweel ane leaf they cry *pareira brava*.

He shewed me by signes that, I thoght, It is useful for constipatioun.

I replyed wee hae nae use for it; Quite the reverse, for wee are loose in the bowels.

Sen he culd mak it plain, by pretending tae piss, that it is a diuretick.

'Aha,' I sayd. 'Wee might use that right eneugh, tae help in expulsiouns.'

Next he enquired anent our maladies, that I gied some account of.

'*Hay muchas enfermedads*,' I sayd. '*Hay muertes de fiebre, y diarrea.*'

'*Dios mío!*' he exclaymit, crossing his breist in the papish mainner.

Seeing my necklace, that I gade gotten fra Pedro's physician, he sprinkled some dryed pepper on the fire and begouth mummeling in his ain leid, that I jalouse is an incantatioun.

'*Icho*,' he says. '*Ca. Poni. Ina tuledi. Es médico?*'

'*Más o menos. Soy el chico del médico.*'

He luikt til me clossly, als tho forming a questioun in his mind. Sen he waggit his pow, and gied a tut-tut, shewing he ettelt tae shak some words out o his harn pan.

'*No hay palabras*,' he sayd. '*Nada más. Falto palabras.*'

'*Busco Henrietta*,' I reponit. '*El jugador de la trompeta. Entiende?*'

I made a tooting wi my lips.

'*La muchacha!*' he cryed. '*Señor Willy?*'

'The young woman. Ay.'

'*Se llama Enriet?*'

'*Bravo!*'

'*Es muy bravo. La muchacha piensa es un hombre.*'

'*Exacto. Conoces?*'

'*Sí sí. Ya no esta aquí. Fue de caza a las colinas.*'
'*Cuándo volvera?*'
He gart me luik att the sun and shewed me by signes, thrie o'clock.
'*Sí? Fue de caza. Fusilan. Bam bam. Los cochinos. Warree. Papagayos. Bam bam. Cazan los simios. Mucho bam bam. Banquete grande.*'

In the afternoon, I fand my skills war in demand. Mainly I wes employd in lancing boyls, tho several wisht tae be bled. I wald decline, being unacquaint wi their conditioun. Nor culd my puir grasp o their leid help me diagnose their maladies. Sen I maun desist fra bleedings, as alse cuppings, that they express an enthusiasm for. Tho I tuk aff a couple o gills now and nans, tae shew my skill as *el chico del médico*, as I am yclepit.

This evening the troopers war sarved round a pot o *mischlew*, attendit by severall young lasses, that greatly encreasit their pleisour. I wes away tae joyn thaim, and reemaging in my knapsack for a mutchkin o brandy, whan the hunters rowled in.

I culd scant tak my een aff Henrietta, her transformatioun wroght sic an enchantment on me. Her hair wes tyed back wi a band. She ware her sark lowse; open att her breist, and kiltit round her thighs. Her feet war bare, tho her limbs war smoorit wi oyl. Ane cheek wes peyntit wi a pictogram. Around her waste, she ware a belt o hawser that wes slung wi an assortment o fowlis and papingoes, their heids dreeping down til her calf, and smooring her ankles wi bluid, that mingit wi ochre.

'Ye cam,' she sayd, slinging the game in a heap on the grund.
'Ye're luiking weel,' I sayd.
She led me away, and pusht me in a hutt. This wes toom, being furnisht wi matts and hammocks, sen aabody gaed out tae walcome the hunters. A lamp smoutherit on a rafter. Her trumpet laye on ane hammock. Fummeling in my pooch, I pickt it up and presst hame the mouthpiece.

'What way culd ye come?' she speirt me.

'Wi shoon unbuckelt, and tousie pow. A dishevellit counte-nance, and waeful ee.'

I turnt til her than. Aneath the lamp, she stude wi breist heav-ing and the warm russet colour about her. Now her hips war mair round, her paps mair full, her limbs mair fleshy and curvaceous. Tae think aince she wes noght but skin and bane. Wanting words, I gied her the trumpet, that she placed on the flair.

'I wes feart ye war tint,' I sayd.

'Here I am.'

'Hail and herty.'

'Hail, sauf my hert.'

She presst my haund on her breist. I culd feel her hert pound like a forehammer aneath her ribs. In ane instant I thoght o the Prime Directive, and the Hippocratick aith. Sen I forgott thaim. I kisst her lips, and slippt my haund aneath her sark, finding her nipple als hard as ane grosset atween finger and thoom. My cock presst the fabric o my breeks till I thoght it maun brist.

'Whan I shippt out,' she sayd, unfastening me. 'For the first time in my life I fellt the power breeks gied me.'

'Aha,' I reponit, my mou fixt on her pap, and tither haund slipping atween her thighs.

'Now!' she sprang out my yard, taen my chuckies in haund. 'I dout thair is mair pouer in nane.'

I entered her than, first wi my finger, snooving alang her maist sensitive poynt, and sliddering atween her cunny lips. She cowpit me ower the hammock, and sleekit me in.

She embraced me compleatly, happing her feet round my thighs, and clasping my back wi her haunds, gart us unite what hed lately bene apairt. Thrusting against our hempen swing, I fellt a great passioun surge throu me, and ettled tae win free o her grip, be pressing my fingers amang the hammock's weave, and scarting my feet on the yird. Att this she grew hotter and, seeking my mou, twined our tongues, whiles jirging and girning aneath her braith. Her een war bleezing as ane hellicat's under the furrow o her moistening brow. Now I maun push away, coaxing her by kissing and sooking and chowing her paps, till I withdrew att the critickall moment, bathing her warm belly wi my seed.

She drew me til her again, cowping us on the flair, whair she clencht my haunds, streiking me out on my back. Bot resting ane instant, she knelt astride me, glistening. Her fingers warkt dexterously, and loyering her down, she begouth tae caress me mair gently, enlarging and rechairging what hed bene spent. I liggit on the flair aneath her embracing thighs, als weel satisfyed as thirsting for mair. The braith rusht in my mou as she bent ower tae kiss my lips. I rubbit her wame, anoynting her paps, and teasing their poynts till they war hard as rosebuds, als bigg and sweet as loganberries. Still she continewed forrard and back, and joyning me wi her rhythm, till wee becam als ane persone floating on a swelling sea. Whan she knelt up again, she culd pleisour us baith. Sweit droukit her brow. Her breist wes whit as snaw amang rivers o amber. I presst my thoom in her navel, stroakt her hair, kittlet her sleekie poynt and lickt her lips as she swithered and cam. I rowlit her ower, thrusting inside, searching deeper amang the miraculous saft fastness o her wame, fand destiny att last in that byordinar unity wee can annerly seek tae express in sic momentary outsplairge o delyght.

Forfochten, wee spelderit on the matt, aneath ane chirruping sough in the tropickal evening. Presently the air wes fillt wi voyces as our hosts prepared their feast. A fiery lowe fand chinks atween the bamboo tae smoor the dim lamplight.

I taigelt ane finger in a stribble o her hair.

'Hungry?' she sayd.

'I'm famisht.'

The creishy burnt smell wes filtring throu the waas, as she rase up tae fasten her sark. Still her legs war smoored wi ochre. I fummelt wi my breek.

'Ye never sayd how ye cam here,' I sayd.

'Sune efter wee flitt,' she says, 'wee war bubbening alang, downhaulden by contrarie winds, sae that wee culdna gain thritty

leagues in ane day, whan the breeze blew us back again. I thoght
til mysel at night, How culd ye ship out, and leave Billy alane?

'Syne I slippt ower the gunnel, sooming on boord a *peragua*
that wes keeping our company. Att first I tuk him for ane friend o
Paussigo's, whilk bides in the Gulph, and sayd, Wald he fetch me
back on boord *Unicorn*? Whan I discoverit they are Captain
Ambrosio's friends, I speirt him, how far is it hame?

'*Tres dias*,' he shewed me by signes, that three munes may pass
or wee retournit.

'Verra weel, I considerit, three days till wee reach *Caledonia*.

'Yet the morn's morn, wee stude aff att the seagate. I jalousit
he meant *tres dias* til his ain hame. On a sudden I grew fearful
least the Company treat me as a deserter. What wald ye think o
me? Tae ship out and leave yow alane, retourn as a forlouper
fra Captain Pincartoun's command. I wes that fasht wi running
away, and running away twice, that I continewed on boord the
peragua.'

She wes fastening her sark, and smiling, sae that I remarkt a
distinct skinkle in her ee. Alwise, I thoght, heire wes Henri aneath
her disguise, waiting tae lowsen hersel. Henri, I culd alwise love
ye; first ane trumpeter lad, next my backfriend on the gunn deck.
Even mess buddy, losst sister, cast like a tune upon time's explo-
ratioun. Whether ye war camsteery or blate, rebuffing or alse wal-
coming in your airms. And thighs.

She wes slipping her legs in the fresh linen. The creases shewed
they hade bene happit in her bundle o claes.

'What?' she sayd.

'The breeks. Henriet, I dinna ken ye nae mair.'

'Ye ken a deal mair o me,' she sayd, fastening her wasteband.

For ane instant, she discoverit her navel, and the pale round-
ness o her wame, that I maun touch it wi my palm, and wald slipp
my haund down tae caress her again.

She seemed fell, and I stoopit tae fasten my brogue.

'Culd ye hear that the *Dolphin* wes tint?' I sayd.

'Wee get a bit news now and nans.'

'I wes feart for ye.'

'I sent for ye.'

'Henri, wee sanna lat on about this. Whan wee gang back...'

Even as the words brak on my lips, I wes aweir, and luikt up.

'I canna come back,' she sayd.

She spak wi an assurance that shewed this wes her designe whan she sent me.

'Tae bide heire?'

'They will falt me,' she sayd. 'Captain Pincarton turnit around tae search for me. The wind drave her on the rocks. It is my wyte she wes tint.'

'Naebody knows.'

'Bide wi me,' she says, her een brimming ower.

'Wee can present thaim a different persone. Your twin.'

'Or a deserter.'

I stude up on a sudden, aweir o my hazard. Doctor MacKenzie greed wi me visiting Pink Poynt, in a loose kin o way. As days rowl by, sal he mak out noght is amiss, or report my absence to Council? What than? The jougs is a guid deal for deserters.

'They may arrest us,' I sayd. 'The Council canna thole us tae run abraid.'

'Weel than!' she cryed. 'The Company's band. Or a chance att freedome.'

'An wee gang back, they may gie us leave tae explayn our posi-tioun. An wee bide, and they come up wi us, they might hang us baith fra the mainyard.'

The fire wes bleezing in her een, als I mind whan she spak on the gallery that night.

'It's changed days sen ye flitt.'

'How?' she speirs, scornfully.

'It's nae sae bad now. The Council wes cowpit by Tam Drummond's landsmen.'

'Nae bad,' she luikt til me in exasperatioun. 'Thon murthering swine!'

'Ay, but aathing is rowling alang.'

'They are the same men. They are warse.'

'They might get better.'

'Whan our real chance o freedome lyes heire? Wee hae aathing wee need. Ambrosio lats me use this hutt. Next, he says wee can bigg a new hutt for oursels.'

She begouth tae annoy me. This wes an absurd propositioun, and her proponing it sae sudden, it seemed she hed gane gyte fra this roch kin o leeving. Tae mak treaties wi Cuna, even trade wi thaim, and mak allyances; sic relatiouns are proper discourse atween pepill and natiouns. Tae threw aathing aside, tae gang bide wi thaim, tho circumstances may be ever so pleasand att the outsett, wes mearly tae invite calamity. I suld taen her in haund than, and demand she retourn. But she hes a particular way o smiling wi her loyer lip, that gart me saften. I strade to the door, that wee might gie the maitter some sober reflectioun.

'Nouther trumpet nor breek gied me freedome as this,' she grat. 'An ye loved me...'

I stude on my heel att the door. Things war sae hett atween us, that hed lately bene warm. Yet how might wee mak aathing caller again? Thair seemed nae means tae navigate this disruptioun. Tears washt her een; I fellt my ain thrapple swell as I spak.

'I dae that. Henri. But.'

A compleat silence deavent the room.

'O Billy!' she blubbers. 'Can ye still hauld a candle for your Stonehaven strumpet?'

Tae be soothful, she wes att the back o my mind, tho annerly amangst the entire mirky business o time-sooming. Whatna future is mine, whan aa wes bye wi it? Tae bide amang Cuna. Whan I ought tae win hame, tae my ain proper time and place.

'Ye needna miscry her that way,' I sayd.

I stappit out til the fire, whair Robert Turnbull wes satten neist ane trooper. This wes the same trooper that culd boast anent his sorties earlier. Maist o the townsfolk war ben their hutts. Reaching in the pott att his side, the Lieutenant offerit me ane boul o papingo and *yucca*. The meat wes cuikit wi seasounings o herbs and peppers, that forms wi the juices ane thick sauce. I scoffit the meat hungrily, chasing it down wi *mischlew*.

'Whar's the lave o the crew?' I speirt thaim.

The Lieutenant flasht his eebrows att the busses ahint the chief hutt.

'Our friends are fond o that bevvy,' sayd the trooper. 'Tho whiles it canna quite gree wi thaim. They're away tae boak in the busses. Mind, a young lassie gaed efter. Ay, Mister Turnbull? I warrant theyse get houghmagandy the night.'

'Pipe down,' the Lieutenant replyes. 'They're baith upstaunding fellowes.'

The sentinel wes slorking fra his bowl, and gied a big belch.

'Upstaunning the now!' he sayd, als tho he hitt on an originall pun. 'They sal be dowsit sune eneuch, haen dischairgit their musquet!'

Att this he lat out an enormous guffaw, and slapping his thigh, cowpit ower on his side, whair he ettled tae stifle his leughter wi the dregs o his *mischlew* bowl.

'Tak nae tent,' says Turnbull. 'Whiles his fancy gets a hauld o him.'

'Alse wee tak a grip o our fancy!' he splairged.

He wes rowling sae closs, the fire singed his hair, filling the air wi a noxious reek.

'They mak up for want o pleisour wi banter,' I greed. 'I dout it is pairt o the sodgering life.'

'His pouder is damp,' the Lieutenant confides. 'He wald light it wi spunky boasts.'

'That's a damn lee!' cryes the sentinel, rising fra the ashes. 'I demand satisfactioun.'

Now the officer streiks his haund tae caa the legs fra under him. He faas wi a dunt in the yird, whair he reclines, oblivious to the wardle in his drucken stupor.

'Whiles ye graw tired wi thir sumphs,' he sayd. 'They forgett wee are ceevilized men. What wi stravaiging the forest amang salvages. They need a bit minding.'

'I daursay,' I sayd, tipping the stoup att my lip.

'Your hailth, Mister Budd!' he proponit.

Clinking our bumpers, he tuk back his brandy.

'*Slainte* yersel.'

He gied me a jalouse gley and askt, 'Dae ye find this place hailsome?'

'It isna haulf sae bad as New Edenbourg.'

'I mean Calydonia.'

'It is als hailsome as wee might expect.'

Doctor McKenzie hade sayd thair is a seeckness o the spirit, als weel as the body. That seems tae be att the tap and the hem o the prablems wee faced heire. Als weel various ailments war afflicting our private bodies, as ane malady wes manifest in our body politique. That nae maitter wha governs, onless freedome be won, and pepill be att liberty tae govern theirsels, siccan publique disease mayst remayn endemick.

'Culd ye find remede?' he askt.

'Thair are severall that may be useful, tho noght specific.'

'Wee suld ship out the morn's morn. Can that gie ye time tae discover thaim?'

I mearly waggit my heid.

I wes thinking o Henrietta's thrawn obstinacy. What daft notioun hed she gotten, that gart her bide heire? Wharas she may retourn on board *Unicorn* the morn.

The Lieutenant wald pump me anent ongaens att Council. Howsomever, I jalousit a partickular edge in his voyce, that made me aweir o his purpose in speiring me. Als weel I culd hauld back least I shew ony interest in factioun, as I suld prevent his discovering my trew motive for making this voyage. Eventually he grew short wi my reticence, and turnit in til his kip in Ambrosio's hutt, leaving the sentinel snoring att my feet.

I retired ben *Ina tuledi*'s hutt, whair I fand my journal in the haversack, and sate down by the fire tae mak an account o the voyage, whairof yow haif read.

Whatna future laye in stoar for us att New Caledonia? Wi

Unicorn careenit, and her crew brakken up. A new maister? An it wes a case o retourning to the way things war, I wald radily drawn Henrietta in my wake. Now I fellt aathing is quite blewn away. Als weel wi Captain Pincartoun's imprisonment, as Council's orders tae careen her, and now Captain Murdoch's resignatioun; the future for *Unicorn* wes mirky indeed.

Syne, Ballocks! I thoght, The future is plain. The entire jing bang maun come til a deid lift. The Colony sal be scupperit. An wee ship for Leith? What culd they dae? I dwallt on the auld crone I mett in the vennel. Ann Guidbody. Hes she the pouer tae guide me hame? Can a time soomer cairry passagers? It might be easier tae tak Henrietta hame than perswade her tae sail for New Calydonia. She tuk a right scunner at the mear name o the place. Yet what travaills can wee thole bot love's solace? I wald tak her away til my wardle. Better rowl forrard nor bide amang Ambrosio's pepill.

Thair wes nae poynt getting in a strum about it. Efter our tempers abate, wee mayst see how reasounable this is; that she is actually mair marvelous than I culd credit ava. Her verra disguise seemed brazen and obvious. Even altho she ware breeks, it wes remarkable naebody jalousit her. How culd she accomplish sic braw deceptioun? What drave her tae try? Nae doubt an adventuresome mettle possesst her. Tae defy the confines o her sex and ship out as a trumpeter lad. Likewise she might embarque as a time soomer. She sayd breeks gied her pouer. Tho she follaed an anorexical dyat for fear o discovery. Fra being sae waeful and thin or she gaed on board *Dolphin*, in thir weeks she wes grewn buxom. I fellt a ripple o the passioun that cam ower me in the hutt. This tyme it urged me tae gang til her, hap her in my airms, tell her aathing sal be right. But I wes aweir o the difficulty in perswading her tae comply. She never fell in wi my plans or now. Why might she follae me til New Calydonia, that is sae detestable til her?

The page o my journal laye whit upon my lap; the littil pencil stubb grewn short fra chowing. What an onaccountable morass, I considerit, haen broght mysel heire on boord the *peragua*, and mett up wi the hunters. Next, I hade wryten a bitt about *pareira brava*. Wee tuk papingoes til our supper, I putt on the damp paper.

They are alsweel delicious as hailsome, tho a littil teuch. Haen made severall discoveries o remedes, and the Lieutenant performing ane successful embassy wi Captain Ambrosio, wee sal embark for New Edenbourg the morn's forenoon.

CHAPTER 2

EFTER ANE FORTNIGHT, Ambrosio sayd they suld big us a hutt, and employd some louns tae clear ane bittie grund, that wee might plant maize. He consideris wee are mairryit.

Att first I wald ettle and perswade Henri tae retourn. She made answer by shewing me the use o lances or her skill wi the bow and arrow.

Next, I might dander on the shoar, scanning the waves for a lang boat.

'What are ye feart o?' she whispers.

Altho I reproacht her for leeving this way, I dayly grew tae like it mair. Wee spent our days hunting, or planting *oba*, that is maize; in the evenings she wald draw me intil her airms, als weel in the hammock, as on the beach, or amang busses. She might tak up her trumpet and play, ontil I desire noght mair than tae lig wi her againe. And even as she draws me in til her, I feel that she enters me freely. Alwise our discourse hed the samyn beginning and end. Yet wee culd sever wi words what wee joynit wi actioun.

I continew tae practice chyrurgery whan caaed upon, tho thair is a dispute anent bleeding. They perform this by shooting darts in their airm, that I canna thole. Att first they jalousit my methode is superiour, and encouradged me tae shew thaim the right way. I replyed that nouther method is suitable. Pepill demand bleeding, in despite o my protestatiouns. They are apt tae tak a refusal for an insult, that they arena worthy o treatment. Yet I warrant mine is the maist honourable course, tae deny bleeding thaim.

Efter a while she sayd, 'Ye never gang til the shoar now.'

'What for?'

'Ye forgott ye war feart?'

I maun rack my harns tae mind the last time I gaed til the shoar; whan I culd awauken att night wi a sweit on my brow, in terrour o discovery.

Att this time, Captain Ambrosio proponit tae bigg ane hutt for us, for this is their custome. He gart post holes be howkit, and despatcht ane hantle o lads tae cutt bamboo wi us. They led us alang the course o the river, making landward three leagues, ontil wee fand a place whair bamboo grews verra thick. Heire they shewed how tae cutt the thickest stems, that are designit for roof beams and standarts.

Whan wee hade cutten three score, wee made thaim in a rickle by the river tae float thaim down, and tuk a breather tae scoff *tamarinds*, that grow thairabouts. Twa younkers gaed ben the forest tae fetch *papaya*, or some other fruit. This wald bene walcome, for wee war in sair need o nourishment, als weel fra our exertiouns, as the stifling heat that quite drains yow off energy. I wes satten upon a boulder underneath the shade o ane large tree and smoaking my pipe, in about the middle o the day, listening tae Henri discourse wi our friends anent methodes o bigging our hutt, whan the tranquility o this littil scene wes quite whummelt by the hasty retourn o the lads that gaed for fruit.

Att their backs war fower hunters cam down fra the hill. Even altho wee culd scant follae their leid, that wes a mear jabbering and rattling, wee got up on our feet, for their voyces betrayd a fearful alarum. As weel wi their reid peyntit faces, and thaim cairrying lances, wee war aweir some catastrophe might befall us. Syne wee discernit wee maun gang wi thaim, by ane hunter whilk hes a bit Spanish.

'*Señor Willy*,' he declaymit. '*Hurpa escosés. Allí. Chauna weemaca!*'

Seeing they war radge, wee follaed thaim in the forest. Wee continewed running for severall miles, att a fearsome pace, throu the trees. Aawhiles the hunters encouraged us.

'*Allá!*' tane cryes.

'*Allá allá, mas allá,*' reponit the lave, in a chorus.

'Adelante Senor Willy!'
'Chauna weemaca!'
'Andare iba.'
'Andare Henri muchacha hombre.'
'Andando poona.'
'Ucamaca.'
'Sigue.'

Wee rann throu a gray mist that clung round ane loyer brae o the *cordillera*, ontil wee brak out in a shaft o sunlight att the tap o its ascent. Syne ane drizzling smirr enclossit the verdant hills; wee rann on amang vapours happing the *lianas* and busses and ferns round about, winding atween boulder and arbor; skirting us round sunken gorges, alse atour swampy grund, raising us higher and higher, abune and away fra the shoar, that laye shimmering aneath us. Alwise wee rase up, til our braith cam peching hett and damp in our mous, our feet sliddering and slaistering as wee trauchelt throu the leaf mould, ontil presently wee cam upon a burn.

This is a tributary o the river whair wee crappit bamboo, tho different in character fra the sweir currents that mak their sluggardly progress ablow in the valley. Here she culd skinkle and sparkle, springing fra rocks and splairging in pools amang littil cascades. In this place wee mett up wi the lave. Coming closser, and broaching the obscuring clouds, wee culd mak out ane lean, bardit, pale figure in the hunters' midst. They war bringing him down fra the heights, by oxtering and shouthering, whiles lifting him up in their airms like a bairn, or slinging him atween thaim like a deer for the pott.

'Señor Willy,' says the hunter, ushering me forrard.

Pauchelt, and stummeling fra the travails o this fast walking journey, I stappt in the middle o the hunters whar they gaitherit about. Slumpit att their fet, lay the shade o a man I culd ken fra anither time and place. The pulse in his wrist beat wi an oncertain dwaibly rhythm. His airm flappit uselesly als sune as I lowsent it. His limbs war mear banes happit in skin; twa reid een stared fra dark sockets setten deep in ane jaundice yellow visage. His chin

wes taigelt wi thick bristles aneath an onhailsome matt o hair. Att
the back o his pow I culd feel a congealing soss o bluid, mingit wi
sweit and dirt. What claes he possesst war torn in ribands, his
entire body a mess o scarts and bites. On his feet he ware ane sortt
o buit, that wes clarty wi sand and glaur.

Henri's haund sprang til her mou in horrour als she recognised
him att last.

Smoothing the droukit hair fra his temple, I spak.

'Doctor Livingstone, I presume.'

He gied me a gley, sen fell away in a dwam.

It wes night-time whan wee broght him in about. Now he is
lying in a stupor o hunger, befuddlement, and fatigue. Our designe
tae bigg a hutt is gien ower, for I maun tend him. Yet his arryval
remayns a considerable mystery. The principle medicine he
requires is victalls, altho he wes puking up aathing att the outsett.
Yesterday he rallyed a littil in the forenoon, tae lean ower the side
o his hammock and remark our presence.

'Can ye mind, Doctor Livingstone? Ye shippt out wi the
Dolphin.'

And the first words he spak, war tae speir us.

'What is the date?'

'It wes March whan I cam heire,' I sayd. 'I dout it is Aprile.'

'In God's name,' he mummels againe in the depth o his dwam.
'Whatna date is it?'

'Aprile,' says Henri, 'or May. Dinna fash yoursel tho. Try
some avocado?'

Att this he grew shortt, and annoyd.

'What year,' he declaymit. '*Anno Dominus?*'

'Saxteen hunnert and ninety nyne,' we answerit.

This seemed tae satisfy him, for he smiled, and slumpt in the
hammock, whair he slept the remaynder o the day. He tuk a bitt
stew later on, that he commendit maist highly, saying it is the best
meat he hes scofft in twa moneth. Sen he begouth tae greet and
rant, delivering us a great fusilade o blathers, that wee culd gie nae
account o it.

Umwhile, wee maun luik til his hailth by night and day. I prescreivit him the bark o ane tree, that is specifick for fever. Als weel wi medicine as sleeping, his conditioun hes impruivit, sae that he is aamaist *compos mentis*. Tho the circumstances o his coming here are a puzzle for aabody. Whan wee stap out the hutt, pepill ask efter him.

They speir us: *Qué hace el médico a las montañas?*

What wes the doctor daen in the mountains?

Wee can annerly shrug our shouthers, tae shew thaim wee hae nae notioun. Nor can *el escosés barboroso*, as they yclepit him, gie ony account o himsel whatsomever.

In his first words, he seemed na tae mind how he cam here, nor whair he is. He culd marvell att his surroundings, and remarkt upon items in the hutt.

'This is a tubb?' he might say.

'What meat is this? Whatna vegetable, that they putt in the stew?'

'What name hes thon tree? Can wee eat its fruit?'

'How mony bairns hes she, whilk broght me *mischlew* yestreen?'

'How can they keep fra being bitten by mosquitoes?'

Wee answerit him als weel as wee war capable. Yet his constant speiring wroght an unsettling effect in us baith, for wee begouth tae wonder att oursels being heire.

Ane night wee laye on the matt.

'Billy,' she says. 'What suld wee dae wi him?'

'Whan he is weel,' I proponit, 'wee can ship him hame til New Edenbourg.'

'Ay. Wee suld send him away. And efterwards wee sal big our hutt.'

'I dout he is better aaready. Ae day or twa, and he might be hail eneugh tae flitt.'

Howsomever I wes thinking, What are wee ettling att, tae bide wi Ambrosio, whan wee ought tae be on boord our ain ship. I begouth tae remonstrate wi mysel for forgetting siccan notiouns as hame, or being amang my kin, sae compleatly. Sen, whan Henri rowled ower, tae slip her haund aneath my sark and stroak my breist, I pusht her away.

She birlt around and cooried hersel up in a baa. Presently, I heard a sobbing and fellt her breist heave. I encirclet her, hauden her tight in my airms, tae nuzzle her hair, kissing the nape o her neck. Still she grat.

What war wee daen, whan aa is bye wi it? Our bigging the hutt, alsweel hunting and musick making, loving and flyting, aa seemed tae amount til naething. I laye still, hearing sounds throu darkness; the mosquitos bumming, doges snuffling potts outbye. Whatna delusioun is this? I thoght. The saft soothings a mother maks souking her bairn, the deavening chirrup o insects, a crawing papingo. They belang in this time and place. Whairas I am out o this wardle. A real persone amangst delusioun, alse ane delusive persone amang real things? Noght culd be siccar in this hutt o dreams.

I wald perswade Henri tae retourn, yet she perswadit me tae embarque on an original methode o leeving. That is the way wi love: alwise camsteerie, it steers the hert widdershins about, bot gien account o guid counsel. She blew ane bubble o illusioun. Doctor Livingstone prickt it. He wes certain tae discover us. They sal fetch us hame as deserters; als weel tae punish us for forloping, as tae shew that nae planter may lowsen his band wi the Company.

It may be better tae mak a clean breist o it. Wee suld tell Captaine Ambrosio wee made an errour. Na. Wee maun say wee are oblidged tae convey *el escosés barboroso* til Edenbourg. Wee sal gang by *peragua*, alse throu the forest. Aiblins wee sal retourn tae bide here amang our friends. Saying this, wee sal exchange presents, and aiths o fealty.

Fixing upon this resolutioun, I fand mysel drifting in a complaisant slumber, that I relisht, being forfochten by our exertiouns. Yet I kippit for nae mair than ane hour, by my reckoning. Henrietta wes up and about afore I stirred. She wes preparing tae embark up the river and lead in the bamboos.

'Henri,' I sayd. 'Wee maun putt an end til this caper.'

She luikt til me than, fummeling a matchett att her side.

The smart o wuid reek catcht in my thrapple. Her een war als pools, brimful.

I wes thinking, An end til this caper? A sob rase in my mou, yet culdna brak. An end o her dream. I saw than her visioun o freedome: nouther ship trumpet nor breek culd gien it her. Better lippen til bamboo beild and Cuna, nor ship plank and Company band. I saw in her an onsiccar bravadoe, upstaunding fra the bare feet she culd plant sae radily on Darien yird, til the peynt on her cheek, and the way she tyed back her hair. Sune she maun dress her hair als they dae, I thoght, ware siller plate in her lip. I luikt til her, stifling that thoght or it brak in my mou, clarting my tongue and rendering me wordless. An end til hempen lust, als the ebb tide o love. I saw in her een a swithering.

'Henri,' I sayd. 'Ye ken wee maun flitt.'

'Verra weel.'

She stude thair, on the grund that wes markt for our hutt. I saw in this yird-haulden creature, ane soomer. Whit breist abune ochre thighs. Airms streikit, thrashing the wattery surge. Amphibious. Artemis. Sooming atween continents.

'He will mind sune,' I sayd.

'Luik til your chyrurgeon than.'

She turnit, tae walk in the forest. I gaed ben the hutt wi heavy hert. The chyrurgeon sate on the hammock, supping stew fra a bowl that the bairns hed broght in til him. They war playing about his feet, leuching and teasing him in their leid, that he expresst a wistful delight in their cheery banter. Yet whan I aproacht, he stude up, scattering the bairns about him, and threw the bowl in my face.

'Haud back,' he cryed. 'My time hesna come!'

I wes rubbing my temple, and dighting my face, whair the sauce dreepit aff my chin.

'Out! Out!' he repeats, and running around his hammock three times, gaes til the farthest corner o the hutt, whar he sits down on a matt, folding his knees til his chest, and clasping thaim about wi chittering haunds.

'Ise fetch ye some medicine,' I ventured.

'Na na!' he skirls. 'Nane o your poysonings now!'

'An ye dinna gree wi it,' I sayd. 'Thair is a littil brandy in my pouch. Alse I can tak ye hame to Doctor MacKenzie.'

'Is he heire alsweel?' he speirt. 'The deid trumpeter an aa.'

'Wee are less than twa days by *peragua*.'

'Whair are wee now?' he wails.

In his een wes onfathomable despair, that gart me start wi astonishment.

'Say whair wee are!' he cryes out wi a yelloch. 'Heiven or hell?'

'Wee are in Darien. In Captaine Ambrosio's house.'

'How culd ye come here?'

'By water.'

'The trumpeter?'

'By *peragua*. And sooming.'

A dark shade passt atour his visage, reducing him to the deidly expressioun he ware whan first wee discoverit him on the *cordillera*.

'Than wee are loasst,' he complaynit. 'For I cam the same gait.'

I stappit closser. Haen reponit by lifting his haunds, and forming a cross abune his breist, he embarqued on reciting the twanty third psalm, till he grew muddelt att the saicond verse, and begouth girning intil himsel, making silent expressiouns wi his mou.

'You seem raither befuddelt,' I sayd. 'Wee dinna mean ony herm.'

He cooried in the bamboo waas, that gart me fear he hed gane gyte. For his face wes wan in hue, shrunken and gray about his een. Ane bristling beard stude out on his trummeling chin, as he scartit the yird whair he squatterit, like a being mair eldritch nor human. I wes on the poynt o demanding an account o him, by which I might meisour his madness, whan ane littil laddie, creeping closser than his friends, grippit my thigh. Luiking down, I culd tousle his pow, tae see siccan waeful demeanour. He threw a gley att the sorrowful figure in the corner, als tho in concern and sympathy.

I wald say the chyrurgeon wes feart than, mair nor onything. The sight o him wes sae piteous, my main impulse wes tae redd out the hutt, sae that nae innocent bairn's gaze might faa on him. Drubblit he undoubtedly wes; he wald provoak a distourbance in aa that luikt on him. Thairfor I chappit the wee fellow's chin, lifting his een that I culd shew him, by signes, tae quit the room, whan he presentit me the chyrurgeon's buit, that he hed recoverit aneath his hammock. I dinna ken whether he tuk it for a toy, or a mear curiousity. Sauf I hauden this buit in my haund, turning it ower. I never thoght tae consider it or than, it wes that clarty and smelly. Now tae see it sae closs, aamaist broght a tear til my ee.

I jalouse it is an ordinary Wellington buit. A gumbuit. Tho it hes bene crappit att the ankle, raither crudely, tae mak shoon. The sole is quite worn, springing lakes.

'Whair hae ye bene?' I sayd.

'Tell me first; your name and whair wee are.'

'My name is Billy Budd. Servant in the Company o Scotland. Doctor Hector McKenzie's fowerth mate; umwhiles loblolly boy, shippt out on board *Unicorn*. Wee are att Darien. In this warld that Gode wroght fra noght, and under His heiven.'

'Verra weel,' he replyed. 'I sal tell ye my tale.'

Doctor Livingstone's tale

Wee cleared out the seagate and stude aff for Jamaica on board the snow *Dolphin*. But sune our vessel wes besetten by contrary winds, even as ane disagreement brak out on the quarterdeck. Captain Pincartoun wald treveiss up the coast. Captain Malloch wald run wi the wind, that blew a westerly gale, and taik north whan wee crosst the Gulph of Urriba.

'That is gey hazardous,' says Captain Pincarton. 'Wee might run ontil the Main.'

'Wee wold gain ground,' reponit the snow's maister. 'Give me twelve hours ahead o this gale, and wee shall bee quit o t hazards that lye on this coast. An wee tack north, wee might get her stuck in t Samblous.'

'Verra weel,' says Captain Pincartoun. 'Tho wee suld mak north whan wee reach the Gulph. That way wee may use her current, athout running closs til the Spanish shoar.'

This maitter seemed resolvit or wee turnit in til our kip. But nae suner wes Captain Pincartoun happit in his bunk, than Captain Malloch gaes mummeling atour the main deck.

'The ald bugger,' he says. 'I'll show im oo's master o t *Dolphin*. An e ad alf a brain in is ead, e wuld knowe she's an oor of a vessel to sail er to windward.'

Sen he cryes up the orders, 'Bring on us tacks, and trimm up t fuksail. We shall mek use o this gale, or God made me a Dutchman.'

By day daw wee fand oursels running closs on the Spainish shoar, twa score miles fra Carthagena. Captain Pincartoun rase fra his bunk tae luik thro his perspective gless. He wes still fastening his breek, whan he struntit atour the main deck, wi his een ableeze.

'Whatna cantrips is this?' he dois bellowe.

'Just as I sayd,' says Captain Malloch.

'Ballocks!' he reponit. 'Ise mind ye wha's Captain on boord.'

Captain Pincarton considerit himsel the snow's Captain, saying it wes orderit by Council. Whairas Captain Malloch says he hes aye bene her maister. Farthermair, being an Englishman, he is att liberty tae trade in Caribbean watters, that is ane priviledge denyed us by English lawe. Aiblins Council assumed it wes obvious their man wes in command, tho they suld made their designe plain, and tellt us straight out whilk is maister.

'Forbye,' says Captain Pincartoun, 'can ye trow they wald permitt the Captain o this lakey auld tubb tae ship out wi haulf the Company's gear?'

'Captain Malloch as aye been t Captain o this snow,' he gies back. 'I wus er master before your miserable Company took er in and. And I shall stop being Captain when she is rendered an ulk or else, God preserve us, she lyes on t bottom o t sea.'

'Wee maun bring her around,' says the Councillor, stapping in the roundhouse.

'Lay one finger on er elm,' says Malloch, 'an I'll not answer for my deeds.'

Now Captain Pincartoun hes hade his fill. He faces him down wi a glower.

'Wee sal treveiss northwards,' he says. 'Or alse ye sal answer chairges o mutiny.'

'I'll give thee mutiny,' says Malloch, 'an clap thee in chains, before I give up er elm.'

Captain Pincartoun grew extreamly annoyd, and bandied the upstart about, saying his bit boattie's a besom tae sail ony wey. That's why he wes aweir o luffing her. In retourn, the snow's maister grew jalouse, and rebuffit him wi strang words. Umwhiles the gale blew us round by ane poynt, driving us ontil the land. And tae conclude this littil disputatioun, Captain Pincartoun shouts down the scuttle.

'Mister Strof,' he cryes. 'Come abune and beme. We maun change the watch and order our taiks on boord.'

Nae a peep. Nae a word fra the trumpeter laddie ablow.

Captain Pincarton caaed, 'Come up wi ye, lubberly rascale, and blaw your horn!'

He flew down the skuttle tae luik whar the trumpeter kippt, and fand his barth toom.

'Whair is he?' he speirt.

Naebody hade seen him ava.

'By Christ!' he exclayms, hunting the snow. 'The puir loun hes faen ower.'

'I saw the lad staund att the steirburd rail,' shouts the watch fra the main mast. 'He seemed unco dowie. Sen I culdna see him ava.'

'When didst tha see im?' speirs Captain Malloch.

'Att daydaw. I mind seeing ane *peragua* on the horizon whan the sun rase. An wee turn her about, wee might sauf him. I ken he's a verra strang soomer. Thon chyrurgeon's mate on *Unicorn* larnt him tae soom like a fish.'

Now it seems wee are aftimes disruptit whan ease gies us leave. Wharas hazardous circumstances unite us. Als it occured in this case. The twa captains war als ane, luffing the snow, and taiking her back tae search for the lad. Wee continewed for twa hours, wi the crew grewing mair disconsolate by the meenit, whan the gale stiffenit somewhat, that put aabody in fear o running agrund. Thairfor wee maun account the lad tint. Captain Malloch gaed down til the roundhouse, whan ae seaman cryes out in her bough.

'Hauld sir! On the barburd. At haulf a cable.'

Now Captain Pincartoun breenged til the barburd rail, whair he culd discern ae smaa dark shape in the watter. Sen he loupit down the skuttle tae warstle the helm fra Captain Malloch's command. The helmsman wes away tae dae his bidding, as the man in the main mast streikit his neck abune the billowing fuk sail.

'Na sirs!' he cryes. 'It is noght but a rock. Heave to or wee runn on the shoal.'

The gale snatcht his words away as Captain Pincartoun stude in the roundhouse. In twa meenits wee drave on the rock that the sailor mistuk for the lad's heid in the foam.

Thair wes a great noyse o groaning and splintering, als tho aa the futtocks and straiks war jarmummelt the length and braidth o the snow, als her howbands skaillit, wi muckle creaking and juddering fra cattheid til koo. Aabody wes threwn aff their feet, hurtling forrard as she cam til a deid lift on the shoal. Captain Pincartoun brak thrie o his ribbs att the helm. Whan our alarum subsidit, the crew warkt the capstan tae pomp her out, and wee manadged tae float her aff. Aa hope o finding the trumpeter wes gien ower. Thar wes noght adae, but staund in for Carthagena, whair wee might save our vessel and gear.

Wee rann on in front o the gale, and rowed in att nightfall. Whairon the Governour drave by in his carriage, tae speir efter us.

Nae suner culd wee land, than he maircht us throu town, tae happ us in chains and imprison us severally in his dungeons. Altho wee soght leave tae lade aff our cargo, he waldna grant it. He made out thir bibles and cloath war the proceeds o pyracy and interlouping. Now it is lying at the bottom o Carthagena Bay wi *Dolphin*, or alse onladit by the Governour in his ain interest.

Heire we laye in our cells for ae week and mair, subsisting on breid and watter, till ane auld priest cam tae tend our spirituall needs. Be addressing him in Latine, I culd speir wald he beg leave for me tae see my Captain, sen he brak thrie ribbs? This priest wes a tolerabill man for ane Catholick, and askt for permissioun on my account. Syne I fand Captain Pincartoun in fine fettle, despite his ound and the loass o his ship. I wes able tae luik til the crew forbye, that are haulden in a separate dungeon. Yet I culd never speak freely, and I jalouse they war ill treatit, being mistaen for pyrates.

Efter ane fortnight, the priest says that our countrymen despatcht an emissary tae treat wi the Governour Don Diego de los Rios Quesadas.

This wes Captain Maghie, that I hae nae partickular acquaintance wi. Tho I am tellt he is ane hett kind o heilandman. The priest sayd his embassy misfired raither badly; that Maghie proponit his Company's declaratioun tae bide here peaceabley; that the Don tare up his diplomas and bandyed him about, crying fyle curses upon his heid. Alsweel he declaymit; King Carlos canna thole sic outlawe ventures; and that he, Don Diego de los Rios Quesadas, sal harry thaim out o their lair.

'He says he sal crush thaim als *gusanos*,' sayd the priest.

That is worms, in their leid. Or att other tymes it is their word for ane caterpillar. And the Don wald hap Captain Maghie in chains for ane prisoner o warr.

'Warr, is it now?' I speirt him fra the mirk o my dungeon.

'*Sí hombre.*'

'Weil, yow maun tell Don Diego,' I sayd, 'tae deal wi us als prisoners o warr, nae pyrates.'

'Hae nae fear o that,' quo the priest. 'Already the Don is arrangeing for your crew tae be dispersit als slaves amang *Barliavento.*'

'That is intholerabill,' I reponit.

'*Es la reglamentación.* Howsomever I sal see what I can dae. Ane time, I sailed on boord a frigate that wes attaqued by pyrates. *Se represento,* tae shew whatna mercy a pyrate can hope for. Our *Capitán* defeatit thir brigands whan they fired on his frigate and ettlet tae boord us. He wald slitten their thrapples, thair and than. Yet I culd perswade him tae grant mercy; that he shewed by impressing the rabscalliouns on his fregat. That wes a better use o thaim. Whairas their Captain gaed til the wuddie, an incorrigibil man. Alsweel on boord wes an auld Quaker, that wes employd tae cry watter throu Carthagena.'

'What?' I exclaymit. 'A man by the name o Mister Craige?'

'*El mismo.*'

That shews he is ane reasounabil man. Next morning, the priest rowls in againe tae say that ane visitor wishes tae see me. And whan she cam in, this is mearly the maist bonnie *señorita* imaginable. I culd scant trow my een. I rubbit thaim, and blinkt, I pincht my airm, tae be sure I wesna dreaming.

'*Agour,*' she says, greeting me in the Andalucian mainner.

'*Agour,*' I reponit. '*Quo vidi?*'

'*El padre me dice, usted es médico.*'

She sayd this in a voyce that wes att aince ane balm and enchantment. I wes dresst in clarty claes, and my hair aa lousey fra kipping in a mouldie auld palliass. Yet even as I lowerit my een in shame att my miserable state, she couth offer me her dainty whit haund, that I kisst. Upon raising my een, I discernit her features mair clearly. Her hair is copper in hue; her skin pale and smooth as milk; her een green as a birken leaf; her figure shapely. In shortt, it seemed she wes an apparitioun fra heiven. Her voyce wes the voyce – na, I say her voyce wes the musick o an angel! Yet I canna mind ae word that she spak. Sauf she made me ane tryst for that efternoon.

'*A tres horas y media*,' she sayd.

Att that tyme, I wes broght up til the Governour's residence, whair he gied me fresh linen, and I made the acquaintance o ane physician that wes lately employd att Santa Maria.

'Weil,' quoth he, 'they tell me yow are a chyrurgeon.'

'That is my professioun,' I sayd.

He than speirt me anent remedes for agues, the applicatioun o poultice and plaister, the treatment o French pox, and siclike diseases as scurvy and skitters.

I answerit him, that I hade gotten the best instructioun in Physick a man culd hope for in Europe, that I studyed att Leyden.

'*Entonces*,' he sayd, wrinkling his neb somewhat. 'Wee sal impress yow.'

Bot nae chance tae say fareweil to my Captain, nor my friends that laye in gaol, I wes taen down til the harbour and putten on boord a *barco longo*. He wald embarque me for Panama, whair I might practice my skills, for thair is a great epidemick o malaria in that place. Wee sailed for Porto Bello that forenight, snooving west aneath ane squaley breeze. This wes a wee boattie tae putt out in, nae bigger than an ordinary pinnace, and sune wee war aa puking hertily ower the rails.

Gode damn youse! I prayd. Siccan lubberly crew. Lat the plague claim aa your kin.

In the morning, this breeze abatit. I gaed til the prow, whair I might contemplate my circumstances. Yet the sickness grew upon me, and by forenoon I wes sae hauden down wi a fever, I maun retire til ane hammock. By my reckoning, wee treveissit the Gulph of Urriba, for the watter ran a yellowish hue unner our hull. Wee maun pass alang the Darien shoar, I thoght. An I wes haill I might loup ower the gunnel, and tak my chances att sooming. Needless tae say, this wes a preposterous suggestioun, that entered my heid in ane hour o desparatioun. My fever encreasit that night, and by the morn I culdna shift fra my bed. What a way tae end your days, I wes thinking. Casten helpless, alane on a blustering sea wi nae Christian company.

Syne the *Capitán* speirt efter me, commanding his mate tae gie me some Jesuit's bark, that relievit my symptomes, and putt me in a dwam. Whan I culd awauken, I fand mysel att the rail, and the maist affecting sound in my ear. Sooming alangside on our barburd bow, I sure ye I saw the lovely *señorita* again. Now she wes a mermaid, floating in the billowing wave and singing sweetly for me, tae come hither. I dreepit my haund in the watter, feeling it warm and walcoming. Syne she flichters her heid, that is a schimmer o bronze aneath the munelight. Alsweel, I discernit the shape o her breist, her round pap being tippit wi ane luscious pink poynt, and lustrous whit. She bade me follae her, and thrusting her tail wes happit by the green swalling wave.

Next day, my *Capitán* culd allow me mair medicine, sen I greed it hes beneficiall effects. He gied me a sortt o leaf they chow, that is *chigili*. It is guid for malaria. I spent the entire day in pleasand contemplatioun, for the weather turnit calm and sultry, and I culd swing in my hammock under a benevolent northwesterly breeze.

Lat it sough gentley, I wes thinking. I am in nae hurry tae reach Porto Bello.

That night I rase and slippt out on the barburd bough. In vain I searcht the mirky watter for ane ripple, or the mearest whisper o enchantment. Yet she wesna thair. I culd anely lament my mean circumstances, and draw solace in prayer, begging my Maker's deliverance. I putt in a word for the friends that are twined fra me. Next, I gied thanks for His guiding our settlement this far, and prayd He suld guide us throu difficult times aheid.

Efter this I thoght, Ballockies! Supposing thair is nae Gode tae tak tent o us. Or alse he is like the auld Roman warriour god. Mars. The warld wes thrang wi gods in the past. Why mayst we lippen til ane singular Gode? Whan wee might cry on the hail jingbang! Caa thaim aa down fra the lift, that wee may see some real sportt for aince. Lat ilka god doof tither about, and be damnit!

It wes than I espyed her. Markt by ane wavelett that schone in the mune, she soomit braidside. How my hert loupit in my breist!

How I yearnit for her tae divest hersel o thon wattery raimant and boord us, that I might keep her company a while, and her presence be a solace in my lanesome stravaigings wi Catholicks and heathens.

Howsomever, she culd nae mair stap on boord us, than I culd sprout fins and turn fishlike. I saw the dark brine swirl about us, kisst by ane thousan benificent starn. Even than, a littil cloud passt ower the mune, tae transform the lapping swell into the rowling braes I strade whan I wes a lad. Als tho I wes casten back in tyme, tae ryde on the pony that faither boght me att Moffat. Throu verdant fields I rade, wi the scent o honeysuckle in my nostrile, the tall girse waving, fat hoggs in the park, and the weary sough o summer.

Stapping out, I fand the embrace o cool watters upon my feverish skin. It grew darker and the sea happit me about. I wes joynit wi my lover, haulden tight til her breist as she cairryed us onward by thrusting her tail. Wee rowlit and tummelt amangst the gentle currents, even as I claspit her closs and strave tae pleisour her. Wee continewed this way, entaigling oursels, ontil she lat out ane peep. Att this I wald gaither her ontil my bosom for eternity. Whairas aa that I fellt wes her absence, and saw I wes drowning.

I begouth thrashing my airms, and kicking my feet. Aawhair wes an hideous blew greenness, and the saut mirk smooring my een. Even as I lasht out, I sank deeper aneath the briney wave. I cast aff my shoon and prayd, commiting my soul to God's mercy. The darkness seemed tae enfold me. Yet I apprisit a greenish light, that I wald win toward it by mear ingyne. Sooming upward, I felt ane grappling about my persone, als tho the Almighty reacht down fra the lift tae tak me in His guiding haund. Whan next I wes aweir, thrie black-avisit faces stared down upon me. Twa ware desjaskit expressiouns. Tither gied a grin and turnit til his friends, wharon they brak out in joyfu laugther.

'Oh Jesus!' he cryed. 'Gode bin watching e white fella.'

'*Sí hombre!*' grees his friend. 'We done catch a big turtle today.'

'Keep back now,' says the first man. 'Let e man breathe.'

He wes palpating my chest, tho he gied ower whan I openit my een. They continewed tae prattle on in their ain leid, till I wes capable tae sitt up. I fand mysel in a skiff, att sea. By the sun's height, it wes the middle o the day; wee war making a course west o southwest, under a contrairy wind that wes buffeting our faces. A swell brak ower the prow, soe that the littil vessel pitcht quite alarmingly. Yet the crew gied nae account o it. They war pleuching on hertily this way, that wes a marvel to me. For they hed nouther sail nor paddle tae project their boat forrard. Except ane fellowe hauden the tiller att her dok, thair wes nae discernable methode o guiding her ava. Forbye, I heard about us a fearsome din. This deavenit my lugs, and never lat up the hail voyage, sae wee maun shout tae hear, tho I grew used wi it efter a while. Att first I kept in the bottom o the boat, whair I spelderit on their fishing net, and wagging my pow now and nans, tae shew my appruival. Otherways I keepit my ain counsel. Aa the while, I wes wonnering, Whatna pepill is this?

I haif heard stories o slave rebellions on this coast, even in Porto Bello. Culd it be that I soomit amang ane band o forloping slaves, whilk saved me fra the deep? An this is the case, I suld threw up my haunds and praise Gode, for leading thaim ontil my succour. On tither haund, I fand mysel the captive o a disorderly, laweless band. They are likely rebellious in temperament. Aiblins they are jalouse o whit men, their herts may be fillt wi rancour att being remuvit fra their ain native soyl. What wes their designe? Tae rescue me, or alse hauld me captive? Wald they use me for ane hostage, or warse?

This circumstance struck me as hazardous. I wes aweir I suld treat thaim wi courtesy, and offerit expressiouns o gratitude, als weil thanking thaim as shewing by signes, how I fell in the watter, haen sufferit a calenture on boord the *barco longo*.

Next they wald speir o me, by shouting ontil I culd unnerstaund pairt o their leid.

'Whair yow from?' says tane.

'American?'

'Yu bin swimming a long time in e watter? Whair yu are goin?'

I answerit thaim; that I am *escocés*, a subject o his majesty King William; that I am employd by the Company o Scotland, in establishing a Colony att Darien. That it wes night time whan I fell in. They might obleidge me by retourning me til Edenburgh an they list.

Att this they shuk their heids.

'Yu feel okay?'

'Na man. We's tekking yu to Colon. Ma auntie bide thair.'

'We gon tek yu to the ospital. The doctors them fix yu.'

'I sure ye,' I sayd, 'I got a slight calenture. Siccan fever passes in three days.'

'What for yu are goin to New Edinburgh?' speirs tane. 'Is palm trees is all.'

'Yu bin swimming fa Puentas Escoces?'

'Jesus!' says tither atween his teeth. 'Is a plenty long way. Past e San Blas. I tink e man crazy an thing.'

'Yu mash up yo head, yeh?'

'Na, he only get a fever.'

Sen the negroe att the tiller threw a littil pooch til the first ane.

'Fix him up nice,' he says. 'Better an e ospital.'

The first negroe, that is their Captain, haen palpatit me, picks up the pooch.

'Yu wan colly erb?' he says.

This pooch wes wroght fra cloath that is verra thin, and transparent as glass, athout discernible wab. I smiled, wagging my heid, and marvelling att siccan fine cloath. He keeps Indian tobbacko in it, for he tuk ane generous pinch, and offerit me tae sniff. It hes a pleasand smell, tho it is onlike the tobbacko I am used wi. Nanetheless, I appruivit.

He tuk paper, that his friend tare fra a littil buk, and begouth tae rowl this tobbacko in the paper. Whan he wes dune, he litt the end wi a speciall tinder box, souking it in deep wi his braith. Syne he gied me some, that I smoakt likewise, for I jalouse this is ane rituall, or *pow wow*, as the Indians say. I sal faa in wi their designe, I thoght, least I cause offence. Att this they seemed satisfyed, and smoaking the tobbacko in turn, they broght out a pooch o the samyn cloath, tho it wes bigger, whairin they keep breid, and offerit me some.

'That is extreamly walcome,' I sayd.

'He bin swimming a long time,' tane sayd til tither.

They sayd this amang theirsels, tho I culd follae their leid weel eneuch. Next they gied me watter, that they keep in a quart bottle, being wrocht fra cloath like thon pooch, tho it is thicker. It weighs verra littil, yet it is teuch.

I efterwards fand they mak aa mainner o things fra this stuff; als weel pooches as jars; als weel bumpers and platters, as great sheets o it, that they use tae big waas and ruifs on their houses. Aften it is peyntit in bright colours, tho mainly it is whit.

Umwhiles I grew mair easy in their company. By joyning in their *pow wow*, I culd see they ettled me nae skaith.

Sen I speirt thaim, 'Whatna place is Colon?'

'A city,' says their Captain.

'Is a pretty big port.'

'Yu not heard o Colon? Yu not hear about e canal? What way yu come hyah?'

'His great grandpa done dig it.'

'All of our grandpas done dig it.'

'Wit dynamite, man. He blew up all of them trees wit e dynamite. Ontil one day, he done blast off is head.'

'Next,' says the helmsman, 'the Americans come, wit e steam shovel an thing.'

'Tousans of men, them bin working to death on e canal. Malaria, man. Dysentry. Yellow fever.'

'Yu tink yu got fever? Them get it worse.'

'This city,' I sayd. 'Is it a Spanish port?'

'Hoo man, yu is one backwart looking fella.'

'Yu don never hear about e canal in Scotlan?'

'The Spanish them bin finisht wit governing us. Bin a long time ago; about one century agoe maybe. We done mek ruction wit them.'

'Na man, they done mek ruction wit us!'

'Aha. Next, we mek ruction wit e Columbians. Tho we still get e colly erb.'

'Is nice. Yu see.'

'Now e unaytistaits them want to govern us. Tu keep e canal for theh interests. But General Noriega tell Bush wheh tu gett losst.'

'Yu watch what yu say!' says the helmsman. 'This white fella him, we don knowe who e is. Huh? Yu tink him an American?'

'Could be a Marine. Swimming about in e watter just so. Better old yo tongue.'

'What yu say?' says the Captain. 'Yu a marine o what?'

'Is fa Scotlan.'

'Is air is too long. I tink he is one o them ippies. Grow is air long, like e rastaman.'

'*Sí hombre*. We goan get yu some erb tonight.'

'He wan go tu New Edinburgh. My oncle can tek him tu San Blas. Puerta Obaldia. Tek him wheh he wan to go. Listen, huh? Theh aint nothing tu see att Puentes Escoses. Barranquilla is nice. My oncle he work on e Fox River Dock. We can go in e boat, yeh? Better of aeroplanes. Yu don wan tu fly man. We can tek yu tu New Edinburgh.'

This seemed tae accord wi my designe tae win hame. Sen they culd whummel the Spaniards and bigg their ain city, it may be diplomatick tae treat wi thaim. They might tak me til their city and charter a boat tae sail hame. Wee suld mak thaim our allyes.

Aince again I thankt Providence for guiding me this gait. Yet ane niggling thoght presst me tae wonner whatna pepill I hed faen amang. I wes aweir they might deliver me up til my enemy again. Yet war they noght forlopers like mysel? Next I maun consider that cloath, as alse the green tobbacko they smoak. Nanetheless, I fell in a pleasand slumber att about sunsett, assured als weel by the boat's rowling motioun, as their apparent guid will.

It wes dark whan the helmsman steered us in. Wee rann our skiff ontil the jetty, and the Captain made her siccar. Heire I saw

mony boats, als weel plenty mair skiffs, as some that are consid-
erabley bigger. These are peyntit whit, haen bright lanthorns in
thaim, and ane cabine on the poop, tho their lines are unco
straight. In some o thir boats, I wald say the bough is ower high
and the stern tae low. They hae nae boltsprit; and the strakes
bending inward, mak a smooth waa. It is a perfect puzzle how
they wroght siccan vessels. Or how they can sail thaim ava. Some
appear tae be reikit fore and aft wi ane mast. Others hae twa
masts, tho the sails war reeft sen they laye on their moorings. In
the place whair wee tyed up thair war alsweel some *peraguas*. I
dout maist o the vessels war pleisour boats, or alse lang boats and
skiffs that may be usit for turtling and fishing. Their crews com-
prise negroes. I saw a gey wheen o thaim about their business in
the harbour, quite att liberty and conversing in their ain leid. Wee
war in a town o freed slaves, I jalousit. Yet the discovery presentit
nae fear for me, on account o the generous dispositioun o my cap-
tors.

Efter our Captain orderit his crew tae consign their catch he
sayd, 'Ise tek e turtle man up tu ma auntie. When yu done sort out
e gear, goin com up an joyn us.'

'Heh heh,' says his crewman. 'Yu mek shuh she got someting
good cooking.'

'Pinky,' says e Captain. 'Yu goin tek off yo shoes.'

'What for yu wan tek off me shoes?'

'Yu don see, him aint got no shoes. Give im yo shoes.' He wes
poynting at me. 'Let him luk respectable for Auntie Magrita.'

'Yu wan me tu walk tru e town wit no shoes?'

'Aha. Or the Scottishman mash up his foot bottom on e road.
Yu cyan let e fella mash up his feet, na?'

Att this, I luikt fra the chyrurgeon til the buit in my haund. I maun
hear ilka word that he spak, als weel tae discover the conclusioun
o this singular narrative, as tae discern clues til my ain plight. For
I jalousit he is ane time soomer, als mysel. He hade gotten sae far
as Auntie Magrita's house, bot mashing his feet. This wes a puir

brakken down hut, wi bare boords for the flair and whit iron, as he descreivit it, for the ruif. Sen he remarkit ane calendar on the waa, that shewed a picture o a papingo, for the moneth o December.

I culd see the numbers on this calendar. They war sooming and birling afore my een. This room wes mirky, litten by ane single lamp that is really ane gless bottle wi a bit clout for a wick. It reekit like tar, tho it wes mair like the reek I can mind on boord the skiff. Ony way, it being sae dim, I gliskt closser, and speirt o the Captain.

'Are ye Christians ava?'

He hade plankt ane brace o cabally fish on the brod for his auntie, and wes stooping ower ane pott. Dipping in a metal spuin, he lickt it or he spak.

'Yu Christian man?' he says. 'Better talk tu ma auntie. She bin singing wit them choir an thing. They is rehearsing for Christmas.'

Ane hunnert questiouns formed in my mou, yet I culdna find my ain voyce. My mind wes a whirl o confusioun. Sen, att that instant, his auntie appeared in the bulwark.

I wald say she is ane handsome negress, verra buxom in appearance. She is about fowerty years in age, waring a calico dress; als weel this wes loose about her waste, as it wes shortt in the sleeve. That is suitable attire for thir climes, tho raither immodest.

'Rafael,' she sayd to the fisherman. 'Yu goin stay wit yo auntie fo Christmas?'

'Na man. We jus come in tu e market. Mibbe we gon go to e mall.'

'Aha. Yu an yo good-fo-nothing frens, huh? Yu wan stay e night?'

'Yeh. Auntie, we done catch a pretty big turtle tu day.'

'Who this?' she says, als tho remarking me for the first tyme.

'I done tell yu. We fish im out e watter.'

'What fo yu mek trouble,' she cryes, 'bringing yo ippie frens hyah?"

'Na auntie. We done find e poor fella in e sea. Goin tu tek im tu the ospital.'

'Oh Rafael. Yu bin selling erb. I cyan believe it! Yu jus e same as yo oncle. Him sitting aa day in e porch, wit him frens, them drinking theh rum. Yu turn out like him, na? Bin buying up all them colly erb, o what yu bin doin?'

Att this, I thoght it wald be diplomatick tae stap forrard, als weel tae prevent thaim fra argying, as tae mak mysel plain. For I wes aweir least they are hett, and me alane here.

'Yu nephew done save me fa drowning,' I sayd. 'An thair is ony way, I wald repay this favour. I am a chyrurgeon, Doctor Andrew Livingston, lately employd by the Company of Scotland.'

'Doctor Andrew,' sayd Captain Rafael. 'I wan yu tu meet ma auntie Magrita. Him fa Scotlan. Like I say we done catch him in e turtle net.'

I sayd how I fell ower the gunnel, haen sufferit a calenture; that he rescued me, *etc.*

'Sweet Jesus luk after yu,' she says. 'How long yu bin in e watter an thing?'

I considerit my haunds. The fingers war like prunes, bloatit and shrivellit. Alsweel her calendar shewed the year 1989. *Anno Domini?* By my reckoning, I hed bin in e watter fo twa hunnert and nynety years.

'Yu fall off e San Blas ferry?'

'Na. He bin in e watter plenty longer than that.'

'Als I mind it wes ane *barco longo*.'

'Better of that, Auntie Magrita. This doctor him a Christian!'

'Mmhmm,' she says, wi ane hint o jalousie. 'Yu is a Baptist, yeh? O a Methodist? Adventist? What Church yu belong in?'

'The Kirk,' I reponit, 'that is the Church of Scotland.'

'I tell yu, him fa Scotlan.'

'I don never heard a no Church a Scotlan. Them is Catholick o what?'

I sured her wee are nae Catholicks.

'Well, we is all brothers an sister,' she says.

'Amen auntie. She in e Congregation a Brotherhood and Joy.'

'Doctor Livingstone. Yu is a Christian. Maybe yu goin knock some sense in ma nephew. Him an is frens, dey jus smoak colly erb, play baseball, an chase women.'

'Is nice,' he reponit. 'Yu ax I cyan fix yu up, yu knowe. But luk at e church them, aa they done is mek ruction. The preacher him come, he done brek up e families, mek people tink they is better an their neighbor. They done nuthin but mek ruction all about e place. Why yu cyan see that Auntie? Yu think they is plenty better of Catholicks, and Hindus even. Yu tink e Congregation is especial, bin goin tu e prayer meetings.'

'Amen tu that. Doctor Andrew, yu like Christmas time?'

'Bin singing this evening,' says her nephew. 'But next yu come home and mek medicine. Yeh? She is in e Congregation allright, Doctor Andrew. But is a big *obeah* ooman whan e preacher him turn is back.'

'Rafael,' she skirls. 'That is a lye!'

'Is right. Why all them people come here wit e wart an thing? Wit e potion mek her man give her baby. All kind o thing, Doctor Andrew.'

'Sir, I don never mek *obeah* magick.'

I sured her naething wes farther fra my mind. Alsweel I maun console her, for she seemed tae possess an hysterickal dispositioun. I wes aweir she might throw her nephew out the hutt, and mysel att a loass tae find other lodgings; whan Rafael's crew arryved. Whairon her temper subsidit, and she begouth tae prepare us our supper. This littil ruction, Captain Rafael tells me, wes mear display. As her preparatiouns war compleat, she showed hersel perfectly hospitable, for her kindliness surpasst siccan natural displeisour for her nephew's wayward behaviour.

Syne wee war satten on divers chairs tae tak our supper. This wes a sortt o stew. It hes some beef, tho mainly it is vegetables, in a sauce that is extreamly delicious, bin preparit wi peppers and herbs. They war *plantan, potatoe*, onion, a bit *yucca*, some cabbidge, and ane vegetable that I forgett the name o it. It hes the shape o a pear, the same colour as an olive. The flesh is pale, like a French marrow, tho it is mair firm. I dout they cry it a *chyoti*. Or a *trioty*. Ach Billy, I canna mind.

'Wes it mibbe an avocado?' I speirt him.

He gied a bit ruckle and begouth tae greet.

'Never mind,' I sayd, patting his airm. 'Wee can say it's a *chyoti*, ay?'

'Ay Billy. That's right. A *chyoti*.'

He wes grasping my haund, darting ane piercing glower fra his sunken een. Att their depths laye an onnameable horrour. He reacht out in a desperate plea, als tho by naming a vegetable, he may come to grips wi a mair baffling recollectioun. Als tho he ettled tae mak sense o something that is als weel byordinar, as horrible tae consider.

About ten minutes after they'd been speaking this surrender surrender, we start to hear the elicopters. I don knowe ow long we bin sleeping. Thair wes Captain Rafael, Pinky an is brother, them kipping on e floor. Meself in e ammock, an Auntie Magrita asleep in e kitchen on a rocking chair. Next ting we hear is e tanks. This is a kin a carryage, about the bigness o a hutt, tho it is less in height, an them is muving alang wit e noise, like a skiff an ting. Alswel is the elicopter, that is a boat in e sky. I don knowe ow it get there. Mek a rummeling sound like a windmill.

An e unytistait soldiers them come down e street, mek a bright light, poynting it att us, speaking their Surrender Surrender. Then the elicopters start tu bum the fort. Alsweel they are bumming the town, and the lift done litt up in flames aawhair. They start to use their laserin ting. So we hitt e grund. I cyan mind whan we go outside. In e streets, aa the people them running about, and some a them houses on fire; they begin tu dowse e flame. After the bumming bin start, bin going on fo few hours, the soldiers tell aabody tu come out wit yo hauns on yo head. And they direck us tu the church.

Now Magrita she turn tu me.

'Doctor Andrew,' she say, 'an yu is really a chyrurgeon, yu better start doctoring dem people, cos aint no *obeah* magick goin tu save dem.'

All along e wall, there bin about twanty, tirty people, aa women an bairns greeting an screaming, wit e bluid an ting. Some o them is burnt pretty bad. I start tu bandage them ounds, wit e clouts, and wit e strips we tare fa some fella's sark. I don knowe wheh them come fa, wha them is; e pepill is burning an bleeding. I jus bin bandaging, an bandaging, tho some I wald say they wes deid. Now Magrita and Rafael runn about e church, luking fa cloath tu mek bandage.

An Pinky him say, 'Them Americans mek ruction. Plenty long time e unytistaits military them provoaking an vexing e pepill. Yu don hear on e radio? On e teevee? Down by e canal, they done push e peedyeff too far. Riding up wit e tank on e sidewalk, bin poking oomen wit e bayonet. Aa the tyme them bin fashing, they done push e peedyeff soldiers too far. Yu don hear on e radio. Wheh yu come fa? In Scotlan. They bin saying this ting in e market. Now some peedyeff start tu shoot back. They done kill a marine in Panama City. So Bush sen in is elicopters. Yu see what he done? Tu build op a pretext.'

But I don know nothing that is happening. I jus keep going because I was frighten to dye. Whan we wer in e church, about six a clock in e morning, all on a sudden the buildin start tu burn in front a church. The pepill then, as they knowe onely thing they have was inside of those flames, they try to run out tu get watter to dowse it. An the soldiers tell them tu get out. This is e unitystait soldiers. Some pepill, yu knowe, they is stubborn. And the Americans they shoot at, shoot up in e air. This is a kin o gunn at they use, fires severall bullets att aince. They shoot in e air. Ka ka ka ka. Jus so. They done shoot thir gunns bot stopping fa shooting. They don load thaim o nothing. An the pepill they get scared and runn back. Sen I bin running wit Pinky an Captain Rafael; we start tu runn tru e street, aa them hutts burning around us. Wee

seen e unytistait soldiers go tru thir houses, one by one, wit grena-
does an ting. Bang bang, them houses goin up in flames. Alsweel
e buildins, two, trie storeys igh, them burn all e buildins tu the
grund. We run fo the beach, tinking tu gett outta this place in e
skiff.

But we don never reach e jetty. Aawhair is them tanks, rowl-
ing about. They don care whair they rowl, them jus about crush-
ing aathing; as weel pepill as hutts. Alse thair is a wee tank, that
pepill go in it, is small ting like a carriage. An them tanks rowl on
top of it, crush e pepill tu dede. Anither thing, on e beach,
American sodgers them plough e sand wit them tanks an ting, they
got a muckle graip on e front. An they mash up e beach, tae shove
them bodies in eaps. Whan they is aa in a rickle, they done burn
them. Billy, I sure ye, the reek in the air mek me puke. Is like fat
in e fire, alse it is tar, pouder, sulphur, brimstane reek, is in me nos-
trile, in me air, soakit in me clothes, aawhair.

Ise tinking, My Gode! Wee are in hell.

'Na man!' cryes e Captain. 'Yu wan get on boord e skiff?'

They bin running, an stop whan they seen me. Now they start
tu runn again, tru e watter for e skiff, is shouting back att me.

'Why yu stop running?'

'Come an get in e skiff.'

'Wee done seen too much, Doctor Andrew.'

'Yu don wan tu luk.'

Att the same tyme, fa tither directioun, the sodgers them is
shouting att us.

'*Se renden!*'

They bin speaking this Surrender surrender. Next ting, I don
knowe if I bin running in e watter, or aiblins I bin sooming, or
what is happening. I jus feel a big weight on me back, and whan I
awauken, my mou is clartit wi sand. I don knowe whair I am.
Neist me lyes ane timmer plank, shott throu wi holes. Them sea
worms jus poke out their littil heids fra the holes. *Buenos gusanos*,
I wes thinking. And is staring back in my face.

I dinna ken how I cam heire. Whar I am. Yet this beach is tranquil. I fand a bit peace att last, and I done sunken my heid down in a dwam. Efter this, I taikit tru e forest, stravaiging e mountains an thing. I bin walking or sleeping aneath e lift. I bin running for weeks, or ane moneth, atour thon *cordillera*. Syne the Cuna pepill fand me.

CHAPTER 3

THIS MORNING HENRIETTA PLAYD a Sonata. Att the outset ane ken-speckle smattering o notes sought throu the fabric o the hutt. Next, the little notes begouth trummeling on the warm rain damp air, punctuatit by pauses. In repeating thir phrases, as weel vary-ing as modifying thaim, she lowsent notes bright as butterflies tae soar abune the palmetto. Whan she reacht the third pairt, als ane mistle thrush singing *clarino*, the tears prickt my een. Even altho her notes war pure and enchaunting, I jalousit an absence wes markt in thir pauses. I stappt til the bulwark, tae luik whair she stude neist the bamboo. The pepill gaitherit around her. Yet she wes oblivious. Her een war clossit, her peyntit cheek moist.

'He minds ye fell ower the gunnel,' I sayd. 'He hes tane fuit in Darien, tither in hell. It mayst drive a man gyte.'
    She turnit away, tho I ettelt tae win her attentioun by grasping her airm.
    'Henri,' I sayd. 'Thair is naething atween us.'
    She stude aneath thunderous een, bleezing als tho a lightning storm maun brak.
    'The doctor. He hes seen her als weil?'
    'He is really a time soomer. Tho haulf-hertit. He cam back.'
    'The past?' she leught. 'And what culd he see thair? Robert de Brus?'
    'The future. It shews us what may be accomplisht.'
    'Gang back. Gang forrard. Away hame to your strumpet!'
    'That's bye and dune,' I sayd. 'Thair is naebody but yow.'
    A deepening temper gaitherit upon her brow. She turnit tae luik til a wheen bairns att the fireside. Ambrosio's voyce murmu-rit on the saft air, as he tellt thaim an ondiscernible tale. I jalousit her mind wes on dream-whummelings.

Umwhiles, I thoght, wee maun aye be upbigging. Als weel in lofty affaires as in maitters closs til the hert. Alwise wee maun chuse; tae runn wi our dreams, or alse lippen til greater designes, descreivit by commoun ingyne. I culd see she wes steered by contrarie breezes; nae langer a soomer in shallow pool, she wes casten adrift on onfathomable tide. Aince she threw hersel on siccan tide. Haen brakken free, she band us. Yet in her hert laye an horribill assurance, that in reaching for me she broght catastrophe on the snow's crew. Likeways by biding amang my kintramen, I wroght drastick consequences on their designe. Thairfor wee culd find in each other a like nature, and in this terrible secret, mak oursels haill by conjoyning embrace.

Later the chyrurgeon satt on his hammock, supping mischlew. Even altho he wes in a middling state o inebriatioun, he wes able tae reflect on his circumstances quite soberly. In this mude wee sought tae enter him than. Stapping forrard, Henriet representit hersel.

'Doctor Livingstone,' she sayd. 'I amna quite what ye tak me for.'

'I see,' he reponit.

'Sir, I am Henrietta, sister o the trumpeter lad that shippt out on boord *Dauphin*.'

The chyrurgeon lat out ane gasp, and slumpt back in his hammock. It was als tho the discovery, that this persone wes nouther mear apparition nor the lad he feart tint, lat him shed a great burthen fra his shouthers. Henrietta begouth tae recount her tale, als I screivit thairanent; sauf she sayd it wes her brother shippt out on boord *Unicorn*, and continewing *etc*, that she tuk yill and ane bannock til her breakfast att Moffatt. That naebody kent her ava. For Doddie the daftie's breek gied her freedome.

'*Bravo*!' I sayd, tae bring her yarn til an end, for it seemed tae grow wi the spinning.

'How culd ye reach Darien now?' speirs the chyrurgeon.

'I rade down throu England, on highways and byeways, by living on a dyat o hares and hutcheons, that the gypsies learnit me tae catch whan I wes a bairn. Sen I arryved att Bristol, and shippt for Jamaica, in the wake o my darling twin.'

'She wes employd as trumpeter,' I sayd.

'I wes employd as a mear loblolly boy,' she sayd, fixing me wi defiant expressioun. 'In Jamaica, I speirit efter the Company, and fand barth on a French sloop. Her Captaine sayd he wald trade on this coast, and may putt in att Caledonia Bay. But efter we embarkt he larnt that your Commandoar Pennycuik is ane carnaptious brute; he harries ilka vessel that draps anchor.

'*Mais non,*' he says. '*Ce n'est pas possible. No vamos alla. Ce Commodore est un bête.*'

'How daur ye miscry my countryman?' I declaymit, whan he stude aff again.

'Thairfor, whan wee passt up this coast, he greed tae putt me ashoar, whair his Indian friends might fetch me til Edenbourg, and I might find my dear brother.'

'Oh!' cryes the chyrurgeon. 'Ye journeyed in vain. The puir laddie drownit. I saw it happen wi my een.'

And he begouth tae greet. Indeed, I wes on the poynt o greeting mysel. For our herts war muvit tae think she gaed throu siccan desperate travaills on her dear brother's account!

'Ay,' Henrietta sayd, dabbing her een wi her cuff. 'Mister Budd advisit me. Alsweel some o thir salvages discoverit his trumpet, washt up on the beach.'

Saying this, she toyed wi the bell o her trumpet, rubbing it till it schimmerit aneath the orange lowe o the lamp, and gied a bitt ruckle.

'Now it is aa that is left me,' she grat. 'My puir twin.'

'Weil now,' sayd the chyrurgeon, 'it can be scant consolatioun, tho I sal commend ye til Edenbourg's Council.'

'Mibbe wee culd use her for ane loblolly boy,' I putt in.

'A trumpeter,' replyes Doctor Livingstone. 'Nae less. Wee suld employ her as trumpeter.'

Sen he luikt upon Henrietta's dowie expressioun, and bitt his tongue. I shott her a glower, that she retournit double.

'It's that,' I sayd. 'Or alse lat her bide here wi the Cuna.'

'Ay,' she greed. 'I sal bide heire on my lanesome.'

Att this Doctor Livingstone discernit some antipathy atween us, for he putt his haund on her airm in a gesture o paternal affectioun.

'Now ye maun tell me,' he sayd, 'hes this fellow ill-usit ye?'

'No!' she exclaymit. 'He usit me quite weel, als I usit him, this moneth gane by.'

'This moneth?' he demands. 'How lang culd ye keep her heire?'

'Tyme is a byordinar substance in my experience,' I sayd. 'It may be less or mair.'

'Mister Budd fand me whan he cam luiking for herbs. He stude by me; als weel my protector as chyrurgeon; als weel rescuer as friend. An he never passt by, I may bene left att the mercy o heathens and salvages, or warse. Whan I larnt that my brother is loasst, I fell prey to black humours and the maist melancholick reflectiouns. I submitt I hade dwined til my daith, an he culdna luik til my needs.'

I luikt daggers att Henri. In the pools o her een wes a depth o passioun I culd scant conceive. For I wes band in siccan byordinar wab, als I discernit, I culdna lat lowse.

She playd *aria*. Yet ane singular sadness markt the thorn in this nightingale's breist. In the pauses, whair she never blew, I culdna quite hear what she heard. For I dout her mind playd far away, and heard *continuo*. Wha stroakt the inaudible cello bow? What haund struck silence fra harpsichord keys? This loass wee encounterit, by her lanesome playing in the arbour. She bemit the fifth muvement, *presto*; skinkling and clear on the tip o her tongue: an antrin sound, it rase amang Darien trees, echoed by mysterious birdis.

Wee shippt out sune efter, and are encampit the night on a key. Doctor Livingstone is still raither dwaibly, haen fand it needcessitous tae pray antient classical godes attend us on boord Ambrosio's *peragua*. Alsweel the Cuna crew keep peppers smoudering in her prow. Syne wee are als blesst heire as ony.

Ladit wi victals, wee culd soom atour shimmering sea, aneath a saft smirr and darkening lift, als sleekit as elvers. Att my feet lyes ane packet o *pareira brava*. Att her feet ane guitar wroght fra turtle shell. Wee sal rowl ontil New Caledonia the morn. Att the back o mine harn pan, thoghts o time sooming jarmummel and ming past wi future. Loblolly boy. Trumpeter. Chyrurgeon's mate. Ane house and hold. Sic byordinar band.

PART IV

The Fundamentals of Caledonia

La patria, amigos, es un acto perpetuo
Como el perpetuo mundo.

Jorge Luis Borges

CHAPTER I

DURING OUR ABSENCE, Captain Murdoch wes detaynit in the fortress by Council command. Alsweel Mister Jolly wes haulden on boord Captain Drummond, for stealing that hogsheid o brandy. Syne it seems the disease o imprisonment is contagious. As weel our *Dolphin* crew is clappt in gaol by Don Diego de los Rios Quesadas, als our Captain and Councillor war kept enclossit, tane in the fortress, tither on boord *Caledonia*.

Umwhiles my friends war bartht on a rudderless ship. Aince Captain Pincartoun wald guide *Unicorn* by Patersone's star. For a spell twa haunds warselt tae tak her tiller. Now they war baith imprisonit. Whan wee retournit on boord, Captain John Anderson commandit her. He might belang in tane factioun or nane. Whatna motives hade he, tae clipe the Commandoar's plot to Captain Murdoch? Or alse draw him in? For his auld pink, *Endeavour*, wes tae be deployed for ane fireship least the Spanyards attaque. Aiblins he consideris the command o ane merchantman is mair presitigious than a mear tinderbox, nae maitter she reeks o distemper and mightna be seaworthy at aa. Mibbe his thoghts turn til his ain account, and redding up *Unicorn* for ane privateering cruise.

Henri wes ower the gunnel or Davie culd streik out a haund.

'Henrietta,' I presentit her. 'This is the trumpeter's twin.'

'She is verra alike,' he remarkt.

'Alsweil different,' she reponit, gien me a saucy wink.

Wee assemblit aneath the canaby that night, whair wee chowed ower the news o the Colony als ane doge chows ane bane. Mister Craig sayd Murdoch hed offerit the Council his resignatioun and sought leave tae sail wi despatches. Sen Council detaynit him. I jalousit Councillor Jolly wes airt and pairt. The pompous auld durk culd never dae noght but mine him efter Pincartoun shippt out. Als weel he hed threwn his weight about on the quarter-deck, as he indulged in rumbunctiousness in Council. In the end he put our guid Captain in an impossible position; by command-ing him tae keep *Unicorn* afloat whan Council orderit him tae beach her. It is nae surprise that Murdoch gied ower his command. Als weel he fand himsel besetten by countermanding instruc-tiouns, as he wes obleidged tae desist fae helping the famishing planters by turtling on their account.

'That's right,' sayd Jimmy. 'As for the hogsheid, I dout Captain Jolly tuk it.'

Als I recall, I never saw the auld slummock on boord bot he hade ane bumper in his haund, and that bumper wes aye brimful.

'He hed nae choyce,' sayd Davie. 'He hes naewhair left tae bide.'

'He culd hae spakken up for the planters,' I sayd. 'Insteid he wald alwise mak ructioun. He even flitt on boord *Maidstone*, as sune as this bittie squale blew up. Syne he gott Captain Murdoch putten in prison.'

'No no. Thou cannot falt Captain Jolly for that. That was Councillor MacKay.'

'That's right as I mind it,' says Davie.

Davie's account o the Captain and the Scrivener

It wes thrie nights sen Councillor Jolly gaed on boord *Maidstone*. I wes in the quarterdeck redding his geir, for he wes aweir o leaving his new barth. In the meantime Commodore Pennecuik sent Captain Murdoch an invitatioun tae dine on boord *Saint Andrew*. He gied nae account o this, for his resolve wes fixt on shipping out. He hed sent in his resignatioun and offerit tae cairry despatches hame til the Company directors. Sen the scrivener MacKay cam on boord us. He breenges right intil the great cab-ine, fluttering the letter our Captain hed wrytten the Council.

'Whatna havers is this?' he wes bawling. 'She hes seen your saucy littil note.'

I slippt in att his back, tae glisk throu the door, whair I saw he wes reemadging the Captain's pockmantie.

'Ye never stappt ower for denner,' he says.

'I hade nae time.'

'Ach weel,' says he. 'Sea Captains are alwise the pusie men. Ower pusie tae careen their ships whan Council commandis. Put I forgott, Mister Murdoch. Yow arena a Captain nae mair.'

'Nae doubt,' says our Captain, 'the Council sent ye tae accept my resignatioun."

Att this the scrivener shuk his heid, that gart the stour sworl abune his periwig.

'Wee canna pe accepting it ava,' he cryes. 'The Council pelieves ye war tae hastie in this maitter. That wee canna lat captains pe flitting pot explanatioun.'

Captain Murdoch answert he sal gie an account o himsel to the Directors att Leith.

'I sal embarque wi the *Maidstane*,' he sayd. 'Thair is noght for me heire.'

'Noght for fealty in New Calydona?' he speirs him.

'I am leal as the neist man.'

Now the scrivener sidles about, als ane partan, squaring up til him.

'Leal as your friend Mister Jolly?" he wheedles. "Wald ye say he's deserting us? Or is he just efter taking a pleisour cruise, like certain ship captains."

'He hes offerit tae cairry despatches.'

'Now than, thair is Mister Jolly, Captain Montgomery and yoursel. Thrie verra fine gentlemen waiting on *Maidstone* and the tide. *Faire faire*. That is a terrible lott o pepill tae pe cairrying despatches.'

'Thair's a gey wheen o despatches,' he says. 'Aa the planters that can are wryting their friends.'

'The Council sal decide wha delivers despatches,' the sneisty scrivener replyes, 'and whatna plethers pe despatcht. Whairas Mister Jolly hes peen expellit fra Council.'

I wes bumbazit mysel by this news. Nae doubt it wes Thom Drummond's wark. His brother bare him noght but ill will sen thon argy bargy ower the hogsheid o brandy on boord *Caledonia*. Alsweil Mister Jolly hade lately flitt the Council meeting whan they chuse tae elect Drummond's cronies. Yet our Captain stude by him.

'I canna accompt for his actiones,' he says. 'Nor for what wyte may be placed upon him. Tho he can be a littil obstreperous, I wald say he is leal to the Company.'

'Leal til his hogsheid?' the scrivener jabs.

'He alwise representit himsel as ane reasounable Councillor.'

'And ye say yow are leal?'

'Leal til the weil o New Caledonia,' our Captain Murdoch declares.

'The Council, sirrah! And Company orders. Can yow consider your positioun?'

'My positioun is plain. I resign my command. I sall mak an account o mysel afore the Directors. Forbye, an they listen, I sal gie thaim an account o their Colony.'

'An ye winna come round, the Council demands; will ye pe sarving the Colony? Or will ye pe prakking your pand?'

'I alwise sarved the Colony,' says our man.

'Yet ye sail widdershins about. Ye refuse tae cairry out orders o the Council.'

'The Council commandis me tae careen her. Yet I hae anither command thats says na. My duty lyes in sarving my ship. Als Captain Pincartoun sarved her.'

'Your duty,' says MacKay, 'lyes in dischairging Council orders."

'And the commoun weil.'

'Praw Captain Murdoch,' he craws. 'Commandoar o the turtling fleet. Leal to the landsmen's pellies! *Faire faire* Mister Murdoch, *thoire an faire*.'

The Councillor-scrivener wes pacing his cabine, tae luik disap-pruiving att the littil seascape on the wall, as alse rifling his papers, and sticking his neb in the pockmantie. He wes scarting about like ane pyet, ontil Captain Murdoch culd thole him nae langer.

'The planters are wrackt wi bigging your forts and howking canals, he declayms. 'They dwindle by the day, while thon rapscallions preen and flyte als cocks on a dungheap. Ay sir, I wald tak a graip til it, like ony midden. For scum will aye rise tae the tap. Turn it ower now and nans, or it maks noght but a stink. Thir upstart Councillors can annerly sarve thair ain glory and proffit. They sal lat the land Captains mak slaves o the planters an it yields thaim five per cent. Cast thaim mouldy peas, and stuff their ain bellies wi meat. Lealty indeed! Whan our ain Commandoar is noght but ane rogue. Sir, thair sal be mutiny heire or all is bye wi it.'

Whether he thoght tae enter the scrivener this way, or alse the prospect o that barth on board *Maidstone* lowsent his tongue, he rann on like ane ship in front o the gale, ontill Councillor MacKay slippt ane haund in his pooch, and flappit ane paper afore him.

'Orders fra Council,' he snivels. 'As it is screivit heirein, I maun detayn yow. Sen your panter mings o treasoun, ye sal answer chairges o mutiny.'

That way Captain Murdoch wes detaynit be MacKay on behaulf o the Council. They say the scrivener is in cahoots wi the Commandoar. Captain Pennycook wald lat him ship out, in return for a favourable report to the Directors. Likeways the Council kept Mister Jolly ahint tae protect the Drummonds' interest. Aa the Councillors are aweir what men might say an they win hame. Thair is sae muckle ill will abraid they canna thole naebody tae leave an they hauld contrary views til their ain. Syne the Commandoar lats Councillor MacKay ship hame wi dispatches. Wha kens how letters might gett losst att sea an they mentioun his vicious ways.

This news wroght dreid consternatioun in my hert. Aathing wee heard sen wee gott back fra Ambrosio shewed the prospect o establishing ane new warld stude tae be scupperit by the obnoxious temperaments o thaim wee maun lippen tae guide our affaires.

Hed Councillor Patersone's efforts aa bene in vain? He proponit tae ding down the tyrant, and siccan injustice as this.

'What culd ye dae?' I sayd.

'This is where our little mouser could assist,' says Mister Craige.

'That's right,' says Jimmy. 'I wes able tae slip inside the fort att night, sen the gairds culdna see me.'

Jimmy's account o Mister Paterson

I fand Captain Murdoch in his cell att the fortress, whair he lay in ane drumlie temper, for he wes feart they might hang him up by his neck for mutiny. Att the outsett he kept his wheesht, but efter a while he representit how he wes detaynit, als ye heard thairanent.

'I wald annerly dae right,' he sayd, 'by the planters and my ain Captain Pincartoun. All I culd dae wes wark for the commoun weil.'

'Wee sanna lat ye hang,' I sured him. 'I sal present your case til Mister Paterson.'

'Gode grant he can save me gin ony man can,' he sayd. 'And I sware on my aith, an I chance tae win out o this place, I sal boord the next sloop in the wake o thon scheming teuchter. I sal follae his trail als ane hound. Whairever I meet him, he maun accompt for this. An he is gairdit by the ghaist o the great MacKay, even by aa the M'Craws and M'Kyes in the Hielands, they sanna save his carcase.'

Efter I hade seen him in his waeful state att the fort, I maun gang straight til Mister Paterson's hutt. Heire I apprisit him how maitters stude; that our Captain wes aweir o meeting the wuddie. He culd answer by shewing siccan outcome is onlikely.

'Whan wee pass the new lawes for right government,' he sayd, 'wee sal uphauld the principle that nae persone may be haulden in gaol athout fair and proper tryal. Farthermair the chairges facing Councillor Jolly and Captain Murdoch are onsustaynable in a court o lawe, under ony pretext whatsomever. For ontil siccan lawes can be made, wee are governit nouther by ship lawe, nor the lawes o Scotland in this place, but the lawe o Grace, that protects the innocent and avenges the guilty alike.'

He sayd the chairges war really the outcome o private vengenace, thairfor unjust. The former wes detaynit on boord *Caledonia* bot formal authorization, that can never be uphaulden by lawe. Whairas the latter is voyd by mear *reducto ad absurdo*. For Mister Murdoch gied ower his command afore Councillor Mackay fand falt wi him for refusing tae comply. Thairfor he canna be obliged tae act on this order, gien til the persone that acts as commander o *Unicorn*, whan he is nae langer commander. Nor can he be chairged wi mutiny, for that implyes he wald usurp command. Whairas he gied his command ower.

'It is weil he is happit in the fortress,' he concludit, 'for his protectioun. I sure ye nae skaith can befaa him thair.'

I wes dumfounerit be the guid Counsellor's reasouning. Yet I culd anely marvel att his zeal in the pursuit o justice. Likeways he speirit efter Davie, being aweir he wes lately employd as Mister Jolly's clerk.

'He is verra weel,' I reponit. 'Tho he is wanting a maister, sen the gunner wes taen by ane flux, and Captain Jolly is in nae positioun tae employ him.'

'It seems he made a creditable impressioun on Mister Jolly,' says the Councillor. 'Next tyme ye see him, wald yow oblidge me be inviting him tae wark as my clerk.'

'Mister Paterson wes that thrang wi making his lawes,' says Davie. 'He tuk me on as his clerk. Tho I thoght ye might appreciate my bringing some maitters til his attentioun.'

'Whatna maitters is that?' I sayd.

Davie's account o the Council

Councillor Paterson proponit the planters' freedome be broght forrard; that land be disbursit; that proper rules be made, als weel for the equitable administratioun o justice, as tae mak severall wards in New Edenburgh soe the pepill can elect delegates for ane Parliament.

Haen fand him compiling the ordnances for governing his city, I culd represent your view o the planters' fifty acres. I shewed him, by using Napier's banes, that aa the country wee claym can never be shared amangst aa the planters this way, onless wee encroach upon Cuna lands.

He gied nae account o this, tho whan I presst him farther, he sayd he may consider it mair clossly, least wee are deprived o access til the mines that lye in the hills; that aiblins he suld tak meisours tae protect the native pepill's property fra violence, tho he considers it inappropriate tae permitt thaim representatiouns in Parliament. For they are ane separate natioun, that sal bide neist us in Peace and prosper by an encrease in trade.

This way wee war able tae represent the rights o the Cuna, and whan he hed wroght his Rules and Ordinances wee maun attend Council.

Heire the Commandoar sate forrard in his chair, resting his chin on ane haund. Altho his een luikt til Patersone, I culd see his mind wes fixt on Thom Drummond. This land Captain sate forenent him. Att his left side wes Councillor Campbell, att his right side Councillor Vetch. Whan he spak, they agreed; whan Captain Pennecuik putt forrard his view, they opponit him. They war als tykes, yapping att the sea Captain's heel. Thairfor Pennycuik maun luik til the secretary, while the hairs on the nap o his neck birstelt wi the glowers o his enemy. Sen he threw in his cards tae try a new haund.

'Gentlemen,' he sayd. 'Wee needna detayn Captain Murdoch nae langer.'

'Verra weel,' says the secretary, waiting on Captain Drummond's response.

'Nouther suld wee fash oursels wi Mister Jolly,' he continewed. 'Ye mayst gree wi me now, Captain Drummond, that his falt is mear gluttony. That att warst they are ane pair o wheenging gnaffs. They can sail whan they list.'

Nane o Drummond's cronies replyed. His brother really hed nae reasoun tae keep the doitit auld Councillor on boord him. Whairas Councillor MacKay wes embarkt for Jamaica, cairrying Council's embassy in the Commandoar's favour.

'Tho wee suld mak it plain they hae nae authority tae represent the Colony,' sayd Captain Drummond. 'I wald advise yow als weel Captain Montgomerie is rady tae ship hame. He suld be dealt wi in like mainner. In sae far as the former Councillors Jolly and Montgomerie are concernit, alsweel thon waywardly seaman Captain Murdoch, the Directors sal be made aweir that their conduct hes bene a disgrace to the Colony, that they retourn hame als cowards and deserters.'

Now I wot Drummond consideris that Captain Montgomerie can sarve him as emissary in a private capacity. He will mak an account o the Council's affaires amang pepill that hae connexiouns wi the Company and can enter the Directors on his behoof. That might mend ony skaith wroght by Councillor MacKay.

'Wee suld mak ane clear deck,' he sayd. 'It is mear extravagance tae keep siccan wastrels ony langer at Company expense. Better tae be dune wi thaim, and luik til the new lawes that sal be proponit in Parlyament.'

'Weel than,' says the Commandoar. 'Sen the planters may be allowed tae chuse delegates, wee suld define whatna rights tae allow thaim in their littil Parlyament.'

'This is what Councillor Paterson ettles,' putt in the secretary.

And Mister Paterson, haen haulden his wheesht during thir deliberatiouns, presentit his papers, whairin he proponit the lawes for governance o New Caledonia. This wes passt by the delegates att their first session in the Parlyament. Later severall copies o thir Rules and Ordinances war made by the printer that shippt wi us on boord *Unicorn*.

Some things remayn onfathomable tae me. The Commandoar seems tae accept thir meisours in the same way a man accepts soss on his buits whan he staps throu a sharny paddock. Yet he hes an interest in appruiving thaim. An pouer is concedit to Parlyament, he can justify leaving thaim alane. Whairas his holds are ladit wi gear that is meant for the planters. Be making disruption, he can quitt the Colony. The gear may fetch a fair price in Jamaica, lat him clear his deck for privateering designes.

Likeways Thomas Drummond considerit this is an opportunity tae undermine the Commandoar even mair. Altho he hes littil regard for the planters' rights himsel, he can see that be latting thaim chuse ane Parlyament, and wi the Council in his control, thair wes scant left heire for the Commandoar ava.

Whairas the Commandoar thoght, An wee lat thir bitches runn aathing the Directors can say farewil tae profit. They ettle tae govern this settlement in their ain interests, and be dune wi the Directors. I wald dae better an I ship out on my ain account. That way, wi a commission tae seek reprisals, my honour is preservit and I sal acquire ane thrid o spulzie. An I ship hame directly I might cutt out this camsteerie Council entirely. Thair is mair honour for a seaman in reiving the *Barliavento* than in skulking about wi seditious cabals and schemers. They wald whummel the Company's designe nae less, and establish a republick bot respect for King William's lawe. I sal sail wi an union flag in my jack and the Company charter plankt in my pockmantie, tae lade aff my pelf att Leith. As for New Caledonia, Deil tak thaim aa.

Yet abune aa thir clashmaclavers wes Mister Paterson's law. Whan I first sett my een on thir Rules and Ordinances, I read thaim severall tymes ower, tae consider whatna advances the guid Councillor hes made in our affaires. Indeed I aamaist grat wi joy tae see that his plan seems about tae bear fruit, and the planters get their just deserts att last. I happit thaim in my kist tae read againe. They are lying in front o me now as I screive. He hes putten in some Indian rights, tho they fall short o the meisours I proponit. For the lave, it luiks like a right constitutioun for government, that is als weel commendable for establishing equity and sound judicial structures, as provocative in its radiness tae usurp the samyn pouers fra the authorities abune us.

As I can see it, the Council wes obleidged tae mak ane braw gesture, or alse face the prospect o outright mutiny. The Concilors might leuch at the roch treatment Mister Jolly hade sufferit att the haunds o the planters. Yet thair wes eneuch anger and jalousey abraid tae gar thaim tak tent. Nor culd they gain ought be punitive meisours. For maitters cam til sic a dreidful pass in the Colony, and the planters dwining dayly hed noght tae lose by forcing their haund. Whairas at the verra moment o their encrease in liberties, the planters war constrainit. Even as pouer wes offerit this Parlyament, the Council gaitherit pouers ontil itsel be defining their extent.

Be this meisour New Calydonia wald mak her a place in the warld, or be whummelt. Haen traversit ayont history buk recollectioun, the odds seemed about even. Als weel I wes blithe tae see whatna progress wee made, as it kittelt me tae think whatna haund I playd in it. For, Cuna rights aside, wee considerit the auld ways are dang down, and a new era o justice and commoun weil wes upon us.

Whan wee retournit fra Ambrosio, Doctor McKenzie wes adamant Henrietta maun use his cabine, that she refuses. Farthermair, he advises that in shortt she is pregnant. Wee kip aneath the canaby, making out wee are the samyn buddies wee war att the outsett. Tho she canna broach this ava; that she is likely cairrying my bairn.

What can a fellowe dae, in my position? It seems aa notiouns o abiding be the Prime Directive are whummelt in this issue. I canna sleep for fashing, and turnit til my journal for consolatioun. Even as the rain dreeps aff the canvas, I can mind thon nights wee liggit aneath palmetto thack, wi the night insects chirming. How I wald cup my haund round her bosom, tae feel her nipple harden atween finger and thoom. I dwall on the tyme whan wee war wont tae coory in on the gunn deck, happit in innocent band. Thegether in bairnhood, it seems, wee crosst the braid Atlantick, wi hope and fear in our breist. Now thair is mair, something bigger nor fear and hope combinit. Wee are joynit als ane persone, als weel be misadventure as fulish ingyne.

CHAPTER 2

ALS MISTER PHAYNE DESCREIVES in his littil buke o remeids: Many times it happeneth that the gut called of the Latines *rectum intestinum*, falleth out at the foundament, and can not be gotten in agayne without paine and labour.

Doctor McKenzie applyed himsel to the mortar, pouring in ane hantle o galles, and stamping thaim vigorously.

'Wald ye lift down thon mastik?' he sayd presently.

I tuk down the jar, tae fire in the mastick, till he compleatit his pulverisatiouns, and pouring the medicine intil a paper cone, happit it in a packet. Sen he chappit his pouches and plankt the pouder in his bag amang divers instruments he hed preparit.

'Weel than,' he sayd. 'Wee sal gang ashoar Mister Budd.'

Haen blawn out the lamp and steikit the door, I follaed him, coming up til his elbuck as wee gaed throu the skuttle ontil the haulf deck. Sen I radily swung ower the gunnel at his back, and clam down the ladder into the boat that rase on the wave att our feet. Twelve braid shoulders war bent to the oars, snooving her throu the watter. Abune the sun wes a glimmer in the rising sky. Alwise, I thoght, wee rowl forrard. Als tide and tyme, sooming throu years and places, wharsomever wee are capable tae soom. By human ingyne, or fate? Whatna new warld are wee come til?

Ower the bay pelicans and gannets war wheeling in the lift, whiles plummeting down in a plume o saut speendrift, tae rise up fra the sea wi a skinkle o siller in their insatiable maw. Aneath us the watter threw back light refractit blew green fra her depths. The prow rase and fell as wee sped ontil New Edinburgh, whair she cam alangside the jetty.

The first thing ye discover is the stink. Aawhair is a fyle decadent stench, rising fra the palmetto thack on the huts, that being in an advanced stage o decompositioun, can mak the entire toun ane compost heap. Thair is a deidly torpor and lethargy about the place, that is made mair emphatick be the persistent droning o flees and various insects.

Alwise a gey hantle o men wait on the chyrurgeon's ministratiouns att the marching hospitall. They are extreamly dwaibly for want o victalls. Maist present symptoms o ague, scurvy, flux and pockes, that I descreivit tharanent. Thairfor I sal resist the impulse tae suppurate; that is tae dwall on the precise nature o their illnesses. Nor, heiven forfend, suld I mak discourse on disease and cause, na therapeutics nor specifics, least they gaither to poysonous effect on the page, and splairge furth als a boyle dischairges pus whan lancit.

Suffice it tae say, siccan scunnersome sights as these are seldome witnesst by ony that are fortunate tae bide in a civilized warld. Yet Doctor McKenzie hes taen it upon himsel tae enter the lists, bearing the colours o his professioun. Heire his propose is fulfillit, even in administering a certain remede he preparit. As the carpenter rejoyces att the swift curl o wood shaving aneath his adze and the merry clink o hammers on nails; ane chyrurgeon maun find satisfactioun in the hideous emissioun o bodily fluids, amangst the nauseous stench o payne and misery. I sal pass by sic horribil maladies, tho I remarkt my surprize tae discover him in his cabine stamping thon pouder.

'It seems a bittie auld farrant,' I sayd, while he applyed a blister pack in the marching hospitall. 'Mainly yow advise me tae use something simple, nae compounds.'

'What remeid is thair, bot Thomas Phaine's receipt?' he reponit. 'A gey wheen o the men hes the erse falling out o thaim tane tyme or tither. Yet noght is prescreivit, na be Hoffmann nor Harvey. Tho Sydenham proponis ane generall systeme. Wee maun luik til the patient, nae lat our een be engoggelt be theoretickal discourse. On tane haund is the needcessity tae encrease our knowledge o Physique. Yow might pursew the wark o Mister Newton. That is aa verra weel. Tho whan aa is bye wi it, what can wee dae?'

'Indeed sir,' I greed. 'What can wee dae ava?'

'What is mair needcessitous?' he sayd, chapping the patient's shouther tae shew he wes dune. 'Tae wark remeids or encrease unnerstaunding?'

'Tae be upstaunding sir,' quo the planter. 'Nae staunding unner, but staunding up straight-like. Tae be owerstaunding; that is the maist pressing business a man hes.'

'Verra weel,' says the chyrurgeon, leading his patient out. 'Tak tent o thon blistering now. An the fever daesna subside the morn's night, I sal advise yow again.'

The next patient wes in the hutt or he culd pick up his dissertatioun.

'Lice!' he sayd, poking ane stribble o the planter's hair. 'The razor an ye list.'

I sate the man down on the bench that wes providit for this propose, and rubbing a littil soap in a lather, begouth tae shave his pow.

'Tane thing is unnerstaunding,' I continewed. 'What alse?'

'Precisely!' he shott back. 'Whan the maist enquiring scholars can dae noght but mak a strunt wi microscopes and cadavers, professing tae discover the inward warkings o men, as alse they draw diagrams tae shew the motioun o bluid in doges or the pairts o a puddock's lung, what can it avail us?'

'It shews us the trewth,' I sayd. 'It illumines our unnerstaunding.'

I wes scraping the planter's pow wi the dull blade, and slorkit lather in the bowl he hed haulden aneath his chin. I droukit a bit lint in the can, tae douse the shaven man's pan wi brimstane and vinegar. Saut watter is alsweil recommendit, tho I waldna sae muckle as dip ane tae in thon bay. I sure ye it is a right hotch potch o animalcules now.

The next patients seemed hail eneuch, considering our circumstances. Yet the doctor dresst ilka man wi a bandage round his thoom, or whatsomever placebo he fand.

'What is it wi thaim?' I speirit.

'Whiles a body is wrackt, an the owerseers culd anely admit. They are aa seeck for want o victalls. Bot meat they canna wark. Sen I prescreive rest, for the hail jing bang.'

'The Commandoar says, nae meat for thaim that dinna wark.'

'Whiles wee suld treat like wi like,' he gied back. 'This way prevents thaim being driven til daith. An the Council wants wark, I hae tellt thaim what remeid is needcessitous. The ship holds are stowed wi provisiouns, that might sarve planters better nor rottans. Yet the Captains refuse tae onlade thaim, for they are obleidged tae keep their crews haill.'

The next planter laye on the bench, tae lat us apply cuppings for his ague.

'Wee maun alwise tak tent o the patient,' sayd the chyrurgeon. 'What symptomes hes he? Examine his secretiouns, and his excretiouns. Observatioun is the fundamental o medicine, on whilk is biggit Physique. Be minging science, that is right unnerstaunding, wi experience, that is observatiouns. That way wee can design therapeuticks.'

'Verra weel than,' I sayd. 'What about thon compound ye stampt out in the mortar?'

He remuivit ane gless fra the patient's feverish skin.

'As Hippocrates sayd: Opportunity is fleeting; experiment dangerous.'

'Sen ye faa back on siccan clarty auld brew?'

He wes lighting a taper.

'An they ship wi the Deil, lat him tak thaim for dabbling wi unnaturall causes.'

I gied ower speiring, for wee war att a delicate stage in the procedure, and I wes aweir o alarming the patient by indulging in banter. Yet his discourse remaynit att the back o my mind, chowing away als ane doge chows a bane. It fasht me that he culd be blithe tae employ modern methodes on tane haund, yet lippen til auld saws and stale aphorisms whan ane right answer eludit him. Forbye my radiness tae engadge wi philisophickal enquiries wes quite drained by our exertiouns in that hott stinking hutt, tae be replaced by disconsolate thoghts and drumly consternatiouns aince mair.

What are wee ettling att? I wonder. For it seems the chyrurgeon luikt on New Edenbourg wi twa faces. Tane ware the masque o compassioun, that provoakit in his hert ane generous instinct tae mak haill what is brakken. Tither bare an expressioun, grundit in ugsome disdain, that sayd, What guid can I dae? Can physique prevail ower enfeebling disease? This wes the visage o ane man whase striving hed putten him ayont aa religioun, ayont his ain discipline, be the mear witness o horrour. Tane is the face o Hippocrates; tither the face o Prometheus. In sooth howsomever, Doctor MacKenzie maun dree his ain weird. For in the nethermaist holds o his harn pan he wald nurture ane thoght, that is commoun til aa chyrurgeons.

O, for a clean siccar blade! For ane amputatioun, whairby learning and skill can enter the lists against injury. Tae whummel this payn and miserie be swift brandishing o steel scalpel and saw. Raither wee maun thole this soss o shite and gore; a dispiriting dreeple o febrile fluids, alse the slaw suppuration o festering ounds.

What are wee come til? I speirit mysel. Whan Doctor MacKenzie stares down the maw o this beast, tae find naething but damnificatioun, whair putrescent flesh can deny even the honour o coming tae grips wi his fae?

As the efternoon ware on, I couth find nae respite fra thir melancholic reflexiouns. I stude in a vacant stupor, helping tae apply a clyster, whan Doctor Livingstone breenged in.

'Sirs!' he declaymit. 'I am come tae relieve my Aesculapian friend.'

His verra appearance representit dishevelment. His gaunt face, deeply etcht by the traumas he lately endured, provoakit an enormous scunner in my breist. Sen he turnit, tae gie me a generous wink.

'The Rubicon is crosst,' he pronouncit lustily. 'Poseidon sits in his court, and grants yow ane audience.'

Upon seeing him enter, and proclaym thir profanities, a pouerful claustrophobia cam ower me. On an impulse, I drappit the clyster pipe, and rann fra the hutt.

Outside, I warselt the collar o my sark lowse, drinking in great gulphs o air, for I wes feart o dwamming away. What gart him come heire? Sen he retournit fra his onfathomable voyages, he hade lain in his cabine wi ane chopin o brandy for medicatioun. He wes widely reputit tae gane gyte, haen tint aa reasoun in his desperate stravaigings. Tae permitt him tae tak up his craft again seemed als weil hazardous as onethickal. Yet he appeirit tae apprize the situatioun at aince when he cam in and, filling the breach, tuk my place wi the clyster pipe.

The twa chyrurgeons war conversing in familiar tones, als tho they embarkt on their chyrurgery bot hindrance, nor interruptioun fra the preceeding events. I wes dang down by a sense o my ain fearful impotence. Even my duties in the mairching hospital might be performit better by a drunkart madman. What use wes I, in this Godforsaken place?

Efter I wes thinking thir thoghts a while, Doctor MacKenzie keekit his heid round the bulwark o the hutt.

'Mister Budd,' he says. 'Doctor Livingstone is just efter saying the Commodore invites ye tae drap by him the night, for a bowl o punch. Tho ye sannna lat on I sayd this, he might wish tae employ ye on boord him.'

I gied him a gley that read, Me? On boord the Commandoar?

'Ye ken what I mean?' he sayd. 'The samyn way he askt Captain Murdoch tae dine wi him efter he gied ower his command.'

Whairby I wes aweir o the trew nature o his invitatioun.

Yet whan I wes away tae gang on boord *Unicorn* and prepare for this interview, *Saint Andrew's* boat laye waiting on the jetty. Her crew hed orders tae ship me directly. Or I culd tak tent o my circumstances, I fand mysel in the great cabine on boord him.

The Commandoar stude neist the brod, whairon wes setten a whit iron punch bowl. John Cruden skulkt att his back, examining something in his haund. His een war reid als rottans' een, his face black avisit fra smoaking the holds.

'Mister Budd,' quoth the Commandoar. 'Whatna buits is this?'

I saw the thrid mate hauden ane crappit Wellington buit that Doctor Livingstone ware.

'Whair culd a man find siccan buits?'

'I dinna ken sir. He tellt me he wes att Colon, that is a city fower score leagues west.'

'A city,' he sayd, 'that is biggit by negroes?'

'That is how he representit it.'

'They ware shoon like this.'

'That wald be right.'

'They are verra fine buits.'

'Indeed they are sir.'

The Commandoar tippt his heid ae fractioun tae speir o John Cruden.

'He says this is a fine pair o buits,' he sayd. 'Can yow gree wi him?'

'I wald say they are a devillish fine pair o buits, Commandoar.'

'As a man varsed in scientifick methode, whatna cloath are they wroght wi?'

'I dout they are made o pitch, lined wi canvas.'

'Now Mister Budd, whair can a man find pitch tae mak buits fra?'

'Oh sir,' I begouth on an impulse. 'I hear thair is a lake o pitch, in an island clossby.'

I hed been thinking o PVC; nae tae mentioun it, alse the catt's out the bag. Thairfor I wald settle for pitch. As I read in ae buk o Tam Fenner's, this lake wes used by Sir Francis Drake tae caulk his ships. Alsweil Commodore Pennecuik hed sarved in the English Navy. His anely command, or he embarkt wi the Company, wes a bomb ketch att the back o the English lines aff Flanders. Alang wi the entire English navy, I jalouse he is wont tae revere thon cut throat brigand for a great hero; his sympathy is apt tae be enterit by mear mentioun o the name.

'Sir Francis Drake caulkit his fleet wi pitch fra thon lake,' I sayd. 'Syne he embarkt on his exployts alang the Main. It lyes in the Caribbean, three days wi a suitable wind.'

'Tak tent Captain Pennycook,' says Cruden. 'That is ane typickal trick thir fellowes employ, tae steer us about. Wee suld speir him anent *poni*.'

'Ye needna advise me,' snappit the Commodore.

'Tho the island is haulden by Spain now,' I sayd.

'Ye seem verra knowledgeable,' says the Commandoar.

'Alse he is kende.'

I answert him that it is commoun knowledge in thir latitudes.

'What culd ye lear asides?' he pumpit me.

'Sir?'

'Fra the Indians. What culd they shew ye?'

'The use o bows and arrows. Lances in hunting. Certain medicinal herbs.'

'I hear they are used wi dealing in magick,' he proponit, 'that they wark spells and conjure the devil in *pow wows*.'

'I never observit thir practices.'

'What?' he exclayms disbelievingly. 'Ye war amang thaim twa moneths, yet they never engaged in a *pow wow*. Thir salvages are pouerful strang wi their magick.'

I answer that the feck o thaim claym tae be Christians.

'Or Catholicks,' he bandied.

'Ay than, als near as damnit.'

'Whair can they worship, als Christians?'

'I dinna ken. Aneath the starn.'

'They worship the starn now?'

'Na sir. I mean I ken verra littil o their faith.'

'Yet ye say they are Christians?'

'I dout they hae severall deities or spirits. They bide in the forest, the lift, the yird, the river. Thair is ane that is a sortt o turtle, he sooms in the sea. Tho I dinna ken whether thon turtle is ane gode, or ane legend. It is really a complex affaire.'

'Some pepill say that they worship the devill.'

John Cruden gied a bit snort. The Commandoar shott him a luik o disappruival.

'They never worshippt the devill?'

'Never that I am aweir. Their faith is mair antrin nor the mear worship o devills.'

'Ower antrin for a loblolly boy tae meddle wi,' putt in Cruden wi a snigger.

'Pipe down,' says the Commandoar.

'Ay sir,' he gies back. 'Tho I suld mind yow. The unguent.'

Att the outsett I considerit this palaver als mearly ane huntiegowk. As is their custome, the Commodore maun seek his ain scapegoat. Now for the first time sen they broght me on boord, I saw whair this course may lead. I culd mind the auld crone's warning – that they are gey ill setten agin her honest trade – and it gart my bluid grue.

'He uses it whan consorting wi Hielandmen,' says the chyrurgeon's mate unctuously.

'It hes various uses,' I sayd.

'Indeed. As your colleague advises. Mister Cruden, tell me the nature o this unguent.'

'It is really a quack cure. Or warse.'

'How warse?'

'I hae bene aweir o this, sen he healed Hirpling Jimmy.'

'Is it this? That ye usit it tae fix the lad's leg?'

'Ay sir. Nae Cuna magick ava. The jar hes bene in my kist sen wee shippt out.'

'In this kist ye may discover an Indian drum,' Cruden sayd snidely. 'That is the sortt they use in their *pow wows*. Alsweel ane arrow, and his *poni*. He hes a speciall sortt o pen. It is wroght fra timmer, yet never runns out o ink. Nor can it require ony ink whatsomever, for I witnesst him on numerous occasiouns, screiving in his secret journal.'

Syne he presentit the Commandoar wi my pencil stubb. It wes extreamly worn down, for ane year hes elapsit sen I filcht it fra the Broo, and they are never haulf a pencill in the first place. Now it wes smoorit wi gannet grease and candle tallow. He turnit it around in his fingers, and presst its poynt on some blotting paper that laye on his pockmantie, als tho tae discover whether ink can run fra dry timmer.

This is the dorty mate's game, I thoght. Tae fitt me up. Yet this culdna entirely surprise me, sen he wes by my acquaintance ane jalouse and vindictive persone.

'The drum is thair ayont denial,' he gaed on. 'For mony an honest Christian hes bene kept fra his kip by its fearsome din.'

Captain Pennycuik signed his name, marvelling att the grey line it made. Tho whan he wald add sworls att the bottom, he cam til a deid lift whan the poynt snappit aff. He than ettelt tae screive wi the brakken stubb, tho it left nae mark on the page.

'This is nae pen,' he declarit. 'It is noght but a stick.'

John Cruden cast me a glower. Alwise he maun bear me this grudge, efter wee fell out ower the cat. Sen Doctor McKenzie orderit him on boord the flagship. Now this maun be his notioun o *petit* vengeance; tae gie me into trouble wi the heid bummer. Frae the clypie loun I luikt til the Commandoar, whase efforts mearly masht up his paper.

'I dinna ken what he's att,' I sayd. 'Tae confuse a stick for a pen!'

'I saw him use it!' he cryes. 'Captain. He maun shew how tae use it.'

The Commandoar tuk up the pencil, inspecting it clossly, als tho it may tell him what way tae proceed. Presently he addresst me again.

'Howsomever,' he says, 'it seems ye keep company wi rascales and salvages.'

'I gaed amang thaim for remedes. I fand the sister o *Unicorn*'s trumpeter. Alsweil Doctor Livingstone. I cam back als sune as wee war aa capable.'

'Lately I fand him recommending this unguent for ane Hielandman,' says the clype. 'That is Peter M'Clachan. The stane cutter.'

It seems he wald big up ane pretext, upon my using this

unguent; that my invitatioun here may sarve some purpose o wyting me, I culdna fathome ava.

'Doctor McKenzie hes reprimandit this teuchter severall tymes for cutting stanes,' he wheenged. 'Yet Mister Budd sayd, Ise fetch my unguent. He implyed they suld sett up in the stone cutting trade, that is considerit dishonourable by right proper chyrurgeons.'

'That is pairt o the sooth,' I greed. 'This Mister M'Clachan cuts bladder stanes. Aabody consults him, whan push comes tae shove. For the men that are afflictit become onable tae piss. Peter M'Clachan can remove thaim, and ease their discomfort. This is an extreamly hazardous operatioun. It involves cutting in through the rectum. At least hauf o thaim dye. Yet they dree the weird, or alse suffer intholerable payn. Doctor McKenzie refuses tae performe this procedure, nor can he permitt the stane cutter tae dae it. Aa wee can dae is try diureticks tae encourage thaim. This is what I hed gotten fra Captain Ambrosio, sir. The *pareira brava*.'

'*Brava* tae try it!' says Cruden. 'In his papish way o speaking. It is a barbaric practice aathegether. Peter M'Clachan may be quick wi his blade, but he fairly wracks their rectum. And Mister Budd wes airt and pairt o this designe.'

'The *pareira* mearly treats ane symptome,' I explaynit. 'It taks a mair drastic method tae cure.'

Captain Pennycuik scrunkit his neb in distaste. Umwhile my tormentor culdna help but drive hame his accusatioun.

'This is what he wald dae sir. He wracks rectums!'

'What's dune is dune,' I sayd. 'Thair wes ane patient in his care, that Doctor McKenzie discoverit. He gied Mister M'Clachan a flea in his lug, for the patient wes dwining wi the infectioun. I discretely recommendit the unguent, for it cured Hirpling Jimmy als aince it saved mysel. Desperate cases, as we say, caa for desperate meisours. That is why I lat Peter use it. Tho the puir fellowe is deid now, Gode preserve him. I wes ower late.'

'See, that maun accompt him a murtherer!'

'Burst arses and unguent!' cryes the Commandoar. 'Dinna fash me wi trifles.'

'Thair is mair tho,' says Cruden, trummeling wi radge. 'I sure ye this mate hes bene dabbling in wanchancy things. He ettles tae whummel this settlement. Att the outsett, he proponit tae poyson our watter. An ye luik til his case, yow sal discover aa manner o ploys; als weel squid batings as unguents; als weel consorting wi salvages and Ersemen as meddling wi mummerings. By his confessioun, he broght Doctor Livingstone back fra Hell. Thair is nae telling whair it will end. Is it possible he culd blaw up a squale tae wrack ships? He even conjurit the trumpeter's double fra thin air. Haen an onnaturall fondness for him, he dredged him up fra the deep tae be ane lassie. For his ain perverse pleisour!'

The Commandoar wes regarding the chyrurgeon's mate wi disbelieving expressioun. Att his side he flippt my pencil atween finger and thoom. In ane corner the ship clock tickt heavily. The waas o the great cabine seemed tae closs in, stifling the thick atmosphere wi reek o tar, vinegar, polish and tobbacko. Captain Pennycook's een war cauld als ane gannet's een abune his neb. Syne in ane instant, ane sound sharp als ane pistole crack brist the hott air. The pencil stub laye in his loof, brakken in twa.

'Out o it,' he says.

The chyrurgeon's thrid mate wes out the door, even as the Commandoar turnit til the punch bowl att the brod.

'Guid riddance,' he says. 'Wee canna be daen wi sic havers.'

I gliskt til him warily as he poured me a bumper o punch.

'Ye prefer life ashoar tho?' he says.

'It is sax and haulf a dozen,' I sayd. 'I am ane amphibious creature by habbit.'

'Verra weel than. Walcome on boord.'

He rase his gless in a toast, that I culd scant resist. The scent o pineapples, spices and oranges mingit wi Madeira wine and brandy kittelt my nostrile, till an image o Henri flichterit in my een.

'Wi your leave, I suld bide ashoar. I hae certain obligatiouns.'

In despite o the Commandoar's reputatioun, I thoght he may be entered by reasoun. I suld explayn that I am betrothed. It is entirely reasounable an aspiring young man in my position wald

remayn wi his faimily. That I prefer tae bide heire and help Mister
Paterson big his new city. In tyme I may ship for auld Edenbrogh,
or alse Leyden, tae attend classes and demonstratiouns in anato-
my. Whan I retourn I sal be ane compleat chyrurgeon, and this
place will be the maist remarkable city in the warld. Mister
Paterson may encouradge me tae engadge in the affaires o New
Calydonia, that sal embody the maist visionary ideals o politickal
democracy in her Parlyament, even as the Warld's riches pour
throu her port fra the South Seas. An Emporium o the East, abune
ingyne! Haen wroght notable advances in physique att Leyden, I
sal rowl forrard the boundaries o science, and mak wondrous
inventiouns, als weil refrigerators and potable watter as aero-
planes and electricity.

'Whan wee are att sea,' the Commandoar wes discoursing, 'aften
wee hear the waves rowling, the wind blawing, aa the multiple
motiouns o watter as it swells and braks. Mister Budd, hae ye never
thoght tae listen to the tiniest particule o watter; what can ye hear?'

'I dinna ken sir.'

'As a scientist. It doesna intrigue yow?'

'I dout wee culdna hear naething at aa.'

'No!' he shott back. 'Yow are quite correct. Thair is noght tae
be heard fra the tinyest particule. Yet the sea maks ane tumultuous
growling noyse.'

He than poyntit att my breist wi ane siller toothpick, that he
wes using tae clean the pineapple fra his teeth. What wes he ettling
att? He culdna broght me heire tae dissertate on philosophy.

'Wee can hear the tempest roar!'

He wes swaying on his feet als tho wee really war in the midst
o a storm att sea.

'I daur say wee culd,' I greed wi him.

'Yet deil tak us baith Billy Budd, an wee can hear thon partic-
ules ava.'

'Ay sir,' I greed.

'As wi naturall bodies, it is the samyn wi human bodies,' he
sayd. 'A man can mend a tiresome whelp wi ane kick in his dowp.

The noyse fra some distance, whan the curs foregaither, is a bray-ing and yelloching. Yet whan ye come closs, they mak noght ae peep. The cowardly doges daurna present their fangs on their lane-some, tho they howl in a pack.'

I waggit my pow tae commend his singular insight.

'Tho some maun bark mair nor the lave, engaging in secret cabals. Whatna pairt culd ye play in thon quack show?'

'The chyrurgeon,' I sayd wi a start.

'Ye never thoght that might be presumptuous?'

'Doctor MacKenzie commendit us for it.'

Remuiving the toothpick, he examinit a littil threid o pineap-ple on the end o it.

'Wes it mearly a quack shaw?'

'It's purpose wes tae demonstrate hygiene.'

'Naething mair?'

'Nae mair. Nae less.'

'Than, why culd ye misrepresent Councillor Jolly?'

He flickt the strand o fruit fra his toothpick in a nonchalant mainner, that lightit on my right cheek. Tho he wesna aweir; he wes luiking in a gless that hangs ower the brod.

'Wee never ettelt tae misrepresent naebody,' I sayd. 'That wes a misunnerstaunding.'

'It seems wee are embroylit in several misunnerstaundings and misrepresentatiouns.'

'Tho wee maunna complicate maitters be misrepresenting what we misunnerstude. The originall misrepresentatioun arase als ane coincidence amangst the audience efter our player made a jape wi the stufft pig. He wes led on be the theatrickal muse.'

'And what honest man wald personify a Councillor be fouter-ing a pig?'

For ane instant, I thoght tae wyte Henriet sen he is deemit tint ower the gunnel. Yet I wes aweir o drawing attention til him, least she might be discoverit, and the falt I wald place on a deid man come back tae haunt her. I suld never discloss her secret. Yet by resolving this, I maun tak the falt on mysel.

'Indeed,' I declaymit. 'Nae honest man culd dae that. I am als weel ane lyar as an habitual misrepresentor o persones.'

'Ye freely admit it?' he sayd in surprize.

'I can represent that I am a lyar, haen misrepresentit mysel on numerous occasiouns.'

'In what maitters can ye consider ye misrepresentit yoursel?'

'In aa maitters sen wee shippt fra Leith.'

'That is impossible!' he declares. 'Dae ye pretend that ye arena the author o yoursel, that yow are ane actor o your ain misrepresentatioun? Or that ye personate yoursel, als ane misrepresenting actor, tho your author is soothful? Or alse yow maun tell me the actor is soothful, and the author ane lyar?'

I wes utterly bumbazit by this.

'Trow what ye list,' I sayd, 'an it is based on sound reasouning.'

'The sooth now,' he sayd, grewing shortt wi me.

'I misrepresent mysel in aathing.'

'Can it be that ye misrepresent yoursel now, pretending tae be a misrepresenter?'

'Aha! Ye suld be aweir I'm a lyar.'

'War yow reponsible for Mister Jolly's pig foutering?'

'That is ane fyle accusatioun. I canna be faltit wi another persone's misdemeanour, whether he div it or not. Wee nouther representit nor misrepresentit thon Councillor in ony action whatsomever. Nouther as actor nor author.'

He wes luiking til me wi een bigg as ashets, the while he turnit the toothpick around in his fingers, that I jalouse is ane nervous habbit, fra his snapping my pencill last tyme.

'In this case,' he comes about, 'how dae ye represent yoursel now?'

'As William Budd, sir. The chyrurgeon's fourth mate on boord *Unicorn*.'

'Yet I am advisit, by the secretary Mister Rois, that nae persone bearing your name appears in the Company account o thaim that shippt wi us.'

This wes walcome news indeed. As I discernit, I might shew him I culdna exist, and thairfor culdna be obligatit tae comply wi his speirings, nor ship wi him ava.

'It wald be remarkable for Billy Budd tae be in that account,' I sayd. 'For I appendit the name on my persone efter entering the Company's service. Naebody kens me ava.'

'Whair culd ye come fra?'

'Caledonia.'

'Your faimily?'

'Nane in this warld sir. I wes broght heire in a maist singular mainner.'

'I warrant wee aa cam in this warld the same gait,' he gies back. 'Dae ye mean tae present yoursel as an orphan?'

'In a mainner o speaking.'

'Sen your parents are deid?'

'Last tyme I seen thaim they war haill.'

'They are leeving?'

'I can sure ye they arena.'

'Yet ye tell me yow are nae orphan. The sooth now!'

'Ay sir. I wes broght in this wardle by Mistress Ann Guidbodie. She bides in a vennel aff the High Street in Edenburgh.'

'Hes she ane husband?'

'I dinna ken sir. She is really an auld woman.'

'Ye dinna ken your ain mither?'

'That is a different maitter,' I reponit.

'Is thair naebody tae own ye att hame?'

'Nouther in Scotland, in New Caledonia, nor the warld as it birls round the day.'

How I couth yearn for Henri's presence, that by ane discrete glance, or ane kiss, she might soothe my brow, and sauf my spirit. Whairas I grew entaigelt mair closs in this wab.

'Yow are a camsteery younker,' he says.

'Ay sir.'

'Ye sanna desert us againe.'

'I hae nae place heire, nor in Company ledger,' I sayd. 'I can nouther desert nor submitt til a band that wes never made in my name. Farthermair whatna man can lippen til this Company, whan his life is discomptit by thaim that wald treat him as a mear beast o burthen? An I hed putten my name to this band I wald declare it is abusit. Thair can be nae justice, nor injustice, in brakking thir bands.'

'Doctor McKenzie tells me ye dae weel as his mate,' he sayd now. 'He wald even excuse your deserting him. Tho he culdna permit ye tae stravaige amang salvages, he attributes your waywardliness til an excessive enthusiasm, that is aamaist acceptable in a young chyrurgeon. In short, wee sal pass it by sen he says ye cam back wi remedes.'

He wes staunding in the middle o the cabine, waring an expressioun that I considerit he wes luiking for the right way tae express himsel.

'Alsweil for assisting Doctor Livingstone,' he sayd, 'and that trumpetting strumpet.'

'Ye hae nae right tae miscry her that way,' I sayd.

'Dae ye ken she is cairrying?'

'Ay sir.'

'Are yow aweir that your maister says she is seeven moneths under way?'

'That is a lee,' I denyed. But even than the barb struck hame and I maun accompt the days sen first wee liggit in thon Cuna hutt. Twalve weeks at maist, I thoght.

'Thair is nae reasoun for ye tae bide heire,' he sayd, swirling the dregs in his bumper.

'An I refuse?'

'The Council hes lawes tae deal wi deserters.'

The Commandoar's visage distendit afore me, his mou growing and shrinking. Ane bubble o saliva brak whair he applyed his toothpick.

'My quartermaster will show yow your barth,' he sayd.

Als sune as I wes alane in the cabine, I threw mysel down on the hammock and fell in the maist drumly reflectiouns imaginable.

Supposing Henri wes gotten wi bairn seeven moneths syne? That wes about the tyme wee arryved in this horribill place. Wha culd dae it? My Henri. Wes it some sleekit seaman surpized her ane night on the beak? Culd she yield willingly? She wesna quite blate wi Doddie the daftie. Culd it bene Captain Pincarton? That she shippt on boord *Dolphin*, ettling tae abandon me? The dorty bint.

Aiblins I suld ship wi the Commandoar efter aa. He wesna sae vicious as pepill mak out. He despatcht John Cruden quite radily, that shewed guid sense and ane reasounable nature. Whairas in Darien I can expect noght but obfuscatioun and betrayal. A new warld indeed! Captain Pennycuik wes right tae imply thir notiouns o guid government is a mear parliament o foulis. They are corrupt as ever they war! Better tae luik til a Commandoar's bright papingo plumage, nor drab raimant o corbie and gannet.

I resolvit than tae comply wi his designe. Whatna skaith might it gar me; a bit spell in the privateering trade? It culd never dae Lionel Wafer nae herm, sauf dunt his notorious kneecap. Att best I might become wealthy. Att warst, it may kittle me up and mak a right man o me, lead me away fra melancholick reflectiouns, furnish me wi stories and tales.

I culd picture mysel in a dwam, dandling ane grandson on ilka knee, and recalling my adventures on the high seas.

'War ye really a pyrate grandda?'

I sal reply by drawing upon my pipe some Indian tobbacko; that I wes a privateer in Calydona's interest, whan our natioun wes noght but a bairn.

'Culd ye reive the Spainish Main?' speiris the wee fellow.

'Ay son. Wee layd waste their cities all up and down the Main. *Barliavento* wes nae match for Scots smeddum. Wee burnt the grund black unner the feet o thon Spanish doges. The tropick air wes thick wi the reek o pouder and papish creish.'

'Losh grandda, war ye awfu fierce?'

'Annerly whan justice determinit it. Ane peaceable man, wes your grandaddy. But lat ony man try him; it sal be square goes an ye list.'

Next day, the parlyamentary delegates cam on boord *Saint Andrew*, tae mak an account o the holds. Whairupon they discoverit an aboundance o provisiouns; als weel saut beef, stock fish and biskit, as tools and equipment designit for the Colony. They fand mattock howes, hatchets, a considerable variety o saws and hammers, twa firkins o soap, awls, axes, adzes and graips, thegether wi sheets o whit metal, reid leid and nails, potts, kettles, pans, candles and tallow, paint brushes and thrie colours o paint. In a separate hold: twa score lanthorns, four gross hummock huks, ane case o fishing lines, fishhuks and tomes, ane peck o pea seed, ane firlot o bere seed, and thrie dozen reams o paper.

In shortt, they fand aathing that wes needcessitous for the weelbeing o the settlement. Tae hear thaim mak this account wes especially laithsome; gin honest planters hed bene allowed tae use the tools and seed, wee might even be gaithering our first hairst now. Yet the Commandoar wald latten thaim famish til dede, suner than jeopardise his petit interest in pouer. Likewyse Captain Drummond culd fobb aff the landsmen wi victalls that are the maist meagre and damnifyed pairt o his cargoe.

Yet even altho Mister Paterson establisht a doctrine o dissent and protest in Council, as opposit to the former doctrine o complyance and passive obedience, Captain Pennycuik cockt a snook att thir efforts tae perswade him tae onlade this geir. Tae see him strunt about on the hauf deck than, wi the delegates presenting the rightness o their case, wes a sorrowful sight indeed. For he begouth tae maintayn that the Company's band, being a contract wi the landsmen, is brakken by them chusing tae elect delegates as freemen.

'Sen they are freemen, lat thaim luik til their weelfare,' he sayd.

Whairas the landsmen declare the band is a covenant atween thaim and the Company of Scotland, sailing under the lawes o grace. Thairfoir Council mayna suffer thaim tae hunger, for that is an offence agin nature and God's covenant.

The Commandoar replyed, that thair can be nae covenant

atween Gode and man, nor atween men pretending tae act under His lawe, sen men can never knowe His divine will.

That really put an end to the delegates' prospect o reaching an agreement, and in the shortt space o twa days, I fand mysel dounhaulden be the maist profound melancholia, haen shippt wi that contemptible Commandoar.

Alwise I hed ettelt tae dae right by the planters. Whether in applying the principalls o physique that Doctor McKenzie shewed me, or devising remeid o my ain; I dischairgit my duties. Als weil in obligatioun to Hippocrates' aith as the Prime Directive, I wroght thir principles in actione. Now I fand mysel att the centre o ane monstrous betrayal. Even as I jalousit I am ill-usit be Henrietta, I maun wyte mysel for yielding to vainglory and ambitioun. For what? The pursuit o a safe barth.

I confess I grew sae disconsolate wi the enormity o my misdemeanours, that I culd contemplate being dune wi my life. What propose can siccan wretch find heire? I thoght. An I hade a penknife til haund, or a scalpel, even a rusty haddock huk, I warrant I wald hae drainit the last drap o bluid fra my veins, in remorse att my meeserable conditioun.

Yet something att the back o my harn pan gart me desist fra sic sinful meisour. This wes the lessoun Doctor Livingstone hed gien me, that he gaed als weel forrard as backward whan he embarkt. Aiblins I can perform the same feat. Or now I maun consider Henri, and that nae passagers might be allowed. Sen she betrayd me, I needna tak her. Haen brakken grund aathegither, I suld be als weil quitt o her as this place.

Thairfor, I luikt til the chyrurgeon for my example. The same detayls war apparent in his time sooming: als weil an enchantress as herb tempters; als weil offers o employment as the worm tunneling throu sliddery watter. He even loasst consciousness att ane critickal moment. Suppose thon burly lads att the High Street dang me harder? An they dammest me til daith in this wardle? Might I gang hame, the same way Doctor Livingston retournit?

In shortt, I resolvit tae embark againe. Att day daw, I fand mysel staunding upon the starburd rail. An I hade gotten it right, I suld tak a guid loup aff the rail; als weel tae mak siccar, as tae faa in wi my theory, that needcessitates ane sharp skelp til the heid.

By my reckoning, I can land in this place some thrie hunnert years fra now. Aiblins I sal come up wi Rafael and his friends. They may wish tae tak me til Colon: I suld advise thaim otherwise. Raither we might ship wi his uncle for Columbia, or trek atour the hills to Costa Rica. Tho this is really a maitter o conjecture, for thair wes some doubt in my mind ower how tae navigate the course. Aince I wes properly embarkit, thair culd be noght tae guide me. Howsomever I stude on the gunnel and preparit tae steer be deid reckoning.

Next I culd face the quarterdeck, whair the officers war lying in their kip. What a mean bunch wee war, I considerit, thir colleagues o Doctor McKenzie. First Doctor Herries hed dune a runner the first chance he gott tae ship out. Next thair wes his mate, Walter Johnstoun, that scofft aa the laudanum. Robert Bischope deid til the fever. Doctor Livingstane, ane haulf-hertit time soomer. And thon stink wi a skin on it. As til the lave, they wald loaf in the shrouds suner than dae an honest day's darg.

I tuk ane final glisk att New Edenburg, that laye smoorit aneath leiden lift.

Guid riddance, I thoght, til the hail jing bang.

Sen I luikt in the mirky depths, commendit my soul til the great turtle o the Indies, stoopit till I grippit my taes, and dove out fra the rail, sousing the watter tae sink like a plumb line. About me uprase the green walcoming callour.

Whan my feet hitt the bottom, I hade nae particular inclinatioun tae project mysel upward. The bulk o the flagship's hull presst upon me, wi purple pennants streaming in rippling currents fra whit barnacles. Wattergaw-peyntit fish war aa flichtering throu the sea florise searching for meat. Whatna mysterious creatures war bent til her strakes, siccan reef treveissing oceans? What innumerable limpets and periwinkles fraucht on boord her fra Firth o Forth til Darien Bay?

Likeways the entire fleet. Riding the braid back o Atlantick fra caller Sargasso til hett Caribbean. Wonderful soomers in speendrift and air, whase singular planks broght us heire; wroght keelsone to truck fra stout Berlin aik, by starn navigat, hempen sail billow blawn furlt wi the braith o the warld, bot chart steered for a New Calydona. Nothren Firr mast, crojack and spar, lying aneath alien mangrove and cypress; miraculous timmer guidit trew als ane leidline by whipstaff and rudder, stravaiging saut, ages and continents.

Als wi carapace back, I scuttelt atour the turn o the bilge, till I grippit the keel. Sen I thrust my body out and up, rising aneath her barburd wall. The clappers o hell seemed dinging my harn pan. My een stang wi brine, my lights war alowe wi an hollow burning sensatioun. Att last I drew braith, and the spray lasht out fra my hair in skinkling strands.

Damn it! I thoght. Ye never dooft your heid hard eneugh. But thank Gode ye're leeving. Sen I stude aff the flagship tae steer by Pink Poynt for the Main.

I made tolerabley guid progress by breist stroak and crawl, whiles sooming the way my faither larnt me as a lad, that is floating on my side and kicking mair or less like ane puddock. As the sun gied ower bathing the lift in her lusty hues tae chase even the darkest shades fra the mangrove trees, I couth see thair is scant chance o finding a suitable landing north o Pink Poynt. Yet as I approacht nearer, and in despite o altering my course by twa points, the current that runns aff the shoar swept me farther toward the seagate. This wes the warst extremity I culd fand mysel in. For att the seagate are noght but wanchancy currents, whair the trippan tides mak tryst wi the watters o severall rivers that feed the bay.

Thair wes noght adae but soom, that I continewed als weil as I wes capable, tho my airms grew mair wabbit be the meenit. Just whan I considerit I maun gie ower this ploy fra mear weariness, and consign my corp til a wattery grave, I espyed ane vessel, lying amang the trippan waves that plash the reef.

'Hallo thair!' I cryed, severall tymes and in divers languages.

'*Bonjour messieurs.*'

'*Bidama foqua?*'

'*Con permeso.*'

'*Kimara ha oo.*'

'*Agour.*'

'In the name o Gode,' cam the reply. 'Are ye a Frenchman, or whair are ye fra?'

'Na sir, your countryman.'

'A simple hallo wald suffice,' he cryed. 'What is a countryman daen in the watter?'

'Sooming.'

'This is nae place for sooming,' he says. 'Wee suld get yow on poord.'

In shortt, I wes taen on the *peragua*, tae discover her crew belang in Lieutenant Turnbull's company. They war employd abune the rock, fishing the *Zantoigne* wrack for siller and gowd, that is ane endeavour their officer undertuk in their interest. Tho my airms fellt als pennants fluttering lowse in a slack breeze, the troopers culd accompt me for ane o theirs, and in consequence I fand mysel richer by thrie pieces o eight, that they gied me as pairt o their crew. They are heire in my pouch as I screive. And wee stude tae catch mair, an a squale hedna blawn up, that perswadit thaim tae retourn ashoar att Pink Poynt.

I fand the Lieutenant hail and herty, as alwise. Being an adventuresome fellow, he now hed various designes in haund. Atour the wrack fishing game, he hade employd his men in the boucaniering trade wi some moderate success, haen establisht an encampment att the key whair Captain Ambrosio whummelt thon Spainish monks a while syne. Heire, he remarkt, wee might find an entire herd o gaits that runn wild. Likewise thair is some profitt tae be made in Indian tobbacko, and in hides, for thair is ane sortt o tiger that bides in the forest. Tho it is raither smaa, his men manadged tae shoot twa dozen unner the pretext o making ambuscades for the Company.

It struck me that heire is the right way o leeving, better than squattering amang soss in New Edenburgh, or shipping out wi the Commandoar forbye. Yet whan he speirt me anent ongaens att Council, I wes aweir o placing mysel in ony particular faction.

'They're just chauving away,' I sayd. 'Mair or less as ye can expect.'

'That bad?' he replyed.

'Mibbe things can luik up sen they gied us ane Parlyament.'

Att this he sayd, 'Wee might use a chyrurgeon outbye.'

I remaynit in his company for severall days, tho I never keep-it ane accompt o tyme, and it might be weeks or ane moneth. Suffice it tae say I dischairgit my duties als weel as I wes capable bot chyrurgickal instruments and apothecary's supplyes.

During this tyme wee made a tolerable leeving and stude tae realise a considerable proffit, be commanding ane Jamaican sloop that laye in the Samblous. Things tuk a turn for the warse whan this vessel wes captured be Captain Pilkington for ane prize in the Company interest, whan he mistuk her for ane pyrate. That wes a considerable setback in our efforts tae impruive trading relations, tho the Company never gied nae account o thir endeavours.

Alwise the Lieutenant wald propagate amang his company the values and instincts needcessitous for ane life as wee lead, that I sware follaes the right doctrines o free trade and liberty, als our ain Councillor Paterson wald uphauld. Tho I warrant the Lieutenant is farther advanced in his thinking. For I wot he considers it a maitter o conscience that wee suld mak this new warld entirely outwith interference o Monarchy, Government, and Company ava. Howsomever, our designe tae establish this methode wes sairly whummelt whan wee heard o ane sloop that rowled into Calydona Bay, bearing siccan ill news, that wroght a compleat damper on our prospects, and sett our entire Colony tapsalteerie forbye.

In this it wes discoverit that Captain Lang, haen skulkt heire-abouts in his lakey auld *Rupert* whan wee arryved, wes employd throughout by English monpolists tae spye on our Company.

Whan he made an account to King William's agent in Jamaica, the Governor issued a proclamatioun against trading wi us. And likeways the samyn lawe wes made throughout the Americas, that the maister o this sloop culd shew us, sen he tare a copy fra the harbour wall in Port Royal.

By the Honourable Sir WILLIAM BEESTON, Kt., His Majesty's Lieutenant-Governor and Commandant-in-Chief in and over this his Island of Jamaica, and over the territories depending thereon in America, and Vice-Admiral of the same.

A PROCLAMATION

WHEREAS I have received commands from His Majesty, by the Right Honourable James Vernon Esquire, one of His Majesty's principal Secretaries of State, signifying to me that His Majesty is unacqainted with the intentions and designs of the Scots settling at Darien; and that it is contrary to the peace entered into with His Majesty's Allies, and therefore has commanded me that no assistance be given them. These are, therefore, in His Majesty's name and by command, strictly to command His Majesty's subjects, whatsoever, that they do not presume, on any pretence whatsoever, to hold any correspondence with the said Scots, nor to give them any assistance of arms, ammunition, provisions, or any other necessaries whatsoever, either by themselves or any other for them; or by any of their vessels, or of the English nation, as they will answer the contempt of His Majesty's command to the contrary, at their utmost peril. Given under my hand and seal of arms this 8th day of April, 1699, and in the eleventh year of our Sovereign Lord William the Third of England, Scotland, France, and Ireland, King, and of Jamaica, Lord Defender of the Faith, etc.

WILLIAM BEESTON

CHAPTER 3

PFOUFF! GANGS THE FLOUER. I sprawl on the flair, haulden fra leughing be mear will pouer. Lights in the starship brig daunce and flichter like peyntit lozenges. Mr Craig beams atween poynty lugs.

'Closs down your systems Captain,' he says. 'Aa the passagers are ladit ashoar. Wee suld prepare tae disembark now.'

I envisage plantatioun utopia: the shielings trig; nae a beast tae be seen in the parks. Yet I feel ane horribill scunner. Wee maun resist even the temptatioun that Paradise offers.

'Mr Craige,' I sayd. 'Ye seem unco canty the day.'

'It really is a most unusual sensatioun,' he replyes. 'I believe I am experiencing what thou woldst descrieve as... How shalt I putt it? A feeling of blitheness. I am in love.'

He wares an idiotick grin, like an hammock streikit fra tane elfin lug til tither, as wee staund in the transportatioun chaumer.

'Weel than,' I say. 'On ye go.'

'After thou.'

'As Captain o this ship I canna permitt yow...'

He raises ane eebrow.

'... tae gang last. It is my duty tae bide on boord til the end.'

'Verra weil sir.'

He is away tae stap on the transporter whan I prevent him be saying, 'Anither thing.'

'Captain?'

'Tak that stupid grin aff your physog.'

His mou gies a faint dither as I mak the next parry.

'I mean that glaikit smirk.'

'Sir?'

'Whan ye're addressing a superiour officer. Wald ye luik att yoursel man?'

'How dost thou intend I shouldst luik att myself? By using a gless?'

His verra attempt att humour is gruesome. I conjure ane antrin face, sneering ahint complaisant mein. His is the image o cheesiness; Don Diego de los Rios Quesadas. Simmering, I scrow up my birr and drive hame the ultimate jibe.

'An ye warna sae ugsome, I wald say ye are aamaist like us.'

A deep furrow marks his brow.

'Feeling blithe are wee, lover boy?' I jobbit. 'The compleat persone ava!'

He loupit ower the control panel or I culd blink, tae plant his neive on my temple. Picking mysel up aff the flair, I threw a punch in his groin, follaed wi ane uppercutt on his chin, yet he staunds firmly, impassive.

'Thou shouldst be wary,' he says. 'I am stronger than thou art.'

I pummel his wame, brakking my thooms as I ding him. Yet he willna submitt.

'Tho I am sweir to strike a superior officer,' he explayns.

'Right!' I poke his ee in alarum. 'Square goes ye poynty luggit bastard. Come on!'

Att this his streiks his airm, tae nip the nerve in my neck. My leggs caaed fra unner me, I writhe on the deck, whair I put my haund til his wrist, warstling tae lowsen his fearsome grip. The veins on my neck strout like thick pulsating worms. My bluid grows hett, sworling throu innumerable vessels. The artery constricts, vessels swall up, bloating, bluid particules are blockt by their antrin and awkward shapes.

'Banes?'

'This demonstrates Harvey's *Theorem de Motu Cordis et Sanguinis in Animalibus*. That bluid is pumpt fra the hert, and retourns in a circular motioun.'

Spritus, animus, menses: aa my smeddum defies his life-smooring grip, als he glowers wi devilish expressioun. Sen I fetch up my knee til his cullage. He daunces atour the deck wi ane horrifick yelloch, as lights bedazzle my harn. Now his een are bleezing.

'Can ye see what I mean?' I hurl at him. 'How dae ye feel?'

'Sair about the chuckies.'

'Weil than...'

I parry his airms that seem tae flail like threshing rods.

'Alwise wee maun fecht!' I declare. 'Alse wee sal never mak progress.'

'Guid,' he reponit by splitting my lip. 'Now wee are making some progress.'

'Wee canna permitt our crew tae snork thon pouffie flouers. Aathing in paradise is for naething. They staund still. Whairas wee suld rowl on.'

He gied ower dinging my heid, till I presst ane finger on my blubberit lip.

'Hast thou forgotten?' he pleads. 'Once thou swore fealty to the Prime Directive.'

'It is tyme tae be dune wi Prime Directives. Wee sal retourn til the Foundamentals.'

'Captain, I trow thou art right. Alwise wee discover *stasis* maun be renversit.'

'I sanna latt on ye fell in luif and betrayd our propose,' I sayd. 'Siccan emotion is for lubberly rascales. Ours is tae whummel aathing that staunds in our gait. And rowl forrard, for that is our destiny.'

My een smoorit aince mair wi wuid reek, als embers fading aneath the lowe o day daw.

'Lat us rowl on,' says Lieutenat Turnbull wi ane hearty skelp atween my shouthers.

I shippt for New Edenburgh on boord ane lang boat that hade bene despatcht on the Main for fresh watter, bot nae partickular idea what tae dae whan I arryved, whether tae bide in the toun or alse seek ane barth on boord *Unicorn*. My anely employment wes tae present Robert Turnbull's designe to Councillor Paterson, sen he hade bene obleidged tae embark wi his *peragua* tae lead in his troupers outbye.

As we culd anticipat, the entire Colony wes swithering atween resentment and panick att Governor Beeston's onwarrantable attaque on our rights in this enterprize. For the same wes proclaymit at Barbados, New York, Virginia, and be King William's Governors throughout the Americas. A compleat ructioun wes fomenting amang our landsmen, the Colony splitten in twa. Tane haulf wald defy him; tither wes for quitting. Amang the hutts noght but bitter words war spakken, and passiouns engadged, for wee war aa putten in a state o alarum least the sea captains set sail and abandon us heire.

On Lieutenant Turnbull's advice, I prevailit upon Mister Patersone tae consider his designe for ane hantle o men tae settle a key att the Samblous, that might prevent the warst prospect o compleat abandonment. Tho we culdna lat on about his encampment on the monks' key, I made it plain some war rady tae tak this venture in haund an the sea captains quitt us. I sayd they may bide wi our Indian allies, alse cruise a turtling sloop on the coast.

This fand a degree o favour wi the Councillor, tho it wes hard tae speak wi him ava. His hut wes thrang, aamaist bursting wi pepil. Amang thaim war considerable planters and parliamentary delegates, alsweil a gey wheen upstart nabs wi mair self-conceit than guid sense. Aawhair a terrific outsplairge wes expresst, o conjecture, opinion and speculatioun, as thir pepill proponit their favourit designes, or alse ettled efter preferment. Amidst this rabble, Councillor Patersone wes obleidged tae conduct severall discourses att aince, that wes exhausting tae witness, lat alane tak pairt in thaim. This remarkable clashmaclavers wes the outcome o his exploding the doctrine o passive obedience in Council, and opening government to proper disputatioun and dissent. Even altho various nabs wald mak their views heard, their voyces war als sae mony cockerels scraiching on ane dunghill.

'Thir fellowes are mushroom politicians that sprout by munelight,' he says. 'They are the bane o democracy. In their shortt lives they are apt tae wreak havock, and als sune disappear wi a guff in the glaur that they sprang fra.'

Yet I trow he enjoyd this argy bargy. For this hub o activity, wi aabody engadged in contrary revolutiouns about him, is an originall o the system o government he wes at payns tae establish in our new warld. It wes als weel the upshott as the downcome o his ideal.

Howsomever, efter I proponit our scheme tae bide heire as turtlers or boucaniers till the relief ships cam up, I begouth tae tak tent o what the lave sayd. The feck o thaim war demanding tae knowe what gear tae lade on the ships, alse how mony men are fitt in the toun, or how sune might wee be able tae embarque.

This provoakit a profound disappoyntment in me, and I resolvit tae daunder by the mairching hospitall, whair I might at least find some useful employment. Yet as I approacht, I culd see the men waiting on their turn in the hospitall. In their faces wes nouther hope nor fear, raither a deep resignatioun. Nane wald greet me, nor tuk the trouble tae luik away. Nor culd they converse amang thaimsels. They stude silent as zombies. And these are the men wee suld lippen tae big up our city!

Oh Gode! I wes thinking. Wee are cam intil ane purgatory now, fra the braw paradise William Patersone promisst. Whan will this desperate travail be att an end?

Thir planters war als spiritless bodies. Being componit entirely o earthly maitter; they seem passive and devoyd o motivatioun. Yet somewhair in New Edenbourg, I prayd, pepill might discover the flichter o a mair subtile essence deep down in their being, that may be setten in motioun. I culd spang down the brae, hoping als weel tae come up wi some signe o encouradgement, as tae putt a guid distance atween mysel and that horrid place.

I hed gotten haulf way til the shoar when I cam til a deid lift on a sudden, by hearing a singular noyse in the dreidful closs stillness that smoorit the toun. Ayont the huts, I culd hear hammering and sawing: somebody at least wes upbigging something. I turnit in that airt, and shorttly stude on the edge o the parade grund, whair wee war dreelit efter Captain Montgomerie's stushie in the plantan walk. Heire, I discernit severall men erecting a platforme. This sight kittelt me a littil, and jalousing they belang in Captain

Drummond's company, I wes away tae speak wi thaim, whan I hed ane wanchancy trepidatioun least I might be considerit *persona non grata* in this settlement. Even altho Councillor Patersone hed shewn nae dispositioun tae wyte me for ony wrang, I wes putten in mind o something maist fell by the shape o this platforme, that arase in pairt fra my absconding nature, and I wes made aweir o tempting Captain Drummond's officers. For abune the littil timmer stage they war forming the semblance o ane scaffold.

Discretioun pruiving the better pairt o valour, I turnit tae steer for the beach, whair I might find a friendlier barth than this frame wes apt tae hint. Att that instant, ane figure cam strunting toward me fra the carpenters. He wes ower distant tae see his face. Tho he ware the scarlet jaicket. This wes eneugh tae signify an officer, for the rank and file being mair energetically employd, are laith tae ware woollen claes in this climate.

I slippt aneath the shade o ane hutt, least he saw me. He wes advancing, tho he never cam closser than ae cable, whan he stappit in his stride, chappit the pouch in his jaicket, and remuivit a paper that he scrutinized for ane meenit. Sen he plankt the letter back in his pouch, luikt toward the jetty, that laye haulf a league on his starburd, and altering his course by three poynts, continewed tae follae the track in that airt.

This wes a relief, as alse a salutory lessone, for I becam aweir o discovery. I culd consider mysel als weil att liberty by his failure tae notice me, as restrainit by the mear possibility o capture. For my experience att the haunds o New Calydona's Commandoar culd scant perswade me o being safe heire againe, whether upon-land or att sea. Alsweil, lacking the birr that backfriends might putt in me, I fellt mysel geyan lanesome. Sen it wes darkening, I maun chuse atween the jetty for *Unicorn* or the town for a place tae kip. The former struck me as ladit wi risque, that I daurna venture, sen the shoar is aye thrang wi Drummond's pyntours. Thairfor I determinit tae reach Councillor Paterson's hut. Being a reasounable man, he wald never lat ony skaith befaa me, in despite o his lofty positioun.

I ladit my pipe wi tobbacko and sett a course throu the dreeping town, for it is mair hailsome tae breathe tobbacko smoak than fyle air. Yet I hade forgotten tae provide for lighting the infernall thing, and maun pauchle alang grimly a while, sooking the clay stem. Efter passing severall huts that war toom, or otherwise devoyd o life, and the stench grewing intholerabill, I luikt around for a flame tae light my pipe. Yet nae leeving soul wes abraid, and sweir tae speir att sic laithsome hutts, I continewed my disjaskit trauchle.

Umwhile mirk enclossit New Edenbourg. The hail place laye minging aneath ane donkie sough, whan a stramash brak out in the loyer pairt o the town. I hove to tae glisk down the neist closs, and my hert gied a scud. Captain Drummond's troupers war passing amang the huts, als weil chapping doors as crying my name.

'Mister Budd!' they war crying.

'Hallo!'

'Hes naebody seen Mister Budd heireabouts?'

I redoubelt my pace, till I cam upon a pairt o the town that seemit habitable. Heire sworling clouds o smoak rase throu the thack, shewing the denizens war wont tae cuik their meagre supper. Syne ane trouper stude in the alleyway, haen strayd fra his companiouns.

'Hallo!' he threw out in the fug.

'Gode grant,' I gied back. 'What's aa the stir?'

'Ane younker they cry Billy Budd. The Captain is efter him.'

'Is that right?' I spak als nonchalant as ye list, for this confirmit my warst fear.

'Ye haena seen him ava?'

'Nae a peep.'

'Ay weel, an ye see him...'

'Nae bother.'

The stray trouper taikit down the alley, mair fasht wi seeking his friends. Being usit wi lying aneath clean linen in the fort, nae doubt he wes feart for his safety in this ghaistly place. I slippt atween twa huts. Finding a light in att the back, I ettled tae jouk inside, whan a skinkle o steel made me aweir; my knees duntit a rod that wes barring the entrance.

'Hauld aff,' ane voyce grates in my lug.

The planter stude intil the doorframe, brandishing ane mattock howe. I tuk a stap back, keeking in the gloom o the hutt. Tho it wes black inside, I couth see a saicond figure satten ayont the roch table, that wes formit wi ane plank upon twa kists, whairon ane corp liggit. The guff hit my neb or I discernit it ava.

'I wes just efter a light for my pipe,' I sayd, backing away.

For I wald obleidge him wi my absence, an his messmate hedna discoverit his face in the lowe o their solitary caundle.

'Mister Oswald!' I gaspt.

'Doctor McKenzie's mate!'

'The same.'

'Than wee are in guid company. Come ben Mister Budd.'

I stappt ower the rod.

'Wee didna ken ye war leeving or deid,' sayd Mister Oswald.

This wes the volunteer that formerly hed ambitiouns in the pig-rearing trade. Now he culd barely staund upright, being reducit be hunger and ane feverish conditioun. He streikit his haund, amang siccan stench that a man culd scant thole, and offerit me the candle dowp that wes spluttering in ane shard o cocoanut shell. I satt down and begouth smoking. Yet I wesna comfortable in this circumstance, als ye may trow. Att my back the hue and cry rang throu Edenbrogh. Afore me wes ane man that fate culdna luik kindly on. Aneath rase this onmentionable stink, happit in yellowish skin.

'How's it wi yow?' I speirit.

'Taen a turn for the warse,' he gied back. 'Our friend passt away twa days syne.'

'Thrie,' mummelt his friend att the door.

'Is that right now?' I sayd, flicking ae flee fra my legg wi the back o my haund.

'Can ye not see wi your neb, Mister Budd?'

'Wee advisit ye tae bury thaim quick,' I reponit, 'bot nae waukrife.'

'Than it's changed days sen ye sayd it,' says Mister Oswald.

'How's that?'

'His daith wes never confirmit,' putt in his messmate. 'Doctor McKenzie is that thrang att his mairching hospitall, he neglects the warst cases.'

'That is thaim whilk canna walk, or be seen abraid.'

I confess I wes shockt tae hear this, being acquaint wi the hospitall.

'Weil,' I sayd, 'ye wald need tae gang far tae find a body warse aff than this.'

'Oh no sir. It is the fowk in the hutts that fester and dwine.'

'Is thair mony like this?' I wes poynting wi the stem o my pipe, als tho wee endadged in dissertatiouns ower a cadaver.

'A gey hantle. Their friends are tae dwaibly tae yird thaim, alse they might hae nane left in this warld.'

'They remayn in the hutt whan they are dune.'

'Thair is another sortt tae. They are haill men, that winna be discoverit.'

'Thair is certain men around heire,' says Mister Oswald's friend, 'whilk are unco herty for the dyat wee eat.'

'That's why wee gaird the corps. Whan siccan toun is famisht, and haill men skulk about luiking weel-fed, your best friend is a mattock; your last wish a right waukrife.'

'Wald ye lat me declare he is deid?' I proponit. 'Sen wee may bury him dacently.'

'Gin ye wald sir.'

Sae far as I culd discern, the corp hed nae possessiouns on his persone. That wes a relief, for the disbursement o belangings is tragickal. Whairas a corp is alwise the samyn. In his case the shoon war remuivit; the corp dresst in hose, breek and sark, that wes tyed by the tails att his waste for the buttons war missing. I tuk up ane haund, tae feel for a pulse in his wrist, tho this wes mearly a shaw that their respectful attitude culd warrant.

Sen I drappit it att aince.

Aneath the airm, his sark wes blubberit wi bluid.

'Hed he ony partickular ounds?' I askt. 'What wes the mainner o daith?'

They switherit a while, nouther venturing ane answer nor evading this questioun.

'He's a deid man,' I declaymit.

'Deid than,' says the saicond planter, lowsing ane braith.

'Wes he injured ava?'

'A bit stuck in the wame,' sayd Mister Oswald.

'Wes he murtherit or what?'

'Na.'

'He wes deid or wee jabbit him.'

'He culd cause nae offence than. What gart ye job him whan he wes deid?'

'Least he wald brist.'

'He luikt awfu peelly wally, lying thair deid as wee thoght.'

'He wes swalling up in his wame.'

'Sen ye stuck him wi a knife?'

'Na sir! A chisel.'

'He wes umwhiles ane carpenter.'

'Tae lat the bad speerits out.'

'What alse?'

I wes lifting the haund againe, tae replace it on his breist, whan it slippt fra my grip. Glancing aff the corp, the deid haund brusht back the sark tae discover the gore wroght be his chisel in its side. Thair wes the tinyest trickle o bluid fra this ound, implying the motioun o his bluid hed ceased or they jobbit him. That shews nae prospect o fyle play.

'It wes his wish sir,' sayd Mister Oswald.

'Tae be stuck in the wame?'

'Nae tae bury him.'

'Tae watch ower him als lang as it taks.'

'Thrie fower nights onywise.'

'Alse he is caller.'

'Efter ae night they are weel hung.'

'Efter twa they are gamey.'

'On the thrid...'

They spak this als ane persone, and cam til a deid lift. For they needna advise me. Putrefactioun sets in. That wald turn the sta-mack o even the hungriest amang us. I sookit my pipe, finding my een drawn til the raw breach in the deid man's flesh.

Out o the planter's wame, a crawling, sliddering mess oozed ower the brod. His stamack wes discovering the cause o daith; in his putrescent liver, innumerable flukes war sooming and writhing, as the minging o bile and rotten entrails empurpelt the timmer. The puke rase in my thrapple and I turnit tae face the door. Sen my knees gied away and I crumpelt in the corner, dither-ing wi fearful scunner.

'Mister Budd!' cryed the twa planters.

They war oxtering me upright, whan a chap att the door catcht us onaweir. I remarkit a complaisant smile on our visitor's lips.

'Mister Budd it is now,' sayd Captain Drummond.

Att that instant, fra the loyer pairt o Edenbourg, trumpet notes cam soughing throu the dreebling toun, beming bright on the damnifyed air. Att the back o thaim I heard the turtle bass dirling, the bodhran battering tae ding down the palmetto hutts. The tune they playd is *In the Mood*.

Jimmy's account o the players

I cam ben the canapy, whair I shuk the rain aff my back and cooried on the deck att Henri's feet. She wes satten on the kist, sworling brandy dregs in her tumbler, for she continewed raither disjaskit. Even altho she is big, she appearit aamaist a shade o hersel, als tho she ettelt tae perswade aabody she is present, whan her mind is far away.

Davie wes whittling a pelican feather tae mak a whistle. Doctor Livingstone wes wiring in att the bevvy, haen come on boord us tae tryst wi Doctor MacKenzie. Mister Craig wes reading ane copy o the Council's Rules and Ordinances, whiles turning it about in his haund, als tho he might discover some clause in it, that can get us out o this soss.

I wes mearly kittling a littil beetle that rann aneath the edge o the wattergate, whan I wes suddently muvit tae luik on our auld friends wi new een. Als tho efter a considerable absence, yow war present, and wee war threwn back in tyme to thon nights wee spent aneath this same canaby, whan first wee foregaitherit.

Can wee be renversit sae sune? I thoght. Are wee aa vanquisht, tae threw aff our honest aspiratiouns and ploys? Mayst wee even lat circumstance sever the singular band wee shared? Whatna fyle beast is Fate tae slew aff persones als ane serpent sheds skin, tae discover her vile body in shimmering raimant, and slither afore us fell pompously, haen casten aside her auld guise? What conditioun culd wee arryve att, by human ingyne?

Aince Mister Patersone wes accordit the wisdome o Solomon! Yet naebody can say what may betray our endeavours. Als he says: What man propone, lat Gode dispone.

Thair uprase in my thrapple a great phantom, blurring my een in the fish oyl lowe: a ghaist ship wi mast brakken, pleuching the saut wave for aa tyme; her sails rippit in tatters and flowing als pennants in the gale, her crew gripping the shrouds als mear skeletons. She wes sooming the seas o eternity, amphibious creature bot hame upon watter nor yird.

'Wee canna permitt it!' I stude up tae cry. 'Wee canna permitt thaim tae yeild.'

I couth see the visioun o Councillor Patersone. The sun skinkling on spires in New Edenbourg. Trade encreasing trade, tourning the key til the oceans. Wee maun big a new warld or wee perish. Nouther factioun nor cabal, nor the stale words o a jalouse Jamaican flunky can staund in our way. Wee suld turn the face o this enterprise fra tormentuous Atlantic, whair dwall the auld godes o crumbling empires, and luik til Pacific adventures.

'Gentlemen, I sayd, 'it seems tae me that our originall band is assembilt. Sal wee embarque now? Or lye lubberly and sweir in this lakey auld tub?'

I discernit the skinkle retourn in Henriet's ee, as she rase up her bumper.

'As alwise,' she sayd, 'wee are embarkt. Bot ane that is stravaiging about. Aa wee need tae dae is lead him in. Syne *vogue la galère*!'

'Gode grant,' sayd the lave.

Wee tuk back our bumpers, rechairging thaim severall times that night, till our new actione wes weel under way or day daw eclipsit the fish oyl lowe. Als weel wee maun mak new pairts tae play, as gett up our musickal instruments and perfect some tunes. Our ambitioun is tae project ane compleat account of our circumstances heire, that encouradges the planters tae tak hert in what Mister Patersone designit, and stap forrard als ane body in despite o calamity.

'And this is it,' I sayd, nodding att the draft o their actione in my haund.

'In the morrow wee shall perform our new satire,' says Mister Craig.

'Tho it is really a comoedy,' says Davie.

'Alsweel ane tragedy,' says Henriet.

'A tragickal comoedy,' I sayd. 'But how culd Council lat ye performe it?'

'We enterit thaim by the seagate,' Jimmy continewed.

Sen Henrietta is chief wi the Indians she gart her friends steer us round in their *peragua*. Afore wee cam in wee dresst up in our costumes. Wee rowlit in att nighttime, under the boughs o *Caledonia*, whair she lyes on her moorings ablow the fort.

Her watch cryed out, 'Whatna business is yours?'

'Gode bless ye for saving us,' says Henrietta.

'How's it wi yow, whit pow?' he cryes, for Mister Craig wes the first he saw in the mirk.

'Hallo,' he addresst him. 'Wee art an humble band of travelling players, shippt from Jamaica. Lately some French pyrates sett upon us and brought us to this shoar, where they abandon'd us on an island. Wee wert oblidged to make shift with what gear wee couldst begg from them, until these natives discover'd us and fetcht us hither.'

'Mak her siccar,' he sayd. 'Staund by till I cry on the Captain.'

Leaving the Indians in the *peragua* wee clam abune and war mett on the gunwale by Captain Thomas Drummond, that wes waiting on news fra Pink Poynt. He shewed us ben, whair wee presently fand oursels in the great cabine. Next, as wee hade foreseen, his brother wald pump us for informatioun, considering wee might be spyes. Yet wee war dresst in our costumes, and he couthna recognise us ava.

Mister Craig span him the same yarn as he hed gien the seaman.

'Sir,' he sayd. 'Wee are so very oblidged to thee, for onless thou wert here, and willing to offer us succour, I warrant wee must have famish't to death on that island, bot no Christian comfort. Yet all we can offer in return, is to present an actione, in gratitude for saving us from such an horrid fate.'

Captain Drummond wes rady tae trow this, and anely grew jalouse when wee offerit tae repay his kindness in saving us.

'Whatna actione?' he sayd. 'Nane o thir jacobite cantrips now.'

'Wee art of the trew faith,' says Mister Craige. 'As thou canst see by this minister's garb.'

Syne Henrietta spak up, for she is playing this pairt. She tellt him wee war threwn ashoar heire be God's judgement; that wee maun thole whatna burthen he places upon us.

The dorty rascale couthna but yield til her words when she spak a bit scripture att him. For he clayms tae be als bigg a Christian as his brother, wha professt King William's religion whan he dang down the puir fowk att Glencoe. Sic men are willing tae pervert the Gospels in their interest. Whan preaching comes in, ae wheen douce wordies may lead thaim alang. Sen they promist tae assist us tae put on the shaw.

Tho it tuk a bit mair argle bargle. And a haill bowl o punch wes dischairged in the process. As wee began making hints anent the nature o this ploy, they wald bandy us about.

'Whatna play is it?' says tane.

'A moral tale.'

'Whatna morals?' says tither.

'Sound morals, as proponit by Christian doctrine.'
'Thair is naething Heretickal ava?'
'Why no sir!' wee replyed, aghast.
'What ane horribill aspersioun.'
'Nouther Prelacy nor Atheism?'
'Heiven forfend,' she says, playing her part.
'Nae even ane whiff o Erastianism?'
Her een goggelt wi horrour.
'Nor Antinomianism?'
'Why sir,' she says, 'yow insult me tae think it. Ours is the maist dacent shaw this side o the Atlantick.'
'Verra weel than,' quo Captain Drummond, 'whatna forme hes this actione?"
'A tragickall romance,' sayd Henri.
'A romans is it now?' his brither fires back, skrunching his brow als tho att some fyle reek.
'Na sir, naething romanish. It is mair like ane comoedy.'
'Nane o your saucey satyres now,' he warns us.
Sen wee present it this way: als an heroickal tragick comoedy. That it offeris a commendable moral lessoun, tho it propagates the notioun that thair is something na right wi the sort o persone whilk harbours despotick inclinatiouns. Raither it implyes wee suld steer by the maist ordinary, plain, sensible course whan wee embark on life's travails.
'In shortt,' says Davie, that wes dresst in widow's wedes and fairly blooterit wi their brandy punch be than, 'it is ane right piece o moral instructioun.'
'How mony are in this actione?' speirs Captain Drummond, stroaking his chin.
'Thair are fower main roles,' replyes Henri, 'ane hantle o minor pairts, and a chorus. Wee sal mak up the numbers an wee deem it needcessitous. Is thair a piper on boord?'
'Of course.'
'Nae sae quick,' says his brother. 'Whatna persones are in this actione?'

'I tak it ye mean the actors, that is the pepill whilk personify persones, nae the persones personifyed?'

'Dinna try me. The persones now.'

'The best actors in this pairt o the Caribbean.'

'As fine an assortment o fellowes ye wald meet in a moneth att sea.'

'A right mess o rogues, than?'

'Na sir. Thair is ane player wee wald recommend especially.'

'A countryman o yours lately tint ower the flagship's gunnel.'

Att this Thomas Drummond's eebrow rase up ane fractioun. Yet Henrietta gied nae inkling she saw this signe. Raither, she presentit our case in a generall way.

'Aiblins this ploy isna quite right,' she sayd. 'The Commandoar may disappruive.'

She sayd it be way o ane admission, raither than ane favourable thing. Yet they warna blate tae betray their delicht att our proposal fra that tyme. It wes aa they couth dae tae caa canny wi the ladle, sen they maun rechairge our bumpers wi punch severall tymes that night. And in the morn aa the carpenters o his company war thrang. Yow hae seen thaim bigging us a platform for our actione.

In this, they proponit nae less than tae whummle the ordinar course o tyme: be opening pepill's imaginatioun tae provoak ane ructioun throu which wee might stap, setten free fra the constraints mear chronicles wald place on our enterprize.

'Sen yow are rady,' I sayd. 'But how culd ye ken I wes heire, lat alane leeving?'

'Fra Captain Ambrosio's friends. They ken aathing that muves in the forest.'

I wes aweir o the preposterous nature o their enterprise, tho thair wes scant tyme tae dwall on it. I hade my ain part tae prepare, even as the planters begouth tae assemble aneath the platforme. Yet wha culd refuse tae runn wi siccan designe? For the prospects o the Company, alsweil our Natioun, war embarkt wi us that day.

Ane actione performit att New Edenburgh

Dramatis Personae

Pairt	Playd by
Elizabeth, *ane young widow*	Davie Dow, *gunner's loun*
True Tammas, *ane honest neibour*	Anon.
Ghaist o Rabbie, *and souldier*	Billy Budd, *chyrurgeon's mate*
Captain Scalder, *ane sailor*	Mister Craige, *bosun*
Reverend Trummelhame, *ane minister*	Henrietta Strophe, *trumpeter*
Captain Paddock, *ane officer*	Hirpling Jimmy, *loblolly boy*
Envy, *ane furie*	Doctor Livingstone, *chirurgeon*
The hangman	Mister Craig
The chorus	divers players

Musicians

Turtle bass	Davie Dow, alsweel ane Indian
Flutes, drum, mouthharp	divers Cuna players
Bagpipe	a seaman fra Capt Drummond's ship
Concertina	Mr Craige
Trumpet	Henriet Strof, trumpetter
Stock and horn	a landsman fra Robert Turnbull's C^{oy}
banes, bodhran	divers players
spuins, marraccas	ditto

PROLOGUE

Ere Fortune smiled on Scotia's shoar,
thair fand thaim noght but bluid and warre.
As Northmen delight in Pictish gore,
her children rent and riven war.
Umwhile the Roman army trod
upon her forest, hill and plain:
that her braw callants maun defy their gods
for pagans aa, and vanquisht thaim.
Sen she engadged with Neptune's ploys
til great encrease of walth and joys.
But envy shuk her stribbley lockes,
and gart King Edward luk til Scotia's stocks.
Wharon he cam strunting wi fyle legioun,
saying, I shall reduce yow to my thraldome.
Schir Wallace uploupis, and Robert de Brus,
tae marshall bright armies for Scotia's remeid:
by Battail and bluid they sune brak her lowse
and wrocht her a natioun, be declaratioun decreed.
Aince mair she embarkt on prosperity's gait
in friendly allyance wi Norroway and France;
she wald nurture her bairns be peaceabill trade
wi merchants in Hamburg, alsweil Netherlands.
Na presbyters nor priestis culdna lat her alane:
they poued her and pokit her till she wes splitten in twain,
and out fra thir loins that war bountiful and blest
sprang the bastards of Mars, that is puirtith and distress.
The lave, as ye ken, is mear history writ large
of auld Scotia disruptit atween rudder and targe.
Thairfoir wee embark on a noble designe
that presently wee sal mak plain.
Whether Jacobite, Williamite, Tory or Whig,
wee entreat ye tae joyn us; dinna lat your hert fail.
For diff'rence and factioun wee gie not ane fig,
an ye pin back your lugs for this cautiounary tale.

ACT I SCENE I

The kirkyard; ane grave lately howkit.
Enter True Tammas, and Elizabeth, a widow.

TAM: Heire is the place,
alack and alace,
whair your husband is yirdit
sen he wes murderit.

ELIZABETH: O Rabbie my dear
hae they buryed ye heire?
Can wee be twinit sae sune
efter our honeymoon?

TAM: Ay, Mistress Beth,
he is deid now, Gode bless.
And ane fortnight hes lain
sen in the warres he wes slain.

ELIZABETH: I never culd trow it ava,
or I saw wi my een
this lamentable scene.
Puir Rabbie's awa!

TAM: Your man is heire Mistress,
as Gode is my witness.
Leastwise the remayns o his materiall presence;
wee may lippen til Heiven for his spirituall essence.

ELIZABETH: Gode rest him alsweil,
and luk til yoursel.
He alwise assured me, Mister Tam,
yow war his friend, fra boyhood til man.

TAM: In sooth, as my nature determines,
I suld mak a correctioun
for clossest o friends
are rivals als weil for affectioun.
That he won wes my loass, and now he is yours.
Ise lat ye alane wi your sorrows.

Exit Tammas.

ELIZABETH: Gin ye trewly are att peace
thair is noght mair tae wish.

Enter Rabbie's Ghaist, tho the players canna see him sen he is ane ghaist.

ELIZABETH: Yet thair seems a wanchancy air
in this place be it kirkyard or nae.
Oh! It is ill tae be speaking this way!

CHORUS: Wha's this apparitioun ahint the stane?
It is nane but Rabbie's ghaist.
Tibbie can talk to her lover in vain
tho she wald speak wi the deceasit.

As the musick starts, Elizabeth sings.

ELIZABETH: 'Tis heire ye lye, my ain Rabbie,
unner the yird sae cauld.
Now I sal sorrow evermair
for my braw lad sae bauld.

And I hae loed ye as my jo
sen ever wee first kisst;
and I sal loe ye even tho
wee can nae langer tryst.

Ise hauld ye in my dreams att night
in whit sheet happit bee,
quite innocent till day's dawn light,
I mind my sweet Rabbie.

Whair aince wee laye upon your plaid
aneath the birken tree;
lichtsome a hart rann throu the glade
whan wee war young and free.

Now wee are twined be this cruell blow
tae niver touch nae mair.
Your body moulds in cypress grove
and this puir hert is sair.

'Tis here ye lye, my dear Rabbie,
unner the yird sae cauld.
Now I sal sorrow evermair
for my braw lad sae bauld.

CHORUS: For her braw lad she will aye grieve,
of that thair is great chance.
But wha is this, amang the trees?
A sailor hame fra France.

ACT I SCENE II
The samyn.
Enter Captain Scalder, a sea captain, startles Elizabeth in her dowie reflectiouns.

SCALDER: What gars ye greet my hinnie?
            An I may be bauld tae speir ye.

ELIZABETH: I weep for my husband kind sir,
            for him what wes tint in the warre.

SCALDER: This is indeed a waeful thing
            and sorrowful tae see.
            For a lassie young and pretty
            suld never be seen
            in widow's weeds.

ELIZABETH: Oh leave me alane wi my marrow,
            and my hert als ane pierced by an arrowe.

SCALDER: I wald luik til your needs.

ELIZABETH: How sir? Can ye venture tae lichten
            this hert that is heavy als leid?
            Alse mend what is rent and forfochten?
            How that? Can ye bring back the deid?
            Ise advise ye guid sir, tae caa canny,
            for I see in your guise ye're a seaman,
            o whilk I wes warnit by my nanny.

SCALDER: It is fitt ye suld grieve for your leman.
            And in sooth I hae sailit the saut sea
            as a Captain nae less, in command
            wi thrie hunnert men in my hand.
            Gin I fand ane als bonnie as thee,

I wald trimm my sail hameward
whair I long for a hearth, in ae word.
For I am weary o pleuching the wave
and lang or my napper turns grey,
I wald wed ye, and baith tak our ease
wi siller and gowd for tae please.

ELIZABETH: Whatna token!
Ye're joking.
Tae be offerit this hand
als sune as my band
o luif is broken.

SCALDER: Than lat us be quick;
and step til the kirk!

ELIZABETH: Tho first wee maun say *adieu* jo.
Tho I vowed ne'er tae twine in sorrow.
It is fareweil my Rab;
Ise away wi this nab.

Exit Captain Scalder and Elizabeth.

CHROUS: Now gentlemen, lat us consider this ghaist
that wee suld be concernit the maist.
See how his countenance alterit
als sune as his sweethert hed falterit.
How quickly his brow hes grewn dark
tae see his wife tryst wi thon shark
sae fresh aff a Borrowstouness bark.

ACT I SCENE III
The samyn place.
Enter Rev<u>d</u> Solomon Trumblehame and Captain Paddock.

CHORUS: Now what persone passes heire?
'Tis Reverend Trummelhame
and Rabbie's auld Captain
I fear.

PADDOCK: Ho Reverend Solomon!
I advise ye speir ony man
that this is the custome:
the widow remayning
upon daith o a comrade
suld mairry his Captain
for bed and remeid.

TRUMBLE: For shame on yow sir!
Tae dwall on that thing
and think thoghts o pleisour
att this tyme is a sinne.

PADDOCK: This is right I assure ye,
als a souldier clayms spulzie;
this custome's designed
wi her weelfare in mind.

TRUMBLE: Than att least ye might lat the corp lie
for ane while, that is annerly decent.
It is early tae gae chasing his wife
as I say, whan his daith is sae recent.

PADDOCK: But sir, I maun haste til the banns
             or aa's waste, for commands
             are upon us tae march
             ontil Flanders this week.
             I pray, dinna be harsh
             that I speir it sae quick.

TRUMBLE: Na Captain, her flesh
             is maist sacred indeed.
             She is noght tae be broght
             til the kirk as a stirk
             or a lamb be some man
             drooling for ham.
             She maun be treatit afresh
             als Gode hes decreed.

PADDOCK: She is stainit, it is trew,
             but how can wee mak her anew?
             Her bands are quite sunderit,
             yet her maidenheid wes plunderit
             by yon oafish rabscallioun
             that got himsel killt in ane tavern.

GHAIST: Guid heivens! The slander.
             He kens verra weil
             I wes killt att the Kyle
             be ane vicious Hielander.
             O pox on ye Commander.
             Deil tak ye til Flanders!

TRUMBLE: What gart ye start?

PADDOCK: I sware I couth feel a cauld braith on me

TRUMBLE: Than lat ye be tellt thair is noght adee,
in this affaire for ane Christian
than tae leave this abee.
For this is King Solomon's teaching;
in ony case sic as Tibbie,
wee maun follow the right way o preaching.
And that is tae fetch her til me
whair she can tak proper correctioun
be a weel fauring minister's instructioun.

PADDOCK: It sounds a bit meddlesome

TRUMBLE: This way is maist haillsome.
Sae dinna be fasht
for she can be washt.
The bluid o the lamb
sall mak Lizzie white
as snaw, be my hand.

PADDOCK: What pish and shite!
Ye wald use her
yoursel, hypocrite,
and imposter.

TRUMBLE: Now dinna tak on.
Jalousy's a terrible sinne.
Ise away and mak trimm
for Sabbath sermon.

PADDOCK: Haud back sir, I pray.
Keep your haunds aff my Betty
or Ise gar ye ta pay
by clyping ye ontil the presbetry.

Exit Revd Trummelhame wi Captain Paddock in pursuit.

CHORUS:	Fat chance o that, Captain, ye suld be aweirs
that flesh is corruptible in ministers.
Sen lat us tak tent o mair spirituall affaires
for I dout he is turning a bit sinister.

ACT I SCENE IV
The samyn place.
Rabbie's Ghaist staps out.

GHAIST: Oh my darling Tizzie dear,
    hes fallen for a dorty tar.
    How sune hes he taen
    the hert that wes mine.
    How blithely I wald lye att my rest
    an ye happit me closs intil thy breast.
    Now out fra this yird I maun stummel
    and gie thon coarse fellow a skelp.
    How I wish I might gar Heiven whummle
    thon braggartie Captain, the whelp!
    As for Solomon Wametrummel;
    I wald pairt wi my pelf for his pelt.
    What's that I hae conjured? A grummel!
    The devil's ain doghter hes come up tae help.

Enter Envy, wi flash in the pan. Dresst in gray rags, stribbley
lockes and bare shrivellit breasts, she dances atour the stage.

GHAIST: That's it my dear,
    lat lowse your fury.
    Envy is heire
    wi birling ee.
    Sen hae nae fear
    Thon suitors o Tibbie
    sal dance their dree.

Ghaist dances round in a macabre reel wi Envy, and Exeunt.

ACT II SCENE I
Forenent the kirk.
Enter Elizabeth and True Tammas.

ELIZABETH: Ho Tammas my man, hauld back!
              I wald wait on my leman or wee enter the kirk.

TAM: Ay Miss, an ye list,
              tho it grieves me quite sair
              tae see ye sae sune mak a pair.
              Rab wald think it amiss.

ELIZABETH: Dae ye trow that ava?
              Altho Rab is awa,
              he aften sayd, whan in his nappy,
              that he wants me tae alwise be happy.
              I sure ye on aith
              in siccan event as his skaith,
              it wes aye his intent efter daith,
              wee suld meet aince again
              in the blew light o heiven,
              and nae fash ony mair in this wardle.
              Thon wes his argle bargle.

TAM: Whatna havers he spak!
              Whan his sooth I hed socht,
              on his life, he wald mak
              heiven dirl att the thocht.

ELIZABETH: Weil, heire comes my love.
              O my hert is a flutter.
              Be still now my dove.
              How it g-g-gars me stutter.

CHORUS: How Eros hes cast a spell,
             naebody can tell.
             Tho this is the Reverend Doctor,
             whase fuitstap hes quietly shockt her.

Enter Revd Trummelhame.

TRUMBLE: Guid day Mistress Tibbie.
             Now what's it tae be?
             Tae practice devotiouns,
             ye suld come in wi me
             ben the kirk for a wee.
             Sal wee larn ye tae chaunt
             the short catechism,
             or alse mak a strunt
             wi the Wisdome o Solomon?

ELIZABETH: Nane o thon, Mister Trummelhame.
             I mearly cam for advice
             anent wedding a Captain.

TRUMBLE: Hauld still, whatna vice?

ELIZABETH: I mean tae be wed.
             That's what I sayd.

Umwhile enter Envy invisible, tae cast her spell on the minister.

TRUMBLE: Gode save us againe!
             This isna thon Captain
             Paddock be name?

ELIZABETH: Na sir, `tis anither.
Be sea he hes came
tae mak my hert swither.
He hes just landit hame.

TAM: Talk sense til her, Solomon.
I implore it.
She hes upsetten Rab's soul. O mon!
I deplore it.

TRUMBLE: Thair is nae need for sic distracht
for I sal set this kimmer straght,
my doubting Tammas,
als quick the tide trips att Lammas
Now sal wee repair
til the booth for a prayer?

Exit the Revd *Trummelhame wi Elizabeth.*

CHORUS: Wee see than, how Envy she warks
tae mak ilka man jalouse o gain.
Just how weil she fares, weese remark
for heire comes ane certain sea Captain.

ACT II SCENE II
The samyn place.
Enter Captain Scalder, wi Envy invisible casting her spell on him,
and on Tammas.

SCALDER: Ho, servant!
Or callant.
What's thair adae?
Hes my lady betrothed,
passt by thisaway?

TAM: *(addresses the audience)* I wald be loathe
tae discloss it.
Na sir, as I sit,
I never hae seen
the lady ye mean.

SCALDER: What's that ye're saying?
I trow yow are speaking in vain.
'Tis but a puir jest
tae mak this protest
be pretending ye ken noght o her.

TAM: I sware be her faither's ain dochter,
I dinna ken what ye seek.

Captain Scalder touches his sword hilt.

SCALDER: Than up wi your sword
sir, and streik!
Saucey coward!
An I hed ye on boord
ye wald dance on my yard!

TAM: Pray, put down your wapon
                  for I cairry nane.
                  Raither find satisfactioun
                  an needs maun, wi this Captain.

Enter Captain Paddock. Envy casts her spell on him.

PADDOCK: Guid day gentlemen.
                  What's aa the steer?
                  And whar's Truckleham,
                  our bauld ministeer?

TAM: Trummelwame, an ye seek him,
                  gaed lately within
                  tae larn a young widow
                  her devotiouns tae doe.

PADDOCK: Verra weil than, Ise gae
                  and bid ye Guid day.

SCALDER: Hauld sir, an ye list,
                  tell me, what is thine tryst?

PADDOCK: Wi an angel sae fair
                  the sun is eclipsit be her hair.

SCALDER: And is she sae pretty
                  that never a starn shone mair?

PADDOCK: Nae doubt, that's my Tibbie,
                  left me the sole heir.

SCALDER: Than up wi your blade.
                  Ise defend my fair maid.

As he draws his sword, Captain Paddock fummels for his hilt.

PADDOCK: What cantrips is this?
Tae dabble att sword play
wi a Captain o artillery.

TAM: Gentlemen, put down your swords,
least this naked steel embarrass a lady.
Sheathe thaim away by my word.
This is nae place tae mak laldy.
In the street
'tis not meet
tae suffer the heatings
o curses and beatings.

SCALDER: Yet I demand satisfactioun
fra this bog trooper, deil sent him.
He hes casten aspersiouns
upon my intent, Tam.

PADDOCK: Sir, that is a yanker!
Tae think that this *petit* saut back
wha culd scant lift an anker
wald thole the brunt o my swack.

TAM: Weel heire's my advice;
ye suld mak tryst att night.
Now lat us disperse
and meet be munelight.

Exit True Tammas, Captain Scalder and Captain Paddock.

ACT II SCENE III
The samyn place.
Enter Rabbie's ghaist.

GHAIST: Yow haif dune weil, my Furey
tae mak aathing camsteerie.
In life I wes really ane fool
tae think this sportt cruell;
thair is naething mair droll
nor tae witness twa jalouse men duell.

ENVY: In that ye are right.
Ye wald leugh att the sight.
Tho ye are young for a ghaistie.
I say, dinna be hastie.
For thair is mair to this ploy
nor ane single deid boy.

GHAIST: What mean ye by that?
Thair is mair tae be hade?

ENVY: Indeed thair is some.
Now for the outcome
wee maun hide away
ontil efter mêlée.

Exeunt Envy wi Rabbie's ghaist.

CHORUS: See how quickly their tempers hett up
whan first the furey led thaim on.
But or wee turn til dreid set up,
lat us tak ane keek at Solomon.

ACT II SCENE IV
The kirk.
Enter Elizabeth, Revd *Trumblehame in pursuit.*

TRUMBLE: I am come into my garden,
             my sister, my spouse:
             I have gather'd my myrrh with my spice;
             I have eaten my honeycomb with my honey;
             I have drunk my wine with my milk:
             eat, O friends;
             drink, yea, drink aboundantly, O beloved.

ELIZABETH: Haud aff me, I tell ye.
             O that my Rabbie wes heire.
             He'd mak brulzie!

TRUMBLE: This is noght dune for pleisour
             my lamb, siccan pouerfu meisour.
             Sen speak wi me Tibbie,
             my nane littil flower
             in sweit words, a wall be:
             My breists are like towers!

ELIZABETH: O that is eneuch.
             What an horribil trick.
             Sir, ye treat me tae roch;
             I am fearfully sick.

TRUMBLE: Ay, Tibbie my dochter,
be love sick my hert.
As a child wee hae soght her,
as a Virgin thou art.
Luik upon this lovely breist
lat me be a bundle o myrrh
tae lye atwixt thaim att rest
whan aa striving is ower.

He ettles tae fondle her, that she resists be swacking him about the face.

ELIZABETH: Haunds aff me, fyle man!
I tuk ye for ane right disciple
now contemn ye for vanquishing
Haly Buk principle.

Enter True Tammas.

TAM: What's aa the stramash about?
Is it thon thundrous galloot?
Tell me, Tibbie, what gart
the Reverend Doctor tae smart?

ELIZABETH: 'Twas mine ain haund that dune it.
By the rood as alse Christ's bluid upon it,
the minister made me a grapple
sen I dang him atour his auld thrapple.
For siccar he hes an onChristian liberty taen
be saying he wald mak me a maiden againe.

TRUMBLE: The lassie is wrang
tae hitt me sae strang.
I mearly expresst
ane proper interest
in learing her rules
o biblickal devotiouns.
Whairas siccan tempestuous motiouns
are the property o fools.

TAM: Away wi ye, Trummelhame.
I canna thole speaking o lyes.
An I hear ony bother againe
Ise flay aff your pelt for my prize.
Get back til your kirk,
afore I lib yow for ane stirk!

TRUMBLE: Gode save ye, my man
for dealing me this way.
I sure ye, ye're damnit
as King Solomon says,
Curse not the king
nor even in thine thoght.

ELIZABETH: Now thon's a fine thing
efter what he hes soght.

TRUMBLE: Curse not the wailthy
in thy bedchaumer

TAM: Als lang as I'm hailthy
ye sal luik til my clamour
and nae touch this lass
for fear o my wrath.

Exit Revd Trummelhame on the poynt o True Tammas's buit.

ELIZABETH: Oh Tammas, my friend!
My hert beats wi pride.
Ye redd up thon fiend
whilk my innocence belyed.
But what is this signe
in your brow, that is darkling
als reid as the wine
o Madeira? What's rankling?

TAM: Wee maun mak away, Tushie
or alse horribil stushie
may be wroght wi your man.

ELIZABETH: Can ye mean my guid Captain?
What is it Tam?
Tell me, what gart ye act sae hastie?
Whatna panique is in thine breistie?

TAM: Ane terribil dreid I fear now, lass,
afore this menacing night is passt.
For als my hert is alwise true,
he means tae fecht a duell for yow.

ELIZABETH: Oh noble Captain Scalder!
Gode, lat my luif not falter.
Speak Tam, say whair is the place
appoyntit for this desperate race?

TAM: 'Tis clossby heire
but bend ane ear.
An ye permitt me tae meddle
I raither wald ettle
tae prevent siccan sportt
or life is cutt shortt.

ELIZABETH: Lat us runn than and find
some militia men braw,
or my husband's resignit
to this clashmaclaw!

Exeunt True Tammas wi Elizabeth.

CHORUS: The Deil himsel is latten lowse,
thair is nae doubt, in this bit house.
While Tammas true mayst runn in vain
and ettle tae comfort the maid,
lat aabody haste ontil the scene
whair braw Captains commence misdeed.

ACT III SCENE I
Ane desolate place.
Enter Captain Scalder and Captain Paddock, clashing swords
and flyting.

SCALDER: Deil tak ye, whoreson!

PADDOCK: Tae Hell wi ye, bo'sun!

SCALDER: Tak tent thair, ye lubber.

PADDOCK: Thair's ounds on your sea leg, my doge.

SCALDER: Noght but ane scart, my bog dubber.

PADDOCK: Yow are als keen as a drite in a fog.

SCALDER: Mak sportt now, and play!

PADDOCK: 'Tis your ainsel seems blate.

SCALDER: Avast thair! Ower late.

PADDOCK: Nae mair an a prick as ye say.
             Now laye on my friend,
             and shew yoursel bauld
             tae kiss wi fresh mou the sharp end
             o this fine steel sae tapering and cauld.

SCALDER: An ye war hauf ane seaman
             ye might swing like ae derry
             fra the mizzen, fause leman,
             while I drank mysel merry.

ELIZ *(aff)*:   Hauld sirs, on my aith!

368

Elizabeth enters, att the back o Captain Scalder.

PADDOCK: My dear Mistress!

Captain Scalder turns.

SCALDER: Elizabeth!

Captain Paddock runns his sword throu Captain Scalder's side, whilk faas wi mortall ound. As Elizabeth rushes tae tend him, enter Tam wi militia men.

SCALDER: O my sweet Tibbie
             I dee!

The militia men hap Captain Paddock in chains. Tam comforts Elizabeth.
Exeunt. (The corp cairryed aff by militia men.)

CHORUS: Tish, gentlemen, are yow aghast
             tae see aathing rowl on sae fast?
             Now the verra next ferlie wee see –
             and I wot that
             yow hae gott it –
             'tis the fell gallows tree.

ACT III SCENE II
A gallows is biggit in the desolate place.
Enter hangman waring a hood. He leads Captain Paddock.
Elizabeth and Tammas follow. Alsweil militia men.

HANGMAN: Thair is noght a nice thing
            tae staund like a ham
            at a Jew's wedding.
            Ay yow, Mister Tam,
            might help maitters alang
            an ye runn tae fetch Trummelham.
            Lat him stert up the praying
            for him that wes slain.

Exit Tammas.

PADDOCK: Dinna be blate
            my sweit bonnie quean,
            for suner than late
            I maun joyn him in dyan.
            Thair is noght mair adae
            tae repair tragedie.
            Tho I sware by thon nab
            that I killt wi ane stab,
            or I lye on thon slab,
            aa that I dune wes for Rab.
            Als custome hes sayd
            I suld taen ye til bed.
            And dear Tibbie

ELIZABETH: O sir, lat me be!

PADDOCK: As Gode is my witness
I wald pray your forgiveness,
for mine sake and Rab's,
alse the saut bitten crab's.

ELIZABETH: In Rab's name I gie it.
I forgie it.

PADDOCK: Than hauld still my lass,
for thair is honour att last,
as Rab wald agree,
ane thing mair or I dee.
As aa men that mak study
o souldiering ways
wald advise ye the wuddie
can bring noght but disgrace.

ELIZABETH: What mean ye by this?
Be plain, an ye list.

PADDOCK: Your penknife
my dear,
hae nae fear,
for my life!

ELIZABETH: Tak it
and quick
or be Jesus's ounds
thair is mair bluid on my haunds.

*Enter True Tammas and Rev<u>d</u> Trummelhame. Alsweil, invisible,
Rab's Ghaist and Envy.*

ENVY: Now heire wee come til great delight.
               All is preparit be lawfu might.
               Sune sal unfold this latest sorrow
               whan thrie jalouse men are casten lowe.

GHAIST: How's that? I saw but twa my fier.
               Tho I wald never seek their weird.
               Tane wes the seaman whilk courtit my loe.
               Tither is staunding forenent the gallow.
               He wes kindly to me whan I stude in the ranks
               and by custome, suld hae gotten his thanks.

ENVY: Wheesht, cowardly loun!
               Alse trow ye that aathing is ower sae sune?
               Tak tent o this by my bumbaze
               for your pleisour I sal stound and amaze.

Envy dances againe, renewing her spell on Captain Paddock and Revd Trummelhame.

ENVY: Be jalouse my fellowes.
               Be covetous and mean.
               Wee sal dance on the gallows
               in this final scene.

HANGMAN: Here staunds the accusit,
               a meeserabill chap,
               hes ane life abusit,
               is contemnit tae drap.
               Hes he oght tae say now?

PADDOCK: Anely that my hert wes trew.

HANGMAN: 'Tis a smaa consolatioun
for outright damnatioun.
Ye winna pray for forgiveness?

PADDOCK: Fra my dearest Mistress
I hae that in aboundance.
Nae mair can I wish, by my lance.

HANGMAN: What say ye til this Doctor Solomon?
May wee persist in pronouncing his doom?

TRUMBLE: Ay sir, swing him up.
Thair needs noght detayn us;
this scandalous pup
maun tryst wi the noose.
Tho I wald first say a prayer
for mysel and Miss Tibbie thair.

The company bow their heids, sauf Captain Paddock fixes the minister wi a glower.

TRUMBLE: I need scarcely say
what buk this is taen fra.
Sauf, heire wee sal bide in
A fountain of garden
a well of living waters
and streams from Lebanon.
Awake, O north wind;
and come, thou south;
blow upon my garden,
that the spices thereof may flow out.
Let my beloved come into his garden,
and eat his pleasant fruits.

As the minister reads, his een rest on the nape o Elizabeth's neck,
that he blaws gently wi pursit lips. Captain Paddock loups fra
the scaffold and stabs Reverend Trummelhame in the hert ontil
daith wi the penknife.

PADDOCK: Oh Christ hae mercy
on my saul!
But nae for killing Sol.
I seek nae mair see,
nor this puir life
claymit wi penknife.

Tam rushes tae hap Elizabeth in his airms Paddock stabs himsel.

GHAIST: That is the way, Trew Tammas.
For Gode's sake tak tent o my Bess.
An I thoght it wald end in this gore
I never wald greed wi thon whore
that is Envy, sae horrid and vile.
Now thrie lives are tint in shortt while.

ELIZABETH: O Tammas my friend what a sight,
sae laithsome a puir kimmer tae fright.
Lat us haste fra this place
that broght noght but shame and disgrace.

TAM: Wee sal away til your den
and nae luk on this fell place again.

ELIZABETH: An ye lat me speak out;
als a maid I sal alwise remayn
and never break out
for lovers and men I can scant entertayn.

TAM: Dear Bessie, my sweit,
       an Rabbie hed seen it,
       he wald gree wi us baith.
       Lat me sware solemn aith;
       I sal luik til ye fair
       als a sister, nae mair.
       Gode lat our auld friend
       find peace att the end.

Exit True Tammas and Elizabeth.

GHAIST: Weel aa that is dune
          and ane tragick outcome.
          I sal gang til my grave on this.
          Tho I maun wrang her
          I am stranger;
          nae langer
          tae truckle wi furies sae grievious.

*Exit Rabbie's Ghaist. Envy dances wi the militia men in a
macabre reel.*

ENVY: The field is free.
        This place is mine.
        The victor me.
        What next tae twine?

Exeunt.

EPILOGUE

The deid men upstaunding, alsweil aa the cast and chorus sing thegether.

Be aweir now, wee hae cam til the end,
tho some furious evils are abraid in this land.
So tak tent o Rabbie
and the fate he wald dree;
for crying down bitter envy
he lowsent fell force be decree.
Lat aabody larn fra this tale,
tae gang forrard and keep oursels hail,
wee maun putt aside bickering and factioun
as wes plainly foreseen in this actione.
Whasomever sows disruptioun
can harvest noght but grief and destructioun.
Lat nae man sett in motioun
sic horrid greed and ructioun.
Turn your face fra the deil
and luik ontil Commounweil.
Tho now it is tyme for our kip,
in the morn lat us mind not tae slip
in endeavours maist noble and grand.
This way wee sal big a new land.

CHAPTER 4

THRIE NIGHTS HAEN PASST sen I cam awa fra Pink Poynt, ane remarkable transformatioun hes taen place in New Edenburgh. It is difficult tae mind whatna desperate straits the planters maun pleiter in, afore wee performit this latest actione. Now it seems aa despondency is whummelt. The planters pronounce thaimsels leal, and are rady tae engadge in the originall design o establishing our Colony. This forenoon their parlyamentary delegates made farther representatiouns, demanding the stores be onladit fra the ships, als weel tae shew their resolve tae bide heire, as tae combine the seamen in our enterprise.

Council hes bene assembling in the fort as maitters rowl on. Yet Doctor McKenzie is aweir least Councillor Patersone exert himsel. He continews raither dwaibly wi a relapse in his intermitting fever, sae that I am obligatit tae bide in his hutt and luik til his hailth. Indeed he is kippt out on his bunk as I screive, for it is nighttime, and I thoght tae keep up my journal, haen neglectit it lately. Tho I amna quite usit wi quills; tae keep sharpening thaim is a right palaver.

Even altho I wes blithe tae joyn my auld friends in our littil actione, I canna but feel kenspeckle in their presence. Aathing seems as it wes on boord *Unicorn*, and me being ashoar wi Lieutenant Turnbull; it is aamaist like retourning hame til ane different place tae see thaim again. Nanetheless, thair hes bene sae mony changes, I dout I canna retourn til my barth ava. Our Captain Pincartoun is tint, in a Spanish dungeon, as alse the first mate, William Murdoch, shippt out in thon dorty Concilor MacKay's wake. Some pepill are mear memories now; als weil the Reverend Thomas James, as Mister Patersone's clerk that larnt me the Latine. Our affairs are sae changed sen wee shippt heire, that tae luik back on that voyage now, they war aamaist the happyest days o my life.

Captain Anderson hes command ower *Unicorn*. Our saicond mate, Mister Paton, shippt out for Jamaica wi the pyrate sloop that Captain Pilkington catcht ane whilie syne. He hes orders tae trade for victalls, tho Deil kens whair he sal find thaim, what wi the proclamatiouns against us. Our main prospect lyes wi the relief ships, that wee anticipate ony day, tho wee haena heard sae muckle as ane whisper anent their progress; some even say they are tyed up in Leith acause o the proclamatiouns. Yet the planters never shewed mair spunk nor mettle, sen wee are conjoynit als ane body, rady tae staund in defyance o King William and Spain in pursuit of our liberties.

Henrietta is hail, and biding in Doctor McKenzie's cabine.

The next day Commandoar Pennycuik clewed up his sheets, and gart his pinnace tow *Saint Andrew* out als far as the seagate. Be the tyme she wes sooming aneath the fortress's gunns, the entire toun wes aweir he wald abandon us.

In Edenbourg the generall stench o decay wes encreasit by an hott mist that swampit aathing, minging its poysonous vapours wi wuid reek amang the hutts. Naebody culd stir in this desolate scene, as I wand throu the narrow street. Using the chuckie stane track that leads til the fort, I struck out for the shoar, whar I cam upon the planters, foregaitherit in dreid silence att the jetty. Their een fixt on the ships in the bay, whair the Commandoar's reid pennant droopit damply in her foretapmast shrouds.

Syne wee saw ane lang boat snooving out fra *Caledonia*, even as her barburd gunn ports war threwn open. This boat cairryed ane file o musquets, and ane Councillor in the prow; that the planters proclaymit att aince, he is shipping out. A smaa pairt o the crowd shorttly gied chase up the shoar, voycing their fury, tho they sune fell away. For the vast bulk o the multitude poured in the sea, smashing apairt the jetty and sinking the boats that war tyed thair by mear weight, as they clamoured tae get thaim on boord.

I wes observing this scene fra a littil distance up on the brae, and I sure ye it brak my hert. For wee ettelt tae lift aabody's speer-its. Whairas, the pepill war sae far fra being refresht wi new hope by our performance, that I discernit in this terriefying instant aa hope wes tint. Their newly discoverit zeal being thwartit by sic onwarrantible and blatant disregard for our commoun weelfare, what passioun remaynit in their hert fand an outlett in generall panique, and ane singular mad brulzie tae be quitt o the settle-ment.

For thrie days and thrie nights the town wes in a compleat tur-moil, as aa the landsmen boordit the ships. What scant possessiouns they may salvage war heapt on the remayning boats, tae lade on. Whan the oarsmen and pyntours begouth hectoring thaim for pay-ments, whether in bananoes, this or that knife, pistole and bowl, or whatna coyns they might own, the planters caaed the feet fra unner thaim, and dousit thaim in the watter, seizing the boats for their use, that destroyd ony semblance o order and boatsmanship.

Als it transpires, Captain Pennycook's attempt tae runn away on his ain account hade been scupperit att the outsett by *Caledonia*'s Captain, whilk despatcht Councillor Campbell in their lang boat tae bring *Sanct Andrew* under Council's command, and offering tae use force an he fand it needcessitous. Whairon the Commandoar gied ower his perverse pyrating designe, tho his sails remayning clewed up war a signe it wes tyme tae ship out. The feck o the planters culd nae langer be orderit. They tuk aathing in their ain haunds, paying als littil heed to their ain Parlyament as Council. Their mind wes fixt on ane commoun designe; tae get thaim on boord, in despite o aa hazard. Na commands nor entreaties, nor even brandishing sabres and musquets war capable tae stanch their flow.

Their disorderly flitting wes markt by severall tragick acci-dents att sea, als weel drownings and loass o life, as cowpings and loass o geir. For their skill att the oars wes raither deficient, being landlubbers at hert, as alse they are dwining fra agues, fluxes and famine. Thairfor by sooming, or gripping a boat's painter, or even launching sic singular craft fra the shoar als various barrels, firkins, rafts, whatsomever bit timmer dois float; they resolvit tae embark what way they couth, or dye in the attempt.

During this tyme I remaynit in Mister Patersone's hutt, for he grew verra wabbit, als weel in body as spirit. He maun constantly be strunting throu the sodden streets, whair he beat his breist and cryed down the wrath o Providence on us aa. Whan the ague streikit him out on his bunk, he wald wyte himsel for the failure o his visioun, or alse berate divers Conciloris for their machinatiouns and cabals. He couth even upbraid some passing planter whilk, littil caring for his blathers, wes att a loass tae discern the trew depth o his radge, and maun scurry away like ane rottan upon seeing an ill-guidit catt.

Thair wes noght tae console him, tho I luikt til his bodily needs, be preparing him broth fra some peas and plantan, in ane pott that laye in the hearth. Yet even this mett wi strum and tantrum. Whan I offerit this soup, he seized the pott fra my haunds, and hoied it atour the room, in a blin fury.

'What now?' he cryes. 'Yow bring me broth tae fill a toom wame. Hae ye nae inkling what is the loass heire? Even that pott is haulden by me upon creditt.'

I stude back, while he absently rubbit ane reid blister that rase on his haund.

'Away now!' he cryed. 'Aathing is tint. Thir potts arena my nane. Dae ye ken wha owns thaim? I sal advise ye. A guid friend o mine, ane gentleman, a brother o the sea. A trew merchant! Onlike certain pepill wee knowe, that tak ane glisk att ill fortune and turn tail, als the partan scurries in his hole att ebb tide. Mister Budd, how couth they leave me?'

'I dinna ken sir,' I gied back, being aweir o my share in the generall falt.

'Thair are merchants wald come here!' he declaymit. 'Wee wald establish the maist famous *entrepôt* the warld hes seen. Whairas thon silly men hes casten it aside.'

'Indeed sir,' I reponit. 'That is a lamentabill loass. The fine copper potts alsweil.'

Umwhiles I grew shortt wi his ravings. I wes aweir the ships maun sail als sune as ane favourable wind blew. That culd be our anely salvatioun fra this wretched place. Yet I felt obligatit tae remayn wi him, for I saw mysel airt and pairt in his downcome. Als weil I conceivit this notioun o satires, as I hade gotten the Commandoar's dander up whan he tryed tae impress me. Sen it wes my ain wyte that my friends suld indulge in bands. And nae langer tae mak amends, for I considerit the onravelling o our prospects heire aamaist compleat, I maun bide on shoar fra mear fealty, in order tae joyn his misery wi my ain.

'Thair is still Captain Patton,' I sayd. 'He mayst retourn sune wi the sloop.'

This wes *Unicorn*'s second mate, hade bene despatcht to Jamaica for victalls.

'Juist wait and see sir. He sal come rowling into the bay sune o syne.'

'Mister Budd,' he exclaymit. 'Yow haif bene abraid mair than maist. Whatna leeving might a crew o weel faured seamen mak, by cruising this coast, and fishing for turtles?'

Wharas this venture may wark for haill men outwith the ordinary discourse o trade, it is a mean sortt o enterprise for a right proper Company tae embark on. Atour thair wes visibill ane oncertain skinkling in his een, that struck me as something warse than the mear expulsioun o febrile materiall. Sen I luikt in the dark chasm o his thoght, and discoverit the weevil o ane singular madness chowing his reasoun.

'A roch leeving,' I sayd. 'Forbye the sloop hesna come up wi us yet.'

'Tho it will!' he sayd, gripping my forearm als tho he wald crush the verra banes in it. 'Wee suld enter Captain Drummond tae fit out the sloop. Wee can cruise up the coast, till the relief ships rowl in. Lat the cowardly lave sail away, an they want smeddum.'

'Sir,' I sayd. 'Thair is nae sloop.'

'Ay! Deil tak thaim aa Billy,' he waggit his heid. 'Lat thaim ship out. Wee sal bide heire as turtlers. Now runn and advise

Captain Drummond, alse Lieutenant Turnbull. Whan Captain Paton comes rowling in, ay?'

His een war smoorit aneath ane desperate vision. His een, that aince saw the upbigging o the maist liberall emporium this warld couthna contemplate, stared blank and weet fra the ravings o that horribill ague. What couth he see, an he couthna discern me, whar I stude afore him?

Ae wheen countrymen pleitering about in a turtling tubb.

'I wot it is tyme tae ship out,' I sayd.

Yet he remaynit on shoar. Ane week passt by, while Parlyamentarians, Conciloris and Captains maun assemble in disruptive factioun, ilka ship maister taking his ain counsel, and greeing noght but some vague orders tae set sail and cruise hereabouts, awaiting the relief ships. Syne Captain Drummond orderit his company ashoar tae brak down the battery att the Fort, lading his gunns on boord *Caledonia*. Whan he wes dune, he stappit by the Concilor's hutt wi Lieutenant Turnbull, whair Mister Patersone liggit upon his bunk in a dwammy kin o sleep.

'That's the last o the geir led in,' he sayd. 'The toun is toom.'

Thair wes noght I culd reply, being sae immersit in seeing my singular patient reducit this way. Yet wee sate wi him ane hour till he wes hauden down by the wearying effects o his fever, and he laye spelderit, crying on me tae bleed him in a wheedling voyce, feeble als his corp.

Ilka man tuk ane end o his bunk, and wee conveyed him on boord *Unicorn*. Thair wes nae langer ane leeving soul abraid tae draw braith as wee cairryed him throu the festering toun, ontill passing clossby the buryall grund on our way, I prevailit upon Captain Drummond tae put our chairge down for a spell. I luikt in the guid Councillor's face, whair ane bairnlike dwam att last owercam his thrawn countenance. Sen I cutt a button fra his jaicket wi my penknife, and stappit ower till I fand the grave whair his wife laye. Around her are yirdit fower hunnert mair fra the Company of Scotland.

'What man proposeth,' I sayd, placing his button abune her corp in the warm loam.

CHAPTER 5

Sailing Directions:
You shall make the best of your way in company with the rest of the Ships, and tuch at New England or any other convenient place where the Ships may be supplied with provisions. And in case of Separation You shall make streight to Carrickfergus in the kingdom of Ireland, but if the wind should not serve for that port you shall steer streight for Lochryan in Galloway in the West of Scotland. And if your ship be the first that arrives at any of the said places, then that there be an express imediatly dispatched to the Court of Directors at Edinburgh giving an account of your arrival there and of the rest of the ships being on their way thither and to demand their commands anent what shall be done with the ship and men and to receive and obey their orders thereanent.
Given on board the St. Andrew riding in *Caledonia* Bay the twentieth day of June 1699.

> Robt Pennecuik.
> Collin Campbell.
> Tho Drummond.
> Tho Forbes.
> Wm Paterson.
> Sam Vetch.

EFTER WEE HADE GOTTEN Mister Paterson on boord us, Captain Anderson warpt *Unicorn* out the bay. Wee war obleidged tae anchor in the lee o Gowden Isle that night, whairas *Caledonia* pickt up the gale aff shoar and stude out to sea. *Endeavour* and *Sanct Andrew* laye clossby. In the morning they hade left us. Wee rade in great hazard, and cutt the cable tae clear that grund, for wee war short o haunds tae weigh.

Captain Paton rowlit by wi the sloop fra Jamaica. Tho he

culdna purchase supplyes, and wes ignorant o our circumstances, she hes kept our company for severall days.

Thair is ane horribill malodorous stench on boord *Unicorn*, that arises fra distemper. For even altho Captain Pincartoun wald steik the lakes she sprang whan wee cam in the sea gate, the opportunity tae careen her never arryved, and dampness hes spreid throu her holds als its stink dois pervade the entire vessel. This onhailsome air betokens decay als weel in the timmer as the pepill that soom inside her. Sen wee tuk on sae mony seeck, the fever hes taen a grip afloat, and wee maun hoi haulf a dozen corps fra the rail ilka morn.

Wee war less than ae week att sea whan a severe squale blew up, and the Captain cryed aa haunds on deck. Wee hedna the crew tae cover ane watch. Thairfor he maun order whilk planters culd staund, that they might sclim up the skuttle and bend their backs tae douse the sails. Aabody that wes capable begouth clammering about the ship in alarum. Yet the landsmen hae scant knowledge o sailing; they canna tell a leechline fra a buntline, nor can ye lippen thaim tae say why the main and fore masts are reekit wi clewlines, wharas the mizzen hes brails. Siccan maitters arena for planters ava. Theirs is really the planting o craps, and cultivatioun, that wes never attemptit sen wee embarquit on our enterprize.

The haulf deck wes reducit til chaos in ane instant. For their radiness tae help, in despite o being turnit out their hammocks, wes mett be the seamen's jalousy and contempt. They culd shower the misfortunate planters wi sae mony orders and directiouns, that sailing our ship wes wroght a compleat May dance.

Now this wark wes gaen bonnily alang, and some o the tasks being accomplisht, the lateen wes dousit, as alse the fore tapsail, mizzen tap sail and the spritsail tapsail, tho thair wes a devillish triall in striking the spritsail, that grew verra heavy, filling up wi watter on account o the swell, and dragging her down by the boughsprit till the sea rann awash throu her beak and she steered byordinar clumsy.

She wes running afore the wind in siccan lamentabill condi-
tioun, and our men aa forfochten. Wi nightfall thair wes a fresh
braith in this squale, that made aathing warse, sen it wes blawing
intolerable hard or than, and in the mirk Captain Anderson
jalousit the main tap sail wes impossible tae shift.

'The main tap sheet is jammit,' he cryed. 'Yet wee maun strike
that sail, or alse the tap mast will be broght down by the boord.'

'It may tak a guid yanker for that,' says Cruden.

I luikt til him than. Sen wee shippt out, I tryed tae avoyd him,
for his dander wes up whan he boordit us. He hed lately bene
threwn aff the flagship. Whether he provoakit the Commandoar's
spite by clyping our actione and bringing about that miscairried
designe tae runn aff wi her, or alse his odious nature made him
onwalcome efter Captain Campbell tuk command, he wes oblei-
dged tae find his auld barth amang us.

As wee aften haif recourse tae repeat; He that ships wi the deil,
maun sail wi him.

Aiblins thair wes a bit o the divel in him that night, for he hed
turnit tae reiving the medickal supplyes for brandy and usit it tae
fire up his bluid agin the drenching storm. Sen as darkness fell, he
stude on the quarterdeck, crying misdirectiouns til aabody about
him.

'Siccan clammering in tapmasts is really for jackanapes,' he
sayd. 'I dout this is your man, Captain Anderson.'

Sen he encouradged me tae speel the mast, till the Captain
stappit him wi ane glower. Altho he wes newly acquaint wi this
boorish fellowe, he hed gotten the meisour o him now, and mearly
strade down the deck, crying for his tap mast boy.

This lad wes ligging ablow att the time, groaning and clutch-
ing his wame. I luikt til him wi the lave, by administring consola-
tiouns, for thair is noght can cure the seasickness. Jimmy wes
hirpling in my wake wi the vinegar bucket. Sen an enormous
thwack, als tho Tam Roddry dischairgit ane canonade, shuk the
verra stour fra the deck, that daunced in the lowe o Jimmy's candle
dowp, and trummelt in the air even efter her waas stappit dithering.

Wee baith rann for the skuttle. I jalousit thair wes something nae right, by the shouts abune. Sic wes my haste I maun hurtle the Hirpler up throu the hatch wi a smartt shove til his erse. Breenging on, wee stude upon the hauf deck, that wes stowed wi seamen and planters alike, aa staring upward and speaking att aince.

I turnit about me, tae see whair Captain Anderson culd be fand. Sen I saw him staund up on the poop, his een fixt on what he culd mak o the taigelt rigging and shrouds abune, that flappt lowse in the gale, fluttering in the wavering light o the ship lanthorns amang the brakken tap mast, even as the boyling speendrift sworlit about the thighs o his lang buits. Now the tap mast laye atour the fore yard, haulden fast att the tap o the main mast. Frae the tapsail lift an antrin shade wes hanging, and dunting the main yard in ane macabre pendulum swing.

'Gode save us!' the Captain caas. 'Thair's ae body abune. Wha gart the laddie sclim?'

The hempen happit corp continewed tae birl in the wind, till I apprisit ane face leering throu the rain dinging mirk. The reek o brandy wes in his noisome mou as he gawpit att me, and gied a bitt hiccough.

'I never gart him faa,' sayd John Cruden. 'I anely tellt him tae speel for a jape.'

A great scunner rase up in my breist, and I wald throttle the sonsie loun thair and then, sauf the Captain cryed out again.

'Hauld back that laddie!'

Our een war transfixt by ane quicksiller muvement, as Hirpling Jimmy shott atour the sprang mast. For in despite o his injury, he never forgott how tae sclim.

Now he won til the body, bundling it up in his airms.

'Davie!' he cryes.

'Come away!' the Captain commandis. 'Thair is noght ye can dae.'

'He's deid sir!' Jimmy skirlit fra the shrouds. 'He suld never bene heire ava.'

Weil, that wes an end o the gunner's loun, that never put a

spunk til pouder in anger. Whan the gale lat up, he wes broght down tae lye wi the fever-taen corps att the waste.

Whairas I spent that night hunting the hulk for John Cruden.

It wes dawn or I fand him, slumpt in a stupor wi the mutchkin toom in his elbuck. I gied him ane sharp kick wi the poynt o my shoe, that he gied nae account o, being blin fou. Sen I felt my hert maun brist wi passioun, for the puir lad that wes tint, alse the horrible wrangs this ill guidit chyrurgeon's mate hed dune. I hunkerit down tae shak him, yet my efforts war useless in the face o his stupefyed dwam.

An he culd wauken, I thoght, at least I might get some satisfactioun.

Tho whan aa is bye wi it, whatna satisfactioun is thair in browbating him, even provoaking his temper and beating him about? Damn him, I thoght. He hes bene noght but a stink wi a skin on, the hail tyme I kent him. And now he hes killt Davie. He gart him runn up the main mast, that he hade nae need tae enter him in, whairby he hes murtherit the bonnie lad. Yet whatna satisfactioun can be gotten? An aabody wes aweir o this misdeed, thair is noght tae pruve he killt him.

Gode, I wes thinking, This is what puir Davie is come til. Ane dumb drucken sot and a wheen o trite banter. Mister Budd, thair is ane way efter aa.

I stude and bent my back tae drag him atour the deck. This gart him drite and girn, that I wheesht him be jobbing his rib wi my tae. Whan he grew silent, I tyed ane hawser round his feet, and clam the ladder, hoisting him up throu the skuttle. Efter wee reacht the haulf deck, I plankt his slummering body neist the corps that laye on her waste and yankt out his tongue, clamping it atween his teeth tae prevent him snoring.

Hirpling Jimmy dois accompany the squad whase job it is tae redd the ship o corps ilka morn. He suld mak sure nae errours are made.

'Wha's this?' he speirit me. 'Mister Cruden?'

I wes staring att Davie's corp, least I might be mistaen for ane lyar.

'He's deid Jim,' I sayd.

'Dearie me!' he sayd as the boys hoied Cruden ower. 'A bluidy night on boord *Unicorn*.'

'Gode save ye Davie,' I prayd, fechting the urge tae runn til the gunnel and luik ower.

I efterwards retired in the chyrurgeon's cabine, tae tend Henri and apprise her o thir horribill events. Sen I threw mysel down att my auld barth on the gunn deck. Even altho I wes extreamly wabbit fra my exertiouns, the motioun o the ship, als she tuk first ane rowl, sen ane telyevie, culdna permit me tae kip.

Yet my anely regret wes that, being in a stupor, he hade nae chaunce tae suffer whan he depairtit us. An I hed annerly gotten a clear glisk att his face efter they hoied him ower, I thoght. Might he wauken whan he hitt the watter, for ane instant att least? Or alse even better, tae be lively eneugh tae bubben about for ane whilie.

I manadged tae sleep a littil throu that day, sen the wind drappit for a spell. This allowed some repairs tae be made on the tap mast. Yet they war als weel tae leave it down. For the wind blawing up in the afternoon tuk it away again. Now wee fared warse for I dout that lull in the forenoon markt the ee o the storm, and the neist squale setting in bot respite fand aabody on boord us quite jarmummelt, forfochten and disjaskit.

This tyme it wes aa wee couth dae tae closs up the hatches, pingle away att the pumps, coorie in ablow, and pray for salvatioun. The ship pitcht and tosst als her namesake, ane wild beast, in torment. I laye on the bare plank, for hammocks are hazardous in a big sea. Atour the gunn deck, aathing that wesna siccar seemed tae come alive and flee about in the air, under the tempest's force. In the middle o this darkling warld, my thoghts begouth tae mine the nethermaist deeps o my harn pan, till I luikt ontil the prospect o daith.

Whatna mercy couth Providence shew? Haen reducit our enterprise til ane hantle o dampnifyed hutts and ane moulderit city o corps, tae turn on us again siccan wrath; what Gode war wee thirlit til in embarking ava? It seemed better tae threw in your lott wi thon hantle o godes Andrew Livingstone conjurit. They sarved the auld Romans and Greeks weel eneugh. Cry down the haill clanjamfrey, I thoght. Wee are fools tae lippen til ane, whan wee might use sae mony.

Syne the timmers shuk again, louder than whan the main tap mast wes wrackt.

I buryed my heid in my airm whair I liggit, and jirgit my teeth.

Gode forgie me for thinking it, I sayd. Your wrath is mair fell nor Poseidon, nor Neptune and Scylla, Chac Mool, the great turtle o the Indies, aa the sirens combinit. An Yow luik til us this night, I sal never miscry Ye nor doubt Your mercy. God almighty Whilk gart ane whalefish scoff His prophet, luik til this humble sinner, that shippt out the wrang gait. Tuk on the wrang taik. Gied in til temptatioun, als weel enchanting flesh as divellish reek. This simple time soomer and disbeliever in aathing. Als Yow luikt til your annerly Sone whan He wes spelderit on timmer; luik til this moudy bit ship, and save Thine pepill againe.

Or the starm culd abate, aa the tap masts war rent in spales. The foremast and the spritsail tapmast war broght down by the boord. This left us the main and mizzen, forbye a great taigle o rigging and gear, tho she weathered it in the end. Her hull is aamaist like ane collander. Now our carpenters are obleidged tae runn up jury masts.

CHAPTER 6

WEE LAYE AFF FOR ane week till the repairs war made. *Saint Andrew* stude by us for ane day, and Captain Anderson hailed the Commandoar tae speak wi him anent our conditioun. Yet Captain Pennycook soomit away raither than come til our assistance. That wes the last wee heard o him. Alsweel Captain Paton abandonit us in our distress. Deil tak thaim baith, and Gode pardon me for saying it.

Or wee culd stap the warst lakes, Captain Anderson orderit me tae sarve on the main capstan, for it wes all haunds on the pumps. This is a roch kind o arduous labour, yet wee are band til *Unicorn* by this, and it wes round the auld drum wee foregaitherit tae pump out the bilges. I wes placed on the outermaist end o the bar whair ye maun spang unco radily tae keep up wi the rotatioun o the barrel. The deck wes apt tae tilt and tip att divers angles, that gart your feet skeet aff the flair. Thair can be nae respite fra this wearying toyl, nor opportunity tae lighten your thochts by hoping for better tymes. Als weel your limbs as your mind are bent tae the drum. Alwise a dim consciousness chows att the back o your harn; that an wee lat up, or ever think tae gie ower sic tortuous ploy, thair is warse than an officer's lash tae contend wi. For tae threw up this purgatory, amidst the perpetual crashing o waves, alse the dithering thwack whan a mast falls by the boord, is mearly tae cast the entire ship and her crew in a wattery tomb.

She is at aince our salvatioun and maister. Bauld *Unicorn*. Casten upon the braid Caribbean's mercy, wee hae noght but our flesh tae save and tae sarve her. She can offer us noght sauf ane dedelie band.

Wee stude aff the Main aneath our jury masts, and haen recourse tae man the pumps intermittently, gott her unner way, bubbening up the coast past Rios Nicaragua, ontil ane night I wes employd in this mainner, whan I fellt ane urgent chap on my shouther.

Att first I wald shrug it aside, whatever toucht me. Sen the *spiritus animus* rase fra my swamping numbness. Whan I blinkit, Mr Craige wes scampering backward afore me like ane will o the wisp.

'I have come to relieve thee,' he sayd.

Silly fule, I wes thinking. This isna your watch. Ye suld away til your kip.

'It's Henrietta,' he exclaymit att last. 'She's shown.'

'That's right,' I greed. 'She's bene showing for fower moneths att least.'

'I sayd she has shown.'

I stude streight in alarum, dunting my heid aff ane carling. Att the same tyme I maun turn around and face him whair he stude att the wall, and wes dang in the ribs by the neist capstan bar. This gart me crumple a bitt, and I stoaterit forrard, clutching my wame. The fellow ahint gied me a shove in the back tae keep me fra falling. This way I wes doofit and jarmummelt throu twa revolutiouns o the barrell, till att last I gaed passt the soutar aince mair. Haen gotten the meisour o my predicament, he loupit in and grippit my collar, whairby he freed me fra my torment. He than rusht forrard, as the capstan crew birlit round on its monstrous course, and bent his back til the bar.

'I mean,' he hoied at me next time he passt, 'thou maun tend her as midwife.'

For ane instant I stude in dumfounerment. Than I threw mysel down the hatch, rann atour the deck, joukit throu the skuttle, and shortly enterit the chyrurgeon's cabine.

Henriet wes pacing the flair, wi Doctor McKenzie att her elbuck. She wes drawing deep gulps o braith, and gied me ane peculiar gley. This shewed she wes als weil proud as defyant; in considerable discomfort, tho a bittie blate and contemning; als tho she wald falt me, or men in general, for her conditioun. Att her side, the chyrurgeon appeared tae share her embarassment in some degree, tho that wes the extent o his discomfort. He luikt til me wi the samyn frown he ware whan he wes away tae demonstrate some principle o anatomy or therapeuticks.

'Weel than,' I sayd. 'This is a surprize.'

'As night follaes day Mister Budd,' sayd the chyrurgeon.

I didna ken what tae dae. It seemed he wald wyte me alsweel. Att a loass I turnit tae face the patient. She drew ane gasp and, sweeping ane stribble o hair aff her brow, made some sortt o reply that cam out mair like ane peep.

'How closs is her contractiouns?' I speirit him. 'How sune?'

'Thir maitters are best left for nature,' he reponit. 'Whiles it is dune in ane hour. Att other tymes it may last severall dayes. Tho in some cases it is best tae mak interventiouns.'

Ane hunnert questiouns breenged ontil my drouthy tongue.

What tae dae?

An thair is complicatiouns?

What complicatiouns might thair be?

I culdna ken haulf o it. Nor culd Doctor McKenzie appear versed in midwifery.

Ought a fellowe tae be dabbling in this art ava?

Unicorn wes trummeling and rummeling aneath us, as she weathered ane particular swell. The verra warld seemit sooming away. Sae mony things hed occurit sen wee shippt out, I fellt I couth nae langer lippen til naething.

'She is sooming a bit heavily,' I sayd. 'Aiblins the motioun hes broght it on.'

Als tho whan the ship staps rowling aathing can be right againe! It wes than I jalousit wee war embarkt bot na remeid nor retourn. In the depths o the chyrurgeon's een wes lurking the same desperatioun. He wes als wise as ony man whan it cam to this ploy. Forbye a wheen simples for controuling the bluid mass or dulling the payne, wee maun steer by deid reckoning.

I fellt mysel poued be twa conflicting urges; tae runn away and be dune wi it; or tae runn ontil her, and tell her aathing will be right. Tae hap her in my arms, als aince wee liggit in Ambrosio's village, whair indeed wee couth taste the nectar o Eden. Sic sweet ambrosia. An wee hed chusen tae bide thair, and never retourn til our countrymen; I wot Cuna hae methodes for dealing wi this, ayont our ken. Whairas I wald perswade her tae retourn on boord!

The rowling waves seemed tae cause an upsurge in her wame. Yet even as I waltrit toward her, the ship tuk ane telyevie, that gart us faa til tane end o the cabine, whair wee cooriet on the wall for ane instant, or the next juddering rowl threw us back on tither side, streiking us atour the flair, whair Henri laye for a spell, voycing her fear and discomfort.

'Billy,' she whisperit in my lug. 'Can ye mind whan wee cam in the sea gate?'

'Never mind that,' I sayd, picking mysel up fra the deck, tae dight mysel and offer her my haund, least the ship pitch sae violently again.

The Doctor wes up on his feet.

'Whiles it is best tae lye down,' he proponit.

Wee encouradged Henri tae lye on the bunk. She ware a sortt o lowse petticoat and semmit, for her comfort and ease. Aathing seemed tae happen in an ontangible mainner, our course being chartit bot nae proper methode o navigatioun, that I wes hard presst tae consider it happening ava. Thairfor, I maun grip Henri's haund, and smoothen the hair on her brow, that wes droukit wi sweit.

'Wee might redd up this room,' sayd the chyrurgeon, 'for it shews every signe o being ane ordinar birth.'

This struck us as sae plausible and perfectly calming our state o alarum, that wee begouth dousing the walls wi vinegar and ane rady sense o purpose, the while wee passt kindly words to the patient, wha liggit wi seeming ease on the bunk. He hade me employd in fetching some brimstane, whan Henri gied ane hoarse yelloch, and wee remarkt some considerable weetness about her shift.

'The watters,' he says. 'Now we are really unner way. Mister Budd, an ye list.'

He waved att me vaguely, seeming tae imply I suld tak her haund and encourage her.

'An I staund up again,' she sayd.

Wee discoursit some tyme on this meisour, and tryed divers positiouns, till her braith, that continewed quite harsh tho it wes regular, becam mair erratic.

'Lat her hunker down,' he wes saying.

'Lat her staund up,' I parried him.

'Lat me lye on my back.'

The ship made a big pitch again, whairon wee greed it is mair favourable that Henri lyes down. But whan the ship gied ower pitching, she wes up on her feet, and clenching her wame. Att the same time her face wes thrawn wi payne.

'It canna be right,' she wes saying. 'It doesna feel right.'

Umwhiles I walkt her up and down the cabine. Her contrac-tiouns war starting in earnest, and wee jalousit she mayst deliver ony tyme now.

'Is thair noght for her payne?' I sayd.

'Ay,' says the chirurgeon. 'Thair is vinegar and watter.'

Wee hed gotten her mair calm, fra this terrible wanchancy pac-ing, and I sat her down on the bunk, offering her this remede. It seemed tae console her, whether by settling the bluid, as Doctor McKenzie asserts, or for some other reasoun. Yet she scarcely tuk back the bumper whan she scraichit and stude up, rubbing her back and the side o her wame.

'It's nae right!' she wes greeting. 'O! The baby's nae right.'

Efter some perswasioun, she liggit again on the bunk, and he palpatit her wame.

'I dout the bairn is lying the wrang way,' he sayd presently. 'It is best whan the baby lyes wi his heid poynting down, tho this ane is lying a bit sidieways.'

He than gart Henri lye still, and encouradged her breathing, tae mak it mair easy, till he drew me aside sae that he couth con-fide.

'This is an extreamly difficult positioun,' he sayd. 'Wee suld prepare for the warst.'

'What's that?'

He gliskt att his chyrurgeon's bag, aneath the pockmantie, that gart my hert scud.

'Thair's noght else ava?'

'Thair is ane interventioun I wald try.'

He wes speaking mair loudly this tyme, and in meisoured tone.

'What is it?' says Henri wearily fra the bed.

I luikt til her wi terrible affectioun. Three hours sen wee commencit this venture, and now it wes turning warse. Yet far fra growing disjaskit, Doctor McKenzie tuk on an apparent assurance. Now he embarkt in his real element, whan aften he seems like ane fish out o watter. I thairfor maun scrow up my couradge and press Henri's haund.

'Doctor McKenzie says he sal mak a wee interventioun,' I sayd, 'an yow lat him.'

He than liftit her petticoat, and begoud palpating her, entering his haunds tae relaxe the straytes, be ane sortt o massage. That is designit tae expedite the labor. Tho I amna weel versed in thir maitters. He continewed this manipulatioun severall minutes, Henri being obligatit tae chow ane corner o the cushion while she pusht and pecht. Syne he suddenly loupit back, that he flew aamaist atour the cabine, whair he froze, staring att his handiwork. Now aathing laye still for ane indeterminate tyme, as I forcit my een tae luik on the place he hed lately abandonit.

Henrietta wes presenting ane fuit.

'Thair thair,' I sayd. 'Dinna fash now.'

She wes running wi sweit als watter runns ower cattheads in a mountainous sea.

Noght culd avail us, bot resort tae the blades.

'Billy,' she says. 'Can ye mind att Ambroiso's whan ye wald wed me?'

'I mind verra weil.'

'I am feart wee're nae blesst. Least aa is bye wi it for me, I maun confess my sinne.'

'Ye needna,' I cryed.

'Whan wee rade in the seagate,' she discoverit, 'ye canna trow whatna passioun I hade. Whan I thoght ye war spent, I rade yow for a playock. Losh Billy I'm sorry! God forgie me.'

'That speel isna a sin,' I sayd. 'It is mear curiosity, that ony right chyrurgeon mayst condone.'

I couth nae langer luik in her een, for they war tint deep in the well o her payne. She poued att my haund as I won lowse and gaed til our kist. Even as the chirurgeon wes reemaging his bag for ane suitable knife, I reeemaged our kist, scattering its contents round about. Out flew the *poni*, that I wrappit round my neck. As I tuk out my auld buit whair I hade plankt that *poni* in, something fell on the deck. This wes the littil rowan rood happit wi reid threid that the deid sodger gied me in the plantain grove.

Sen I fand what I wes efter.

I presst the wee rood in her haund, and begouth applying the unguent. The cabine wes fillt wi its hailsome vapours. Even the sairest pairts war salved att aince by this meisour. Yet still she cryed out in anguish. I luikt til her again, and the reid trickle that rann fra her haund. This wes nae bluid als I first thoght, but the reid threid that band the rood. Onravelling, it playd atour the room.

'What's this?' I sayd, clutching the threid.

'An ye chuse tae gang that gait,' cam the reply, 'ye maun journey alane.'

'I sanna chuse that,' I reponit.

Syne the likeness o Ann Guidbody enterit in the cabine, winding that threid about her thoom, amang the reek o her unguents and herbs.

'Tch tch,' she says, placing her finger on Henri's brow. 'Men haena the first notion.'

Att that instant, I luikt til the chyrurgeon, whase knife laye discardit on the deck. In his haund he wes examining ane apothecary's jar.

'Pouder o earthworms?' he speirt her.

'And sen ye are heire, ye can mask ane receipt. This younker may assist.'

Syne she sate down and administered some soothing words.

This wes the receipt, als wee can mind efterwards, tho the feck o thir ingredients are byordinar strange, and Doctor McKenzie culd sware wee never hade a fractioun o thaim on boord us whan wee left Leith:

It is; *masse d'emplâtre qu'on nommé contra rupturam, cérat saltalin, unguent comitice*, mirtil oyl, *cire jaune*, mastic pouder, pouder o dragon bluid, *bol d'Arménie, racine de bistorte*, galle nutts, coral, yellow amber, and muscadie nutts.

This seemed a lot, tho Doctor McKenzie sures me the *contra rupturam* is really a cauld remede, that is maist suitable in siccan applicatioun.

It comprises: pine pitch, aloes, litharge, wax, colophony, *galbanum*, ammonia, aik leaves, whit lime, *aristolochia*, myrrh, frankincense, turpentine, pouder o earthworm, gall nuts, comfrey, *bol d'Arménie* and human bluid.

For the *unguent comitice*; chestnut skins, acorns, blaeberies, horsetail, bean skins, sorb apples, medlars, celandine ruit, gean leaves, plantan, wax and blaeberry oyl.

Wee tuk tent tae mak this by the guidwife's instructioun, tho she greed wee may omit the *noix de galle*, sen it is pairt o the *contra rupturam*, likeways the *bol d'Arménie*. And thir twa compounds war prepared in advance, that made our task easier.

Now Ann Guidbody allowed us tae observe quietly, till she applyed this compound in ane plaister on Henri's wame. The effect wes astonishing tae witness. Whairas a shortt tyme agoe, it seemed she maun dwine fra distress and exhaustioun, she wes now gien ower til a mair even temperament, relaxing noticeably as the gudewife's ministratiouns begouth tae effect their propose.

Sen she speirit o us, 'Can ye bring some whit wine, or alse ane bumper o *bouillon*.'

'Wee hae nouther whit wine nor *bouillon*,' says the chyrurgeon.

'Some kermes insect?'

'A littil cinnamon watter,' he proponit.

'That wold dae att a pinch.'

Efter the patient drank this, the gudewife recommencit the delivery, warking aathing til ane suitable outcome bot forther calamity. It is remarkable the way she tuk maitters in haund, as alse the mainner by which the child wes deliverit. Even altho wee war present during her labour, and dimly discernit her divers push-ings and shovings, her kneelings and lyings, and otherwise staun-ding up, wee war never sae aweir o what transpired ontill the end, whan Ann Guidbody rase the child by his feet; ane sliddery littil yowling baby boy.

Att aince she putt him upon Henri's breist whair he culd find reward for his efforts in entering this warld, als weel wi hailsome succour as an aboundance o kisses on his dainty pow. The gudewife remaynit for some tyme tae see they war weel. Alsweel be palpating her wame again, she gart Henri tak saut in tane haund, the while she culd blaw upon the thoom o tither, whairby she deliverit the afterbirth.

This day being Sabbath, Mister Craige mairryed us in the great cabine, according til the rites o the Quaker faith. Our bairn is yclept Darien Strof Budd. Hirpling Jimmy is his godfaither. Efterwards wee hoied my auld buits and breek ower the barburd rail, tho wee sal keep the sark for ane blanket. It is the finest cloath wee can find on boord.

CHAPTER 7

IN NIGHT BLACK MIRK, tossing and blawing aff Yuccatan, the capstan din dirls my harn pan, deavening my lugs als wanchancy sound brists ingyne.

I mind ane visage, thrawn, scraiching abune the bass riff drone, alse ane lanesome piper blaws for bawbees, and the distant troup o heilandmen birls around ane antrin dial. Smirr cools my skin, the seuchs awash as wee runn down the wattergates. The capstan bar raises blisters, empurpelt in loofs, suppurating and hett. Band til ane mythical beast, I am threwn aff the tip o the ashen bar be centrifuge, dang aff the waas o the gunn room, flusht down the bilges, throu the bowels o *Unicorn* aneath her nethermaist holds.

Doctor MacKenzie says, 'Wee are come aneath the limmer boords now.'

Stale watter sworlis amang reek o distemper, pitch, turpentine, pouder and tow.

'This demonstrates the mechanicks o pumping,' he says. 'Als Doctor Harvey shows in his famous treatise, *De Circulatione Sanguinis*, wee are embarkt on ane circular designe.'

Umwhile the chyrurgeon is shrinking and changing, bloating and extending; he begouth tae acquire the awkward shape and properties o ane particule in the bluid mass.

'Presently wee sal be drawn in the well. Prepare tae be broght til the tap be the capstan crew. Be their labours, als the muscle o ane hert, the watter in the bilges is constantly renewed, the noxious and febrile particules expulsit.'

Around us the vessels constrict, pulsating and purple, till wee are transformit againe. The chyrurgeon is swalling, rogh and whit, whairas I remark that my surface is smooth and blew.

'This is als far as I can accompany ye,' he says. 'Mister Budd, yow mayst observe I canna fitt through thir tiny vessels nae mair. Fare weil.'

'Na sir. Nouther Sydenham nor Harvey, na Newton nor Pitcairn jalousit this yet. Att the end o thir vessels, wee sal observe, the bluid particules continew. Nae bother. Heire is ane sortt o vessel sae narrow and thin, yet the particules soom throu radily, fra the arteries intil the veins. It sal be yclepit the capillary.'

'Ower late!' he says. 'Nae nourishment for me. I am blockit.'

'Thair sal be ane pairt o the air discoverit,' I declaym. 'That is oxygen. It combynes in our lung wi bluid particules, that maks thaim reid; they are pompit around the body, tae refresh it. Sen they retourn in the hert, alse they soom throu the various organs. That is the reid cells.'

'Whairas I am yellowish whit.'

'Your propose is tae absord infectioun, tae cleanse and purify the bluid.'

'And be dune wi! Expulsit. Yow see.'

Wee snoove up the well, and staund aff tae navigate the pump dales, whair I ettle tae grip the chyrurgeon's flabby and antrin shape.

'Thair sal be remedes,' I cry. 'Anaestheticks. Pasteurisatioun. Our countryman sal invent penicillin.'

'Wonderful than. What alse asides? Amputatiouns?'

'Transplantatiouns!'

'Thair mayst be marvellous things,' he grees till he is scoosht down the pump dale. 'Lat lowse Billy Budd, and rowl on. The compleat chyrurgeon ava!'

Wee buryed my maister aff the coast o Cuba. Abune jury rigged mast hempen canvas gaitherit the braith o the warld. This hulk o ane vessel, proud *Unicorn*; burning men als tho wee are mear febrile material. This way she dealt us whan aa is bye wi it, and this way wee couth lippen til her for deliverance.

Now wee are lying att Sandy Hook by New York. *Caledonia* rowled in ane fortnight ago. Altho she fared better than us in the *hurricano*, Captain Drummond hoied ane hunnerd corps ower her rail. Alsweil he pickt up passagers and crew fra *Endeavour*, she wes sae lakey, and left her tae sink aff the Main.

Our Conciloris designe tae ship for Scotland.

Wee sal beach *Unicorn* heire, that is als honourable a buryall as she wald permitt ony man. The few planters remayning disembark dayly, bot leave, for thair is a gey wheen o plantatioun owners rady tae employ thaim. Even altho pepill are scunnerit tae see us, our miserable conditioun advertises their terms o employment. Haen ettled for freedom att Darien, the feck o thaim are blithe tae bargain for slavery.

Sen wee hae nae hame bot *Unicorn*, I can scant contemplate what may become o us.

Epilogue

DEAR MISTRESS BUDD,

Forgif me an I canna use your right name. Your sone left me thir papers, that is his journal, and instructiouns for their disposal, that I sal effect. Whairas I suld advise how wee fare, sen I am your doghter-in-lawe.

The Governour o New York is commandit tae treat our Company als tho wee are criminalls and pyrates. He refuses tae allow us provisiouns acause o the proclamatiouns. And us wi toom wames! It seems they canna be content onless wee are aa famisht til dede.

Some pepill are jalouse of our presence. Ane officer can scant tak a dander down the wharf, bot some younker hurls stanes att his back, alse they spitt in his face. Yet thar is ane hantle o Scotsmen, whilk are mair considerate, and wald enter the Governor in our interest. Whairby wee hope Captain Drummond can fitt out *Caledonia* and ship hame sune or syne.

It seems byordinar – and aiblins this is remarkable for yow, tho ye may be acquaint wi aa mainner o wonderful things – what I haif concerns something closs to my hert.

Now your sone is the last chyrurgeon on boord *Unicorn*. He wes allowed ashoar tae purchase supplyes att the apothecary. Whan he cam out, he passt by ane merchant's house, whair thair is ane auld hurdie gurdie in the window. This put him in mind o my faither, that wes transportit, and he resolvit tae speir efter the owner o that musickal instrument. Tho nane o the servants war aweir o ane Mister Strof. Thairfor he wes away tae tak his leave, whan the proprietor drew up in his carryage.

'Ho sir!' he cryes. 'What is your name and what business is yours?'

'Doctor Budd,' he reponit. 'I am lately arryved, wi the Company of Scotland.'

'Poor fellowe,' he says. 'Yow hade better come ben for some chocolate.'

Billy wes in his house, supping chocolate. The proprietor speirit him anent our loass, offering his assistance als far as he is able, sen he hes an interest in the Caribbean trade.

'Weil than,' says Billy as he taks his leave. 'I sal commend ye to Mister Paterson. Tho I canna mind your name.'

'Craig,' he reponit.

'Losh!' Billy cryes. 'The son o Mister Craig, shippt fra Connecticut twalve years syne?'

'The same.'

'He is on boord us!' says Billy.

They sune made a tryst, and wee gott Mister Craig ashoar, whair he wes blithe tae find his sone. Wee war satten down tae tak our supper att his private house, whan ae young fellow staps in the room. I sure ye my een stude out als ane partan's tae see him.

'Thou needst not be alarmed,' says Mister Craig's sone. 'This is the family tutor, hes come to learn my daughter the fiddle.'

'Your twin,' cryes Billy. 'Henri!'

'An yow are Henrietta Strof?' says the tutor in astonishment. 'My sister.'

In shortt, he discoverit that he is employd as ane fish curer, yet he keeps up the fiddle. Our faither is haill and herty. Haen establisht himsel heire, they share ludgings in toun. Mister Craig luikt til his weelfare when he arryved, out o respect for his ain musickal faither, and daddy gied him his auld hurdie gurdie for ane token o friendship.

Now wee are tae bide wi thaim in New York.

That's about it thairanent. I dout ye may be sorry tae hear your sone is shippt out and sae far fra hame. Aiblins yow are usit wi siccan marvels o time sooming. Mrs Budd, your sone hes been generous wi me. Tho he can be a littil bit camsteerie.

Lately wee heard news that *Sanct Andrew* is layd up att Port Royal in Jamaica, her crew dispersit ashoar in the plantatiouns, and the Commandoar deid wi an ague. Atour it is sayd the

Company's relief ships are bound for Darien, haen passt by the Leeward Isles. This got Billy's dander up, sen he wytes himsel for deserting our settlement. Thairfoir he joynit wi Capt Thomas Drummond, Lt Robert Turnbull, Jimmy Chattan esq (umwhiles the Hirpler) and some others, in commanding ane sloop that lay in the harbor.

They embarkt for New Calydona. Their designe is tae walcome the relief ships whan they arryve. He says he sal wryte me whan they are establisht, and askt me tae consign this til yow be Doctor Livingstone whan he sails. Our friend hes greed tae plank it in the rafters att ane particular house in the High Street, whairby it might be discoverit during refurbishments. This sal be the custome, he says, o pasting stamps on it. Inside this broun paper pouch is his diploma, that is the UB40, tae retourn it least they are concernit att the *bureau*. Alsweil he enclossit ane littil painting in oyl that he tuk fra the great cabine or wee flitt *Unicorn*, that he considers payment for his service as prentice and chyrurgeon.

Als yow will discover be reading his journal, I wes at paynes tae bring your grandsone into this wardle. Wee are baith haill and herty. He is a spunky littil fellow, and Billy says he hes your een. I dout wee sal never meet in this warld. Pray Gode wee meet in the next ane.

Als Billy says, *Vogue la galère!* Lat us embark wi braw herts.

your loving doghter in lawe
Henrietta Budd

att New York
September 1699

Some other books published by **LUATH** PRESS

THE QUEST FOR

The Quest for the Celtic Key
Karen Ralls-MacLeod and
Ian Robertson
ISBN 0 946487 73 1 HB £18.99

The Quest for Arthur
Stuart McHardy
ISBN 1 842820 12 5 HB £16.99

The Quest for the Nine Maidens
Stuart McHardy
ISBN 0 946487 66 9 HB £16.99

POLITICS & CURRENT ISSUES

Scotlands of the Mind
Angus Calder
ISBN 1 84282 008 7 PB £9.99

Trident on Trial: the case for people's disarmament
Angie Zelter
ISBN 1 84282 004 4 PB £9.99

Uncomfortably Numb: A Prison Requiem
Maureen Maguire
ISBN 1 84282 001 X PB £8.99

Scotland: Land & Power – Agenda for Land Reform
Andy Wightman
ISBN 0 946487 70 7 PB £5.00

Old Scotland New Scotland
Jeff Fallow
ISBN 0 946487 40 5 PB £6.99

Some Assembly Required: Scottish Parliament
David Shepherd
ISBN 0 946487 84 7 PB £7.99

Notes from the North
Emma Wood
ISBN 0 946487 46 4 PB £8.99

NATURAL WORLD

The Hydro Boys: pioneers of renewable energy
Emma Wood
ISBN 1 84282 016 8 HB £16.99

Wild Scotland
James McCarthy
ISBN 0 946487 37 5 PB £7.50

Wild Lives: Otters – On the Swirl of the Tide
Bridget MacCaskill
ISBN 0 946487 67 7 PB £9.99

Wild Lives: Foxes – The Blood is Wild
Bridget MacCaskill
ISBN 0 946487 71 5 PB £9.99

Scotland – Land & People: An Inhabited Solitude
James McCarthy
ISBN 0 946487 57 X PB £7.99

The Highland Geology Trail
John L Roberts
ISBN 0 946487 36 7 PB £4.99

'Nothing but Heather!'
Gerry Cambridge
ISBN 0 946487 49 9 PB £15.00

Red Sky at Night
John Barrington
ISBN 0 946487 60 X PB £8.99

Listen to the Trees
Don MacCaskill
ISBN 0 946487 65 0 PB £9.99

ISLANDS

The Islands that Roofed the World: Easdale, Belnahua, Luing & Seil:
Mary Withall
ISBN 0 946487 76 6 PB £4.99

Rum: Nature's Island
Magnus Magnusson
ISBN 0 946487 32 4 PB £7.95

LUATH GUIDES TO SCOTLAND

The North West Highlands: Roads to the Isles
Tom Atkinson
ISBN 0 946487 54 5 PB £4.95

Mull and Iona: Highways and Byways
Peter Macnab
ISBN 0 946487 58 8 PB £4.95

The Northern Highlands: The Empty Lands
Tom Atkinson
ISBN 0 946487 55 3   PB £4.95

The West Highlands: The Lonely Lands
Tom Atkinson
ISBN 0 946487 56 1 PB £4.95

South West Scotland
Tom Atkinson
ISBN 0 946487 04 9 PB £4.95

TRAVEL & LEISURE

Die Kleine Schottlandfibel [Scotland Guide in German]
Hans-Walter Arends
ISBN 0 946487 89 8 PB £8.99

Let's Explore Edinburgh Old Town
Anne Bruce English
ISBN 0 946487 98 7 PB £4.99

Edinburgh's Historic Mile
Duncan Priddle
ISBN 0 946487 97 9 PB £2.99

Pilgrims in the Rough: St Andrews beyond the 19th hole
Michael Tobert
ISBN 0 946487 74 X PB £7.99

FOOD & DRINK

The Whisky Muse: Scotch whisky in poem & song
various, ed. Robin Laing
ISBN 0 946487 95 2 PB £12.99

First Foods Fast: good simple baby meals
Lara Boyd
ISBN 1 84282 002 8 PB £4.99

Edinburgh and Leith Pub Guide
Stuart McHardy
ISBN 0 946487 80 4 PB £4.95

WALK WITH LUATH

Skye 360: walking the coastline of Skye
Andrew Dempster
ISBN 0 946487 85 5 PB £8.99

Walks in the Cairngorms
Ernest Cross
ISBN 0 946487 09 X PB £4.95

Short Walks in the Cairngorms
Ernest Cross
ISBN 0 946487 23 5 PB £4.95

The Joy of Hillwalking
Ralph Storer
ISBN 0 946487 28 6 PB £7.50

Scotland's Mountains before the Mountaineers
Ian R Mitchell
ISBN 0 946487 39 1 PB £9.99

Mountain Days and Bothy Nights
Dave Brown and Ian R Mitchell
ISBN 0 946487 15 4 PB £7.50

SPORT

Ski & Snowboard Scotland
Hilary Parke
ISBN 0 946487 35 9 PB £6.99

Over the Top with the Tartan Army
Andy McArthur
ISBN 0 946487 45 6 PB £7.99

BIOGRAPHY

The Last Lighthouse
Sharma Krauskopf
ISBN 0 946487 96 0 PB £7.99

Tobermory Teuchter
Peter Macnab
ISBN 0 946487 41 3 PB £7.99

Bare Feet and Tackety Boots
Archie Cameron
ISBN 0 946487 17 0 PB £7.95

Come Dungeons Dark
John Taylor Caldwell
ISBN 0 946487 19 7 PB £6.95

HISTORY

Civil Warrior
Robin Bell
ISBN 1 84282 013 3 HB £10.99

A Passion for Scotland
David R Ross
ISBN 1 84282 019 2 PB £5.99

Reportage Scotland
Louise Yeoman
ISBN 0 946487 61 8 PB £9.99

Blind Harry's Wallace
Hamilton of Gilbert-
ISBN 0 946487 33 2 PB £8.99

Blind Harry's Wallace
field [intro/ed Elspeth King]
ISBN 0 946487 43 X HB £15.00

SOCIAL HISTORY

Pumpherston: the story of a shale oil village
Sybil Cavanagh
ISBN 1 84282 011 7 HB £17.99

Pumpherston: the story of a shale oil village
Sybil Cavanagh
ISBN 1 84282 015 X PB £7.99

Shale Voices
Alistair Findlay
ISBN 0 946487 78 2 HB £17.99

Shale Voices
Alistair Findlay
ISBN 0 946487 63 4 PB £10.99

A Word for Scotland
Jack Campbell
ISBN 0 946487 48 0 PB £12.99

ON THE TRAIL OF

On the Trail of William Wallace
David R Ross
ISBN 0 946487 47 2 PB £7.99

On the Trail of Robert the Bruce
David R Ross
ISBN 0 946487 52 9 PB £7.99

On the Trail of Mary Queen of Scots
J Keith Cheetham
ISBN 0 946487 50 2 PB £7.99

On the Trail of Bonnie Prince Charlie
David R Ross
ISBN 0 946487 68 5 PB £7.99

On the Trail of Robert Burns
John Cairney
ISBN 0 946487 51 0 PB £7.99

On the Trail of John Muir
Cherry Good
ISBN 0 946487 62 6 PB £7.99

On the Trail of Queen Victoria in the Highlands
Ian R Mitchell
ISBN 0 946487 79 0 PB £7.99

On the Trail of Robert Service
G Wallace Lockhart
ISBN 0 946487 24 3 PB £7.99

On the Trail of the Pilgrim Fathers
J Keith Cheetham
ISBN 0 946487 83 9 PB £7.99

FOLKLORE

Scotland: Myth, Legend & Folklore
Stuart McHardy
ISBN 0 946487 69 3 PB £7.99

Luath Storyteller: Highland Myths & Legends
George W Macpherson
ISBN 1 84282 003 6 PB £5.00

Tales of the North Coast
Alan Temperley
ISBN 0 946487 18 9 PB £8.99

Tall Tales from an Island
Peter Macnab
ISBN 0 946487 07 3 PB £8.99

The Supernatural Highlands
Francis Thompson
ISBN 0 946487 31 6 PB £8.99

GENEALOGY

Scottish Roots: step-by-step guide for ancestor hunters
Alwyn James
ISBN 1 84282 007 9 PB £9.99

WEDDINGS, MUSIC AND DANCE

The Scottish Wedding Book
G Wallace Lockhart
ISBN 1 94282 010 9 PB £12.99

Fiddles and Folk
G Wallace Lockhart
ISBN 0 946487 38 3 PB £7.95

Highland Balls and Village Halls
G Wallace Lockhart
ISBN 0 946487 12 X PB £6.95

POETRY

Bad Ass Raindrop
Kokumo Rocks
ISBN 1 84282 018 4 PB £6.99

Caledonian Cramboclink: the Poetry of
William Neill
ISBN 0 946487 53 7 PB £8.99

Men and Beasts: wild men & tame animals
Val Gillies & Rebecca Marr
ISBN 0 946487 92 8 PB £15.00

Luath Burns Companion
John Cairney
ISBN 1 84282 000 1 PB £10.00

Scots Poems to be read aloud
intro Stuart McHardy
ISBN 0 946487 81 2 PB £5.00

Poems to be read aloud
various
ISBN 0 946487 00 6 PB £5.00

Picking Brambles and Other Poems
Des Dillon
ISBN 1 84282 021 4 PB £6.99

Kate o Shanter's Tale and Other Poems
Matthew Fitt
ISBN 1 84282 028 1 PB £6.99

CARTOONS

Broomie Law
Cinders McLeod
ISBN 0 946487 99 5 PB £4.00

FICTION

The Road Dance
John MacKay
ISBN 1 84282 024 9 PB £9.99

Milk Treading
Nick Smith
ISBN 0 946487 75 8 PB £9.99

The Strange Case of RL Stevenson
Richard Woodhead
ISBN 0 946487 86 3 HB £16.99

But n Ben A-Go-Go
Matthew Fitt
ISBN 1 84282 014 1 PB £6.99

But n Ben A-Go-Go
Matthew Fitt
ISBN 0 946487 82 0 HB £10.99

Grave Robbers
Robin Mitchell
ISBN 0 946487 72 3 PB £7.99

The Bannockburn Years
William Scott
ISBN 0 946487 34 0 PB £7.95

The Great Melnikov
Hugh MacLachlan
ISBN 0 946487 42 1 PB £7.95

LANGUAGE

Luath Scots Language Learner [Book]
L Colin Wilson
ISBN 0 946487 91 X PB £9.99

Luath Scots Language Learner [Double Audio CD Set]
L Colin Wilson
ISBN 1 84282 026 5 CD £16.99

Luath Press Limited

committed to publishing well written books worth reading

LUATH PRESS takes its name from Robert Burns, whose little collie
Luath (*Gael.*, swift or nimble) tripped up Jean Armour at a wedding and gave
him the chance to speak to the woman who was to be his wife and
the abiding love of his life. Burns called one of *The Twa
Dogs* Luath after Cuchullin's hunting dog in *Ossian's
Fingal*. Luath Press grew up in the heart of Burns
country, and now resides a few steps up the road
from Burns' first lodgings in Edinburgh's Royal
Mile.

Luath offers you distinctive writing with a hint
of unexpected pleasures.

Most UK bookshops either carry our books in
stock or can order them for you. To order direct
from us, please send a £sterling cheque, postal order,
international money order or your credit card details
(number, address of cardholder and expiry date) to us at the
address below. Please add post and packing as follows: UK
– £1.00 per delivery address; overseas surface mail – £2.50
per delivery address; overseas airmail – £3.50 for the first book to each deliv-
ery address, plus £1.00 for each additional book by airmail to the same
address. If your order is a gift, we will happily enclose your card or message
at no extra charge.

Luath Press Limited
543/2 Castlehill
The Royal Mile
Edinburgh EH1 2ND
Scotland
Telephone: 0131 225 4326 (24 hours)
Fax: 0131 225 4324
email: gavin.macdougall@luath.co.uk
Website: www.luath.co.uk